KIRA SINCLAIR

Un *bad boy* au grand cœur

Traduction française de
PEGGY SASTRE

PASSIONS

HARLEQUIN

Collection : PASSIONS

Titre original :
SECRETS, VEGAS STYLE

HARPERCOLLINS FRANCE
83-85, boulevard Vincent-Auriol, 75646 PARIS CEDEX 13
Service Lectrices — Tél. : 01 45 82 47 47 - www.harlequin.fr
ISBN 978-2-2804-6853-4 — ISSN 1950-2761

Composé et édité par HarperCollins France.
Imprimé en mai 2022 par CPI Black Print (Barcelone)
en utilisant 100% d'électricité renouvelable.
Dépôt légal : juin 2022.

FSC www.fsc.org MIXTE Papier issu de sources responsables FSC® C159065

Pour limiter l'empreinte environnementale de ses livres, HarperCollins France s'engage à n'utiliser que du papier fabriqué à partir de bois provenant de forêts gérées durablement et de manière responsable.

- 1 -

La joue de Dominic Mercado était en feu. Mais sans doute s'agissait-il d'un effet prévisible quand une gifle venait de s'y écraser.

Il avait probablement mérité des claques à de nombreuses reprises dans sa vie, sauf que c'était bizarrement la première fois que cela lui arrivait. Ce qui l'énervait pour deux raisons bien distinctes.

Et de une, il ne le méritait pas. Et de deux, parce que la gifle venait de Meredith Forrester, la rousse incendiaire qui avait le chic de lui taper sur les nerfs.

Les yeux de Meredith brillaient de rage, de déception et d'indignation. De toute évidence, elle était venue à son club ce soir pour chercher la bagarre. Même s'il n'aurait pas dû en être intrigué, il ne pouvait pas s'en empêcher. D'autant plus qu'il ne l'avait pas vue ni ne lui avait adressé la parole depuis près de deux ans.

D'où cette question qui l'obsédait : de quel crime le pensait-elle coupable ?

En fin de compte, cela n'avait pas d'importance. Même si les passes d'armes avec Meredith et sa langue acérée avaient toujours été un de ses loisirs favoris, il avait d'autres choses plus importantes à gérer ce soir. Et qui ne pouvaient être retardées.

Plutôt que de rétorquer sur un mode agressif, Dominic choisit de lui adresser un large sourire.

— C'est merveilleux de te revoir, Meredith.

— Ne gaspille pas ce sourire narquois et ces yeux de séducteur avec moi. Je t'ai connu quand ton visage était couvert d'acné, je te rappelle

Le sourire de Dominic ne fit que s'accentuer. Mon Dieu, cette femme avait tout d'une bombe menaçant de tout ravager sur son passage. Il le sentait au plus profond de ses tripes. Comme à chaque fois qu'elle s'approchait. Si elle avait été n'importe qui d'autre, Dominic l'aurait mise dans son lit depuis belle lurette.

Mais elle n'était pas n'importe qui d'autre. Elle était Meredith, la meilleure amie de sa sœur. Et pour toujours hors de portée.

— Je vois que tu n'as pas changé du tout, ma chère. Toujours le rabat de toutes les joies.

Elle agita la main, comme si elle voulait balayer ses paroles d'un simple geste.

— Toi non plus, si les informations que j'ai sont bonnes.

Étant donné qu'il passait ses nuits à diriger la boîte de nuit la plus en vogue de Vegas et à frayer avec la jet-set, il n'y avait aucun moyen de savoir quelle rumeur elle avait entendue. Son nom était constamment lié à celui d'une célébrité ou d'une autre. Mais seulement un certain nombre des racontars étaient vrais. Lequel avait pu la turlupiner au point de justifier une incursion dans son monde et une baffe ?

Meredith évitait l'Excess comme la peste. Elle était trop bien pour son club.

Dominic se pencha vers elle, laissant volontairement son regard parcourir la robe argentée moulante qui épousait chaque courbe de son corps.

— Je me fiche franchement de ce que tu as entendu. Mais tu n'es clairement plus une petite fille, et j'aurais pensé que tu avais dépassé le stade de radio ragots depuis longtemps.

La manœuvre, destinée à la mettre mal à l'aise, se retourna contre lui. Meredith était habillée pour le public VIP et fêtard que l'Excess savait charmer. Sa robe ressemblait à du métal liquide, ondoyant et accrochant la moindre parcelle de lumière tourbillonnant dans l'obscurité. Le tissu frôlait le haut de ses cuisses, laissant le reste de ses jambes nues.

Une invitation tentante… qu'il aurait été stupide d'accepter.

D'une pression sur son épaule, Meredith le repoussa.

— Je ne joue pas les commères, Nic. Pourquoi ne suis-je pas surprise que tu ne me prennes pas au sérieux ? Tu ne l'as jamais fait.

Il s'esclaffa.

— Je t'en prie, tu es assez sérieuse pour nous deux, tu es même l'exemple vivant de la définition du dictionnaire.

Il aurait parié tout l'argent de son compte en banque que pas une fois, depuis des années qu'il la connaissait, Meredith n'avait enfreint ne serait-ce qu'une seule règle ou loi. Elle vivait et respirait la perfection et le contrôle.

Ce genre d'existence le rendrait fou.

— Et ça, mon ange, ça a toujours été ton problème.

Tendant la main, Dominic saisit sa longue queue-de-cheval et fit glisser ses cheveux roux entre ses doigts.

— Tu ne reconnaîtrais pas le plaisir s'il te mordait les fesses.

D'un coup de tête, elle libéra ses cheveux de son emprise et le regarda fixement.

— Je sais m'amuser. Je n'ai juste pas envie de m'amuser avec toi.

Et c'était la meilleure raison pour lui de s'éloigner d'elle. Pour ignorer l'énergie qui vibrait entre eux. Meredith ne voulait rien avoir à faire avec lui.

Elle avait toujours été intelligente.

— Ce qui m'intéresse, en revanche, c'est le tuyau qu'on vient de me donner et qui me fait dire que, toi et ton club, vous êtes impliqués dans un trafic d'êtres humains.

Bordel.

Peu importe ce à quoi il s'attendait, ce n'était pas ça. Dominic bloqua ses émotions. Au jeu du visage impassible, il avait des années d'expérience. Rien de mieux que d'avoir un beau-père violent physiquement et verbalement pour vous apprendre à cacher vos véritables pensées.

Avec n'importe qui d'autre, il aurait pu user de son charme pour faire diversion, mais il était bien conscient de l'indifférence de Meredith à ses efforts. Il préféra donc ne pas y aller par quatre chemins.

— Meredith, je pensais que tu étais assez intelligente pour distinguer les ragots des faits.

Ses yeux s'enflammèrent et ses lèvres pulpeuses s'étirèrent en une mince ligne.

— Oh ! je le suis. Le tuyau était accompagné de preuves. Des preuves que les médias américains vont adorer et qu'ils se feront un plaisir de diffuser d'ici demain soir.

Merde, merde et re-merde.

Meredith Forrester était un nom connu de tous. Sa carrière avait décollé plusieurs années auparavant lorsqu'elle avait révélé des faits de corruption allant jusqu'au bureau du vice-président. Ce scandale avait été suivi de la dénonciation de violences sexuelles qui avait secoué l'industrie musicale.

Quelle que soit cette preuve, elle était suffisamment solide pour que Meredith débarque à minuit à l'Excess. Dominic avait toujours été conscient qu'il était possible que ses bonnes actions lui reviennent en pleine figure. Il n'était juste pas prêt à ce que cela arrive aujourd'hui.

Ou à ce que Meredith soit impliquée.

C'était un timing parfaitement pourri. Parce qu'il était

sur le point d'ajouter un autre nom à la liste des jeunes femmes disparues.

Non pas parce qu'il était impliqué dans un quelconque réseau de trafic d'êtres humains, mais parce que, avec l'aide de Gray Lockwood, Anderson Stone et Stone Surveillance, il aidait des victimes de violences à disparaître.

Toutes les étoiles s'alignaient pour qu'une autre femme, nommée Tessa, disparaisse ce soir. Et cette diversion pouvait lui attirer bien du tracas, car il devait s'assurer de sa sécurité.

Sans compter que si Meredith publiait l'histoire il serait peut-être trop surveillé pour aider Tessa à l'avenir.

Meredith se rapprocha et soupira.

— As-tu la moindre idée de ce que cela va faire à ta sœur ? Annalise va être dévastée.

L'estomac de Dominic se retourna. Sa sœur allait être plus que dévastée. Elle allait être furieuse. Au moins pour un petit moment, jusqu'à ce qu'il puisse tranquillement lui expliquer les choses. Jusque-là, elle allait devoir encaisser les coups. Et malheureusement, ils avaient tous les deux beaucoup d'expérience en la matière.

— Qu'est-il arrivé à la présomption d'innocence ? demanda-t-il en haussant un sourcil.

Meredith soupira de plus belle, un son qui fit frissonner Dominic au plus profond de son être.

— Je suis journaliste, pas avocate. Si ce que j'ai vu est vrai, douze de tes pairs auront l'occasion de le déterminer bien assez tôt.

Mon Dieu, il aurait voulu enfouir les mains dans l'épaisse crinière de ses cheveux d'or et de flamme, la tirer jusqu'à lui et avaler ce son. Il aurait voulu absorber sa chaleur et goûter sa bouche.

Malheureusement pour lui, il désirait Meredith depuis très longtemps. Mais heureusement pour lui, il avait des années de pratique pour garder les mains dans ses poches. Parce que la dernière chose dont il avait besoin était d'importuner la meilleure amie idéaliste, stricte et perfectionniste de sa petite sœur.

Secouant la tête, Meredith poursuivit :

— J'ai toujours su que tu étais un connard égocentrique, hédoniste et excessif, uniquement préoccupé par la recherche du plaisir à tout prix. Mais ça… Je ne t'aurais jamais cru capable de quelque chose d'aussi méprisable.

Elle aurait aussi bien pu se retourner et planter un de ses talons hauts dans son plexus solaire. Ces mots lui faisaient bien plus mal que sa mâchoire qui le lançait.

Essayant de retrouver son équilibre, Dominic aspira une grande quantité d'air. Même face à ce qu'elle venait de dire, il devait se battre pour ignorer l'odeur épicée et sucrée de son parfum qui l'accompagnait en toute occasion.

— Autant j'apprécie cet échange… Non, attends, ce n'est pas vrai. Même si cet échange m'a ennuyé à mourir, j'apprécie que tu sois venue au secours de ma sœur alors que ni elle ni moi n'avions besoin de ton aide. Je suis sûr qu'elle sera ravie d'apprendre ta croisade en son nom. Mais je ne peux vraiment pas rester dans le coin pour l'acte deux, scène trois. J'ai une boîte de nuit à gérer.

Et une victime à protéger.

Il aurait dû faire demi-tour et s'en aller, mais malgré tout, il ne pouvait s'empêcher de la toucher. Il posa une main sur l'épaule de Meredith et dessina une ligne invisible le long de son bras jusqu'à son coude.

Sa peau était douce et soyeuse, chaude sous sa main. Un tremblement parcourut son corps. Il était assez intelligent pour savoir qu'elle se détesterait pour cette réaction, mais il s'en fichait. Il avait besoin de quelque chose d'autre que l'animosité en ce moment.

Ce n'était pas la première fois qu'ils jouaient à ce jeu.

Se penchant vers elle, Dominic déposa un doux baiser sur sa joue, comme s'ils étaient vraiment de vieux amis, et murmura :

— N'oublie pas de faire savoir aux barmen que je t'offre tout ce que tu veux ce soir.

Il s'écarta et lui offrit le sourire dévergondé et diabolique qu'il avait perfectionné depuis ses quinze ans.

— Ne fais pas quelque chose que je ne ferais pas, lui conseilla-t-il avant de s'éloigner pour de bon.

Ne fais pas quelque chose que je ne ferais pas. Meredith pouffa. Ça ne laissait pas grand-chose sur la liste des interdits. Et encore moins que ce qu'elle pensait si les informations qu'elle avait reçues étaient vraies.

Mon Dieu, elle ne le voulait tellement pas. Elle connaissait Dominic depuis très longtemps. Depuis qu'elle avait rencontré Annalise à l'école privée qu'elles avaient fréquentée lorsqu'elles étaient adolescentes. Et bien qu'elle ne l'ait jamais particulièrement apprécié, elle avait toujours compris pourquoi les gens – les femmes en particulier – s'attachaient à lui. Cet homme était le charme personnifié. Il était doux et sophistiqué. Il essayait toujours de faire rire et sourire ceux qui l'entouraient. Il excellait à procurer plaisir et excitation. Bon sang, il en avait même fait un business très rentable.

Mais il aimait flirter. Il avait cette façon étrange de faire en sorte que les gens se sentent spéciaux. Elle l'avait regardé faire pendant des années et ne pouvait toujours pas s'empêcher de tomber parfois dans le panneau.

Honnêtement, Meredith n'était même pas sûre que c'était entièrement de la comédie. Dominic appréciait sincèrement les gens et voulait être agréable.

Mais c'était dangereux de le laisser assez proche pour vous aspirer dans ce monde imaginaire. Meredith savait que ce n'était pas la réalité. La réalité, c'était la vérité crue, souvent désagréable, sur laquelle elle enquêtait et qu'elle exposait. La réalité, c'était d'être dans une école coûteuse parce que sa mère y était enseignante, et non parce que sa famille pouvait en payer les exorbitants frais de scolarité. La réalité, c'était de savoir qu'elle devait être la première de sa classe pour obtenir une bourse parce que sa mère célibataire ne pouvait pas financer ses études à l'université. Le devoir, la responsabilité et les attentes l'animaient depuis très longtemps.

Dominic Mercado était aux antipodes d'elle. Cet homme était la tentation personnifiée. Et elle savait qu'il valait mieux ne pas succomber à son charme. Malheureusement, ce n'était pas toujours facile de s'en souvenir.

Jamais elle n'aurait pensé qu'il irait aussi loin. Mais après avoir passé les dernières heures à vérifier le dossier de preuves accompagnant le mail anonyme qu'elle avait reçu ce soir… la vérité était là, sous ses yeux.

L'information était accablante. Un trafic d'êtres humains… ?

À l'origine, elle était venue à l'Excess pour affronter Dominic car elle cherchait désespérément une autre explication. Peut-être avait-il été piégé ? Ou peut-être que quelqu'un utilisait son club et qu'il n'était pas au courant.

Mais un seul regard sur lui et l'anxiété s'était transformée en une colère inattendue qui l'avait poussée à s'emporter. Le gifler avait été imprudent, et elle se détestait pour cette réaction.

Son absence totale de réaction lorsqu'elle avait finalement expliqué la raison de sa présence ne l'avait pas rassurée. Son sourire toujours aussi charmant n'avait même pas disparu. Ce qui n'avait fait que renforcer son inquiétude.

Dominic n'avait pas exactement la meilleure réputation qui soit. Il aimait contourner les règles jusqu'au point de les enfreindre et l'avait toujours fait. C'est lui qui avait organisé une fête dans la cour de l'école, avec fûts de bière et seaux de punch, parce que c'était le seul endroit assez grand pour accueillir tous les élèves. Et il ne voulait laisser personne de côté. Il était aussi resté pour endosser la responsabilité quand les flics étaient arrivés avec le principal en renfort.

Aujourd'hui encore, il avait la réputation d'organiser des fêtes somptueuses, de frayer avec des VIP de premier plan. Son nom apparaissait constamment dans la presse à scandale. Les vidéos de ses fêtes étaient devenues virales, et tous ceux qui le connaissaient s'arrêtaient à l'Excess quand ils étaient en ville.

Tout était un jeu pour lui. Elle savait qu'il l'avait appris à un très jeune âge. Elle comprenait d'où venait le besoin de tester les limites, mais ce n'était pas pour autant plus facile de le regarder faire.

Peut-être qu'il était finalement allé trop loin. S'impliquer dans quelque chose qu'il n'avait pas l'intention de faire ?

Ce n'était pas au-delà du domaine du possible.

Jusqu'à ce qu'elle reçoive ce mail, Meredith aurait dit que Dominic était beaucoup de choses, mais pas un sale type. S'il était impliqué dans le trafic d'êtres humains…

Le poids qui s'était installé dans son ventre à la minute où elle avait lu ces mots n'avait fait que grossir. Meredith en était même malade.

Pourquoi prenait-elle cela tellement à cœur ?

Bien sûr, Annalise était sa meilleure amie et elle avait de l'importance à ses yeux. Et il ne faisait aucun doute qu'elle serait dévastée par ces révélations. Même si Meredith pouvait retarder la publication de l'article de quelques jours, la menace qui accompagnait le mail était claire. Si elle ne le publiait pas, quelqu'un d'autre le ferait.

Annalise idolâtrait Dominic depuis toujours. Meredith ne comprenait peut-être pas la dynamique de leur relation, mais elle n'en avait pas besoin pour reconnaître son existence.

Bien sûr, elle était inquiète pour son amie.

Mais cela n'expliquait pas ce qu'elle venait de faire.

Meredith se frotta la main, encore rougie à l'endroit où elle avait giflé Dominic.

Jamais de sa vie elle n'avait ressenti le besoin de s'en prendre physiquement à un autre être humain. Et elle était assez intelligente pour comprendre que sa réaction était disproportionnée.

Et inacceptable.

Non pas que Dominic ait semblé s'en soucier.

Cet homme avait simplement la capacité de l'exaspérer. Il l'avait toujours eue. Et il adorait la pousser à bout, surtout parce qu'il savait qu'il le pouvait. Dominic Mercado la frustrait. Alors qu'il donnait au monde l'impression qu'il se fichait de tout, elle savait au fond d'elle que ce n'était pas le cas.

Parce qu'elle avait vu la façon dont il se souciait d'Annalise.

Mais l'attitude qu'il affichait la rendait folle. Parce que la peur des conséquences avait régi sa vie à elle des années durant.

Elle ne pouvait pas se permettre d'adopter la désinvolture de Dominic. Elle n'avait pas un père avec des milliards de dollars pour la tirer d'affaire et faire disparaître les situations délicates. Elle n'avait pas le pouvoir et l'argent derrière elle. Si elle se plantait, elle devrait dire adieu à sa bourse d'études dans la bonne école, à sa réputation et, aujourd'hui, à son travail.

Avec un soupir, Meredith envisagea de s'arrêter au bar pour prendre un verre en sortant, mais décida qu'un shot de tequila n'était pas susceptible d'améliorer la situation. L'Excess n'était pas un lieu pour elle, de toute façon. La musique forte qui pulsait dans la salle se répercutait dans son crâne, renforçant le mal de tête qui s'était déjà emparé de ses tempes.

Se faufilant entre les tables stratégiquement placées et les corps ondulant sur la piste de danse, elle se dirigea vers les énormes portes doubles à l'autre bout du grand espace.

Elle ignora tout le monde autour d'elle. Concentrée sur son objectif final d'évasion, elle sursauta lorsqu'une main surgit et lui serra le bras jusqu'à l'immobiliser.

— Ma beauté, où cours-tu comme ça ?

Meredith leva un regard surpris vers le visage d'un homme qu'elle n'avait jamais vu auparavant. Il était assez beau, mais son regard glacé lui en disait long sur ses intentions. Baissant les yeux, elle observa son costume coûteux, sa montre tape-à-l'œil et ses chaussures hors de prix. Il était ivre et se croyait tout permis. Encore une raison pour laquelle elle ne mettait jamais les pieds à l'Excess.

L'irritation remplaça rapidement le choc. Meredith secoua le bras, essayant de se dégager. Mais au lieu de comprendre le message, l'abruti a les doigts resserrés de plus belle.

Inspirant profondément pour reprendre son calme, Meredith le toisa.

— Laissez-moi partir.

— Oh ! ne joue pas les farouches, ma mignonne. Je

veux juste parler. Pourquoi tu ne me laisses pas t'offrir un verre ?

Ses mots étaient pâteux et s'enchaînaient d'une manière qui ne faisait qu'augmenter le dégoût de Meredith.

L'homme exploita son avantage de taille pour l'attirer plus près. Un petit frisson d'anxiété parcourut son corps, mais Meredith refusa de le laisser s'épanouir. Elle était entourée de centaines de personnes, et cet imbécile était simplement trop ivre d'alcool et de complexe de supériorité pour comprendre des sous-entendus.

Alors elle se montra directe.

Se penchant vers lui, elle voulut saisir son entrejambe. Son plan était de l'attraper et de le tordre pendant qu'elle lui faisait une remarque cinglante. Mais sa main n'arriva pas à destination.

Car elle fut interceptée par une autre poigne. Les doigts s'entremêlèrent avec les siens, et une décharge électrique lui monta jusqu'à l'épaule. Un bras s'enroula autour de sa taille, la tirant contre un mur chaud et dur, un torse d'homme solide.

La voix basse et douce de Dominic gronda contre sa peau. La chair de poule envahit son cou et sa poitrine.

— Tu es vraiment impayable. Cinq minutes toute seule et tu t'attires des ennuis !

Ces mots étaient pour elle seule. Au gars devant eux, Dominic lança :

— Un conseil, l'ami, la prochaine fois que vous posez vos mains sur une femme dans mon club, vous vous assurez que l'envie est réciproque.

L'homme bafouilla et tenta de débiter une excuse inutile et pitoyable. Dominic l'ignora, faisant signe à l'un des agents de sécurité postés en périphérie de la foule de venir vers eux.

— Veuillez escorter ce monsieur hors de mon club.

— Mais je suis ici avec des amis. C'est moi qui les ramène.

Dominic haussa les épaules.

— Je vous suggère d'appeler un taxi ou un service de covoiturage. Ou d'expliquer à vos amis pourquoi vous êtes mis à la porte. À vous de choisir.

Le vigile ne prononça pas le moindre mot, il fit simplement signe au type de marcher devant lui. Meredith vit l'homme le regarder de haut en bas, le jauger et décider qu'il n'y avait aucune chance qu'il gagne ce combat, avant de faire ce qu'on lui avait dit.

Meredith s'attendait à ce que Dominic la libère à la minute où le type aurait disparu dans la foule, mais il ne le fit pas. Ils restèrent là, l'un contre l'autre, au milieu du club bondé, dans un moment d'immobilité au milieu du chaos.

Le bras de Dominic se resserra autour de sa taille, la ramenant encore plus près de lui. Meredith était complètement immobile, à l'exception des battements de son cœur et de sa respiration.

Elle avait peur de bouger. Pas parce qu'elle était effrayée ou inquiète. Mais parce que avoir le bras de Dominic autour d'elle était délicieux.

Et elle ne voulait pas de cette sensation.

Elle ne voulait pas savoir s'il était en colère contre elle – il avait toutes les raisons de l'être, vu ce qui s'était passé avant –, car elle n'était pas prête à s'excuser, même si elle savait qu'elle le devait.

Elle ne voulait pas non plus voir cette expression de séducteur qu'il avait perfectionnée depuis si longtemps. Parce que, en ce moment, elle n'était pas sûre de pouvoir y résister.

Et elle se détesterait si elle cédait. Car s'il avait la capacité de faire en sorte que tout le monde se sente spécial avec ce regard, le fait qu'elle l'ait vu en user tant et tant de fois signifiait qu'elle ne pouvait pas se permettre de tomber dans le panneau.

Ce n'était pas réel. Ce regard n'était pas pour elle, il n'avait rien à voir avec elle.

Mais la partie la plus faible de son être voulait y croire.

Lentement, la main de Dominic glissa sur son dos, la laissant partir. Tout en la repoussant, il la fit se tourner vers lui.

Si sa voix avait été torride dans son oreille, l'expression de son visage était aux antipodes. Et Meredith n'était pas sûre de savoir pourquoi cela la décevait.

— Est-ce que tu vas bien ?

Elle déglutit, cherchant les traces de la colère et de la déception avec lesquelles elle était arrivée plus tôt. Sans trouver ni l'une ni l'autre.

— Je vais bien maintenant, et j'allais bien avant que tu t'en mêles. Je suis une grande fille et je peux prendre soin de moi.

La mâchoire de Dominic se contracta, et ses pupilles plus noires que l'enfer se rétrécirent. Meredith pencha la tête sur le côté, considérant la preuve évidente de sa colère.

— Tu es une femme trop intelligente pour dire quelque chose d'aussi stupide. Tu sais mieux que quiconque à quel point les femmes sont vulnérables. Combien d'histoires d'agressions sexuelles as-tu relatées ? De combien de meurtres as-tu parlé ?

— Beaucoup trop.

Dominic ouvrit la bouche pour dire quelque chose mais la referma avant que les mots sortent. Secouant la tête, il finit par répondre :

— Je n'ai pas le temps pour cette conversation maintenant. Je retire ce que j'ai dit, pas d'amusement pour toi ce soir. Tu t'en vas.

— Je n'ai rien fait de mal et tu me mets à la porte ?

— Je te mets à la porte parce que je n'ai pas le temps de te surveiller.

— Ça fait longtemps que je n'ai plus besoin de baby-sitter, tu sais.

Il ne répondit rien, mais le mouvement de ses sourcils contestant ses propos suffit à l'énerver.

Dominic fit signe à un autre membre du personnel de sécurité. Une femme grande et mince, entièrement vêtue de noir, s'approcha.

— Veuillez escorter Mme Forrester jusqu'à son véhicule et assurez-vous qu'elle s'en aille.

Ce fut au tour de Meredith de bafouiller, ce qui ne fit que l'irriter davantage. Comme il était frustrant de se retrouver à court de mots. D'autant plus qu'elle leur devait sa carrière, sa vie.

Pour la deuxième fois cette nuit-là, Meredith vit Dominic l'ignorer en s'éloignant. Oh ! sa colère avait refait surface. Elle voulait lui hurler dessus. Mais elle prit sur elle, car non seulement cela aurait été indigne, mais cela n'aurait pas fait la moindre différence.

Au lieu de cela, elle laissa la femme la guider hors du club. Ce n'était pas sa faute, et Meredith ne voulait pas lui causer d'ennuis en faisant un autre esclandre.

De plus, elle n'avait pas vraiment de raison de rester.

Après s'être glissée sur le siège en cuir de son SUV, Meredith mit le contact. Elle resta immobile pendant plusieurs secondes avant de passer une vitesse et de sortir du parking bondé.

Elle ne voulait pas le faire, mais elle savait qu'elle le devait. En appuyant sur un bouton du volant, Meredith demanda à son ordinateur de bord d'appeler sa meilleure amie.

Elle fut soulagée de tomber sur sa messagerie vocale.

— Annalise, rappelle-moi. Il faut qu'on parle.

- 2 -

Le corps de Dominic bourdonnait d'un trop-plein d'énergie. Il s'était donné un mal de chien pour ne pas essuyer le poing sur le visage de l'abruti qui avait touché Meredith.

Ce qui n'aurait pas été judicieux. Il payait cher une équipe de sécurité pour gérer ce genre de problèmes, et cela n'aurait pas été bon pour les affaires que le propriétaire fasse une telle scène. Tout le monde s'attendait à ce qu'il soit le plus jovial de la soirée, celui qui distribue des verres et encourage les gens à se détendre et à s'amuser.

Aplatir un type au sol aurait contredit la nonchalance qu'il affichait volontiers. Mais voir la main de cet homme s'enrouler autour du bras de Meredith et la retenir… Il s'en était fallu de peu.

La réputation était essentielle. Une chose que Dominic garantissait, à l'Excess, était un environnement sûr pour tous ses clients. Chaque membre du personnel avait suivi une formation spécialisée pour être capable de repérer un prédateur glissant de la drogue du viol dans un verre, la vente de stupéfiants, les tendances suicidaires et, bien sûr, les signes de violences dans un couple.

Il avait déjà eu affaire à de nombreuses situations comme celle avec Meredith, mais n'avait jamais eu une réaction aussi immédiate et viscérale.

Mais il n'avait pas le temps de disséquer cela pour l'instant.

Debout devant la grande vitre de son bureau qui donnait sur la vaste salle de son club en contrebas, Dominic prit une profonde inspiration purificatrice. Il regarda sa clientèle. Paillettes, glamour et abandon. Il était fier d'avoir créé un endroit où les gens se sentaient en sécurité et à l'aise pour être eux-mêmes. Pour se laisser aller et expérimenter toute l'excitation que la vie avait à offrir. Ou du moins la part qu'il pouvait leur donner.

La réalité n'existait pas entre les murs de l'Excess. Les fardeaux, les mauvaises expériences, le poids des attentes des autres… tout cela disparaissait. Il faisait en sorte que chaque nuit soit une fête. Une occasion d'oublier la pression, la dépression et les difficultés, dans un environnement protégé.

Les meilleures bouteilles, une cuisine cinq étoiles, les dernières tendances musicales et les célébrités les plus en vue. Chaque invité de l'Excess pouvait faire partie de l'élite de Vegas, au moins pour quelques heures.

Jake se glissa à côté de lui.

— Tout est prêt, patron.

Dominic observa les corps en mouvement et les lumières stroboscopiques pendant plusieurs secondes avant d'acquiescer sèchement.

— Nous allons devoir faire quelques changements.

— À cause de la marque de main sur ta joue ?

Dominic se força à sourire. Jake plaisantait, ce qu'ils faisaient normalement l'un avec l'autre. Mais il n'était vraiment pas d'humeur pour ça ce soir.

Reste qu'il ne voulait pas que son ami s'en rende compte.

Jake était avec Dominic depuis que celui-ci avait ouvert l'Excess, huit ans auparavant, devenant un jeune homme d'affaires. Jake, fraîchement retraité de l'armée, essayait à l'époque d'entrer dans le monde de la sécurité. Aujourd'hui, il supervisait la sécurité de tous les clubs d'Excess Inc.

Mais le point d'attache de Jake était Vegas. Et quand Dominic lui avait proposé de s'impliquer dans la protection des femmes maltraitées, il n'avait pas hésité à s'engager.

Ce soir, ils allaient s'occuper de Tessa et de sa situation. Jake allait l'emmener dans un endroit sûr.

— Ouais, mais nous parlerons de ça plus tard. Tessa requiert toute notre attention. J'ai besoin que tu fasses le trajet avec elle.

Normalement, Dominic escortait les femmes pour la première étape de leur voyage. Il le faisait non seulement pour s'assurer qu'elles étaient en sécurité, mais aussi parce que souvent, à ce moment-là, il avait établi une relation de confiance avec elles.

Heureusement, Jake avait assisté à quelques-unes de ses réunions avec Tessa, donc il ne serait pas un visage complètement inconnu.

— Tu penses que c'est une bonne idée ?

— Je pense surtout que nous n'avons pas le choix.

Joker, extraordinaire hacker pour Stone Surveillance, avait tout extrait de l'ordinateur de Meredith dans les minutes qui avaient suivi l'appel téléphonique de Dominic à son ami Stone. Ce qui était clairement évident, c'est que quelqu'un surveillait Dominic. De près. Après sa confrontation avec Meredith, Stone et lui avaient convenu que Dominic ne pouvait pas se permettre un espionnage supplémentaire.

— Tessa sera là dans deux heures.

— Je m'en occupe, rétorqua Jake. Tout ira bien.

Ce que Dominic espérait de toute son âme. Tessa n'était pas seulement une femme battue qui avait enfin accepté de l'aide. C'était une vieille amie de Meredith et d'Annalise. Leur camarade de classe voici de nombreuses années.

Sans aucun doute, c'était le pire moment possible pour

qu'une des amies de Meredith disparaisse, surtout dans des circonstances douteuses. Ou qu'elle soit liée à lui et à l'Excess avant sa disparition.

Mais il ne pouvait rien faire à ce sujet. Il avait travaillé pendant des mois pour convaincre Tessa de quitter son mari, Ben. Et quelques semaines auparavant, la goutte d'eau avait fait déborder le vase.

S'appuyant sur le bord du bureau, Dominic regarda les gens s'agiter en contrebas.

Il se sentait fatigué, épuisé, exténué. D'habitude, tout ce qui concernait la gestion de l'Excess le requinquait. Mais pas ce soir.

Il y avait des rapports à examiner. Des papiers à signer. Il devait approuver une grosse commande d'alcool pour plusieurs de ses établissements. Autant de détails qu'il gérait normalement en pilote automatique. Là, il n'avait pas l'énergie pour s'occuper de ça.

La vision de Meredith traversant son club lui revenait en mémoire. Cette robe qu'elle portait… une tuerie. Et tellement contraire à sa personnalité. Non pas qu'il ne l'ait jamais vue dans une robe de soirée auparavant.

Un autre souvenir, qu'il avait refoulé profondément, remonta à la surface. La dernière année de lycée d'Annalise et Meredith. Un bal à l'école. Plusieurs filles étaient venues chez eux pour se préparer, dont Meredith.

Il avait pu entendre leurs gloussements et leurs bavardages du bout du couloir, un bruit qui avait été comme un pic à glace pour sa cervelle. Il était en train de réviser pour un examen – lequel ? Il n'en avait plus le moindre souvenir. Par contre, il se rappelait que, en quête d'une minute de calme, il était sorti à l'arrière de la maison.

À son grand soulagement, la nuit fraîche du désert s'était étendue devant lui comme le domaine de son père. Mais ce n'était pas le sien. Et même si son père n'était pas du genre à lui agiter sa réussite sous le nez, Dominic avait besoin d'avoir quelque chose à lui. Quand sa vie allait-elle commencer ? Il avait l'impression de faire du surplace.

Dans le doux clapotement de l'eau de la piscine et le chant des grillons, quelque chose avait attiré son attention sur sa gauche. Lentement, une ombre s'était détachée du reste de la pénombre. Elle se tenait là, fixant la même vue et songeant sans doute elle aussi au temps et à l'espace. Ses bras étaient enroulés autour de son propre corps. Si Dominic ne pouvait pas voir son visage, son langage corporel ne laissait place à aucune ambiguïté.

Meredith n'était pas heureuse.

Le besoin de la prendre dans ses bras et de la rassurer avait été presque irrésistible. Ce n'était pas la première fois qu'il avait eu envie de la toucher.

Mais elle n'aurait pas apprécié le geste. Pas de sa part.

Alors Dominic était resté là où il était, se dandinant tout en enfonçant les mains dans ses poches.

— Pourquoi n'es-tu pas en haut avec le reste des filles ?

Elle avait tourné la tête, ses yeux bleu pâle écarquillés. L'éclair d'une seconde, Dominic avait vu de la peur dans son expression et s'en était terriblement voulu de l'avoir fait sursauter.

L'instinct l'avait poussé à réduire l'espace entre eux.

— Je suis désolé, je ne voulais pas te faire peur.

— Ce n'est pas le cas.

Menteuse. Il lui avait fait peur et il s'était détesté d'avoir causé cette expression sur son visage.

En d'autres circonstances, il l'aurait probablement taquinée, pour le plaisir de la voir monter sur ses grands chevaux. Le dos droit, les joues roses et l'irritation brillant dans ses yeux de voleuse d'âme. Mais ce soir-là…

pour une raison quelconque, elle avait l'air si vulnérable. Un mot qu'il n'aurait jamais utilisé pour la décrire auparavant.

Il aurait dû faire demi-tour et partir. Il l'avait su, au fond de lui. Mais il n'avait pas bougé. Il se tenait à côté d'elle, assez près pour sentir la chaleur s'échapper de sa peau parfumée. Les senteurs de vanille et de musc, une combinaison de douceur et de ténèbres, avaient taquiné ses sens.

Elle s'était déplacée, resserrant les bras autour d'elle.

— Qu'est-ce qui ne va pas ?

Il n'aurait pas dû demander. Il n'aurait pas dû s'en soucier, mais les mots étaient sortis tout seuls de sa bouche.

— Rien.

Cette fois, il n'allait pas laisser le mensonge filer.

— Nous savons tous les deux que ce n'est pas vrai. Dis-moi.

Meredith s'était retournée pour le regarder, et il avait reçu l'expression dans ses yeux comme un coup de poing dans le ventre. Un voile d'humidité menaçait de se répandre sur ses magnifiques cils maquillés.

Il allait tuer quelqu'un. Celui qui l'avait fait pleurer.

Elle avait secoué la tête, comme si elle avait refusé que des mots s'échappent de ses lèvres brillantes.

— Mon cavalier a annulé. À la dernière minute.

Elle avait soupiré, penchant la tête en arrière pour fixer le ciel étoilé.

— C'est stupide. Je suis stupide. Ce n'est pas quelqu'un qui m'intéresse. On ne sort même pas ensemble.

— Mais ça fait quand même mal.

— Ouais, et écouter les autres parler de leurs petits copains et de comment ils projettent de s'éclipser pour batifoler à l'arrière d'une voiture…

Dominic ne savait pas pourquoi il avait agi ainsi. Enfin, si, il le savait très bien. Parce qu'il en avait envie depuis des années, tout en sachant que cela lui était interdit.

Ce soir-là, cela n'avait pas eu d'importance. S'approchant de Meredith, il l'avait attirée doucement dans ses bras. Sa bouche avait trouvé la sienne. Le baiser n'avait pas tardé. Il aurait voulu que ce ne soit rien de plus qu'un baume apaisant pour sa fierté blessée. Pour lui assurer qu'elle était jolie et désirable. Parce qu'elle l'était. Tellement.

Mais ce baiser s'était rapidement transformé en bien plus. La chaleur de Meredith, son goût… tout cela l'avait atteint au plus profond de son être pour ne plus jamais le lâcher.

Jamais dans sa vie il n'avait eu autant l'impression de se noyer sans être près de l'eau. Mais c'est ce qu'il avait ressenti en la touchant. Perdu, flottant, à bout de souffle.

Et puis elle l'avait repoussé.

Ses mains contre sa poitrine l'avaient même fait trébucher.

— Qu'est-ce que tu fais ? avait-elle haleté, le fixant avec des yeux horrifiés.

La douleur du rejet avait été presque aussi forte que la perfection du baiser. Au moins, ses larmes avaient disparu.

Travaillant le sourire qui allait devenir son arme fatale, Dominic avait négligemment haussé les épaules.

— Je ne voulais pas que tu te sentes exclue, mon ange. Tu sais que je suis toujours disponible pour batifoler avec toi sur la banquette arrière du SUV familial.

Se penchant plus près, il avait chuchoté :

— Je te promets que tu passeras un moment plus agréable avec moi, de toute façon. Nous savons tous les deux que je sais m'y prendre.

Le repoussant à nouveau, Meredith n'avait même pas pris

la peine de répondre. Elle s'était contentée de s'éloigner. À l'évidence, elle ne voulait rien avoir à faire avec lui.

Hier, comme aujourd'hui.

Il n'avait plus pensé à cette nuit depuis longtemps. Des années. Mais pour une raison étrange, ses lèvres se mirent à picoter, tout comme elles l'avaient fait lorsqu'il l'avait regardée partir.

La mâchoire crispée, Dominic comprit que ses poings étaient douloureux à force d'avoir été serrés. Il les relâcha et les secoua.

Du travail. C'est ce dont il avait besoin. Pas d'un souvenir fumeux qui ne voulait rien dire.

Se retournant vers son bureau, Dominic était sur le point d'ouvrir le dossier comptable du club de Londres lorsque le téléphone dans sa poche vibra. Il le sortit et déverrouilla l'écran.

Et soupira quand il vit le nom de sa sœur s'afficher.

Satanée Meredith.

Meredith fixait le curseur clignotant sur son écran. Les mots défilaient dans sa tête à toute vitesse, mais ses doigts refusaient de les taper.

Elle ne pouvait tout simplement pas le faire.

Maudit soit Dominic.

Changeant de fenêtre sur son ordinateur portable, Meredith fit défiler les documents qui lui avaient été envoyés. Des entrefilets sur des femmes disparues noyés dans des journaux.

C'était déchirant de voir le peu de valeur que les médias avaient accordé à ces disparitions. Parfois, elle avait honte de faire partie du système.

Celui qui lui avait envoyé l'information avait fait ses devoirs. Il y avait des images de caméras de vidéosurveillance. Des images des femmes entrant et sortant de l'Excess dans les jours et les semaines précédant leur disparition.

Mais ce n'était pas une preuve suffisante de l'implication de Dominic. Ces femmes avaient fréquenté son établissement… il était possible que quelqu'un utilise son club pour identifier et traquer des victimes. L'Excess constituait un terrain de chasse parfait si vous étiez un psychopathe à la recherche de femmes seules, fragiles ou extrêmement aventureuses, mûres pour un enlèvement.

Et si c'était tout ce que le mail avait contenu, c'est exactement l'histoire que Meredith serait en train d'écrire. Mais ce n'était pas le cas.

Il y avait aussi des photos de Dominic montant dans une élégante voiture noire avec deux de ces femmes.

Peut-être qu'il avait couché avec elles. Une douleur aiguë lui traversa l'estomac.

Non, elle refusait de se laisser aller à la jalousie. En outre, ce n'était pas le genre de Dominic de voir la même femme plus d'une ou deux fois, et toutes ces femmes avaient été vues au club plusieurs fois. Une raison de plus pour laquelle elle devait rester concentrée sur ce qu'elle avait en face d'elle et non sur un fantasme qu'elle combattait depuis des années.

Ce qui la dérangeait plus que tout en ce moment, c'était que si cette histoire avait impliqué quelqu'un d'autre elle n'aurait pas hésité. Elle avait vérifié les sources. Vérifié l'information. Assez pour savoir que *quelque chose* clochait.

Mais Dominic était impliqué. Et même si elle aurait aimé se convaincre que sa réticence à traîner son nom dans la boue était entièrement due à sa relation avec Annalise… elle savait au fond d'elle que ce n'était pas le cas.

Ses tripes lui disaient que tout cela sentait mauvais et

qu'il y avait quelque chose qui n'allait pas. Mais la petite voix dans sa tête la narguait, comme si elle ne voulait pas accepter que Dominic puisse être impliqué.

Était-elle stupide ou pragmatique ?

Impossible de trancher. Et c'était là tout le problème avec Dominic. Alors que son cerveau criait au danger dès qu'il était dans les parages, le reste d'elle-même voulait l'attraper par la nuque et l'embrasser jusqu'à en perdre le souffle.

Peut-être que dans ce cas elle pourrait comprendre une bonne fois pour toutes que leur seul baiser – son premier baiser – n'avait pas été aussi bouleversant que dans son souvenir.

Elle avait simplement besoin de trouver quelque chose prouvant qu'elle avait raison.

Dominic n'avait été interrogé dans aucune des affaires de personnes disparues. Ce qui voulait dire qu'il ne s'était pas manifesté.

Pourquoi ?

Il était possible que la police n'ait pas trouvé les preuves qui lui avaient été envoyées. Les dossiers avaient été assignés à des officiers différents, ce qui avait probablement compliqué les choses.

Mais elle se demandait pourquoi l'information n'avait pas été envoyée à la police. Ou au procureur. Pourquoi un journaliste ? Pourquoi elle ? Bien sûr, elle avait une bonne réputation, mais…

Quelque chose sentait mauvais. Son lien avec la famille d'Annalise était connu.

Peut-être que quelqu'un espérait torpiller Dominic dans les médias ? Le condamner au tribunal de l'opinion publique ?

Son informateur pouvait-il avoir une raison personnelle de se venger ?

Elle devait trouver un expert en informatique capable de l'aider à déterminer si les photos avaient été truquées. Malheureusement, elle ne connaissait personne avec ce genre de qualifications. Mais quelqu'un pouvait l'aider.

Annalise gérait le Magnifique, le casino familial, et si quelqu'un avait accès à des gadgets high-tech et à la matière grise pour les utiliser, c'était elle. Cet endroit avait une équipe informatique pour laquelle la CIA aurait vendu père et mère.

Meredith avait menacé Dominic de le dire à Annalise, mais pour l'instant, son amie ne l'avait pas rappelée. Ce qui n'était pas étonnant si elle était occupée à gérer un problème au casino.

De toute façon, Meredith n'était pas vraiment impatiente de recevoir ce coup de fil. En soupirant, elle décrocha son téléphone et recomposa le numéro de sa meilleure amie.

Cette fois, Annalise répondit.

— Meredith, tu veilles tard.

En temps normal, elle s'effondrait bien avant minuit. Mais ce soir, entre sa rencontre avec Dominic et ces images qui tournaient dans sa tête… il lui était impossible de trouver le repos.

— Ouais, écoute. J'ai besoin de ton aide.

Annalise ne répondit pas tout de suite. Parce qu'elle était surprise que Meredith demande de l'aide ? Ou parce qu'elle était occupée et distraite ? Ses affaires la gardaient éveillée tard dans la nuit.

— OK, pour quoi ?

— J'ai besoin d'aide pour découvrir si certaines photos ont été trafiquées. Je me suis dit que tu avais sans doute des gens dans ton équipe qui pourraient faire ça.

— Effectivement… c'est pour un article ?

Le cœur de Meredith se serra. Elle ne voulait vraiment

pas être une source de conflit entre Annalise et son frère. Mais elle n'avait pas le choix. Annalise devait savoir ce qui se tramait.

Avec un profond soupir, Meredith admit :

— Oui, je t'en parlerai de vive voix. J'arrive.

Ce n'était pas le genre de conversation qu'elle voulait avoir au téléphone.

- 3 -

La nuit ne voulait pas se terminer. Dominic se tenait devant la vitre fumée de son bureau et fixait les corps qui se déhanchaient en contrebas.

Son téléphone portable vibra. En jetant un coup d'œil, il vit le nom de Gray Lockwood s'afficher sur l'écran. Il attendait cet appel.

— J'ai entendu dire que nous avions un problème.

Pas de salutation ni de formule de politesse. Gray était aussi direct que l'était Dominic. C'est ce qu'il aimait le plus chez lui.

— Ouais, on en a un.

Après une courte pause à l'autre bout du fil, son ami renchérit :

— Explique-toi.

— Une journaliste.

Dominic omit de préciser que la journaliste en question était une vieille amie de la famille.

— Elle veut faire un article nous liant, moi et l'Excess, à la disparition de cinq femmes au cours des dix-huit derniers mois.

Un chapelet de jurons jaillit du téléphone.

Dominic aurait bien voulu ajouter les siens, mais cela n'aurait servi à rien. À la place, il se contenta de dire :

— Je ne pourrais pas être plus d'accord.

— Une chance que nous puissions tuer son enquête dans l'œuf ?

La question de Gray était logique. C'était la solution de facilité. Si la journaliste avait été quelqu'un d'autre que Meredith, ça aurait pu être une possibilité. Mais Dominic savait à quel point la meilleure amie de sa sœur était intègre.

— Pas celle-là. Elle n'est pas intéressée par les pots-de-vin ou les arrangements.

— Une chance que nous puissions lui dire la vérité et la mettre dans notre poche ?

Encore une fois, si ça avait été quelqu'un d'autre que Meredith, il aurait été tenté. Il aurait pu être précieux d'avoir un appui dans les médias. Quelqu'un pouvant enterrer et réorienter les articles au besoin.

Mais pour plusieurs raisons, il ne voulait pas que Meredith s'approche de ce que lui et Stone Surveillance avaient entrepris. Principalement parce que frayer avec des agresseurs était dangereux.

— Non.

Dominic ne se fatigua pas avec une explication ou une excuse.

— Elle ne peut pas être impliquée.

Gray soupira, sans pour autant contester la décision de Dominic.

— Eh bien, peut-être qu'on peut lui mettre un peu la pression et la faire changer d'avis.

— J'en doute. Elle a la réputation d'être impitoyable quand elle a une enquête en vue. Et elle n'est pas facilement intimidable.

— Ça vaut le coup d'essayer, au moins.

Dominic haussa les épaules, même s'il savait que Gray ne pouvait pas le voir.

— Si ça te fait plaisir, mais crois-moi, elle ne va pas laisser tomber.

Gray poussa une exclamation, comme s'il venait de tout comprendre.

— Ah ! Vous avez un passé ensemble. C'est personnel pour elle.

Oh ! c'était bien personnel, mais pas de la façon dont Gray le pensait.

— C'est la meilleure amie de ma petite sœur. Je connais Meredith depuis que j'ai quinze ans.

— Laisse-moi deviner, la meilleure amie ne t'a jamais aimé ?

Ce fut au tour de Dominic de soupirer.

— Disons simplement que, si Annalise et Meredith sont liées comme des siamoises depuis le collège, il n'y a jamais eu de rab d'amour pour moi.

L'expression d'horreur de Meredith lorsqu'elle l'avait repoussé après ce baiser lui revint en mémoire pour la deuxième fois de la soirée. Accompagnée de toutes les piques qu'elle lui avait lancées au fil des ans.

— L'opinion qu'elle a de moi est plutôt mauvaise.

— Dommage que tu n'aies pas utilisé ton charme de mauvais garçon pour la séduire quand elle avait seize ans. Les femmes ont toujours un faible pour leur premier.

— Tais-toi, mec.

Dominic n'était pas prêt à admettre que Meredith était la seule femme qu'il n'avait jamais eu la moindre chance de séduire.

Gray éclata de rire, d'un son un peu trop jubilatoire au goût de Dominic.

— D'accord, je vois.

— Je ne comprends pas ce que tu veux dire.

— Moi je pense que tu comprends très bien, mais on verra ça plus tard. Et ta sœur ? Pourrait-elle convaincre sa copine d'abandonner son article ?

Lorsque Annalise avait téléphoné un peu plus tôt,

Dominic était sûr qu'après avoir quitté l'Excess Meredith l'avait tout de suite contactée. Mais non, sa sœur avait appelé pour parler de leur père et non de l'énorme foutoir dans lequel il était sur le point de plonger.

Qui plus est, il n'avait vraiment pas envie d'entraîner Annalise dans cette histoire. Car parler de l'article allait forcément exiger de soulever le voile sur ses activités clandestines…

Il ne voulait pas qu'Annalise soit impliquée dans cette affaire, pas plus qu'il ne le voulait pour Meredith.

— Probablement pas. Elle ne demanderait pas à Meredith de faire une entorse à sa morale, elle sait combien ces foutus principes sont importants pour elle.

Dominic entendit la frustration et l'irritation dans sa voix mais ne parvint pas à les refréner.

— Tant que je ne suis pas au pied du mur, je n'ai vraiment pas envie de parler de tout ça à Annalise.

Gray opina.

— Bon, on va commencer par un appel téléphonique à Mme Forrester. Voyons où ça nous mène. On pourra partir de là.

Dominic haussa de nouveau les épaules. Il n'était pas entièrement convaincu que ce coup de fil n'entraînerait pas une autre visite de Meredith. Et, franchement, sa joue lui chauffait encore un peu.

Il était sur le point de mettre fin à l'appel lorsque les derniers mots de Gray arrêtèrent son geste.

— Dominic, ne t'inquiète pas.

Facile pour lui de le dire. Il était en Caroline du Sud, loin de Vegas et de l'ouragan qui s'apprêtait à aspirer sa vie. Mais que pouvait-il dire d'autre ?

— Ouais.

— On avait prévu ce genre de trucs. On savait que ça allait arriver un jour ou l'autre.

Oui, ils le savaient. Avec autant de disparitions de femmes aux alentours de l'Excess, quelqu'un allait forcément en lier une à son club. Mais c'était différent. Ils avaient fait des plans d'urgence au cas où la police enquêterait sur l'une d'elles. Jamais ils n'avaient discuté de ce qui se passerait si quelqu'un remontait *toutes* les pistes jusqu'à la boîte de Dominic.

— Fais-moi confiance, Nic, on te couvre.

Il avait une confiance absolue en Gray, comme dans le reste de l'équipe de Stone Surveillance.

Il le devait. Sans compter que, pour l'instant, il n'avait pas vraiment d'autre choix.

— Très bien. Tiens-moi au jus.

Le téléphone de Meredith sonna. Elle regarda l'écran de son ordinateur de bord. On l'appelait en numéro caché.

Normalement, elle ne prenait pas la peine de répondre aux appels de personnes qu'elle ne connaissait pas, mais vu la situation actuelle… Elle appuya sur le bouton du volant pour connecter l'appel.

— Allô ?

— Meredith Forrester ? demanda une voix masculine qui ne lui disait rien.

— Elle-même, répondit-elle, sans pouvoir masquer la fatigue dans sa voix.

Il était trop tard – ou trop tôt, selon le point de vue – pour du démarchage. Qui que ce soit à l'autre bout du fil, l'appel ne concernait probablement pas une bonne nouvelle.

— Anderson Stone à l'appareil.

Les mains de Meredith tremblèrent et la voiture fit une courte embardée sur la voie opposée. Elle savait exactement qui était Anderson Stone. Tout le monde le savait. Il y a des années, son arrestation pour le meurtre du fils d'une éminente famille du Sud avait fait les gros titres pendant des semaines. L'histoire avait saisi le pays, non seulement à cause des familles impliquées, mais aussi à cause de la rapidité et du secret entourant l'incarcération d'Anderson.

Et ce sensationnalisme n'avait fait que décupler lorsqu'il avait été libéré et qu'on avait compris qu'il avait eu de très bonnes raisons d'agir de la sorte – il avait défendu son amie d'enfance, victime d'un viol.

Stone était un homme puissant. Riche, prospère. Meredith avait lu un article disant qu'il avait créé sa propre entreprise, et qu'il siégeait au conseil d'administration de plusieurs sociétés.

Alors pourquoi diable l'appelait-il ?

— Que puis-je faire pour vous, monsieur Stone ?

— Juste Stone. Je voulais vous parler de Dominic Mercado.

Dominic ? Elle ignorait que Dominic connaissait Anderson Stone. Mais ce n'était pas comme si elle avait des raisons de connaître tous les amis de Dominic.

— Qu'est-ce qu'il y a avec lui ?

— Vous faites erreur.

Secouant la tête, Meredith se rangea sur le bas-côté de la route. Quelque chose lui disait qu'elle allait devoir se concentrer à cent pour cent sur cette conversation.

— Excusez-moi ?

— Les apparences peuvent être trompeuses, madame Forrester. Je sais bien que les photos et les informations qui vous ont été envoyées peuvent sembler accablantes, mais…

— Il n'y a aucun doute là-dessus, le coupa-t-elle.

De toute évidence, Dominic avait contacté son ami dans l'espoir qu'il la convainque de laisser tomber cette affaire. L'irritation et la déception se mêlèrent dans l'esprit de Meredith. Elle aurait dû savoir que Dominic n'était jamais contre un petit coup de force.

Malheureusement pour lui, elle n'était pas aussi fragile qu'elle en avait l'air. Et elle n'était certainement pas prête à laisser tomber une histoire avec des implications aussi graves.

C'est alors que les mots que Stone venait de prononcer surgirent du brouillard de ses émotions. Elle n'avait jamais dit à Dominic ce qu'elle avait reçu exactement.

— Comment savez-vous que j'ai des photos ?

Un léger gloussement se fit entendre à l'autre bout du fil.

— Disons juste que je ne travaille qu'avec les meilleurs.

— Vous avez piraté mon ordinateur ?

— Non, je n'ai pas dit ça.

Il n'en avait pas besoin. C'était le seul moyen pour que quelqu'un puisse savoir pour les photos.

— Ne touchez pas à mon ordinateur, et pendant que vous y êtes, dites à votre pote de ne pas m'approcher non plus.

— Lequel ? D'après mes informations, vous êtes vous-même très proche de Dominic.

Meredith sentit d'un coup la chaleur monter en elle. Et ce n'était pas que de la colère.

— Je ne sais pas ce qu'il vous a dit, mais nous ne sommes certainement pas proches comme vous le sous-entendez.

Cette fois, Stone ne prit pas la peine d'étouffer son rire.

— D'après ce que j'ai entendu, vous êtes allée le voir. Et vous avez laissé une belle impression sur sa joue. Cela me dit que vous vous souciez de lui… et que vous n'avez pas vraiment envie de sortir cette enquête.

Meredith détestait vraiment se sentir en position de faiblesse, et là, dans cette conversation, elle avait l'impression qu'Anderson Stone avait toutes les cartes en main. Et qu'elle n'en avait aucune.

Parce qu'il avait raison.

— Ça ne m'empêchera pas de le faire.

Meredith avait besoin de se réveiller. Elle était très douée pour interviewer les gens, alors elle devait reprendre ses esprits et la main. C'était l'occasion de rassembler toutes les informations qu'elle pouvait… parce qu'il était évident qu'elle avait touché quelques cordes sensibles si Anderson Stone était prêt à l'appeler au milieu de la nuit et… quoi ? La menacer ?

— Puisque vous avez évidemment vu l'information, vous savez qu'elle n'est pas seulement accablante. C'est assez sensible.

— C'est pour ça que vous n'avez pas commencé à écrire sur le sujet ? Parce que c'est tellement sensible ?

Bien sûr qu'il le savait. Ils avaient piraté son ordinateur et vu qu'elle n'avait pas commencé le moindre brouillon, parce qu'à chaque fois qu'elle essayait de mettre des mots sur la page, son cerveau se bloquait.

Maudit soit-il.

— Non, c'est parce que je suis un être humain responsable et une très bonne journaliste. Je ne sortirai pas quelque chose comme ça, qui pourrait complètement détruire la vie d'une autre personne, sans avoir tout vérifié deux et même trois fois.

Cette fois, le rire de Stone se remplit d'incrédulité désobligeante.

— Excusez-moi si je trouve cela difficile à croire. J'ai déjà eu affaire à pas mal de gens des médias, et d'après mon expérience, peu d'entre eux ont une once d'intégrité.

— Eh bien, je ne suis pas tout le monde. Je prends mon travail et ma responsabilité de journaliste au sérieux.

— Excellent. Alors oubliez que vous avez vu ces photos.

Le ton d'Anderson s'était fait autoritaire. Mais il avait beau être un homme d'affaires très en vue, habitué à ce que les gens suivent ses ordres, elle n'était pas une de ses employées.

— Non. Je ne le ferai pas.

Elle laissa échapper un soupir et, avec lui, tout ce qui lui restait encore d'énergie.

— Bon, je peux vous promettre que ce n'est pas ce que vous croyez.

Meredith s'esclaffa.

— Parce que je suis censée vous croire sur parole ? Quelqu'un que je n'ai jamais rencontré ?

— N'est-ce pas ce que vous faites en prenant ces photos pour argent comptant ?

Il avait raison, et Meredith le détesta pour cela.

— Qui a dit qu'il fallait les prendre au pied de la lettre ? Même si, vous me l'accorderez, ces preuves sont difficiles à ignorer. Et jusqu'à présent, vous ne faites que rester dans le flou en me disant que les apparences peuvent être trompeuses. J'ai besoin de concret pour avancer.

— Je ne peux pas vous donner ça.

— Alors je pense que cette conversation est terminée.

— Madame Forrester, vous me semblez être une femme qui apprécie l'honnêteté. Vous avez construit une carrière en dénonçant ceux qui se cachent, trichent, volent et fraudent.

Meredith prit son temps pour répondre, en essayant de repérer où il voulait en venir et où était le piège. Parce qu'il était clairement en train de lui en tendre un.

— C'est vrai.

— Alors croyez-moi, si vous sortez un article liant la disparition de ces femmes à Dominic et à l'Excess, vous allez mettre en danger beaucoup de gens. Des gens qui méritent d'être en sécurité.

La sincérité dans sa voix était difficile à ignorer, mais en fin de compte, il ne lui avait toujours rien offert de solide.

— Cela n'évoque rien pour moi, monsieur Stone. Qu'est-ce que vous essayez de dire exactement ?

— Je n'essaie pas de dire quoi que ce soit, je suis aussi clair et simple que possible. La vie de gens va être perturbée. Leur sécurité et leur santé mentale seront en danger. Sans parler de la tourmente dans laquelle Dominic et sa famille, y compris Annalise, vont être plongés. Je comprends que vous ressentiez le besoin de mettre au jour une potentielle entreprise criminelle, mais…

— Je ressens la responsabilité d'aider ces femmes qui ont disparu, surtout. De ce que j'ai vu jusqu'à présent, personne d'autre ne semble s'en soucier.

— Oh ! je vous assure, il y a beaucoup de gens qui s'en soucient. Savez-vous que je suis copropriétaire de Stone Surveillance, une société d'enquêteurs privés de Charleston ?

— En quoi est-ce pertinent ?

— Je fais juste remarquer que la police n'est pas la seule à pouvoir mettre la main à la pâte dans ce genre d'affaires.

— Vous êtes en train de me dire que votre société, située à l'autre bout du pays, s'occupe de plusieurs cas de femmes disparues à Las Vegas ?

— Et si je vous disais que oui ?

Meredith inclina la tête et réfléchit à la question plusieurs secondes avant de répondre.

— Je dirais que vous êtes nul dans votre travail, vu que toutes ces femmes sont toujours portées disparues. Et je dirais aussi que ça ressemble fort à des bobards que vous me racontez pour protéger votre ami.

Stone se contenta de grommeler :

— Bon, réfléchissez à ce que j'ai dit, d'accord ?

À ces mots, il raccrocha.

Meredith resta immobile pendant plusieurs instants.

Les mots d'Anderson Stone tournaient dans sa tête. Oui, cela la faisait réfléchir, tout en l'énervant encore plus.

Il l'avait appelée pour faire pression sur elle. Pour essayer de l'intimider et d'influencer ses décisions. Ce n'était pas la première fois que cela arrivait dans sa carrière, mais cette fois-ci, c'était plus personnel.

Parce que Dominic le lui avait demandé. Ses propres tactiques n'avaient pas fonctionné, alors il avait appelé des renforts.

S'il y avait une chose qu'elle détestait, c'était que quelqu'un avec de l'argent pense pouvoir influencer son monde. Alors que Dominic ne lui avait jamais paru être ce genre de personne, elle avait eu avec ce coup de fil la preuve irréfutable qu'il l'était.

Ce qui la décevait. Encore une fois.

Une chose était sûre, elle était plus déterminée que jamais à aller au fond des choses. Il fallait qu'elle découvre la vérité.

- 4 -

— Pardon ?

Meredith eut un mouvement de recul en entendant la colère dans la voix d'Annalise.

— Oui, je sais que c'est difficile à avaler.

— Meredith, on parle de Dominic, là. Bien sûr, il lui arrive d'être un beau connard et sa réputation de séducteur n'est pas usurpée. Mais, justement, est-ce que ça n'annule pas ce qu'on a sous les yeux ? Dominic n'est pas le genre de type qui a besoin d'enlever des femmes pour qu'elles couchent avec lui. Tout ce qu'il a à faire, c'est d'afficher son sourire sexy de mauvais garçon, et les femmes font la queue pour lui jeter leur petite culotte.

Cette fois-ci, la grimace de Meredith n'avait rien à voir avec le ton d'Annalise. Parce qu'elle n'avait pas tort. Dominic n'avait qu'à claquer des doigts pour que la plupart des femmes perdent la raison en sa présence.

Annalise secoua la tête.

— Il doit y avoir une autre explication.

Les mots d'Anderson Stone, étrangement similaires à ceux d'Annalise, résonnèrent dans l'esprit de Meredith.

— J'espère qu'il y en a une, mais…

Elle laissa tomber la fin de sa phrase.

La bouche d'Annalise se contracta en une ligne sévère.

— Bon, qu'est-ce que tu attends de moi ? Tu m'as demandé une aide informatique, non ?

— Je veux m'assurer qu'aucune des photos n'a été

trafiquée. Tu as quelqu'un dans ton équipe qui pourrait les analyser ?

— Absolument.

Annalise se détourna et attrapa le téléphone sur son bureau pour appeler sa secrétaire.

— Envoyez-moi Mav. J'ai un projet spécial pour lui.

Une fois le téléphone reposé sur son socle, Annalise croisa les bras et prit une profonde inspiration. Meredith regarda les pensées défiler sur le visage de son amie : tristesse, inquiétude.

— Cela ne peut pas être vrai, Meredith.

Et Meredith voulait désespérément dire à Annalise que tout irait bien. Mais, honnêtement, elle en était incapable.

Et un peu plus tard, elle fut heureuse de ne pas avoir cédé à cette envie.

— Vous êtes sûr de vous ? demanda Annalise d'un ton tranchant.

Le grand type assis devant l'ordinateur tourna vers elles un regard plein d'excuses.

— Oui, madame. Ces photos ont été prises à partir de différentes sources, mais aucune d'entre elles n'a été modifiée.

— Je vais le tuer.

Annalise se mit à faire les cent pas avant d'ouvrir d'un coup sec un tiroir de son bureau et d'y dénicher son sac à main.

Elle traversa la pièce avant que Meredith ait eu le temps de reprendre sa respiration. Celle-ci se précipita derrière son amie.

— Où est-ce que tu vas ?

— Hurler sur mon frère.

Cela n'augurait rien de bon.

Le mieux qu'elle avait à faire était de laisser Dominic

et Annalise régler cette histoire entre eux. Mais pour une raison quelconque, Meredith se sentait responsable.

Sans compter qu'elle espérait que, face à la colère et à la déception de sa sœur, Dominic leur donnerait la clé du mystère.

Dominic fixait le grand mur vitré et devinait les corps qui faisaient encore la fête en dessous de lui. Si le verre insonorisé empêchait le bruit d'entrer, l'image de la décadence et les lumières stroboscopiques étaient suffisantes pour l'hypnotiser.

— Tout est prêt, Nic.

Dominic se retourna, reconnaissant la voix de Jake.

— Elle est prête à partir ?

Jake hocha la tête.

— Vu ce qui se passe, je suis content que tu ne te sois pas défilé. Beaucoup auraient d'abord pensé à sauver leurs fesses.

Dominic haussa les épaules et suivit son ami vers le parking réservé au personnel du club.

— Ne t'inquiète pas, je vais m'en sortir.

C'était du moins ce qu'il espérait.

— Mais ce n'est pas le cas de Tessa. Si on laisse encore une chance à son primate de mari, la prochaine fois il ne se contentera peut-être pas de lui casser des côtes et fracturer le poignet.

Des images qu'il essayait de garder à distance défilèrent dans son esprit. Dominic resta immobile. Des années d'expérience lui avaient appris que lorsque les regrets affluaient la seule façon de les gérer était de ne pas se battre. De les laisser faire leur petite cuisine, et de touiller leur cocktail de chagrin, de colère et de frustration.

La voix de Jake dissipa les souvenirs.

— Elle veut te voir avant qu'on parte.

Le moteur de la voiture tournait, indiquant l'imminence du départ. Ouvrant la portière arrière, Dominic se glissa sur le siège de la limousine.

— Comment tu tiens le coup ?

La femme en face de lui esquissa un léger sourire. Blonde et belle, elle exprimait une délicate fragilité. Dans une autre vie, elle aurait pu l'intéresser.

— Je vais bien.

En se penchant vers elle, Dominic lui saisit la main et la serra.

— Je te promets qu'il ne te retrouvera pas.

— Tu ne peux pas faire cette promesse.

C'est là qu'elle avait tort. Mais Tessa ne le laissa pas répondre.

— Ben est puissant et a des relations. Il a beaucoup d'argent, et il me voit comme un objet. Juste un autre truc qu'il s'est payé, comme ses manoirs, ses voitures et son jet.

Dominic serra sa main de plus belle.

— Et tu peux maintenant compter sur plusieurs hommes très puissants qui te protègent. Avec beaucoup plus de ressources. Ben ne te retrouvera jamais.

Tessa tremblait. Sa peau était glacée. Rien ne pouvait dissiper sa peur. Seul le temps en était capable.

Un coup sur le capot de la voiture la fit sursauter.

— Il est temps de partir.

Dominic l'attira à lui et la serra dans ses bras. Elle était si frêle.

— Tu vas t'en sortir. Et même plus que ça, tu vas être heureuse et en sécurité.

— Merci, chuchota-t-elle avant de le laisser partir.

Dominic descendit de la voiture, vérifia une ultime fois les détails de l'exfiltration avec Jake puis retourna dans le club sans prendre la peine de regarder derrière lui.

Son équipe le préviendrait dès que Tessa serait arrivée à la première étape de son voyage. Il allait lui falloir une bonne journée avant d'arriver à destination et de pouvoir commencer sa nouvelle vie sous l'identité que Joker lui avait préparée.

Arpentant les couloirs sombres des bureaux de la direction, Dominic observa ce qu'il avait créé. Il était fier de tout ce qu'il avait accompli, mais surtout du fait qu'il l'avait fait tout seul, sans aucune aide de son père.

En retournant dans son bureau, il s'installa à nouveau près de la vitre donnant sur la piste.

Il aurait dû être en bas en ce moment, pas seulement parce que c'était bénéfique pour ses employés et ses clients de le voir se mêler à la foule, et pour lui de tâter le pouls de son club. Mais aussi parce que être vu pourrait lui offrir un alibi dont il aurait peut-être besoin plus tard.

Et ça l'énervait.

Sauf qu'il ne pouvait pas se forcer à descendre. Il n'avait aucune envie d'être jovial et séducteur. Et il ne voulait surtout pas se faire draguer par des femmes qui ne voyaient en lui qu'une conquête éphémère ou un moyen d'obtenir ce qu'elles voulaient.

C'est pourquoi il était toujours là, les mains dans les poches, regardant les gens autour de lui profiter des fruits de son travail, quand la porte de son bureau s'ouvrit. Le claquement de la poignée métallique frappant le mur résonna dans l'espace.

Ainsi que la voix exaspérée d'Annalise.

— Bordel, Dominic, qu'est-ce que tu as foutu ?

Quelques pas derrière son amie, Meredith en profita pour regarder les couloirs vides des bureaux de l'Excess.

Le club était son vaisseau amiral, mais Dominic possédait plusieurs autres boîtes à travers le monde – à Los Angeles, Atlanta, Seattle, Miami, Rio, Londres, Paris. Et l'endroit prouvait que, pendant qu'on faisait la fête en bas, les vraies affaires se passaient en haut. Bien que la plupart des bureaux aient été vides à cette heure de la nuit.

Mais Meredith n'en avait cure, tout obnubilée qu'elle était par le bureau situé au fond du couloir, derrière une lourde porte en verre dépoli.

Le roi avait manifestement besoin d'intimité.

Meredith n'avait jamais été dans le bureau de Dominic. Si elle avait fréquenté quelques fois le club, elle n'avait pas mis les pieds dans son sanctuaire.

Annalise, par contre, semblait en terrain connu. Tant et si bien qu'elle ne prit même pas la peine de frapper avant de débarquer dans le bureau de Dominic.

— Bordel, Dominic, qu'est-ce que tu as foutu ?

À l'évidence, Annalise ne se préoccupait pas de politesse avant de se lancer dans une attaque.

Meredith eut une approche différente. Elle se glissa à l'intérieur et ferma discrètement la porte derrière elle.

Dominic se tenait de l'autre côté de l'immense bureau, les mains dans les poches de son pantalon de costume parfaitement taillé. Il avait abandonné la veste assortie, jetée sur une chaise dans un coin. Les manches de sa chemise blanche impeccable étaient retroussées à mi-hauteur de ses bras, révélant des muscles tendus et les tatouages magnifiquement complexes qui les décoraient.

Ils étaient nouveaux. Du moins, il ne les avait pas quand le trio était plus jeune et qu'un jour d'été Meredith s'était donné un mal de chien pour ne pas fixer sa musculature parfaite.

Aujourd'hui, elle voulait voir de plus près les motifs

gravés pour toujours sur son corps. Et même pire, elle voulait passer le bout des doigts sur ces lignes sombres et sentir la chaleur de la peau. Que pouvaient bien signifier ces ornements ?

Enfin, pour le moment, elle pouvait en déduire qu'elle n'arrivait toujours pas à ignorer l'attraction qu'il exerçait sur elle.

Dominic ne se fatigua même pas à saluer sa sœur et lança un regard noir à Meredith.

— Je vois que tu as finalement tout cafté, dit-il en soulevant un sourcil dédaigneux.

— Oh ! grandis un peu, répliqua-t-elle.

Un sourire en coin se dessina au coin de ses lèvres.

— Je ne vois pas en quoi cela prête à rire, dit sèchement Annalise. Sérieusement, Nic. Qu'est-ce qui se passe ? Dis-moi que ce n'est pas vrai.

Dominic soutint le regard de Meredith pendant plusieurs secondes, son autre sourcil se levant pour rejoindre le premier.

Meredith tint bon, refusant de flancher. Même si elle se sentait légèrement coupable du drame qui allait se jouer entre le frère et la sœur. Elle ne l'avait pas forcé à agir ainsi avec ces femmes. Elle avait simplement fait la lumière sur la vérité.

Ou ce qui semblait être la vérité. Même si quelque chose dans ses tripes la laissait toujours dans l'expectative.

Dominic fut le premier à détourner le regard, mais d'une certaine manière, elle n'y trouva aucune satisfaction, ni aucun soulagement.

Traversant la pièce, il s'approcha de sa sœur, et la prit par les épaules. Il essaya de la serrer contre lui, mais Annalise ne voulut rien savoir. Elle résista, conservant une bonne distance entre eux tout en fixant les yeux vert foncé de son frère.

— Oh ! non, pas ça, c'est trop facile. Ce n'est pas un câlin fraternel qui va arranger ça. Je n'ai pas un genou écorché ou un cœur brisé par un petit ami idiot. Réponds-moi, Nic.

Avec un haussement d'épaules, Dominic laissa tomber ses mains.

— J'aimerais bien, mais je ne sais pas exactement ce qu'elle a dit.

Le pied d'Annalise commença à taper le sol. Un staccato impatient parfaitement accordé à la frustration de Meredith.

— Arrête de jouer sur les mots, grommela Annalise.

— Bien. Peu importe ce que Meredith t'a dit – il regarda cette dernière une fraction de seconde – ou t'a montré, je peux t'assurer que ce n'est pas ce que tu crois.

— C'est ce que je pensais. Et puis j'ai demandé à quelqu'un de mon équipe informatique d'analyser les photos, et sans aucun doute, il a dit qu'elles n'avaient pas été trafiquées.

Meredith restait en retrait, attentive à la conversation entre le frère et la sœur. Elle voulait – non, avait besoin de – voir l'expression du visage de Dominic.

Elle avait appris au fil des ans que souvent la chose la plus importante qu'une personne interrogée révélait n'avait rien à voir avec les mots prononcés. Tout se jouait dans le langage du corps.

Meredith savait que Dominic pouvait lui mentir, mais elle n'était pas aussi certaine qu'il en soit capable avec sa sœur.

— C'est parce qu'elles ne le sont pas, avoua-t-il dans un soupir épuisé.

- 5 -

À la minute où Meredith avait débarqué dans son club ce soir, Dominic avait su que cette conversation allait être inévitable. Peut-être était-ce une chance qu'il ait attendu que Tessa soit en sécurité.

Parce que si l'une des deux femmes avait vu leur amie dans le parking de l'Excess…

Dominic n'avait pas la moindre envie d'impliquer Annalise ou Meredith. Et pas seulement parce que les femmes qu'il aidait fuyaient des situations dangereuses. Mais parce que quelqu'un cherchait manifestement à lui nuire.

Comment expliquer sinon que les photos soient arrivées anonymement entre les mains de Meredith ? On jouait un jeu dangereux, et Meredith était simplement un pion sur l'échiquier. Et, maintenant, elle avait aussi entraîné Annalise là-dedans.

Il fallait que Dominic les sorte de là, avant qu'une ou l'autre soient blessées ou exploitées.

Plus facile à dire qu'à faire tant les deux femmes étaient têtues, brillantes et loyales.

— Hein ? Elles ne sont pas trafiquées ? Qu'est-ce que tu veux dire ? demanda Annalise.

— Je veux dire que les photos sont réelles, tout simplement.

Annalise le fixa pendant plusieurs secondes avant de reprendre.

— Donc tu admets être l'une des dernières personnes à avoir vu au moins quatre femmes disparues ?

— J'admets que toutes ces femmes étaient des clientes de mon club. Il n'est pas impossible que j'aie eu des contacts avec elles.

— Pile la nuit de leur disparition ?

Meredith venait enfin d'entrer dans le cercle de la conversation. Dominic était justement en train de se demander combien de temps elle allait attendre avant de se laisser aller à sa véritable nature.

Elle avait toujours été curieuse, incapable de laisser passer une piste. Si elle commençait à tirer sur un fil, il fallait qu'elle démêle toute la pelote.

— On ne parle pas d'être dans le même secteur, et tu le sais très bien. Sur plusieurs des photos, on te voit avec ces femmes. Sur l'une, tu as un bras autour des épaules d'une d'elles et sa tête est penchée vers la tienne comme si vous aviez été pris en pleine conversation intime.

Dominic laissa un sourire complice se dessiner sur ses lèvres. Son regard passa sur le visage de Meredith et s'arrêta sur sa bouche pincée et sur les rides de dédain au coin de ses yeux.

L'opinion qu'elle avait de lui lui faisait mal. Cela l'ennuyait, mais c'était ainsi. Raison pour laquelle il ressentit le besoin de riposter.

— Tu es jalouse, mon ange ?

— Difficilement, et ne m'appelle pas mon ange, je te prie.

Dominic ne pouvait s'empêcher de penser à Meredith de cette façon. C'était le surnom qu'il lui donnait dans sa tête depuis qu'ils se connaissaient. Car c'est ainsi qu'il l'avait toujours vue… l'ange parfait, immaculé. Intouchable.

Et ce surnom lui rappelait également de ne rien tenter avec elle. Parce que sa vie était depuis longtemps un enfer et qu'il n'y avait pas de place pour un ange.

Un rappel plus que jamais nécessaire. Debout au

centre de son domaine, les lumières tourbillonnantes du club caressant sa peau pâle et mettant en valeur son regard incendiaire, Meredith avait tout l'air d'une créature sensuellement diabolique s'il s'écoutait.

Elle était magnifique. Féroce. Dynamique.

Annalise s'interposa et bloqua cette vue si tentante.

— Dominic, ça n'a aucun sens.

Être obligé de fixer le regard malheureux de sa sœur n'avait rien d'enchanteur. La dévastation et la confusion qu'il y lisait lui déchirèrent l'âme.

Car il avait déjà vu cette expression sur son visage, à l'époque où leur beau-père en était responsable.

Comblant la distance qui les séparait, Dominic saisit les mains d'Annalise et l'attira à lui.

— Lise, tu me connais. Je ne suis pas capable de faire ce que Meredith laisse entendre.

Meredith protesta, mais Dominic préféra l'ignorer pour le moment.

Mon Dieu, il voulait tant lui dire la vérité. Mais il ne pouvait pas. Pas s'il voulait qu'elle reste en sécurité. Il savait qu'à la minute où il la mettrait dans la confidence Annalise allait se jeter à corps perdu dans cette affaire. Non seulement pour aider les femmes, mais aussi pour le protéger.

Et il ne voulait pas qu'elle prenne des risques pour lui. C'était lui qui devait la protéger, pas l'inverse. Il avait échoué auparavant, il ne voulait pas réitérer cette erreur.

— Je sais que ça sent mauvais et je ne peux pas vous donner d'autre explication. Mais je vous jure, je n'ai pas fait de mal à ces femmes. Je ne les ai pas non plus mises en danger. Il faut que vous me croyiez toutes les deux, j'en ai besoin.

Il regarda sa sœur dans les yeux. Il fallait qu'elle voie la vérité. Qu'elle accepte ses dires sans poser de questions auxquelles il ne pourrait pas répondre. Pas sans la mettre elle-même en danger.

Sur le visage d'Annalise, il vit le combat qui se jouait dans son esprit. Les faits contre l'instinct. Il savait combien ce genre de confiance aveugle était difficile à demander. À qui que ce soit.

— Je ne comprends pas, Nic, dit-elle enfin dans un soupir. Mais tu as raison. Je te connais depuis toujours et peut-être même mieux que tu ne te connais toi-même. Je sais que tu n'en es pas capable. C'est ce que j'ai dit à Meredith à la seconde où elle m'a fait part des éléments qu'elle avait en sa possession.

Soulagé, Dominic ferma les yeux un court instant.

— Merci, murmura-t-il.

L'entendre dire qu'elle acceptait son explication lui donnait la force dont il avait besoin pour affronter la suite des événements.

Parce qu'il savait bien que Meredith allait être infiniment plus difficile à convaincre.

— Quoi qu'il se passe, Nic, je t'en prie, sois prudent. Quelqu'un t'a dans sa ligne de mire.

— J'en suis parfaitement conscient.

Tendant la main, Annalise posa le creux de la paume contre sa mâchoire.

— Si je peux faire quelque chose, fais-le-moi savoir.

— Merci, répondit-il, même s'il n'avait pas la moindre intention d'accepter son offre.

Sa sœur se retourna et se faufila hors du bureau. Il s'amusa du bruit sourd produit par les talons de ses chaussures frappant le sol alors qu'elle disparaissait.

Meredith ne la suivit pas, du moins pas tout de suite. Elle se tenait toujours au centre de son bureau, la tête inclinée sur le côté et son esprit faisant clairement des heures supplémentaires pour démêler le sens caché de ce qui venait de se passer.

Comme son intelligence était attirante…

— Je ne suis pas si facilement influençable, dit-elle enfin.

Dominic s'esclaffa.

— Je ne m'attendais pas à autre chose. Je sais très bien qui tu es, Meredith. Et je suppose que la personne qui t'a envoyé ces photos le sait aussi.

Il avait prononcé ces mots dans l'espoir qu'ils la fassent réfléchir.

Le coin de ses lèvres se contracta avec le soupçon d'un sourire ironique.

— Oh ! je suis la première à savoir qu'on se sert de moi, Dominic. Mais cela n'enlève rien à la validité des informations qu'on m'a fournies. Même un pion a un rôle important à jouer dans le jeu.

— Ce n'est pas un jeu, Meredith. C'est ma vie.

Le corps de Meredith se raidit.

— Tu crois que je ne le réalise pas ? Mais nous ne parlons pas seulement de ta vie, Nic. Celle de cinq femmes est aussi en jeu.

— Ce n'est pas le cas.

Elle secoua la tête.

— Comment peux-tu en être si sûr ?

Une question à laquelle il ne pouvait pas répondre. Pas sans l'entraîner encore plus loin dans cette histoire. Bien qu'il n'ait jamais promis à Meredith de la protéger, il en avait la ferme intention. Même s'il devait pour cela la protéger d'elle-même.

Stone était en train de faire le tour des directeurs des rédactions avec lesquelles Meredith avait l'habitude de travailler. Même si cela l'irritait au plus haut point de faire jouer ces contacts, il y était disposé pour empêcher l'article de sortir.

Avec un peu de chance, Meredith allait constater dès le lendemain matin que nombre de médias n'étaient pas intéressés par son projet. Ce qui n'excluait pas d'essayer de la raisonner.

— Alors pourquoi tu te laisses utiliser, si tu sais de quoi il retourne ?

Elle haussa les épaules.

— Je ne crois pas que ce soit le cas. Je n'ai pas encore sorti le moindre article, alors que c'est probablement ce qu'ils voulaient.

— Peut-être pas, mais tu le feras. Mais ce qui m'inquiète le plus, c'est que tu te mets délibérément en danger.

Elle pencha la tête sur le côté alors qu'elle l'étudiait.

— Qu'est-ce que tu veux dire ?

Était-elle si inconsciente ? Ne pouvait-elle vraiment pas le voir ? Non, ce n'était pas possible. Meredith était l'une des femmes les plus intelligentes qu'il ait jamais rencontrées.

— Ces femmes *ont* disparu. Quoi qu'il se passe d'autre, cela ne se produit généralement pas sans une bonne raison. C'est précisément sur ce terrain chaotique que tu t'es aventurée.

Meredith plissa les yeux et, lentement, réduisit l'écart entre eux.

— Ce qui me fait dire que tu sais exactement pourquoi elles ont disparu. Et où elles sont parties. Dis-le-moi.

Elle était en train de le manipuler. Décidément, c'était une fille intelligente.

Les mains de Dominic se fermèrent en deux poings serrés. C'était soit ça, soit l'attraper, l'attirer et l'embrasser jusqu'à ce qu'elle en perde le souffle. Et Dominic savait par expérience que cette dernière option n'amènerait rien de bon.

Il avait l'impression que la chaleur de son corps rayonnait vers lui, touchant sa peau et faisant vibrer le sang dans ses veines. Son parfum lui affolait les sens.

Elle se rapprocha, murmurant :

— Tu as parlé de chaos, mais toi aussi tu es en plein dedans.

Incapable de résister plus longtemps, il tendit une main bien plus ferme qu'il ne l'aurait cru et effleura, sur la courbe de son épaule, ses riches cheveux roux. Ce n'était pas suffisant. D'une manière ou d'une autre, ses doigts se retrouvèrent à la base de son cou. Son pouce caressa le creux de sa gorge, absorbant la texture douce et soyeuse de sa peau.

— Tu donnes l'impression que nous sommes alliés, que nous nous battons ensemble contre un ennemi commun.

— Nous pourrions l'être. Si tu me faisais confiance.

La sincérité dans ses yeux était tentante. Tellement tentante. Mais il savait que la promesse n'était pas réelle. Meredith ne voulait rien avoir à faire avec lui. Et elle n'avait aucune idée de ce qu'elle offrait.

Dominic lutta contre le besoin qui lui brûlait le corps. Lentement, il s'écarta, faisant un pas en arrière.

— Non, nous sommes dans des camps opposés.

Il avait besoin de s'en souvenir. Se rappeler pourquoi, en présence de Meredith, il avait gardé ses distances si longtemps. Elle ne voulait pas de lui. Elle ne l'aimait pas. Et il ne pouvait pas être ce dont elle avait besoin. Ce qu'elle méritait.

Mais elle ne comprit pas l'allusion. À l'inverse, elle le suivit alors qu'il essayait de reculer.

— C'est là que tu as tort, Nic. Si ce que tu as dit à Annalise est vrai, alors nous sommes du même côté.

— Ce n'est certainement pas l'impression que j'ai eue,

murmura-t-il, juste avant d'envoyer au diable tous ses doutes et ses précautions.

D'un geste, il la ramena et la serra contre lui. Ses lèvres se rapprochèrent des siennes et il sentit la chaleur de son souffle lui caresser la bouche.

Il attendit, lui donnant une seconde pour se libérer de son emprise si elle le voulait. Ce qu'elle ne fit pas. À l'inverse, elle lui tendit les lèvres.

Mais quelle mouche l'avait piquée ?

Meredith se tenait là, la chemise de Dominic serrée dans les poings alors qu'elle le tirait au plus près d'elle. Comme si sa bouche et ses mains étaient autonomes de son esprit… en ébullition.

Il faisait ça exprès. Pour la distraire. Pour la persuader.

Dominic avait l'habitude d'utiliser le sexe, le charme et son corps pour obtenir ce qu'il voulait. Et qu'elle soit damnée si elle devait être la prochaine d'une longue liste de femmes à être tombées dans le panneau.

Elle était plus intelligente que ça.

Trouvant enfin la force, Meredith plaqua les mains contre son torse et le repoussa.

Dominic fit un seul pas en arrière, mais c'était suffisant. Cela devait être suffisant.

Haletante, Meredith baissa la tête et passa le dos de sa main sur ses lèvres.

— Aïe, mon ange, là tu me fais du mal.

Ses mots étaient de la soie et de la séduction pures, même s'ils professaient une blessure qu'il était incapable de ressentir.

Se balançant sur les talons, il enfouit les deux mains dans ses poches et se contenta de lui sourire.

Un sourire qui ne fit qu'accentuer sa nervosité. Elle

l'avait déjà vu auparavant et savait que tout n'était que mensonge.

— Arrête ton char, nous savons tous les deux que rien de ce que je fais ou dis ne peut te blesser. Je te connais depuis très longtemps, Dominic, et la seule fois où tu as exprimé le désir de m'embrasser, c'était par pitié.

Meredith essaya de ne pas se laisser piquer par les angles acérés de ses propres mots. Elle se souvenait de cette nuit. De façon très nette. L'humiliation qu'elle avait ressentie quand il l'avait embrassée. Elle était restée là, à regarder le clair de lune se déverser sur son visage magnifique, à le désirer. Comme toujours.

Et si ce baiser avait été autre chose qu'une manipulation émotionnelle, elle aurait pu s'en délecter. Mais ça n'avait pas été réel. Dominic s'était senti mal pour elle. Pauvre petite fille, larguée le soir du grand bal.

Elle n'avait pas voulu de sa pitié, alors elle l'avait repoussé.

— Tu n'as jamais exprimé un quelconque intérêt pour moi. Jusqu'à maintenant. Quand tu ne veux rien d'autre que me distraire pour m'empêcher de révéler la vérité.

Dominic fit un pas en avant. Normalement, Meredith aurait tenu bon, mais vu que son corps bourdonnait encore, elle pensa que la retraite était une réponse plus prudente.

Jusqu'à ce qu'il fasse le même pas qu'elle et que son dos heurte le mur froid. Il n'y avait nulle part où aller.

Il s'approcha d'elle. Meredith détourna la tête, espérant se préserver d'une nouvelle tentation. Elle aurait pu se déplacer sur le côté. Il ne lui bloquait pas le passage. Mais c'était plus que ce qu'elle pouvait commander à son corps. Son cerveau disait non, mais le reste d'elle-même voulait qu'il la touche. Partout.

Le bout des doigts de Dominic suivit la courbe exposée de sa gorge, envoyant un frisson électrique le long de sa colonne vertébrale.

— La vérité ? murmura-t-il. Elle n'est pas dans les choses atroces dont tu m'accuses. Fais attention, mon ange, c'est à ton tour de te trahir avec tes mots.

Bon sang, il avait raison. Ces dernières heures, entre le coup de fil d'Anderson Stone et la conversation entre Dominic et Annalise, elle avait commencé à ne plus vraiment savoir où était la vérité.

Et commencé à croire que Dominic pouvait avoir des problèmes.

La tête toujours tournée, elle répondit :

— Je suis journaliste, je cherche la vérité. Rien de plus. Maintenant, laisse-moi m'en aller.

Son cœur battait fort dans sa poitrine, non pas par peur, mais à cause de cette proximité. Son corps avait toujours réagi à Dominic, même quand elle ne le voulait pas. Heureusement, garder ses distances n'avait jamais été un problème. Jusqu'à récemment.

Elle attendit, en retenant son souffle, qu'il s'éloigne enfin.

— Tu as toujours été libre de faire ce que tu veux.

Tendant la main vers la porte, Dominic inclina la tête et s'éloigna. Reprenant sa place à côté de la grande vitre, il se retourna et la congédia formellement.

Meredith aurait voulu riposter à ce geste. Mais elle était assez intelligente pour comprendre qu'elle devait partir afin de reprendre le contrôle d'elle-même.

Avant qu'elle fasse quelque chose qu'elle regretterait sérieusement.

Elle s'éloigna du mur et se dirigea vers la porte. Si ses jambes n'étaient pas très stables, elle était rassurée de savoir qu'elle seule en était consciente. Elle était à mi-chemin de la sortie quand la voix grave et douce de Dominic l'arrêta.

— Fais attention, Meredith. Tu ne sais pas avec quoi tu joues.

Qu'était-elle censée répondre à ça ? Ils savaient tous les deux qu'elle n'allait pas se laisser impressionner, donc l'avertissement était une perte de temps.

Contrairement aux mots qui vinrent ensuite.

— Et détrompe-toi, mon ange. Cela fait des années que je veux te toucher et te goûter.

- 6 -

Pourquoi avait-il laissé échapper ça ? Il ne pouvait rien en sortir de bon. Ça ne changeait rien, ne résolvait rien.

Mais il n'avait pas pu s'en empêcher. Une part de lui, longtemps enfouie, voulait qu'elle sache que rien n'était calculé.

Ça n'avait pas été conscient. Elle s'était retrouvée dans ses bras d'un instant à l'autre, sans qu'il comprenne ce qui arrivait.

Et elle lui avait donné une impression de perfection qu'il n'avait connue qu'une seule fois dans sa vie.

C'était différent de son souvenir. Meilleur. Ce qui l'avait surpris et lui avait donné envie d'en obtenir davantage.

Meredith avait été en feu dans ses bras. Sa façon de réagir, de donner et d'exiger, l'interpellait au plus profond de son être. Encore maintenant, tous ses sens gardaient l'empreinte de sa saveur.

Pour quelqu'un qui vivait de manière si rigide, elle s'était totalement lâchée avec lui.

Et cette expérience le tentait. Le provoquait. Lui donnait envie d'obtenir ce qu'il ne pouvait avoir. Parce que rien n'avait changé. Tout était même pire qu'avant.

Il ne fallait plus qu'il la touche. Meredith méritait tellement mieux qu'un homme tordu comme lui. Il avait déjà prouvé une fois qu'aucune femme n'était en sécurité près de lui. Après la douleur d'avoir perdu sa mère, il ne voulait plus jamais avoir à vivre ça.

Malgré son attitude digne et moralisatrice, Meredith était d'une incroyable générosité. Elle mettait constamment le bien-être des autres avant le sien. Elle consacrait sa carrière à défendre ceux qui ne pouvaient le faire eux-mêmes.

Elle le détestait, et elle avait raison. Il avait délibérément cultivé une personnalité qui allait à l'encontre de tout ce en quoi elle croyait. La piètre opinion qu'elle avait de lui n'avait jamais été un problème jusqu'ici… parce qu'il pensait la même chose.

Mais ce soir, sa rebuffade l'avait heurté. Et sa colère avait été bien réelle.

La décision de l'éviter à partir de maintenant était une bonne chose. Restait à espérer que Stone et Joker réussiraient à étouffer son article dans l'œuf.

De préférence avant que Meredith se retrouve dans une situation dangereuse et inextricable.

La porte s'ouvrit derrière lui, et il retint un grognement d'agacement. On ne pouvait pas le laisser tranquille, ce soir ?

Il entendit Jake lui dire :

— On a un problème.

Évidemment.

— Quoi ?

— Quelqu'un nous a suivis, Tessa et moi.

— Merde.

— Oui, voilà. Au début, j'ai eu peur que ce soit son mari qui l'ait retrouvée.

Avec les technologies actuelles, c'était toujours une possibilité. Ils prenaient les précautions nécessaires, mais le danger restait réel. Le départ était le moment de plus grande vulnérabilité pour les femmes qu'ils aidaient.

Ils avaient un plan, pour les cas où elles auraient été suivies.

— Quand on s'est rendu compte que ce n'était pas le mari de Tessa ni quelqu'un qui lui était lié, je me suis dit que c'était peut-être la personne qui avait envoyé les informations à Meredith. J'ai décidé d'en profiter pour faire un peu de surveillance de mon côté.

Jake était malin. Ce n'était pas pour rien qu'il était le chef de son équipe de sécurité.

— Et… ?

— Ce que j'ai trouvé ne va pas te plaire.

Évidemment non.

— Dis-moi.

— C'était un grand type, large et musclé.

— Engagé par quelqu'un ?

— Absolument, mais pas par celui auquel on pourrait s'attendre. On a suivi sa piste jusqu'à une rencontre qu'il a eue… avec Meredith.

Il eut envie de l'étrangler. Mais à quoi elle pensait, à ramener une nouvelle personne dans cette histoire ? Ce genre de truc pourrait coûter sa liberté à Tessa.

— Et Tessa ?

— J'ai contacté Stone, on a modifié son itinéraire et sa destination pour être prudents, mais je ne crois pas qu'elle soit en danger.

C'était un soulagement.

— Pour cette fois. Ça ne veut pas dire qu'elle ne risque rien. Rappelle aux hommes de l'équipe d'être vigilants. Les premières heures sont cruciales pour son nouveau départ.

Jake hocha la tête.

— C'est déjà fait.

La promesse de Dominic de garder ses distances avec Meredith risquait de ne pas tenir longtemps.

Il était tard, très tard, et Meredith était incapable de dormir. Son esprit agité refusait de se calmer… et ses lèvres palpitaient encore du souvenir de ce baiser.

Un verre à la main – le deuxième –, elle regardait par la fenêtre de sa chambre en espérant que le vin allait l'assommer un peu. Au loin, le désert s'étendait, sombre, nu et magnifiquement calme. Elle préférait de loin cet aspect de Vegas au luxe que chérissait Annalise ou aux lumières, au chaos et aux excès du domaine de Dominic.

Elle secoua la tête, finit son verre et se dirigea vers la salle de bains. Elle en ressortit quelques instants plus tard, vêtue d'une nuisette toute douce, et s'arrêta net.

Un homme, à l'autre bout de sa chambre, se tenait devant la fenêtre et regardait dehors, exactement comme elle tout à l'heure.

Meredith aurait dû paniquer, et son cœur avait d'ailleurs accéléré, mais elle n'eut pas besoin de voir son visage pour savoir qui était cet homme. Elle aurait reconnu sa stature n'importe où, cette façon de pencher la tête et de mettre les mains dans ses poches… comme il l'avait fait tout à l'heure.

— Comment es-tu entré ?

Dominic se retourna. Son regard sombre passa de ses orteils à ses cuisses nues et remonta le long de sa nuisette jusqu'à son visage.

Elle sentit soudain la température monter et une flamme la lécher à chaque endroit où ses yeux se posaient. Ses mamelons durcirent, frottant désagréablement contre le tissu. Le regard de Dominic se fit plus aigu ; il voyait clairement l'effet qu'il provoquait.

Ce qui ne faisait que l'agacer davantage.

Son instinct de protection lui disait de se couvrir. Elle se sentait absolument nue sous ce regard d'homme. Mais c'était lui l'envahisseur, et elle avait bien le droit de se vêtir comme elle l'entendait dans sa propre chambre.

— Tu attends quelqu'un, mon ange ?

— Non.

Dominic fit un petit bruit de gorge, comme pour répondre à une question qu'aucun d'eux n'avait posée. D'ailleurs, il n'avait toujours pas justifié sa présence ici.

— Comment es-tu entré ? répéta-t-elle.

— Disons que tes mesures de sécurité laissent à désirer.

— Pour la majorité des gens, une serrure et la politesse de base, ça suffit.

— Je ne suis pas la majorité des gens.

Elle en était parfaitement consciente.

— Tu estimes être au-dessus de la décence et des lois, donc ? C'est illégal d'entrer par effraction chez les gens, Dominic.

C'était tout lui. Pour Dominic, les règles n'étaient que des suggestions, alors qu'elles dictaient toute sa vie à elle. Ça allait même plus loin. Meredith vivait comme une injustice que certains se sentent autorisés à ne pas respecter les prescriptions communes. Elle avait construit toute sa carrière sur la dénonciation de ce genre de personnes.

Elle ne comprenait pas comment Dominic pouvait tout simplement ne pas se soucier des conventions.

Il haussa les épaules.

— Appelle la police. Mais avant, est-ce qu'on peut discuter un peu de ton gars qui a pris en filature mon chef de la sécurité ?

Meredith plissa les yeux. Comment l'avait-il su ? Ethan n'était pas « son » gars, mais peu importait. Annalise avait proposé un membre de son équipe de sécurité, non seulement pour tenter de savoir ce qui se passait mais aussi pour assurer une protection supplémentaire à Dominic.

Vu que cet entêté refusait de demander de l'aide, même quand il en avait besoin.

Ethan n'avait rien rapporté de particulièrement utile. Il avait suivi une des voitures de Dominic, mais celui-ci n'était pas à l'intérieur. Un de ses employés – le chef de la sécurité, apparemment – et une femme somptueuse y étaient, en revanche. Ethan lui avait dit qu'ils étaient entrés dans un hôtel, par l'arrière.

— Le chef de la sécurité, hein ? On dirait qu'il déborde un peu des limites, en utilisant la voiture du patron pour ses loisirs ?

Dominic sourit.

— Oh ! il avait mon feu vert.

— J'imagine.

— Tu ne vas rien lâcher, pas vrai ?

Meredith pencha la tête sur le côté et l'étudia pendant plusieurs secondes. Malgré l'heure tardive, il réussissait à garder son air élégant et charmeur. Même le col ouvert, les manches relevées, et sans veste.

— Lâcher quoi ? La liaison extraconjugale de ton employé ?

— Jake n'a pas de liaison. Je te parle de l'article. Non, je te parle de toute cette embrouille, parce qu'il est clair que ton enquêteur était persuadé que c'était moi qu'il suivait. Même si cet article ne voit pas le jour, tu ne pourras pas t'empêcher de tirer toutes les ficelles possibles pour tenter de résoudre l'énigme, pas vrai ?

Meredith haussa les épaules. Il avait raison, mais une part d'elle refusait de l'admettre. C'était vrai, cette histoire d'article avait été à l'origine de tout ça mais maintenant… il y avait autre chose.

Il y avait Dominic. Et des pièces de puzzle qui ne collaient pas. Il y avait l'inquiétude dans ses yeux lorsqu'il essayait de la convaincre de laisser tomber l'affaire, et la certitude dans sa voix quand il la prévenait qu'elle prenait des risques. Il y avait cette sensation intime que quelque chose n'allait pas. Et que Dominic était en danger.

Elle ne pouvait pas laisser tomber comme ça.

— Et pourquoi pas ?

Dominic pinça les lèvres.

— Parce que je te le demande.

Elle partit d'un rire sec.

— Ça ne va pas suffire, je le crains.

Dominic contourna le grand lit placé au centre de la chambre. Elle se sentit vulnérable. Pas parce qu'elle avait peur de lui, mais plutôt à cause de sa propre réaction face à lui.

De ce besoin qui bouillonnait à fleur de peau.

— Je savais que tu dirais ça. Ton petit copain m'a coûté beaucoup de temps et d'argent ce soir.

— Je ne vois vraiment pas pourquoi.

S'il voulait lui expliquer, elle était tout ouïe.

Lentement, Dominic franchit l'espace qui les séparait encore jusqu'à n'être plus qu'à quelques centimètres d'elle. La lumière de la lune éclairait les lignes de son visage, mettant en valeur ses pommettes, et lui donnait un air dangereux.

Doucement, il murmura :

— C'est bien le problème. Et je ne te dois aucune explication.

Le corps de Meredith vibrait d'excitation, d'anticipation et d'une énergie nerveuse. Qu'il parte ! Avant qu'elle fasse quelque chose qu'elle finirait par regretter – comme utiliser ce lit, juste derrière lui.

— Je ne me rappelle pas avoir dit que tu m'en devais, répondit-elle automatiquement, tandis que son esprit se remplissait de pensées de plus en plus salaces.

Les lèvres de Dominic esquissèrent un demi-sourire sans gaieté.

— Je vais quand même t'en donner une, histoire de régler la question à l'avenir.

Ah ! Il disait cela comme s'il lui faisait une fleur alors

qu'ils savaient pertinemment tous les deux que son but était de la contrôler. Ce qu'il savait très bien faire.

Il utilisait cette désinvolture à son profit, comme toujours. Elle l'avait observé au fil des années. Cet homme était intelligent, rigoureux, et réussissait tout. Pourtant, les gens le sous-estimaient. Ce qui était exactement ce qu'il voulait.

Quoi qu'il décide de lui dire, ce ne serait pas pour l'informer, mais parce qu'il savait que c'était le seul moyen d'obtenir le résultat qu'il voulait : qu'elle lâche l'affaire.

Il avait essayé de l'intimider, de la neutraliser avec un baiser, de lâcher son ami influent contre elle et, à en croire l'appel d'un de ses rédacteurs en chef, de bloquer son article. Il avait épuisé ses options, il ne lui restait plus que la possibilité de lui dire la vérité. Il ne s'y risquerait pas autrement.

Elle en était absolument sûre.

Dominic lui prit la main et lui fit traverser la chambre jusqu'au bout du lit. Les mains sur ses épaules, il la fit se retourner pour qu'elle soit face au matelas. Elle sentit son souffle se couper. La pulpe de ses doigts rugueux frottait délicieusement sur sa peau fine.

Quelque chose tomba sur le lit.

Meredith cligna des yeux, incrédule. Devant elle se trouvait un classeur rempli de documents.

Sur le côté gauche, sur une photo, un visage familier lui souriait.

Elle se retourna.

— Je ne comprends pas.

Il esquissa un sourire triste.

— Je sais.

— Pourquoi as-tu une photo de Tessa ?

Elle n'avait pas vu Tessa depuis des mois, mais elle n'avait aucun doute, c'était bien sa vieille amie.

— C'est la femme que ton détective a vue entrer à l'hôtel avec Jake ce soir.

— Quoi ?

Tessa était mariée depuis six ans.

— Elle a une liaison ?

Est-ce que Dominic lui disait ça pour détourner son attention ? Ça ne marcherait pas.

Meredith agita la main.

— Je m'en fiche totalement, si c'est le cas.

Parce que, honnêtement, elle n'avait jamais apprécié le mari de Tessa. Il lui avait donné l'impression d'être un sale type chaque fois qu'elle l'avait vu, alors elle n'était pas mécontente que son amie ait trouvé mieux. Même si elle n'approuvait pas les méthodes de Tessa pour gérer ça. Mais elle n'allait sûrement pas la critiquer devant Dominic.

— Elle n'a pas de liaison avec Jake.

OK, là elle était vraiment perdue.

— Alors que faisaient-ils à l'hôtel ensemble ?

Et comment être sûre qu'il s'agissait bien de Tessa ? La femme décrite par Ethan ne lui ressemblait pas, avait-elle changé de coiffure, ou de style vestimentaire ?

— Tessa va disparaître ce soir.

Perplexe, Meredith fronça les sourcils. On aurait dit qu'il parlait une langue étrangère, dont elle connaîtrait les mots sans comprendre le sens général de ses phrases.

— Mais de quoi tu parles ?

Tessa allait être kidnappée ? Comme les autres femmes ?

— Le mari de Tessa est violent, et comme tu le sais, il est très influent et il a beaucoup de relations haut placées.

— Hein, quoi ?

Elle n'avait peut-être pas vu son amie depuis longtemps, mais comment avait-elle pu ignorer que Tessa était victime de violences ?

— Ben a toujours fait attention à ne pas la marquer au

visage ou à des endroits apparents. Mais il y a quelques semaines il est allé trop loin. Il lui a cassé quatre côtes et fracturé le poignet.

— Je le saurais.

N'est-ce pas ? Elle était journaliste d'investigation. Entraînée pour voir sous la surface, et mettre au jour les mensonges que disaient les gens pour protéger leurs intérêts.

— Les femmes battues sont très fortes pour cacher les violences qu'on leur fait.

Incrédule, Meredith secoua la tête. Elle saisit le classeur et se mit à le feuilleter. Il contenait des pages entières d'informations, notamment sur les violences que Tessa avait subies.

Elle sentit son estomac se nouer et les mots se mirent à danser devant ses yeux. Elle devait chercher Tessa, la prendre dans ses bras et lui promettre qu'elles allaient trouver une solution ensemble.

Elle referma sèchement le classeur, déterminée à partir à la recherche de son amie. Mais Dominic, tel un mur, se plaça devant elle et l'empêcha de bouger.

— Ne fais pas ça, murmura-t-il.

Meredith se débattit – contre son étreinte, contre l'idée de ce qui était arrivé à Tessa – mais elle n'était pas assez forte. Les mains puissantes de Dominic la maintenaient en place et rendaient toute lutte inutile.

Elle finit par abandonner et cessa de lutter. Mais elle n'en était pas moins furieuse, et Dominic était une cible tout indiquée.

Elle leva les yeux vers lui et lança :

— Qu'est-ce que tu as à voir là-dedans ?

— Le mari de Tessa vient régulièrement à l'Excess, parfois avec elle, parfois avec des amis plutôt exaltés. Il y a huit mois environ, il s'amusait dans un des salons VIP.

Tessa était là. Il était complètement ivre et entouré par un groupe de types à sa botte, aussi déchaînés que lui.

Le dédain et la colère étaient audibles dans la voix de Dominic. Elle ne l'avait jamais entendu parler sur ce ton. Direct, exigeant… passionné. Il avait d'habitude l'air d'être totalement décontracté et de se ficher de tout. À présent, ses yeux luisaient d'une colère contenue.

Cet aspect de sa personnalité lui était totalement inconnu. À un autre moment, elle aurait creusé la question. Mais elle était trop intriguée par ce qu'il racontait pour se laisser distraire.

— Je l'ai vu l'agresser verbalement, la rabaisser toute la soirée. À un moment, il a levé la main mais il s'est retenu ; probablement en se rendant compte qu'il était dans un lieu public. Tu aurais vu comme elle s'est recroquevillée…

La mâchoire de Dominic se crispa.

— Ce n'était clairement pas la première fois. J'ai attendu qu'elle aille aux toilettes et je lui ai parlé discrètement. Je lui ai rappelé qui j'étais et lui ai dit que je pouvais l'aider. Elle n'était pas encore prête – en général, il faut du temps – mais je lui ai laissé ma carte. Elle a fini par m'appeler.

Meredith avait l'estomac de plus en plus noué.

— Tu l'as mise en relation avec une association d'aide ?

Dominic esquissa un sourire sans joie.

— D'une certaine façon, oui. J'ai des amis très influents, ils ont mis un plan au point pour aider Tessa à disparaître. Elle va recevoir une nouvelle identité et aura une nouvelle vie.

Meredith secoua la tête.

— Comment ça ? Comme pour les programmes de protection de témoins ?

— Le même genre.

Si c'était ça, ce qui arrivait à Tessa…

— Ces femmes qui ont disparu sont toutes des victimes de violences conjugales que tu as aidées à partir ?

Dominic hocha la tête.

— Mais pourquoi ne l'as-tu pas tout simplement dit ?

— Parce que chaque nouvelle personne au courant est un danger potentiel pour elles. Toutes se cachent d'hommes puissants et influents. Si elles fuient au lieu de porter plainte, il y a une raison. Ce sont des policiers, des hommes d'affaires, des juges, des milliardaires, des flambeurs. Des hommes haut placés, pleins de ressources.

- 7 -

Dominic observa la réaction de Meredith. Il avait l'impression de voir son cerveau relier les points entre eux et tirer des conclusions.

Drôle de sensation, de la voir totalement changer d'avis à son égard.

Meredith ne l'avait jamais particulièrement apprécié.

Elle ne s'était jamais donné la peine de cacher que sa manière d'être n'était pas à son goût. Elle n'aimait pas sa façon de traiter les femmes, de ne jamais faire l'effort de se demander si la situation leur convenait. Elle avait l'impression que son entreprise n'apportait rien à la société et l'avait souvent critiqué parce que rien de ce qu'il faisait n'avait de vraie valeur. Il n'apportait pas sa pierre à l'édifice commun.

Elle ne voyait en lui qu'un homme qui vivait d'excès, en profitait et passait son temps à faire la fête.

L'opinion qu'elle avait de lui n'importait pas. Enfin, c'était ce qu'il s'était toujours dit. Il n'avait jamais ressenti le besoin de la corriger. De signaler qu'Excess Inc. versait des millions de dollars à diverses organisations caritatives dans le monde entier. Ou de lui raconter l'histoire des employés à qui il avait donné des coups de pouce pour financer des frais de scolarité, des dépenses de santé, ou surmonter d'autres écueils ponctuels de leur vie. Sans parler des gens à qui il donnait du travail, des généreux avantages sociaux qu'il proposait ou des mesures de sécurité drastiques qu'il avait mises en place pour protéger les clients vulnérables.

Elle ne voyait en lui qu'un play-boy charmeur qui ne pensait qu'à son propre plaisir, et il ne l'avait jamais détrompée.

Parce qu'il aimait cette barrière entre eux. Elle l'empêchait de regretter des choses qu'il ne pourrait jamais avoir. C'était plus facile, et ça lui permettait de ne pas se confronter au désir qu'il avait d'elle. Pas besoin de se convaincre que ça valait la peine d'essayer.

Meredith le regarda pendant un long instant, ses yeux bleus songeurs.

— Tu protèges des femmes battues et tu leur fournis une nouvelle identité, dit-elle enfin.

Ce n'était pas une question, mais il y répondit quand même.

— Oui.

— Ça doit coûter cher.

— En effet.

— C'est toi qui paies pour ça ?

Il avait envie de lui répondre que non. Effacer un peu de cette admiration surprise dans son regard, et retrouver l'étincelle de dédain qui s'y installait chaque fois qu'elle le voyait.

C'était le plus sage. Le plus sûr.

Mais il ne pouvait pas lui mentir.

— Pas la totalité.

— Mais une partie.

Il haussa les épaules.

— On fait ça à plusieurs.

— Anderson Stone.

Stone n'allait pas apprécier que son implication soit révélée, et encore moins à une journaliste. Tant pis, Dominic gérerait les conséquences plus tard.

— Oui, Stone est impliqué.

Elle allait sans doute lui poser des questions sur le fonctionnement des opérations. Quel rôle jouait chacun d'entre eux ? Où étaient les femmes ? Ça, il ne le dirait jamais, pas même à elle.

Au lieu de cela, elle posa une question parfaitement inattendue.

— Pourquoi ? Pourquoi tu fais ça ?

Pris de court, il répondit instinctivement, sans réfléchir. La vérité était toute simple.

— Parce que personne n'a protégé ma mère, et que ma vie aurait été différente si ça avait été le cas.

La nuit où sa mère était morte, tuée par son beau-père, avait été le pire moment de sa vie. Il n'en parlait jamais et n'avait aucunement l'intention de le faire.

Mais Meredith, fidèle à elle-même, allait sûrement le bombarder de questions. Parce qu'elle ne lâchait jamais rien.

Dominic serra les dents et se raidit, prêt à la rembarrer. À sa grande surprise, elle pencha la tête sur le côté et, au bout de quelques secondes, s'approcha de lui.

Elle ne le toucha pas, mais elle était assez près pour qu'il sente la chaleur de son corps. Et son parfum, ce musc naturel teinté de vanille, associé à une nuance florale de la crème dont elle avait dû s'enduire le corps avant de passer cette ombre de nuisette, le frappa de plein fouet.

— Je n'ai jamais posé de question à Annalise, mais je savais que ce qui s'était passé cette nuit-là avait dû être terrible. Et que l'histoire que tout le monde racontait était fausse.

Évidemment elle avait su. Parce qu'elle était intelligente et qu'elle voyait les failles à un kilomètre de distance. Mais le beau-père de Dominic était puissant, tout comme les hommes dont étaient victimes les femmes qu'il aidait. Et ça avait été sa parole et celle d'Annalise, enfants, contre celle de cet adulte.

Ils étaient petits à l'époque ; huit et dix ans. Lorsque les policiers, qui étaient sans doute à la botte de son beau-père, les avaient interrogés, ils les avaient suffisamment perturbés pour que leurs récits embrouillés soient inutilisables et considérés comme peu fiables.

Leur version avait été interprétée comme celle de deux enfants terrifiés qui n'étaient pas trop sûrs de savoir ce qui s'était passé ce soir-là mais essayaient de protéger la mémoire de leur mère à la santé mentale défaillante en rejetant la responsabilité sur quelqu'un d'autre.

Et donc, son beau-père s'en était tiré.

Dominic ne vit aucune raison de confirmer ce que Meredith avait dit et se contenta de la regarder, avec une terrible envie de tendre les mains pour la toucher.

Il avait envie de goûter de nouveau sa bouche. De passer les mains le long de sa peau soyeuse. De déchirer cette alléchante dentelle pour explorer chaque centimètre carré de son corps. De l'entendre crier son nom et le supplier de continuer.

Il voulait ce qu'il ne s'était jamais autorisé à prendre.

— Ta mère n'était pas folle. Elle n'a pas attaqué ton beau-père. Ce n'était pas un accident.

Lentement, Dominic secoua la tête. Entendre ces mots – la vérité – après toutes ces années, de la bouche de quelqu'un qui les croyait vraiment, c'était… un soulagement. Il n'avait jamais pensé qu'il en avait besoin, jusqu'à ce que Meredith les prononce.

— Et tu honores sa mémoire en aidant d'autres femmes comme elle.

Dominic déglutit pour faire disparaître la boule apparue dans sa gorge. Oui, clairement, c'était exactement ce qu'il faisait. Il l'avait toujours su, mais il avait été le seul. Ni Gray ni Stone ne l'avaient su. Ils n'avaient jamais demandé pourquoi il était prêt à utiliser son argent et à risquer sa réputation pour aider des gens qu'il ne connaissait pas. Sûrement parce qu'ils en faisaient autant.

C'était agréable que quelqu'un le reconnaisse et le comprenne.

Meredith se rapprocha de lui. Elle posa la paume de la main au milieu de son torse et se souleva sur la pointe des pieds en murmurant :

— Je te vois tel que tu es, Nic. Enfin.

Puis elle posa les lèvres sur les siennes.

Meredith ne put pas plus résister à cet élan qui la poussait à l'embrasser qu'elle aurait pu arrêter de respirer. Oh ! elle aurait pu essayer, mais cela aurait été totalement inutile. Son corps aurait fini par prendre le dessus pour réclamer ce qu'il lui fallait pour survivre.

À présent, ce besoin si profond qu'elle avait ignoré pendant des années demandait à être enfin libéré.

Peut-être était-ce l'expression dans les yeux de Dominic, un peu perdue, un peu triste et tellement dévastée, qui l'avait poussée vers lui. Elle ressentit comme un pincement au creux de la poitrine. Tout ce qu'elle pouvait, c'était le faire penser à autre chose, à quelque chose de plus agréable que le douloureux passé qui, clairement, le hantait.

Il avait été tellement plus simple de cacher le désir qu'elle avait de lui derrière un jugement et une indignation froide. Mais depuis qu'il avait déchiré le voile… elle sentait sa douleur à lui résonner dans sa propre poitrine, et elle voulait la faire disparaître.

Le baiser commença doucement, sereinement. Comme un doux cadeau et une subtile exploration.

Au début, Dominic prit ce qu'elle lui donnait. Il l'absorbait, la laissant le guider. Pourtant, il ne tarda pas à lui saisir les cheveux à pleines mains et à lui tirer la tête en arrière pour mieux la savourer.

Elle sentit sa langue pénétrer sa bouche, titiller, explorer, envoyant des éclairs de désir dans son ventre. Des aiguillons d'excitation lui parcouraient le cuir chevelu à l'endroit où il la tenait.

Lentement, il la fit reculer jusqu'à ce que l'arrière de ses genoux heurte le bord du lit. Mais elle ne tomba pas. Elle n'était pas prête. Il lui en fallait plus.

Dominic délaissa sa bouche et Meredith prit une profonde inspiration. La chambre tournait un peu – était-ce le manque d'oxygène ou la position ? Peu importe – elle espéra que ces quelques instants de répit l'aideraient à reprendre le contrôle de son corps.

Mais ce moment fut trop court pour être utile. Car la bouche de Dominic vint se poser sur son cou. La chaleur brûlante de ses lèvres laissa une traînée de désir dévastateur sur sa peau.

Elle la sentait piquer, brûler. Il posa les lèvres sur la douce palpitation au coin de sa gorge et se mit à lui faire un suçon. Elle laissa échapper une exclamation étranglée, à laquelle il répondit par un grognement venu du plus profond de sa poitrine. Elle avait appuyé les mains sur son torse et sentit les vibrations de ce gémissement, son écho en lui.

Il n'avait fait que la tenir dans ses bras et l'embrasser et il la rendait déjà folle. Au plus profond d'elle, les pulsations de désir ne pourraient s'assouvir que par lui. Était-il possible d'atteindre un orgasme uniquement grâce à ses lèvres sur sa peau ?

Meredith secoua la tête et se traita mentalement d'idiote, et pas seulement à cause de la manière dont son corps réagissait. C'était une chose de reconnaître qu'il était plus intègre que ce qu'il avait laissé entendre. Mais sa réputation n'était pas usurpée en ce qui concernait les femmes. Dominic n'avait pas de petites amies. Il avait toujours été comme ça, depuis l'adolescence. Flatteur, charmant, jusqu'à ce qu'elles soient à ses pieds. Elle n'avait jamais voulu être l'une de ces femmes, assez stupides pour croire qu'il allait se comporter différemment, cette fois. Parce que ça n'arrivait jamais, et que c'était le meilleur moyen d'avoir le cœur brisé.

Meredith ne s'était jamais donné la peine de lui demander pourquoi. Cela n'avait pas vraiment d'importance. Ce soir, tout semblait différent. Lui avait l'air différent. Il avait clairement envie d'elle. Ce qui était à la fois bouleversant et excitant.

Allait-elle pouvoir prendre ce qu'elle voulait sans se soucier de ce qui arriverait plus tard ?

Alors que la tension montait, Dominic recula soudain. Il glissa les doigts sous la minuscule bretelle posée sur son épaule, effleurant sa peau.

Il la regarda intensément… trop intensément. Ce regard sombre et fixe la dévorait. Il la voyait. Il voyait tout. Et l'espace d'une seconde, elle se demanda si ça avait toujours été le cas.

Elle ne s'était jamais sentie aussi nue de sa vie. Exposée d'une manière à la fois exaltante et effrayante.

— Dis-moi d'arrêter.

Sa voix grave et profonde était en elle-même une caresse. Tel le caramel brûlant qui fait fondre la glace. Meredith sentit ses inhibitions disparaître en un instant.

— Non.

Ce fut tout ce qu'elle put répondre. Elle ne lui dirait pas d'arrêter. Elle ne voulait surtout pas qu'il s'arrête.

Seul le son du tissu qui se déchirait rompit le silence tandis que les doigts de Dominic faisaient sauter la fine bretelle qui tenait le corsage de sa nuisette. Meredith laissa échapper une exclamation, davantage à cause du choc de l'air frais sur son sein qu'à cause de la lingerie abîmée.

Dominic était littéralement en train de lui arracher ses vêtements.

Elle avait toujours su qu'il serait un amant physique et exigeant. Et elle n'avait pas eu besoin d'écouter les histoires qui lui collaient à la peau pour savoir que c'était vrai.

Elle n'approuvait peut-être pas la personnalité que Dominic arborait comme un masque, mais c'était notamment parce qu'elle avait toujours su, au fond, qu'il valait mieux que l'homme désinvolte qu'il prétendait être. Ça la faisait vraiment suer qu'il gâche ainsi sa vraie intensité et sa capacité à s'engager.

Quoi qu'il en soit, elle en profitait aujourd'hui. Et c'était aussi bouleversant qu'enthousiasmant. Dominic lui donnait l'impression d'être… puissante. Désirée. Sexy. Et elle allait en tirer parti tant qu'elle le pourrait.

Ainsi libéré d'un côté, le tissu soyeux glissa jusqu'à la taille, libérant un de ses seins au passage.

Dominic ne perdit pas une seconde. Il pencha la tête et prit son mamelon dans la bouche. De délicieuses sensations parcouraient tout le corps de la jeune femme. Meredith rejeta la tête en arrière, ferma les yeux et se laissa emporter.

Elle posa les deux mains sur la tête de Dominic, avide de sensations. Il érafla doucement sa peau avec ses dents et emprisonna son mamelon. Puis, de la langue, il titilla le petit bout dressé.

Meredith se tortilla sous cet assaut. C'était si bon. Mais ce n'était pas assez.

Elle fit glisser la seconde bretelle de son épaule. La nuisette tomba à ses pieds.

Dominic s'arrêta juste assez longtemps pour la contempler.

Mon Dieu, elle était superbe. Les cheveux brillants qu'elle attachait d'habitude en queue-de-cheval ou qu'elle enroulait en chignon flottaient librement sur ses épaules. Il adorait quand elle faisait ça. Ça lui donnait un air plus insouciant, moins concentré et moins sérieux. Elle paraissait alors plus humaine, accessible au désir, aux besoins, aux espoirs et aux peurs. Cela lui donnait l'impression que, peut-être, peut-être avait-il le droit de la toucher sans la salir.

De toute façon, il était trop tard. Il lui avait donné une occasion de s'en aller, et quand elle avait dit non… il n'avait pas eu la force de résister davantage.

Le clair de lune pénétrait par la fenêtre et illuminait la peau bronzée de la jeune femme. Ses yeux, du plus beau bleu qu'il ait jamais vu, brûlaient d'un feu dont il sentait les flammes le dévorer au plus profond de lui.

— Tu es magnifique.

Meredith pencha la tête. Elle ne tenta pas de se couvrir ou de se cacher. Elle n'essaya pas de jouer les séductrices faussement effarouchées. Confiante, les pieds bien plantés dans le sol, elle le laissa tout simplement la contempler.

Mais il avait beau apprécier ce qu'il voyait, il n'allait pas se contenter de regarder. Il voulait la dévorer, la goûter, la toucher.

D'un geste de la main, Meredith lui intima silencieusement de se déshabiller. Certes, il aurait aimé sentir ses mains sur lui, mais savoir qu'elle voulait le regarder faire était tout aussi excitant.

Sans la quitter du regard, Dominic déboutonna lentement sa chemise avant de la déposer sur une chaise. Il défit ensuite sa ceinture, faisant cliqueter le métal de la boucle. Le seul bruit dans la pièce était celui du souffle palpitant de la respiration de Meredith.

Doucement, il fit glisser son pantalon, son caleçon, et se débarrassa de ses mocassins.

Il enjamba le tas de vêtements, mais ne la toucha pas. À la place, il se campa sur ses pieds et la laissa le regarder.

Elle rougit tout en contemplant son corps, prenant tout son temps pour s'attarder sur ses larges épaules, le V sous ses abdominaux, et son sexe dressé. La pointe de sa langue jaillit entre ses lèvres, laissant une traînée brillante.

Mais il attendait une réaction. Jamais le fait de se tenir nu devant une femme ne l'avait encore rendu nerveux. Dominic était plein de confiance et de charme. Il avait une grande expérience des femmes. Il savait ce qu'elles aimaient, et surtout, ce dont elles avaient besoin. Mais Meredith… ce qu'elle pensait de lui avait de l'importance.

Trop.

Elle finit par prendre la parole :

— J'aimerais te dire que tu es beau, mais tu as déjà dû l'entendre des centaines de fois. Et tu le sais.

Il laissa échapper un rire inattendu.

— C'est bien possible, mais ça ne me dérangerait pas de l'entendre de ta bouche. Les compliments, c'est facile et ça ne veut pas dire grand-chose… sauf quand ils viennent de quelqu'un pour qui on a du respect.

— Tu n'as pas de respect pour moi.

Il fit un pas en avant, l'attrapa par les cheveux et savoura leur texture douce et soyeuse, tout en lui tirant la tête en arrière pour la forcer à le regarder droit dans les yeux.

— Ce sont des conneries et tu le sais. Je te respecte profondément. Pourquoi crois-tu que je ne t'aie pas touchée pendant toutes ces années ? Le sexe, c'est facile. C'est simple. Mais rien en toi n'est simple. Tu es l'incarnation même de la complexité.

- 8 -

Une douce chaleur parcourut tout le corps de Meredith et s'installa au plus profond de son ventre. Ce n'était pas juste une réaction physique ; c'était plus. Une sensation proche de celle que vous procure une fournée de cookies au chocolat cuisinée avec amour rien que pour vous.

Et maintenant, quoi ?

Maintenant, elle essayait désespérément de se raccrocher à la réalité. De ne pas se laisser envelopper par Dominic. Par ce qui était en train de lui arriver. De simplement savourer ce moment pour ce qu'il était – une relation sexuelle qui allait sûrement la porter au septième ciel.

Mais s'il continuait à dire ce genre de trucs…

— Eh bien, simplifions les choses, alors. Je connais ta philosophie, Nic. Et ça me va très bien.

Dominic esquissa un rictus.

— Et ce serait quoi, ma philosophie ?

Meredith haussa les épaules. Elle voulait adopter l'apparence de la désinvolture, et peut-être se convaincre elle-même, aussi.

— Comme tu dis, le sexe, c'est facile. Il est clair que nous avons tous les deux envie de l'autre. Inutile d'aller plus loin que ça. Savourons cette soirée, et reprenons la vie normale demain.

La vie normale, c'est-à-dire celle où Meredith l'éviterait autant que possible.

La réaction de Dominic la surprit. Elle aurait pensé qu'il serait immédiatement d'accord… c'était son truc, après tout. Mais au lieu de ça, il plissa les yeux. Elle sentit que ses doigts se raidissaient et lui tiraient délicieusement les cheveux. Son autre bras passé autour de sa taille, il la tenait tout près et la portait presque.

Elle se sentait à la fois prisonnière et en sécurité. Sensation peu familière et inconfortable. Pourquoi ne se remettait-il tout simplement pas à l'embrasser ?

La preuve ferme et vibrante du désir que Dominic éprouvait pour elle était appuyée tout contre sa hanche. Il la désirait. Elle aussi. Est-ce que ça ne suffisait pas ?

Soudain, il la saisit dans ses bras et la fit basculer en arrière. Elle se retrouva étendue sur le lit. Elle sentait sa housse de couette contre sa peau nue et la tête lui tourna… encore une fois.

La bouche diabolique de Dominic glissait sur elle. Suçait des points sensibles. Lapait ses mamelons. Laissait de minuscules marques qui picotaient et lui brûlaient la peau.

Très vite, Meredith se mit à se tortiller. Si seulement cette sensation, ce besoin, pouvait trouver à s'assouvir. Mais elle ne pouvait rien y faire. Tout était entre ses mains à lui.

Elle laissa courir les doigts sur tout son corps, aussi avide que lui de lui appartenir. Le gémissement qu'il poussa lorsqu'elle finit par saisir son membre tendu fut de la magie pure.

Ce son lui donna l'impression d'être puissante, provocante. Terriblement sexy, puisqu'elle avait réussi à lui arracher ce grognement involontaire.

De toutes ses forces, et tirant parti de l'effet de surprise, Meredith se redressa et poussa les épaules de Dominic jusqu'à ce qu'il se retrouve allongé sur le lit à son côté. En un éclair, elle se plaça à califourchon au-dessus de lui.

À cheval sur lui, elle appuya le cœur palpitant de son sexe sur le bord tendu et brûlant du sien et se mit à imprimer un petit mouvement de balancier. Elle avait besoin de soulager la pression. Il le fallait, c'était une urgence. La délicieuse sensation lui fit rejeter la tête en arrière.

Mais ce n'était pas encore assez.

Meredith se pencha sur le côté pour atteindre le tiroir de la table de nuit dans lequel elle fouilla à l'aveuglette pendant quelques secondes avant de trouver ce qu'elle cherchait. Elle se remit en position sur lui, brandissant triomphalement une petite pochette carrée.

Dominic émit un petit rire, lui prit le préservatif des mains et dit :

— J'aurais dû me douter que tu aurais tout ce qu'il faut.

Elle haussa les épaules. On n'était jamais aussi bien servie que par soi-même, quand on était une femme. Elle n'attendit pas qu'il passe à l'acte. Elle lui reprit le paquet des mains, le déchira et déroula le préservatif sur son sexe superbement dressé avant qu'il ait eu le temps de dire ouf.

Elle aima ce sifflement cru qu'il émit alors, et la façon dont ses hanches avaient tressailli lorsqu'elle avait lissé l'étui de latex une fois déroulé autour de son sexe. Mais elle n'en profita pas longtemps, car il tira parti de sa distraction en la faisant de nouveau basculer sur le dos.

Une lutte de pouvoir. Même au lit, ça en finissait toujours par là avec lui. Avec eux. Mais ce soir, Meredith voulait bien céder. Parce qu'elle ne doutait pas un instant qu'elle recevrait au moins autant qu'elle donnerait.

Dominic passa un bras sous le genou de Meredith et lui écarta brusquement les jambes. Mais au lieu d'entrer au plus profond d'elle, il se mit à lui caresser l'intérieur de la cuisse du bout du doigt. Du pouce, il titilla le petit monticule de nerfs de son sexe, qui palpitait au rythme du cœur affolé de la jeune femme.

Elle était clouée sur place, immobile, exactement comme il la voulait. Elle sentait son sexe durci tout près, si près, tandis qu'il la torturait de ses doigts délicieux et de l'anticipation d'un soulagement à sa portée et tout à la fois inaccessible.

Elle mourait d'envie de le sentir au plus profond d'elle, mais apparemment il avait une autre idée en tête. C'était trop, et la tension qu'il faisait s'intensifier avec ses mains expertes finit par exploser.

L'orgasme fut comme un tsunami en elle. Elle se cambra, les hanches projetées en avant, avide, capturant chaque sensation tandis que son univers se centrait autour du noyau de plaisir qu'il avait créé.

Mais ce n'était pas fini. Il ne la laissa pas reprendre sa respiration avant de lui donner ce dont elle avait eu envie depuis si longtemps. Il la pénétra profondément, les hanches collées aux siennes. Le bras toujours passé sous le genou de Meredith, Dominic la retenait prisonnière tout en allant et venant en elle. Doucement et régulièrement au début, puis il accéléra le rythme jusqu'à ce qu'ils se mettent tous les deux à haleter.

Leurs haleines se mêlèrent. Il trouvait des coins de peau où apposer sa bouche – dans le cou, sur les seins, au creux de l'épaule – et les suçait avidement. Le clair de lune illuminait son corps magnifique et le faisait presque rayonner. Oh ! pourtant Dominic Mercado était loin d'être divin, rien de céleste chez lui, même s'il parvenait à faire chanter son corps à elle comme les anges du ciel.

Ensemble, ils atteignirent ce merveilleux moment où la tension se relâchait enfin dans une explosion de plaisir.

Le second orgasme la frappa comme une avalanche, et tout le reste disparut. D'extase, il rejeta la tête en arrière, et Meredith sentit la pulsation rythmique de la jouissance en elle.

Elle se dit qu'elle n'avait jamais rien vu d'aussi beau. Mais peut-être étaient-ce les hormones qui parlaient.

Ils s'effondrèrent en même temps sur le lit, jambes et bras enchevêtrés, le cœur battant et la peau luisante de sueur.

Alors qu'en toute logique elle aurait dû suffoquer sous son poids, Meredith se sentait parfaitement bien et n'avait aucune envie qu'il s'en aille. Pour l'instant.

Elle se tortilla et Dominic réagit en roulant sur le côté et en la faisant se blottir au creux de son corps. Collée contre lui, elle sentit la pression se relâcher en elle. La chaleur humide de son haleine lui chatouilla le cou. Curieusement, cela ne la dérangeait pas. Et elle était trop fatiguée pour se poser des questions. Épuisée, même. Son esprit embrumé eut juste le temps de se dire que si elle ne faisait pas attention elle pourrait bien s'habituer à s'endormir enveloppée dans la douce chaleur du corps de Dominic.

Sans vraiment en avoir conscience, elle murmura « reste », avant de sombrer dans un profond sommeil.

Mais lorsqu'elle se réveilla, elle était seule.

Dominic se fichait de passer la nuit avec une femme. Partager un lit ou pas, peu importait. Le résultat était toujours le même. Il n'avait jamais passé plus que quelques jours avec la même femme. Chacun profitait de l'autre, puis repartait vivre sa vie.

Ce qui soulevait la question : pourquoi n'avait-il pas réussi à rester à côté de Meredith ?

Elle s'était rapidement endormie, enfouie entre les draps et blottie contre lui, comme si elle recherchait sa chaleur. Lui en revanche n'arrivait pas à trouver de position confortable. Ce qui était plutôt inhabituel.

Une véritable tempête s'était déchaînée sous son crâne pendant qu'il la regardait dormir. Éveillée, elle était forte, exigeante, catégorique. Endormie, elle était douce et semblait fragile, même s'il savait que ce n'était qu'une apparence.

L'idée de se réveiller à ses côtés… lui plaisait.

C'était pour ça qu'il était parti.

Il ne pouvait pas prendre ce risque. Surtout pas avec Meredith.

Il attrapa ses vêtements, sortit de la pièce et se rhabilla silencieusement avant de quitter la maison. Il s'assura que la porte était verrouillée, pas seulement pour la sécurité mais pour s'empêcher de revenir. Même si ce n'était sûrement pas ça qui allait l'arrêter, s'il en avait vraiment envie.

C'était davantage pour le geste. Un rappel.

Elle l'avait dit elle-même – avant qu'ils se jettent l'un sur l'autre comme s'ils étaient affamés –, c'était juste pour une fois. Une indéniable énergie pétillait entre eux, et ils y avaient cédé, c'était tout. C'était physique. Chimique, biologique. Rien de plus.

Franchement, elle ne l'appréciait même pas. Et si ça ne l'avait jamais gêné auparavant avec d'autres, il se rendit compte qu'avec Meredith c'était différent.

L'opinion qu'elle avait de lui lui importait, bon sang. Alors que ça n'aurait pas dû être le cas.

Il s'affala sur le siège de sa Maserati et reposa la nuque sur l'appuie-tête en cuir.

Il ferma les yeux et prit une profonde inspiration.

Il ne la reverrait pas. En tout cas, pas avant un bon moment. Lui et Meredith avaient très bien réussi à s'éviter pendant des années, et il n'y avait aucune raison de ne pas continuer. Il avait réussi à la convaincre de laisser tomber son article, ce qui la rendait inoffensive.

Le sentiment de soulagement que cette pensée lui procura fut de courte durée. Si elle était en sécurité, lui se trouvait dans une zone périlleuse.

Plusieurs jours s'étaient écoulés depuis que Meredith s'était réveillée seule dans son lit. Des jours au cours desquels elle avait dû travailler sur elle et s'occuper frénétiquement pour ne pas penser à Dominic ou à leur incroyable expérience sexuelle. Mais la nuit, pas moyen. Elle se réveillait plusieurs fois, comme impatiente et agitée par des rêves coquins où Dominic tenait le rôle principal.

Ça l'irritait qu'il soit si dur à oublier. Elle se surprenait à fixer le vide, plongée dans ses souvenirs, aux moments les moins opportuns.

Elle comprenait désormais pourquoi toutes ces femmes se jetaient à ses pieds, et ça l'agaçait profondément. Il était beau, charismatique, sexy, et punaise, une bombe au lit.

Sans oublier qu'il avait même un cœur, finalement.

Si elle avait pu parler de cet épisode à sa meilleure amie, au lieu de laisser tout ça mariner dans sa tête, elle aurait peut-être pu passer à autre chose.

— Mais qu'est-ce que tu as ?

Annalise commençait clairement à se rendre compte de quelque chose.

— Tu n'es pas encore en train de ressasser cette histoire de Dominic quand même ?

Une bouffée d'adrénaline envahit les veines de Meredith. Comment Annalise pouvait-elle savoir ?

Son amie poursuivit, à son grand soulagement :

— Je sais que tu n'as jamais proposé l'article, donc je me suis dit que tu avais trouvé un truc qui t'avait dissuadée de le faire.

Meredith n'en avait jamais reparlé avec elle. Elle ne pouvait pas lui expliquer pourquoi elle avait laissé tomber l'article sans révéler le secret de Dominic… ou qu'ils avaient couché ensemble avant qu'il file comme un voleur au beau milieu de la nuit.

Vraiment, c'était ça qui la mettait dans tous ses états. Elle n'arrivait pas à décider si c'était un connard de première ou si c'était de la lâcheté. Mais sachant qu'elle ne l'avait jamais vu se comporter comme un lâche, elle penchait plutôt pour la première solution.

Il l'avait ébranlée en lui révélant qu'il était capable de bonnes actions. Apparemment, elle aurait dû écouter ses tripes et rester sur sa première impression. Dominic était autocentré et ne pensait qu'à lui, point final.

Annalise la fixait. Meredith se rendit compte qu'elle était restée silencieuse trop longtemps et qu'il fallait qu'elle dise quelque chose.

— Oui, j'ai laissé tomber l'article. Tu étais convaincue que c'était bidon avant moi, c'est pour ça que je ne t'en ai pas parlé.

Pourvu que son amie gobe son excuse. Elles étaient censées profiter d'un agréable brunch sur la terrasse devant l'appartement d'Annalise, au-dessus du casino. Vivre et travailler dans un lieu avec service en chambre, ça avait vraiment des avantages.

Tout un assortiment de viandes, de fromages, de crackers et de mini-toasts s'étalait devant elles. Des fruits rouges, de minuscules tartelettes, des gâteaux et du chocolat faisaient office de dessert. La nourriture au Magnifique méritait cinq étoiles, au même titre que la vue.

Bien que ce ne soit généralement pas sa tasse de thé, Meredith dut s'avouer que l'animation du Strip de Las Vegas sous leurs yeux avait quelque chose de distrayant. Enfin, aurait dû.

Le soleil était particulièrement agréable, surtout avec ce petit vent frais qui balayait la terrasse. Meredith saisit sa flûte de mimosa à la canneberge, but une gorgée et se rendit compte qu'elle était à la traîne. Annalise en était déjà à son deuxième verre.

— Je n'arrive pas à croire que Tessa ait disparu. Je ne l'avais pas vue depuis un moment, mais c'était une amie et j'ai peur de ce qui a pu lui arriver.

Deux jours après la soirée avec Dominic, les médias avaient annoncé la disparition de Tessa. Meredith était rongée de culpabilité. À cause de Tessa. Et parce qu'elle ne disait pas la vérité à Annalise.

Mais elle avait promis le silence à Dominic. Et même s'il ne méritait pas sa loyauté, elle tenait ses promesses. En outre, elle savait qu'il avait de bonnes raisons pour ne pas vouloir qu'Annalise sache la vérité.

Quelqu'un voulait clairement rendre la vie de Dominic difficile. Ou le détruire et le faire accuser d'un crime. Il ne voulait pas qu'Annalise soit mêlée à ça.

Meredith prit une profonde inspiration et se donna un coup de fouet mental. Il fallait surmonter les quelques prochains jours. Tout le monde allait passer à autre chose, et la disparition de Tessa serait oubliée. Ce qui l'attristait et lui donnait en même temps un drôle de sentiment d'espoir.

Tessa méritait de trouver le bonheur, et s'il fallait qu'elle disparaisse pour ça…

Elle acquiesça en grommelant et se pencha vers les desserts :

— Je ne sais pas toi, mais moi je suis incapable de résister à ces tartes au citron, dit-elle en enfournant une.

Dans le doute, toujours parler d'autre chose.

Elles se prélassaient au soleil lorsqu'elles entendirent quelqu'un arriver sur la terrasse. Meredith avait le dos tourné à la porte mais vu le large sourire d'Annalise, ce devait être une bonne surprise.

Elle sourit également et se retourna. Son sourire s'effaça quand elle constata que c'était Dominic.

Et au lieu de s'adresser à sa sœur, ce fut à elle qu'il déclara :

— Il faut qu'on parle.

Meredith secoua la tête.

— De quoi peut-on bien devoir parler ?

D'accord, c'était un peu sec. Si elle ne faisait pas plus attention, il allait comprendre à quel point elle était irritée qu'il se soit envolé l'autre nuit.

Dominic pencha la tête et, sans un mot, exprima d'un regard que leur conversation ne devait certainement pas impliquer sa sœur.

Ce qui était un problème, vu qu'ils étaient chez elle.

— Comment as-tu su que j'étais là ?

— Annalise m'a dit que vous passiez une journée entre filles.

Meredith lança un regard interrogateur à son amie, qui répondit :

— Ben quoi ? Ce n'était pas un secret, si ?

L'expression triomphante et réjouie d'Annalise, qui les dévisageait tour à tour, provoqua des nœuds dans l'estomac de Meredith. Génial. Son amie avait tout deviné.

— Comment tu as su ?

— Tu veux dire à part les étincelles que vous émettez quand vous êtes tous les deux au même endroit ?

— N'importe quoi, grommela Meredith.

— Oh ! je t'en prie, il y a tellement d'électricité entre vous que j'ai peur de prendre feu quand je suis dans la même pièce.

Annalise se leva de son transat, apparemment décidée à les laisser tranquilles. Elle traversa la terrasse et se dirigea vers la porte-fenêtre. En passant devant son frère, elle lui déposa un baiser sur la joue, puis disparut.

Meredith se leva pour la suivre. Peut-être n'avait-elle pas envie d'entendre ce que Dominic avait à lui dire. Mais elle n'alla pas bien loin. Il lui attrapa le bras au moment où elle passait à son niveau et la força à s'arrêter.

Elle s'immobilisa sans se tourner vers lui. Elle refusait de lui donner ce qu'il voulait. Pourtant, elle était tout aussi incapable de partir. La sensation de sa main sur son bras nu la remplissait d'énergie.

— Il faut qu'on parle.

— Tu l'as déjà dit.

Ça l'agaçait qu'il pense qu'il pouvait simplement réapparaître et claquer des doigts pour qu'elle lui obéisse.

— J'ai laissé tomber l'article. Tu m'as bien fait comprendre que tu ne voulais rien de moi en te carapatant au beau milieu de la nuit. De quoi pourrait-on bien parler ?

Ses doigts raffermirent leur étreinte sur son bras. Il l'attira vers lui.

— Ne fais pas la garce, Meredith. Ça ne te va pas.

Elle finit par croiser son regard.

— Garce ? Moi ? Jamais, répondit-elle, un sourire provocateur sur les lèvres.

Les yeux vert foncé de Dominic étincelaient. Ils la faisaient penser à une forêt juste avant le crépuscule, pleine d'ombres et de danger. Dangereux. Voilà ce qu'il était.

Elle sentit son ventre se tordre. Pas de peur, mais d'un désir involontaire. Un besoin.

Maintenant qu'elle avait fait l'expérience de la puissance qu'ils avaient créée, de l'intensité de son lâcher-prise, elle en voulait encore.

Mais il avait été clair ; ça n'arriverait pas. Et il était hors de question qu'elle mendie.

Doucement, le regard de Dominic s'éclaircit. Il relâcha

son étreinte sur son bras, mais au lieu de la libérer, il se pencha plus près.

— Je suis désolé d'être parti sans prévenir.

— Ça ne fait rien. On a tous les deux eu ce qu'on voulait.

— Pas tout à fait, murmura-t-il, si bas qu'elle faillit ne pas entendre.

Mais elle l'avait bien entendu, et il n'allait pas s'en sortir comme ça.

— Pardon ? On sait pertinemment que tu t'en es bien tiré. Assez spectaculairement, d'ailleurs. Alors n'essaie pas de me raconter des conneries.

Il ferma les yeux et prit une profonde inspiration. Il la poussa contre le mur de pierre, le dos appuyé contre la surface lisse. Là où ils étaient, Annalise ne pouvait pas les voir depuis l'intérieur de l'appartement.

Dominic envahissait son espace. Meredith n'avait nulle part où aller. Elle était coincée entre la solide muraille de son corps et le mur derrière elle. Mais en réalité, elle n'avait pas envie d'être ailleurs.

Ce qui l'énervait au plus haut point. Quand avait-elle perdu le contrôle de son propre corps ? Elle sentit son pouls accélérer. Son cœur s'emballer. Et son sexe palpiter au souvenir du plaisir que Dominic pouvait lui donner. Le simple contact de son corps contre le sien suffisait à lui faire mouiller sa culotte.

Mais qu'il aille au diable.

Elle refusait de rester plantée là, sans défense, pendant qu'il la soumettait selon son bon vouloir. Elle croisa les bras pour tenter de mettre une barrière entre eux. Pas très efficace. Elle sentait encore sa chaleur. La présence concrète de son corps, tandis que le sien, ce traître, lui répondait.

— Ce n'est pas ce que je voulais dire, grommela-t-il. Je suis parti parce que nous savons très bien que ça ne pourra jamais marcher. Nous sommes trop différents. Tu ne me portes pas particulièrement dans ton cœur.

Meredith ouvrit la bouche pour répliquer, puis la referma. Peut-être qu'elle s'en était convaincue. En tout cas, elle le lui avait dit assez souvent.

Et si ce n'était pas vrai ?

— J'ai aimé être là et j'avais envie de rester, Meredith, et c'est exactement pour ça que je suis parti. On a tous les deux apprécié ce qui s'est passé l'autre nuit. Et ce sont ces souvenirs-là que je voulais garder. Toi, sexy, tout ébouriffée et endormie à côté de moi. Tellement canon dans mes bras. Plutôt qu'un lendemain bizarre et plein de malaise qui aurait effacé tout cela.

Mais mon Dieu, comment arrivait-il à la mettre dans cet état ? Tout à la fois comblée et absolument furieuse ?

Elle avait été contrariée de se réveiller toute seule parce que, en secret, une part d'elle en voulait plus. Et elle avait été très énervée qu'il les prive de ça.

Mais est-ce qu'il n'avait pas raison, au fond ?

Elle baissa les bras en soupirant et appuya la tête contre le mur. Ce salopard avait désamorcé sa colère ; il ne lui restait plus que l'envie. Mais ça, c'était son problème à elle.

— Très bien. Je ne t'en veux pas d'être parti.

— C'est ça. Enfin, si ça peut te consoler, moi je m'en veux.

Il attrapa une mèche de ses cheveux et la fit glisser entre ses doigts.

— Mais je m'en voulais surtout d'avoir envie de rester.

Au diable. Qu'il aille au diable.

Meredith secoua la tête et dégagea sa mèche de cheveux. Elle n'avait vraiment pas besoin de ces agréables picotements sur le crâne, alors qu'il lui expliquait toutes les raisons pour lesquelles ils ne pourraient pas s'entendre.

— Alors si ce n'est pas pour parler de ça, tu es venu pour quoi au juste ?

Dominic recula d'un pas, mit les poings dans ses poches et se balança légèrement en avant.

Meredith comprit que c'était la position qu'il prenait quand il s'apprêtait à affronter quelqu'un.

— Je veux savoir à qui tu as parlé de la disparition de Tessa.

— À personne.

— Même pas à Annalise ?

Meredith fronça les sourcils.

— Tu m'as demandé de ne rien dire. On ne s'entend peut-être pas, mais je n'irais pas faire un truc comme ça dans ton dos.

L'esquisse d'un sourire frôla ses lèvres.

— Je t'en sais gré.

Dominic était sur le point de se tourner pour partir, mais Meredith l'arrêta à son tour.

— Pourquoi tu me demandes ça ?

Ses traits se durcirent, et l'inquiétude qui balaya ses yeux noua le ventre de la jeune femme.

— Ça fait trois jours qu'elle ne donne plus de nouvelles.

- 9 -

Les mots de Dominic restèrent suspendus. Il regarda Meredith intégrer l'information, mais le temps pressait.

Il fit un pas de côté pour partir. Elle l'arrêta.

— Où tu vas ?

C'était pourtant assez clair…

— Je pars.

— Oh non, tu ne pars pas. Tu ne peux pas venir ici, me lâcher une bombe pareille et te tirer.

Il esquissa un petit sourire.

— Tu crois ça.

— Dominic, sérieusement, tu t'attendais vraiment à ce que je n'aie aucune réaction en apprenant que mon amie avait disparu et qu'elle était peut-être en danger ?

Honnêtement, il n'était pas allé aussi loin dans son raisonnement. La première fois que Tessa n'avait pas donné de nouvelles, il s'était vaguement inquiété mais n'avait pas paniqué. La deuxième fois… il s'était dit qu'ils n'avaient jamais eu de problème quand Meredith ignorait la vérité. Et ce n'était pas parce qu'elle avait laissé tomber l'article qu'elle avait gardé les informations pour elle.

Il avait toute confiance en son équipe et en Stone Surveillance. Meredith… il ne pouvait être sûr de rien. Si fuite il y avait eu, elle pouvait tout à fait venir d'elle.

Mais il la croyait quand elle lui disait qu'elle n'en avait parlé à personne. Ce qui signifiait qu'il se passait autre chose, et il fallait qu'il découvre quoi. Tout de suite. Tessa avait déjà disparu depuis trois jours.

Il n'aurait jamais dû attendre.

Il se dégagea et rétorqua :

— Ce ne sont pas tes oignons.

— Tu plaisantes ? C'est mon amie.

— C'était ton amie, et mon petit doigt me dit que ça fait un bail que vous ne vous êtes pas vues.

La culpabilité qui traversa l'expression de Meredith le fit se sentir totalement crétin. Il avait dit ça exprès, et tout à coup il ne se sentait pas particulièrement fier.

— Je suis désolé. Je n'aurais pas dû dire ça. Tu n'es pour rien dans ce qui se passe.

— D'accord.

Le ton de sa voix suggérait qu'elle ne le croyait pas, mais Dominic n'avait pas le temps de la convaincre.

— Qu'est-ce que tu vas faire ?

Il haussa les épaules et répondit :

— Je vais la trouver.

C'était aussi simple que ça. Peu importait ce que cela impliquerait, il avait promis à Tessa qu'elle serait en sécurité, et il avait l'intention de tenir sa promesse.

— Comment ?

— Je vais y aller, et voir si je peux trouver où et pourquoi elle a disparu. On surveille déjà son mari, donc on sait qu'il ne l'a pas suivie.

Ce qui ne voulait pas dire qu'elle était en sécurité. Ben était suffisamment malin pour comprendre qu'il lui faudrait un alibi si quelque chose arrivait à Tessa. Il avait facilement pu engager quelqu'un pour s'occuper de sa femme.

— Je viens avec toi.

Pourquoi était-il surpris ? Pourquoi ce nœud dans l'estomac à l'idée qu'elle puisse l'accompagner ?

— Pas question.

Meredith plissa les yeux.

— Tu peux te permettre de faire l'économie d'un autre cerveau pour la chercher ? D'une journaliste d'investigation, en plus, spécialiste des énigmes et des situations compliquées ?

Dominic fit la moue. Elle n'avait pas tort. Il la fixa pendant plusieurs secondes. Lui avait-il dit non parce qu'il ne voulait pas s'occuper d'elle, ou à cause de l'énergie et de l'attirance résiduelles qui persistaient après leur nuit ensemble ?

Si c'était ça, n'était-il pas en train de se conduire en égoïste ? Refuser son aide, ce serait refuser de l'aide à Tessa, et ça, il ne le pouvait vraiment pas.

— Très bien, répondit-il enfin, sans pouvoir s'empêcher d'afficher un petit rictus de contrariété.

— Cache ta joie.

— Je fais de mon mieux. Je pars dans une heure. Fais tes bagages et retrouve-moi à l'Excess dans quarante-cinq minutes. Sois à l'heure ; je ne t'attendrai pas.

Dominic se retourna pour partir et Meredith lui emboîta le pas.

Annalise, assise sur un tabouret devant le comptoir de sa cuisine, sirotait un mimosa en souriant.

— Est-ce que j'ai envie de savoir ce que vous faisiez derrière ce mur ?

L'air réjoui de sa sœur ne fit qu'accentuer la tension de Dominic. Il n'avait vraiment pas besoin qu'Annalise se fasse des idées débiles sur lui et sa meilleure copine.

Le meilleur moyen de gérer ça, c'était d'ignorer sa question. Il déposa un baiser rapide sur sa joue.

— Salut, ma poulette.

Et il sortit de l'appartement.

Il entendit sa sœur dire :

— Attends, toi aussi tu pars ?

Meredith répondit :

— Oui, deux ou trois jours. Tu voudras bien arroser mes plantes et garder un œil sur mon appart ?

Super, pas besoin d'être un génie – ce qu'était sa sœur, d'ailleurs – pour comprendre que le départ de Meredith avait un rapport avec lui.

Heureusement, l'ascenseur arriva avant qu'elles sortent sur le palier. Il n'aurait pas eu la force de les gérer, ces deux-là. Avec un peu de chance, en une heure il arriverait à reprendre son self-control.

Le contrôle, c'était exactement ça qu'il lui fallait. Il avait compris depuis longtemps que, s'il voulait protéger les gens autour de lui, il fallait qu'il refrène ses propres émotions et ses réactions. Il avait appris cette leçon au prix fort.

Meredith avait commencé à ouvrir une brèche dans cette résolution, et il allait falloir que ça cesse.

Quarante-cinq minutes, c'était très juste. Il le savait pertinemment. Meredith ne doutait pas une seconde que Dominic partirait sans elle si elle avait ne serait-ce qu'une seconde de retard.

Honnêtement, elle s'attendait presque à ce qu'il soit déjà parti lorsqu'elle arriverait à l'Excess. Il lui était venu à l'esprit que Dominic avait pu lui dire qu'il acceptait qu'elle vienne pour qu'elle le laisse tranquille.

Mais en arrivant à l'Excess, elle sut qu'il était encore là. Elle l'entendait crier depuis son bureau :

— N'oubliez pas de revérifier la commande de Jack Daniel's.

Meredith vit une petite femme blonde sortir de la pièce et lever les yeux au ciel.

— J'ai compris, Nic, croyez-moi, je sais faire mon travail.

Dominic apparut sur le seuil, et posa les deux mains sur les montants de la porte.

— Je sais que vous savez. Sinon vous ne seriez plus là.

La blonde haussa les épaules et marmonna :

— Mais qu'est-ce qu'il a aujourd'hui ?

Tout autour, d'autres personnes s'affairaient, feuilletaient des dossiers, répondaient au téléphone. On était loin du bureau silencieux et calme qu'elle avait visité quelques jours auparavant. Aujourd'hui, la direction de l'Excess grouillait d'activité.

D'où il était, Dominic constata :

— Tu es là.

Il ne tenta même pas de cacher la déception dans sa voix. Tant pis. Même si ça ne lui plaisait pas, ça n'y changerait rien.

En passant devant les autres bureaux, Meredith tenta d'ignorer les regards inquisiteurs. La raison pour laquelle elle venait voir le patron avec un sac de voyage ne regardait personne.

Dominic ne bougea pas à son approche. Il resta planté dans l'encadrement de la porte, bras ouverts, bloquant le passage vers son domaine. Elle ne se donna pas la peine de lui demander de bouger. Il n'en avait clairement pas l'intention.

— Évidemment, je suis là. Mais tu ne m'as pas dit où on allait, alors j'ai dû prendre des vêtements au pif.

— Ça ira sûrement très bien. Au pire, tu t'en achèteras.

Bien sûr, comme si elle pouvait se racheter toute une garde-robe. Lui était peut-être blindé – d'après ce qu'on disait, il était quasiment milliardaire – mais pas elle. Elle ne le corrigea pas, pourtant. À quoi bon ? Il s'en serait servi comme excuse pour ne pas l'emmener.

Ce qui était hors de question.

Si Tessa était en danger, cette fois elle serait là pour

l'aider. Mais ce serait sympa de connaître leur destination, quand même. Était-ce trop demander ?

— Tu ne vas rien me dire, pas vrai ?

Ses lèvres – celles-là mêmes qu'elle avait essayé d'oublier depuis des jours – esquissèrent un sourire diabolique.

— Non.

Meredith n'était pas sûre de ce qu'elle voulait – l'embrasser ou effacer ce sourire condescendant de son visage. C'était clairement un truc de pouvoir. Il savait quelque chose qu'elle ignorait, et le garderait pour lui.

— C'est de la perversité.

Dominic haussa les épaules. Dans son dos, Meredith entendit quelqu'un chuchoter d'une voix moqueuse :

— C'est tellement romantique.

Si seulement ils savaient la vérité. Dominic n'était pas en train de l'emmener vers une destination romantique. Il ne gardait pas le secret pour lui faire la surprise. Il le gardait juste parce qu'il le pouvait et qu'il savait que ça la faisait enrager.

Dominic prit son propre sac dans son bureau et le balança sur son épaule. Il ferma la porte et la repoussa dans le couloir. Son épaule frôla la courbe de son sein.

Le souffle coupé, elle vacilla.

Sa réaction physique face à lui l'agaçait au plus haut point. Surtout lorsqu'il la prit par le bras, l'attira vers lui et lui dit à l'oreille :

— Tu peux changer d'avis. Je n'ai vraiment pas besoin de toi.

Non loin, quelqu'un soupira. Manifestement, cette personne n'avait pas entendu et pensait qu'il murmurait des mots tendres.

Un bref instant, Meredith hésita à le rembarrer. À lui dire de ne pas la toucher.

Mais ça aurait été jouer son jeu.

Elle décida d'être aussi provocante que lui. Elle se rapprocha et posa la main sur son torse avant de la faire descendre tout doucement. Sa paume s'attarda sur la hanche de Dominic, les doigts tout près de sa braguette.

Elle baissa la voix, mais pas assez pour ne pas être entendue des personnes les plus proches.

— J'ai très envie de venir.

Il sourit et plongea le regard dans ses yeux de biche.

— Attention, mon ange. Tu joues avec le feu.

Souriant à son tour, Meredith fit volte-face et lança :

— Ne t'inquiète pas, je suis assez maligne pour ne pas me brûler.

Il avait vraiment espéré qu'elle ne viendrait pas, mais il aurait dû savoir. Quand Meredith avait une idée en tête… elle ne la lâchait pas. Elle était tenace. L'avait toujours été.

Pour l'instant, elle était calme. Principalement parce qu'elle dormait. Au moment où ils avaient gravi les marches pour monter dans le jet privé, elle l'avait bombardé de questions.

Sa façon de virevolter en découvrant le somptueux intérieur de son Gulfstream, les yeux pleins d'excitation et d'admiration, lui avait donné des fourmis dans les mains. Il avait eu envie de l'attirer contre lui et de l'embrasser à n'en plus finir. Il avait envie de l'emmener pour une escapade romantique, sachant qu'il serait alors à l'origine de cette expression de surprise et de joie.

Ce qui était précisément la raison pour laquelle il avait mis toute cette distance entre eux.

Dominic savait qu'elle lui tenait rigueur de ne pas lui dévoiler leur destination. Mais ils étaient entourés de gens qui n'avaient pas besoin d'être au courant. Moins ils seraient nombreux à le savoir, plus Tessa serait à l'abri d'éventuels poursuivants.

Pendant qu'ils voyageaient, Joker tentait de découvrir des indices qui pourraient les aider à retrouver Tessa. Et ce qui l'avait incitée à s'enfuir.

Il se concentrait là-dessus, parce que l'inverse était inimaginable.

Ce qui avait commencé comme une nécessité – garder les informations secrètes – était devenu un jeu une fois dans l'avion. Un peu pervers de sa part, mais pourtant… il n'avait pas pu s'en empêcher. Le feu dans le regard de Meredith était intrigant.

C'était une lueur de réalité derrière la façade parfaite qu'elle tentait de présenter au monde. Et il découvrait que c'était ça qu'il voulait d'elle.

Sa réalité. Il voulait connaître la femme derrière l'apparence que la vie et la société lui avaient imposé d'adopter. Il voulait savoir ce qui l'énervait. Ce qui la mettait en joie. Ce qui la rendait triste.

Elle le fascinait, ce qui n'était probablement pas une bonne chose. Parce que personne – aucune femme – ne l'avait jamais fasciné. D'où sa facilité à laisser les gens entrer et sortir de sa vie.

Peut-être était-ce simplement leur histoire. Les circonstances. Peut-être avait-il besoin de passer un peu de temps avec elle pour pouvoir s'en détacher. Avoir toutes les réponses à ses questions et découvrir que Meredith n'avait rien de plus que les dizaines de femmes qu'il croisait tous les soirs dans son club.

Le train d'atterrissage sortit bruyamment de l'appareil, ce qui sembla perturber Meredith qui émit un petit grognement. Elle étira les bras et se redressa lentement.

— Qu'est-ce qui se passe ? murmura-t-elle d'une voix embrumée de sommeil.

— On est sur le point d'atterrir.

Elle regarda sa montre. Il la vit calculer le temps passé et essayer de déduire leur destination.

— On n'est plus aux États-Unis.

— En effet.

Elle le scruta avec ces yeux bleu vif qui lui rappelaient toujours un ciel d'été rempli de soleil.

— Tu comptes me faire deviner ? Il y a un bon paquet de pays dans le monde et ça fait un moment qu'on est partis.

— Paris.

Les yeux de Meredith s'arrondirent.

— Heureusement que j'ai pris mon passeport.

En effet, mais dans le cas contraire, ce n'aurait pas été un obstacle. L'argent et le statut pouvaient résoudre beaucoup de problèmes.

Meredith souleva l'écran qui obstruait le hublot et colla le nez au carreau.

— Je ne suis jamais allée à Paris.

Dominic ne put s'empêcher de ressentir de la satisfaction. Il n'avait pas souvent vu Meredith enthousiaste, et même si elle essayait clairement de se retenir, c'était audible dans sa voix.

— Je préférerais qu'on y soit pour une raison plus joyeuse.

— Je te ramènerai un jour, quand on pourra profiter de tout ce que cette ville a à offrir.

C'était sorti tout seul.

Pourquoi faire une telle proposition alors qu'il n'avait pas la moindre intention d'y donner suite ?

Meredith se tourna vers lui, les sourcils levés tandis qu'elle scrutait son visage. Elle regarda ensuite par le hublot.

Ce fut sa seule réaction à ce qu'il avait dit. Elle ne s'était pas moquée. N'avait pas accepté. Elle l'avait ignoré, tout simplement.

À ce moment, Dominic se rendit compte qu'il voulait vraiment revenir ici avec elle. Pas simplement parce qu'elle aimerait ça. Mais parce qu'elle ne croyait pas qu'il le ferait.

Mais que lui arrivait-il ?

— On commence par quoi ?

Dominic se concentra sur cette question.

— On va aller à l'appartement où elle séjournait. Voir ce qu'on peut découvrir. Parler aux voisins, même si elle n'est pas restée longtemps. Au cas où on pourrait avoir un début de piste.

Il allait aussi demander à Joker s'il avait trouvé quelque chose d'utile pendant qu'ils étaient dans l'avion.

Les roues touchèrent la piste. Dès que le jet ralentit, Meredith bondit et alla récupérer son sac rangé dans un compartiment fermé à l'avant de la cabine. Elle était devant la porte lorsque l'appareil s'arrêta et qu'une hôtesse vint leur ouvrir pour leur permettre de débarquer.

Dominic prit son sac et la suivit. Les prochains jours s'annonçaient longs.

- 10 -

Meredith aurait adoré explorer Paris. La ville était magnifique, exactement comme elle l'avait imaginée, mais ils avaient des choses à faire et ce n'étaient pas des vacances.

Ils arrivèrent en milieu de matinée et Dominic prit immédiatement les commandes. Il expédia leurs bagages là où ils allaient probablement séjourner. Il la fit entrer dans une voiture en plaçant une main dans le bas de son dos, lui tenant la portière avant de prendre place à ses côtés.

Aucune vague de chaleur ne partit du point qu'il avait touché pour se diffuser dans tout son corps.

Mais alors, vraiment aucune.

Elle se tourna vers le paysage qui défilait derrière la vitre pour ne plus y penser. Évidemment, Dominic parlait français couramment, elle aurait dû s'en douter. Il discutait avec le chauffeur, probablement de leur destination.

— Tu parles français.

Ce n'était pas une question mais une constatation.

— Je parle français, espagnol, et je baragouine en mandarin.

Quand elle était plus jeune, Meredith avait souvent entendu Annalise se plaindre de Dominic et de sa désinvolture à l'école. D'une certaine façon, sa sœur avait joué le rôle de mère ; elle le réprimandait et tentait de s'assurer qu'il faisait ce qu'il était censé faire. Ce qui ne s'était pas très bien passé, évidemment. Dominic avait du mal avec les règles et ne ressentait pas le besoin d'être à la hauteur de ce qu'on attendait de lui.

Donc, Meredith avait toujours pensé qu'il n'avait pas été bon élève. Elle savait qu'il n'avait pas terminé ses études à la fac, qu'il avait abandonné à mi-course pour travailler au club du Magnifique et que, deux ans plus tard, il avait ouvert l'Excess.

— Pourquoi ?

C'était une question sincère ; elle était vraiment curieuse de connaître la réponse. Son style de vie ne nécessitait pas qu'il parle toutes ces langues.

Dominic afficha un sourire suffisant.

— Parce que j'aime apprendre. Et que je travaille dans des pays étrangers. Je n'aime pas avoir un handicap ou dépendre de quelqu'un qui va traduire pour moi. Surtout pour les affaires.

Elle aurait dû s'en douter. C'était une question de contrôle. Mais dans ce cas, difficile de ne pas être impressionnée par sa motivation, son ambition et son intelligence.

— Je suis impressionnée.

Il rit, d'un rire un peu tendu.

— Parce que je suis capable d'apprendre une langue étrangère ou parce que je me suis donné la peine de le faire ?

Elle haussa les épaules.

— Les deux. Ne joue pas les offensés, Dominic. Je suis en train de me rendre compte que tu as cultivé une image fausse. J'ai toujours su que tu étais bon à ce que tu faisais, mais je commence à me dire qu'il y a quelqu'un de plus profond sous ton apparente nonchalance.

Cette fois, il afficha un sourire franc et plein d'humour. Il se pencha vers elle, s'approcha de son visage et planta les yeux dans les siens.

— Ne le dis à personne. Ce serait dommage.

— Tu préfères que les gens croient qu'il n'y a que les amusements et le sexe qui t'intéressent.

— En effet, j'aime m'amuser…

Il se pencha davantage et laissa courir le bout de l'index le long de sa mâchoire, de sa gorge, puis il longea le décolleté de son chemisier.

—… et pour le sexe, c'est une chose tout à fait sérieuse à mes yeux.

Meredith déglutit. Elle avait très envie qu'il continue. Qu'il arrache les boutons de son chemisier et pose la bouche là où il avait mis son doigt. Elle voulait encore ce qu'ils avaient partagé quelques jours auparavant.

Son corps le réclamait.

Et vu la flamme qu'elle voyait dans ses yeux, il était sur la même longueur d'onde.

Elle ouvrit la bouche pour lui dire de continuer. Mais la voiture s'arrêta soudain, et elle redescendit sur terre.

Le chauffeur articula quelques mots rapides. Dominic répondit, et au geste de sa main, elle comprit qu'il lui disait qu'il l'appellerait.

Il ouvrit la portière et sortit sur le trottoir devant un immeuble banal. Il lui tendit la main pour l'aider à descendre de voiture.

Elle regarda autour d'elle. Ils étaient clairement dans un quartier résidentiel. Les immeubles faisaient cinq ou six étages de haut. Maisons particulières ou appartements, c'était difficile à dire. Ils étaient loin des zones touristiques et commerçantes plus animées.

Ici, un sentiment de calme prévalait. Au bout de la rue, une femme marchait, accompagnée de deux petits enfants et d'un chien. Loin, quelque part, Meredith entendit un rire d'enfant. L'air était pur et frais.

Sans lâcher sa main, Dominic pénétra dans l'immeuble. À l'entrée, il y avait une loge de gardien.

Dominic entama la conversation et au bout de quelques minutes, l'homme les laissa passer pour prendre l'ascenseur. Les portes se fermèrent, et ils se retrouvèrent dans un espace minuscule.

Meredith regarda fixement la paroi argentée de la cabine et lui demanda :

— Qu'est-ce que tu lui as dit ?

— La vérité. Je suis le propriétaire de l'appartement et je viens rendre visite à l'amie à qui je le loue.

— Il est à toi ?

Avait-il vraiment dit la vérité ?

— Eh bien, il appartient à une des entreprises dont je suis le copropriétaire.

Vu sa façon de le dire, Meredith serait étonnée que son nom apparaisse quelque part sur un acte de propriété ou un emprunt.

— Tu as déjà utilisé cet appartement ?

— Non, et pourtant ça fait un moment qu'on l'a. Il était en location jusqu'à il y a quelques mois.

— Tu fais dans l'immobilier aussi ?

Dominic sourit mais n'alla pas plus loin.

— Un truc dans le genre.

Évidemment, ça pouvait être utile quand on voulait mettre des gens en sécurité et les aider à démarrer une nouvelle vie.

L'ascenseur s'ouvrit sur un long couloir doté de quatre portes. Les appartements devaient être assez grands. Dominic s'arrêta devant la dernière, composa un code sur le pavé numérique qui la verrouillait et l'ouvrit dans un cliquetis.

Meredith entra, sans trop savoir à quoi s'attendre. L'espace était un mélange de moderne et de classique. Une pièce ouverte, aux murs de brique. Le coin-cuisine était élégant, avec des placards gris foncé et un plan de travail de marbre et de carrelage. Dans le salon trônait un canapé d'angle en cuir turquoise.

C'était propre, accueillant, et pourtant totalement banal. Comme si la personne qui vivait ici n'avait laissé aucune trace d'elle-même. Pour l'instant.

Meredith chercha des yeux des indices du passage de Tessa. Rien. Pas de fruits dans le compotier. Pas de magazines ou de livres sur la table basse. Pas de vaisselle dans l'évier

Dominic s'engagea dans le couloir et ouvrit trois portes à la suite, Meredith sur les talons. Elle passa la tête dans la chambre d'amis, la salle de bains et la suite parentale.

C'était la même chose partout.

Dominic entra dans la suite. Il se dirigea tout droit vers le dressing et ouvrit la porte. Lorsqu'il disparut à l'intérieur, Meredith se dit que ce devait être assez grand mais elle n'avait pas envie de s'y retrouver avec lui.

Elle choisit d'ouvrir l'autre porte, celle de la salle de bains. L'appartement avait visiblement été récemment rénové et associait modernité et charme de l'ancien. Une grande baignoire était installée au bout de la pièce, près d'une cabine de douche assez grande pour contenir cinq personnes.

Une double table de toilette occupait le mur opposé. Meredith ouvrit les tiroirs.

— Rien. Rien à elle dans le dressing. On avait rempli le placard avant qu'elle arrive. Tous les vêtements ont disparu, dit Dominic.

Meredith se retourna.

— Même chose ici. Les tiroirs sont tous vides. Pas le moindre tube de gloss ou de mascara, ni de dentifrice.

Quelque chose attira l'attention de Meredith. Une petite poubelle, à côté du lavabo. Elle la saisit et la posa dessus. À l'intérieur, elle trouva plusieurs boîtes et emballages vides.

Manifestement, quelqu'un avait ouvert un bon nombre de produits neufs et n'avait pas fait disparaître les preuves avant de partir.

— Elle est venue ici.

— Comment le sais-tu ?

Du bout des doigts, Meredith retira une boîte en carton fleuri.

— C'est la marque de parfum que Tessa utilise depuis la fac. C'est français.

Dominic se passa la main dans les cheveux. Il jeta un dernier coup d'œil à la pièce et sortit de la salle de bains.

Sans la trouvaille de Meredith, il n'aurait jamais su que quelqu'un était passé par là.

— Tu as un bon sens de l'observation, dit-il.

— Regarder dans la poubelle n'est pas franchement révolutionnaire quand on enquête.

Sans doute, mais il n'y avait pas pensé.

— En tout cas, il n'y a aucune trace de lutte. Pas de meuble renversé, de vase brisé ou de magazines éparpillés au sol.

Encore une fois, Meredith avait raison. Tout était même « parfaitement en place », ce qui était typique des victimes de violences. C'était souvent le seul moyen qu'elles avaient de contrôler leur environnement, faute de pouvoir contrôler d'autres aspects de leur vie.

— Si quelqu'un était venu la chercher, il n'aurait pas pris la peine d'emporter tous ses vêtements et ses affaires de toilette.

— C'est vrai, répondit Dominic.

Mais il n'en restait pas moins que Tessa avait disparu.

— Elle a eu peur de quelque chose.

Meredith hocha la tête.

— Oui, elle s'est enfuie.

— La question est de savoir pourquoi, dit Dominic en tournant lentement sur lui-même, comme s'il cherchait un signe.

Mais il n'y en avait pas.

Meredith l'imita, et revint face à lui, le visage grave.

— Le plus important, c'est : où a-t-elle bien pu aller ?

Comme il n'y avait aucun indice dans l'appartement, ils décidèrent de parler aux voisins. Mais Tessa n'était restée que très peu de temps, il était probable qu'ils ne l'aient pas rencontrée ou n'aient rien vu d'utile.

Une heure plus tard, les craintes de Dominic s'étaient réalisées. Personne dans l'immeuble n'avait pu leur fournir le moindre renseignement. De plus en plus inquiet, il appela leur chauffeur pour qu'il les conduise à leur hôtel.

En chemin, il fit le point avec Joker, et lui raconta ce qu'ils avaient trouvé. Ou plutôt, ce qu'ils n'avaient *pas* trouvé.

Tessa avait reçu de l'argent en espèces, une nouvelle identité et les papiers qui allaient avec, notamment des cartes bancaires. Selon Joker, elle n'en avait utilisé aucune. Ce qui n'était pas surprenant, car elle avait été briefée sur la manière de laisser le moins de traces possible, et elle avait beaucoup de liquide.

La retrouver pourrait prendre des jours, voire des semaines. Ce qui ne convenait pas du tout à Dominic. Le nœud dans son estomac lui disait qu'elle était en danger.

D'un point de vue plus personnel, l'idée de passer les prochaines semaines à se balader en Europe avec Meredith… c'était dangereux, à tellement de niveaux. Surtout maintenant que sa mémoire lui repassait en boucle un certain épisode.

Il connaissait l'étendue des possibles avec elle.

Il savait aussi que s'il cédait ils le regretteraient tous

les deux. Meredith voudrait de lui davantage qu'il ne pouvait donner.

Il se demanda de nouveau comment la convaincre de repartir. Il pourrait simplement la mettre dans une voiture, la faire conduire à l'aéroport et s'assurer qu'elle monterait dans l'avion.

Mais ça aurait peu de chances de bien se passer.

En outre, elle avait vraiment été utile dans l'appartement, et elle s'y connaissait en enquêtes. Mieux valait ne rien changer pour l'instant. Il pouvait s'empêcher de la toucher. À part cette unique fois, ça faisait des années qu'il y arrivait.

Meredith essaya de ne pas se laisser impressionner. La suite de l'hôtel réservée par Dominic était incroyable. Il y avait même un piano à queue ! Qui avait besoin d'un piano pendant les vacances ? Mais c'était surtout la vue qui lui avait coupé le souffle.

La nuit était tombée et, après avoir rangé ses quelques affaires, Meredith s'était retrouvée désœuvrée.

Et inquiète.

Elle retourna dans le salon et se dirigea vers la verrière donnant sur la ville. En bas, il y avait un petit restaurant, avec une poignée de tables disposées sur le trottoir.

Des bougies illuminaient la scène, les gens riaient et le vin coulait à flots. Des couples marchaient sur le trottoir et, au loin, la tour Eiffel scintillait dans le ciel bleu nuit.

C'était magique. Elle avait envie de descendre et d'aller se promener. Mais en elle, une voix lui reprochait de vouloir s'amuser alors que son amie était probablement seule et terrifiée.

D'un autre côté, rester ici sans rien faire n'allait pas y changer grand-chose.

Elle venait à peine de se convaincre que ce ne serait pas égoïste de s'octroyer une heure ou deux lorsque Dominic entra dans la pièce. Il ralentit en constatant qu'elle était là.

Il avisa son jean troué et la chemise oversize qu'elle venait de passer. Lorsque ses yeux se posèrent sur ses pieds nus, la commissure de ses lèvres se souleva légèrement dans un sourire presque indiscernable.

— Quoi ? demanda Meredith, sur la défensive.

— Rien.

Elle se racla la gorge.

— Ta tête dit le contraire.

Dominic haussa les épaules et se dirigea vers la cuisine.

— Je ne pensais pas que le vernis à ongles bleu à paillettes était ton genre, c'est tout.

Elle regarda ses orteils et les agita sur la moquette.

— C'est quoi le problème avec le bleu et les paillettes ?

— Aucun problème.

Qu'est-ce que ça pouvait bien faire, ce qu'il pensait de sa pédicure ? Et pourquoi enchaînait-elle ?

— Tu t'attendais à quelle couleur ?

— Oh ! incolore. Rose pâle. Un joli rouge vif, pour faire un peu française, éventuellement. Un truc pas trop risqué.

Elle tenta de ne pas saisir la perche. Ils parlaient vernis à ongles, pas d'autre chose. Mais elle ne put s'en empêcher.

— Pas trop risqué, hein ? Tu ne me connais peut-être pas aussi bien que tu le crois.

Il lui sourit et ses yeux pétillèrent.

— C'est clair. Mais je trouve un peu triste que le seul domaine où tu laisses libre cours à ton audace soit tes ongles de pied, que la plupart des gens ne verront jamais.

Elle eut envie de lui crier dessus. De lui dire qu'il était un crétin de réduire toute sa personnalité à ce détail.

Incapable de se retenir, elle le suivit dans la cuisine.

— Je prends des risques tous les jours, Dominic. Mon travail m'y oblige. Et j'en ai pris avec toi l'autre soir.

Cette fois, lorsqu'il se tourna vers elle, il la domina de toute sa taille et de toute la largeur de ses épaules. Meredith se cambra en arrière, le bas du dos appuyé contre le bord du plan de travail. Elle soutint son regard.

Elle sentait son cœur battre dans sa poitrine. Dominic posa ses grandes mains de chaque côté de ses hanches et la bloqua dans cette position. Il se pencha tout près et murmura contre son cou :

— Ce n'était pas un risque, Meredith. C'était un feu qu'aucun de nous n'était capable d'éteindre.

Avant qu'elle puisse répondre, il s'écarta. Heureuse d'être soutenue par le bord du plan de travail, Meredith s'appuya dessus de tout son poids. Elle sentit le sang accélérer dans ses veines, résonner à ses oreilles. Et son pouls sembla se concentrer au beau milieu de son corps, pile entre ses cuisses, dans une cadence incessante qui la narguait.

Impossible de le nier, elle en voulait encore. Il la consumait avec des mots, des souvenirs, et bien plus. Il l'avait à peine touchée et son corps entier était en feu.

Et lui fouillait tranquillement dans le frigo, comme s'il ne s'était rien passé.

Salaud.

- 11 -

Dominic avait faim, et pas seulement de nourriture. Mais il valait mieux s'occuper les mains en préparant à manger plutôt que de les enfouir dans la tignasse cuivrée de Meredith et risquer de l'embrasser.

Il optait pour la solution de sécurité.

Qui refusait de prendre des risques, cette fois ?

Il sortit de la viande et des légumes du frigo. Il aurait pu préparer un truc vite fait, mais il espérait qu'un plat un peu élaboré lui occuperait suffisamment la tête.

Cuisiner lui plaisait. Il avait toujours trouvé ça apaisant. Il aimait voir les ingrédients se transformer en un plat à la fois appétissant et nourrissant.

Mais ni émincer, ni griller, ni poêler ne pouvait lui faire oublier que Meredith se trouvait de l'autre côté du plan de travail, les yeux fixés sur lui.

Elle le jugeait. Comme toujours.

Une partie de lui aurait voulu qu'elle parte. Après tout, ils avaient une ville incroyable juste à leurs pieds… ce qui était précisément la raison pour laquelle il préférait rester à l'intérieur.

Parce qu'il savait qu'il ne pourrait pas la laisser explorer Paris toute seule. Elle n'était jamais venue, et même s'il ne doutait pas qu'elle puisse se débrouiller seule, il n'était pas du genre à laisser une femme sans protection… même si elle n'avait pas l'impression d'en avoir besoin.

Paris et Meredith… il y avait quelque chose dans

l'ambiance de la ville qui allait mettre son self-control à rude épreuve.

Le silence grandit entre eux, uniquement rompu par le grésillement de la viande et le bruit de la lame sur la planche à découper.

— Où as-tu appris à te servir d'un couteau comme ça ?

Dominic leva les yeux des légumes qu'il découpait en julienne et regarda Meredith. Sa façon de poser le menton dans la main. Oh ! elle l'observait, pour sûr. Mais il le savait déjà. Il avait senti le poids de son regard.

— J'ai passé beaucoup de temps dans le casino de mon père.

— Ce qui n'est pas une explication.

— Il y a plusieurs restaurants et bars au casino. Qui servent des repas. J'ai donc eu tout le loisir de m'entraîner. Mon père pensait que, même si Annalise et moi ne manquions de rien, il nous fallait quand même comprendre ce que voulait dire travailler pour gagner sa vie. Et il voulait que nous connaissions tous les aspects du casino, pour plus tard. Il nous a fait bosser un peu partout quand nous étions adolescents. J'ai passé beaucoup de temps en cuisine.

Meredith hocha la tête.

— Je savais qu'Annalise avait appris pas mal de choses au casino, mais je croyais que c'était de son propre chef.

— Elle voulait apprendre. Elle a toujours été attirée par cet aspect des affaires.

— Pas toi ?

Dominic haussa les épaules.

— C'était son truc. J'ai trouvé d'autres centres d'intérêt.

— Comme les clubs.

La dérision était palpable dans la voix de Meredith. Il esquissa un sourire railleur.

— Qu'est-ce que tu leur reproches, à mes clubs ?

— Rien.

— C'est cela, oui.

Meredith soupira. Elle se leva et sortit un verre à pied du placard avant de se verser une bonne dose du vin rouge qu'il avait ouvert et posé sur la paillasse. Il avait prévu de le laisser décanter un peu jusqu'au dîner, mais bon…

Il s'attendait à moitié à ce qu'elle retourne s'asseoir. Pour mettre l'obstacle physique du plan de travail entre eux. Mais non. Elle s'y appuya et sirota son verre.

— Non, vraiment, je n'ai aucun problème avec tes clubs.

— Alors c'est avec moi que tu as un problème.

Ce n'était pas une question. Il l'avait toujours su.

Une légère moue apparut sur ses lèvres.

— Non, mon problème, c'est moi.

Cette fois, Dominic prit le temps de bien la regarder. Il lisait la confusion et la déception sur ses traits.

Pour la première fois, il se demanda si ces émotions négatives qu'elle affichait toujours avaient davantage un rapport avec elle qu'avec ce qu'elle pensait de lui. Espoir et tristesse se mêlèrent étrangement dans son esprit.

— Explique-toi.

— Tu es bon dans ce que tu fais. C'est une évidence, vu que tu possèdes des clubs dans le monde entier et que ton compte en banque est bien garni, même sans le bénéfice de l'argent de ta famille.

Pourquoi ces mots sonnaient-ils plus comme une accusation que comme des louanges ?

— Je sais que ta sécurité est au top et que tu fais de ton mieux pour protéger les gens dans tes clubs.

Elle rit doucement et reprit :

— Je l'ai vu de mes yeux.

— C'est vrai.

— J'ai une amie de fac à qui quelqu'un a mis de la drogue du viol dans son verre, en boîte. Je n'ai jamais oublié ma terreur lorsqu'elle a disparu. Ni l'horreur de ce qu'elle a vécu en se réveillant et en constatant ce qui s'était passé.

Dominic sentit son estomac se nouer.

— Je suis désolé que ce soit arrivé à ton amie, mais ça n'a rien à voir avec mes clubs, ou avec moi.

Il fit glisser les légumes émincés de la planche à découper à la poêle grésillante et rassembla les ingrédients pour faire une sauce à l'ail.

— Je sais. C'est pour ça que j'ai dit que c'était mon problème.

Les traits de Dominic se crispèrent.

— Tu dis ça, mais je l'entends dans ta voix chaque fois que tu parles de mon activité. Tu juges et tu me méprises. Depuis longtemps.

Meredith ouvrit la bouche pour protester, puis la referma. Le bout de sa langue rose passa sur sa lèvre inférieure, laissant une trace brillante qu'il eut du mal à ne pas caresser de ses lèvres à lui.

Elle reprit :

— C'est plus facile comme ça.

— Comment ça ?

Elle fit une pause et but une gorgée de vin. Il la regarda pencher la tête en arrière, exposant sa gorge. Elle le testait. Sérieusement. Le souvenir du goût de sa peau explosa dans sa tête.

Il avait beaucoup plus envie de ça que du repas qu'il était en train de préparer.

— C'est plus facile de te tenir à distance si je me persuade que je ne t'aime pas. Que je désapprouve ton style de vie.

Tout doucement, Dominic posa la cuillère en bois sur la paillasse. Il serra les poings.

— Pourquoi as-tu besoin de me tenir à distance ?

Tenant son verre devant sa poitrine comme si c'était

un bouclier, Meredith le regarda. Il voyait bien le conflit dans ses yeux. Le tourbillon de désir, la peur, l'espoir.

— Tu sais pourquoi, murmura-t-elle.

Dominic éteignit les plaques de cuisson. Puis il lui prit son verre des mains et le posa doucement sur le plan de travail.

— Dis-le-moi quand même.

Les mains vides, elle les tendit vers lui. Elle lui entoura la taille d'un bras et posa son autre main sur sa nuque. Elle exerça une petite pression. Il ne se fit pas prier.

Leurs hanches se collèrent. Elle était douce partout où il était dur. Son corps épousait celui de Dominic.

— J'ai envie de toi. Depuis toujours. Tu es l'homme qui hante mes rêves, Nic. Un effleurement de toi et c'est tout mon corps qui chante. Tu me rends folle. Tu m'excites. Tu me fais brûler d'un désir qui me terrifie, parce que je n'arrive pas à le contrôler.

Dominic comprenait absolument. Pour elle, se laisser aller serait un véritable acte de foi. Lui était terrifié à l'idée de la laisser voir ce qu'il cachait derrière le masque qu'il s'était composé pendant des années.

Ce soir, cette envie qu'il avait d'elle dépassait cette peur.

Il la souleva, et elle lui entoura la taille de ses jambes, s'accrochant à lui d'une façon qui lui donna un sentiment de puissance.

— Tu n'es pas la seule, marmonna-t-il avant de se diriger vers la chambre.

Elle aurait dû se douter que ça finirait comme ça.

Et honnêtement, est-ce que ce n'était pas exactement pour ça qu'elle avait essayé de mettre de la distance entre eux depuis qu'elle était montée dans cet avion ?

Mais tout cela n'avait servi à rien. Elle avait toujours

envie de lui, un peu plus à chaque fois qu'ils se voyaient. Et pas simplement à cause d'une attirance physique nébuleuse – même si elle existait indéniablement – mais parce qu'elle commençait sérieusement à s'attacher à cet homme.

Il la surprenait. Il l'agaçait et l'obligeait à se remettre en question. Il la rendait fière de le connaître. Sous ses airs de charmeur et sa désinvolture, c'était un type bien.

Et bon sang, il savait l'envoyer au septième ciel.

Ses mains puissantes lui saisirent les fesses et la pressèrent contre lui. À chaque puissante enjambée, elle sentait son corps tressaillir et son entrejambe palpitant appuyé contre son érection.

Meredith posa les lèvres sur la gorge de Dominic et se mit à le lécher et à lui sucer la peau. Il avait un goût de sel et de péché.

Lui avait les mains prises, mais pas elle. Elle lui passa les mains dans le dos et tira sur sa chemise pour la lui ôter pendant qu'il avançait.

Bientôt, elle eut tout un horizon de peau bronzée pour satisfaire ses caprices.

La dernière fois, submergée, elle n'avait pas pris le temps d'apprécier son corps et d'en profiter. Cette fois, elle était bien décidée à tirer un maximum parti de cette expérience. Elle le voulait tout entier.

Elle fit glisser les mains le long de ses épaules, de son torse et de ses côtes. Sa bouche ne tarda pas à emprunter le même chemin, autant que sa position le lui permettait. La bouche posée sur sa gorge, elle lui saisit le bout du sein et le pinça.

Dominic émit un grognement sourd.

— Doucement, mon ange, murmura-t-il, sa propre bouche collée à sa peau.

Pleine d'audace, elle répondit :

— Sinon quoi ?

Ils entrèrent dans la chambre principale, celle qu'il lui avait dit de prendre à leur arrivée. Une simple lampe posée sur la table de nuit dégageait une douce lumière dorée et illuminait le centre du lit, tandis que le reste de la pièce demeurait dans l'obscurité.

Dominic la laissa tomber sur le lit. Elle rebondit avant d'atterrir en plein milieu du matelas.

— Sinon je vais prendre un malin plaisir à te torturer. À te faire me supplier. Combien d'orgasmes crois-tu qu'on peut atteindre ?

Meredith sentait son sexe palpiter. Ce n'était pas seulement ce qu'il disait qui suscitait en elle un tel désir. Non, c'était l'expression de son visage. La chaleur dévorante de son regard. Toute cette intensité, dirigée uniquement vers elle.

Oui, elle voulait tout ça. Elle le voulait, lui, entièrement.

Mais elle n'était pas encore tout à fait prête à céder.

— Je t'en prie, on sait tous les deux que tu avais prévu de me faire te supplier, de toute façon.

Appuyée sur un coude, elle se mit à déboutonner sa chemise. Elle en défit les boutons un à un avec une lenteur étudiée. Elle se délectait de la manière dont il la regardait et suivait les courbes de chaque nouveau centimètre de peau mise à nu.

Elle écarta les pans de la chemise et fit glisser un doigt sur sa peau, suivant le tracé de la bretelle de son soutien-gorge sur son épaule. La ligne de ses côtes au-dessus du nombril. Puis plus bas, juste au-dessus de la ceinture. Remonta sur la dentelle qui couvrait les monts de ses seins.

Elle passa la main sous le tissu jusqu'à son mamelon dressé et le pinça. Elle vit une flamme s'allumer dans les yeux de Dominic.

— Touche-moi, Nic.

Il n'en demanda pas plus. Il déboutonna le jean de

Meredith, descendit sa braguette et fit glisser le pantalon le long de ses cuisses.

Immédiatement, il posa ses lèvres brûlantes sur le corps de la jeune femme, déposant des baisers, des coups de langue et la délicate empreinte de ses dents sur sa taille, ses hanches et à l'intérieur de ses cuisses. Et ce n'était que le début. Il jeta tous ses habits par terre.

Oh ! mon Dieu.

Dominic l'attrapa par les jambes et la tira jusqu'au bord du lit avant de tomber à genoux. Les paumes posées sur ses cuisses, il les fit s'écarter tandis que sa bouche se posait sur le centre brûlant de son corps qui frémissait.

Sans la quitter du regard, il la goûta du bout de la langue. Cette chaleur dont il était la cause, ce besoin de le sentir en elle, c'était trop.

Meredith rejeta la tête en arrière et laissa échapper un grognement de plaisir en se laissant submerger de sensations.

Les lèvres et la langue de Dominic la titillaient, la léchaient, la lapaient, la suçaient, la poussant au bord de la folie, au bord de l'explosion, sans jamais lui permettre de franchir cette frontière si convoitée. Il jouait avec ses nerfs et elle sentait le désir affluer dans ses veines, selon un rythme incessant centré autour de son sexe douloureux.

— Je t'en prie, gémit-elle, incapable de le supporter plus longtemps.

Le corps de Meredith se tordait, avide. Mais il la maintenait en place d'une main ferme, exactement là où il voulait qu'elle soit, tout en prolongeant la torture.

Jusqu'à ce qu'elle craque. Elle se redressa, lui attrapa les cheveux et lui colla la tête contre elle, pour assouvir enfin son besoin.

Et il la regarda, les yeux farouchement plantés dans les siens. Elle sentit ses paupières s'alourdir, sa tête basculer, mais elle ne pouvait détacher son regard du sien. Elle lisait dans ses yeux comme un ordre qui l'empêchait de rompre ce lien.

Même lorsque l'orgasme explosa enfin en elle. Tout son corps se mit à palpiter et à trembler. Mais il ne s'arrêta pas. Du plat de la langue, il la poussa encore plus loin, jusqu'à ce que ce premier orgasme cède la place à un deuxième.

Enfin, Meredith s'écroula sur le lit. Incapable d'en supporter davantage, elle le repoussa des talons pour neutraliser sa bouche si diaboliquement divine.

- 12 -

Bon sang, elle était superbe. Dominic n'arrivait pas à s'en rassasier. Ni à se rassasier des sons qui sortaient du fond de sa gorge. Ces gémissements, ces râles, ces petits miaulements.

Il pourrait la regarder jouir toute la nuit. Il en avait très envie, même.

Mais son corps à lui demandait autre chose.

Le besoin de sentir sa chaleur le faisait vibrer.

Il aimait le sexe. Vraiment beaucoup. Mais rien n'était comparable à ce qu'il avait vécu avec Meredith. Avec d'autres femmes, cela avait été la recherche de gratification mutuelle. Elle avait ce qu'il voulait, lui aussi. Avec Meredith, savoir qu'il lui avait donné du plaisir était presque suffisant.

Presque.

Il prit son temps pour enlever son pantalon et son caleçon pendant que Meredith reprenait son souffle, puis il la rejoignit sur le lit. Il se pencha sur elle et se mit à consteller tout son corps de baisers.

Mon Dieu, sa peau était si pâle et si parfaite. Soyeuse et lisse.

Il savoura de voir son torse se soulever au moment où il vint titiller ses mamelons tendus. Elle ouvrit les yeux. Un demi-sourire au coin des lèvres, elle le regarda, le regard trouble.

— Je crois que tu m'as toute cassée.

Dominic gloussa.

— Je suis persuadé du contraire.

Elle posa sur lui des mains peu assurées et les fit glisser sur toute la longueur de son corps. Partout où elles passaient, il sentait une énergie le parcourir.

Elle lui prit le visage entre les mains et l'attira doucement vers elle jusqu'à ce que leurs bouches se touchent. L'espace d'un instant. Elle ouvrit les lèvres et le bout de sa langue s'aventura en lui, image exacte de ce qu'il avait envie de faire avec son corps à lui. Elle ondulait, frottant ses hanches et ses seins contre sa peau.

Elle écarta les cuisses, lui attrapa les hanches et l'attira vers elle.

— J'ai envie de toi, Nic. J'ai envie de te sentir me caresser de l'intérieur. J'ai envie de te sentir défaillir dans mes bras.

Oh ! comme il en avait envie aussi.

Elle n'eut pas besoin de lui dire deux fois.

Il enfila un préservatif et plaça son sexe à l'entrée du corps de la jeune femme. Puis il lui souleva les hanches et la pénétra d'un coup.

Meredith battit des paupières, ferma les yeux, et un soupir de plaisir s'échappa de ses lèvres ouvertes.

Non, ça n'allait pas, comme ça.

— Regarde-moi.

Il voulait voir ses yeux s'embrumer de jouissance. Et il voulait qu'elle le regarde. Savoir que c'était lui qui faisait chanter son corps d'allégresse.

Elle obéit. Les yeux fixés sur elle, il commença par de longs et lents va-et-vient. Tout doucement. Encore et encore, pour faire monter le plaisir.

— C'est tellement bon d'être en toi, murmura-t-il. Parfait.

Elle secoua la tête sans répondre.

Il n'était pas temps encore. Elle bougeait avec lui, au

rythme de son corps. À la recherche de ce moment ultime à atteindre ensemble.

Il ne fallut pas longtemps pour que la fièvre monte. Avant qu'il sente l'orgasme naître à la base de son épine dorsale, implacable, alors qu'il essayait de le retenir. C'était trop bon. Il ne fallait pas que ça s'arrête.

Mais quand Meredith laissa exploser sa jouissance, le spasme de son sexe resserré autour de son membre déclencha un mouvement irrésistible. Son orgasme explosa en lui ; un torrent de plaisir et de perfection. Le monde entier se réduisit à Meredith et à ses yeux bleus. Il était happé. Prisonnier volontaire.

Dans les profondeurs de sa poitrine, Dominic sentit que quelque chose explosait. Comme une douleur… puis la paix.

Il s'affala près d'elle en prenant garde de ne pas l'écraser avec le poids de son corps. Mais il voulait la sentir. Sentir le doux ressac de leurs respirations épuisées.

Ils restèrent ainsi, enlacés, pendant un long moment.

En règle générale, c'est là que l'agitation le prenait. Les câlins, ça n'avait jamais été son truc. Mais cette fois, il n'avait aucune intention de laisser partir Meredith.

Elle finit par remuer. Il eut peur qu'elle veuille rompre le contact, mais elle se contenta de rouler sur le côté et de se blottir à l'abri de son corps.

Il lui passa la main dans les cheveux et dit :

— Dors un peu.

Elle hocha la tête, qu'elle avait collée à son épaule nue, et murmura :

— Tu seras là quand je me réveillerai ?

La question lui donna un coup au cœur. À cause de cet espoir innocent que ces mots contenaient. Et de la prise de conscience qu'il lui avait fait du mal sans le vouloir.

La blesser était bien la dernière chose qu'il désirait.

C'était même expressément pour ça qu'il avait passé des années à l'éviter.

Il posa les lèvres sur ses cheveux et murmura :

— Je ne bouge pas, mon ange.

Meredith se réveilla doucement. D'instinct, elle posa la main dans le lit à côté d'elle. Le contact du drap froid éradiqua d'un coup la sensation de satisfaction douillette qui l'avait submergée quand elle avait ouvert les yeux.

Elle s'assit et remonta le drap sur sa poitrine nue. Ses yeux parcoururent la pièce, plongée dans une semi-obscurité à cause des rideaux tirés.

Quelle heure était-il ?

La lumière du soleil s'immisçait par les fentes, il devait être assez tard.

Et Dominic était encore parti.

Mais merde, est-ce qu'elle allait finir par comprendre ?

Elle sauta du lit, alla prendre un T-shirt et le passa tout en se dirigeant vers la porte. Elle l'ouvrit, remonta le couloir et s'arrêta brusquement en voyant ce qui l'attendait dans le salon.

Dominic, uniquement vêtu d'un jean, lui tournait le dos et regardait par la verrière qui donnait sur la ville. Il tenait son téléphone d'une main, tandis que l'autre était serrée dans sa poche.

Ce poing tendait le tissu au point de mouler parfaitement le contour de ses fesses magnifiques.

Elle sentit une vague de soulagement la submerger, ainsi qu'un besoin irrésistible de mordre dans cette cible qu'il lui présentait sans le vouloir.

Elle était tellement distraite par cette vision qu'elle ne se rendit pas tout de suite compte à quel point il était tendu. Jusqu'à ce qu'elle voie qu'il se tenait légèrement penché en avant, et qu'il vibrait d'énergie.

— Oui, OK, je comprends, disait-il. On y va d'ici une demi-heure.

Ensuite un silence pendant que son interlocuteur parlait. Elle se rapprocha et résista à l'envie de lui poser une main apaisante sur la taille.

Puis elle se rendit compte qu'elle n'avait aucune raison de se refuser ce qu'elle avait viscéralement envie de faire. Lorsqu'elle le toucha, elle s'attendit presque à ce qu'il sursaute. Au lieu de cela, il s'appuya un peu sur elle. Le cœur de Meredith tressaillit devant cette réaction si naturelle à son geste. Elle se haussa sur la pointe des pieds, pressa tout son corps contre le sien et déposa un baiser sur son omoplate.

Il sortit sa main libre de sa poche. Ses doigts se décrispèrent et il prit la sienne pour l'attirer plus près de lui.

— Je sais qu'elle est sûrement encore en train de bouger, mais au moins on sait par où commencer. Dis-le à Stone et préviens les autres. Vois si tu peux déduire quelle sera sa prochaine étape.

Il se racla la gorge et raccrocha sans dire au revoir.

— C'est un truc de mecs, ça ?

— Quoi ?

— De raccrocher comme ça.

Il haussa les épaules.

— Peut-être. Joker a des infos sur Tessa.

Ces mots auraient dû réjouir Meredith, mais le sérieux avec lequel il les avait prononcés avait tout l'air de suggérer que ça n'avait rien d'une victoire.

— Où est-elle ?

— Eh bien, elle était à Marseille. Il y a un jour et demi.

— Tu ne crois pas qu'elle s'y trouve encore.

Ce n'était pas une question. Clairement, il ne le pensait pas.

— Je ne sais pas, mais je pars du principe que non. On va y aller quand même. On peut y être en quelques heures.

Meredith hocha la tête et voulut lâcher la main de Dominic. Il la retint avec force.

Il se tourna et lui passa les mains derrière le dos. Il appuya leurs doigts entrelacés contre sa colonne vertébrale, les rapprochant encore l'un de l'autre. Il se pencha et trouva sa bouche, lui donnant un baiser qui la fit se noyer en quelques secondes.

« Oh » fut la seule pensée dont elle fut capable.

Ce baiser, ce n'était pas seulement de la chaleur. C'était une façon de l'accueillir, de s'excuser, et plus encore.

Meredith était à bout de souffle et ne s'en souciait pas. Respirer, pour quoi faire ? Son corps se liquéfiait, fondait contre celui de Dominic.

Il recula et murmura « bonjour » avant de lui déposer un baiser léger sur les lèvres.

— Bonjour, répondit-elle à mi-voix.

Son corps vibrait d'excitation et d'énergie, ce qui lui arrivait souvent quand Dominic était près d'elle. Ils avaient sûrement le temps de refaire ça vite fait avant de partir, se dit-elle.

Avant qu'elle ait pu esquisser le moindre geste, Dominic lui fit faire volte-face et posa la main sur ses fesses nues.

Elle poussa un cri de surprise et trébucha. Elle sentit un picotement lui parcourir la peau, une chaleur envahir son derrière et venir se concentrer au centre de son sexe.

Cette main aux fesses aurait dû l'agacer. Mais non. Elle avait même envie qu'il recommence.

Mais il n'avait nul besoin de le savoir.

Elle tourna la tête vers lui et s'exclama :

— Mais qu'est-ce qui te prend ?

La bouche de Dominic afficha un large sourire.

— Mon ange, ne fais pas semblant de ne pas avoir envie que je recommence. Ce petit bruit de gorge, cette étincelle dans tes incroyables yeux bleus et cette petite rougeur qui t'est montée au visage te trahissent.

Elle plissa les yeux.

— On dirait que ton ego a enflé pendant la nuit.

Il cessa de sourire. Il fit un pas vers elle, passa la main dans ses cheveux et tira sa tête en arrière. Elle s'attendait à un autre baiser. Ce fut pire.

Et meilleur.

— Je me suis réveillé près de toi et je te promets que je n'avais envie d'être nulle part ailleurs.

Pendant de longues secondes, il la fouilla du regard. Cherchait-il la preuve qu'elle le croyait ?

Meredith était paralysée. Cet homme allait avoir raison d'elle. Il déjouait toutes ses prédictions. Il était bien davantage que ce qu'elle avait cru. Et ça la terrifiait.

Mais pas suffisamment pour la décider à partir.

Un sourire s'afficha de nouveau sur les lèvres de Dominic, qui lui prit la main et la posa sur sa braguette.

— La seule chose que tu fais enfler, mon ange, c'est ça.

Meredith lâcha un « hum » approbateur. Elle exerça une petite pression et caressa son membre dans toute sa longueur. Le jean était rugueux contre sa paume. Elle n'aurait aucun mal à descendre sa braguette ; le bouton était déjà défait.

Sa main était avide de sa douce chaleur.

Il dut deviner ses intentions, car il recula pour lui échapper.

— Et non, malgré mon envie de savoir ce que me réserve ton esprit pervers, je crains que nous n'ayons pas le temps pour ça.

Meredith fit la moue.

Elle ne faisait jamais la moue.

Qu'était-il en train de faire d'elle ?

Il se pencha et lui murmura à l'oreille :

— Une autre fois.

La promesse contenue dans ces mots provoqua dans tout son corps un éclair de désir et d'impatience.

— Je vais te prendre au mot.

— Mais j'espère bien. Maintenant, va faire ton sac.

Cette fois, ils eurent un peu plus de chance. Joker indiqua à Dominic que Tessa avait utilisé une de ses nouvelles cartes bancaires pour louer une chambre pour une nuit. Apparemment, l'hôtel ne prenait pas d'espèces pour des raisons de sécurité. Lorsque lui et Meredith s'y rendirent pour interroger la gérante, elle se prêta volontiers à l'exercice.

Ce qui était une bonne chose, sauf s'ils n'étaient pas les seuls à suivre Tessa. Heureusement, ils disposaient d'informations qui leur permettaient de remonter sa trace plus facilement que quiconque.

Et la gérante, une femme d'une cinquantaine d'années aux cheveux poivre et sel remontés en chignon serré et aux grands yeux alertes, leur confia que personne d'autre n'avait posé de questions sur Tessa.

— Elle était très discrète. Elle n'est allée nulle part et a dîné dans sa chambre.

La femme haussa les épaules.

— Mais qui vient à Marseille sans sortir découvrir la ville ? J'ai trouvé ça bizarre.

Rien d'étonnant.

— Elle était seule ? demanda Meredith. Personne n'est venu la voir ?

— Non, personne.

La femme s'interrompit un instant.

— Elle avait l'air un peu… agitée, cela dit, en arrivant. Elle regardait la porte derrière elle. Je me suis juste dit que c'était une Américaine un peu bizarre.

Vu sa manière de le dire, elle devait avoir l'habitude des Américains bizarres et pensait que c'était un de leurs traits de caractère typiques.

— Quand est-elle partie ? demanda Meredith.

— Hier matin. Tôt. Vers 7 heures.

Ils avaient gagné deux jours.

— Elle a dit où elle allait ?

— Non. Je lui ai demandé, elle a été très évasive. Ce n'était pas par indiscrétion, vous savez, juste pour faire la conversation, au cas où elle voudrait des suggestions. Mais elle ne m'a rien dit, juste qu'elle n'avait pas de destination précise et qu'elle déciderait en arrivant à la gare.

Meredith la remercia pendant que Dominic sortait appeler Joker. Il lui communiqua les informations qu'il avait et remit son téléphone dans sa poche.

Debout sur le trottoir, les yeux fixés sur les passants, il ne put s'empêcher de sentir comme un poids au creux du ventre, toute l'inquiétude et la frustration qui ne cessaient de croître d'heure en heure. Un sentiment de malheur impossible à écarter.

— Je ne sais même pas par où commencer, dit-il enfin.

La main de Meredith se posa sur son bras, soutien silencieux dont il n'avait pas réalisé avoir besoin jusqu'ici.

— On n'a peut-être pas grand-chose, mais ce n'est pas rien. Tessa a dit qu'elle allait à la gare.

— Oui, si c'est la vérité. Elle a pu dire ça pour dérouter d'éventuels poursuivants.

— Peut-être, mais peut-être pas. Si elle avait laissé échapper ce détail, malgré sa prudence ? Ça vaut la peine de vérifier. Et puis de toute façon, qu'est-ce qu'on peut faire d'autre ?

Elle avait raison. Joker exerçait ses talents, et pendant qu'ils attendaient… ils pouvaient au moins tenter d'exploiter la seule piste dont ils disposaient, même s'il était peu probable qu'elle mène quelque part.

Ils hélèrent un taxi pour se rendre à la gare. Dominic se surprit à scruter toutes les femmes qui marchaient dans la rue, dans l'espoir de reconnaître Tessa, qui devait pourtant être partie depuis longtemps.

À l'entrée de la gare, Meredith s'arrêta et scruta l'intérieur du bâtiment. Dominic la regardait. Il voyait presque son cerveau s'activer, calculer, déduire et tenter de dégoter le moindre indice.

— Elle a dit qu'elle déciderait une fois ici. Et si elle avait pris le premier train qui partait ?

Si Tessa s'était rendue à la gare, c'était logique. Elle n'aurait pas voulu rester longtemps au même endroit si elle craignait d'avoir quelqu'un à ses trousses.

— En effet, ça se tient.

Dominic sortit son téléphone et envoya un texto à Joker, lui demandant de retrouver les horaires de la veille et de déduire quel train Tessa pouvait avoir pris.

Cinq minutes plus tard, un bip retentit.

— Selon Joker, il y a deux possibilités. Un train parti à 7 h 50 pour Paris. Et un autre à 8 h 05 direction Monte-Carlo.

Ils se regardèrent et dirent en même temps :

— Monte-Carlo.

— Elle ne serait pas retournée là d'où elle venait, quand même ?

Dominic secoua la tête. Probablement pas, bien qu'ils ne puissent en avoir la certitude absolue. Ça ne l'enchantait pas de quitter sur une intuition le seul endroit où ils étaient sûrs que Tessa avait été, mais elle n'était plus à Marseille. Il en était certain.

Il se précipita au guichet et acheta deux billets pour le prochain train à destination de Monte-Carlo.

Et ils attendirent.

- 13 -

Meredith n'avait jamais mis les pieds à Monte-Carlo. Elle n'avait jamais pensé qu'elle puisse un jour se retrouver à Monaco. La vie réservait parfois de curieuses surprises.

La ville était superbe, nichée entre les Alpes et la Méditerranée. Luxueuse et excitante, l'ambiance y était totalement différente de celle de Paris.

Mais ils n'étaient pas venus s'amuser au casino ou conduire des bolides.

Meredith n'arrivait pas à se débarrasser d'un drôle de pressentiment. Depuis leur descente du train, elle avait l'impression d'être observée.

Mais chaque fois qu'elle tournait la tête, elle ne voyait que des passants qui vaquaient à leurs occupations.

Devant la gare, Dominic s'arrêta. Meredith jeta un coup d'œil autour d'elle.

— Qu'est-ce qu'on fait, maintenant ?

Il fronça les sourcils.

— Honnêtement, je ne suis pas trop sûr. Je pensais que Joker m'aurait déjà rappelé.

Elle sentit son cœur se serrer.

— La ville est trop grande pour espérer croiser Tessa par hasard. On ne sait même pas si elle est vraiment venue ici.

— C'est vrai, mais c'est le plus logique.

— Elle a peur, elle est en fuite. On ne peut pas être certains qu'elle soit logique. Si elle a eu peur, pourquoi ne t'a-t-elle pas appelé pour demander de l'aide ?

Dominic soupira.

— Bonne question. Il faudra la retrouver pour le savoir.

Il tapa quelque chose sur son téléphone, prit la main de Meredith et se mit en marche.

— Où va-t-on ?

— En attendant de trouver des infos ou une idée, on peut au moins poser nos affaires à l'hôtel. Et on passe au casino.

Meredith n'essaya même pas de cacher son agacement.

— On n'a pas le temps de jouer, Dominic.

Il fronça les sourcils.

— Bien sûr que non. Mais si elle est maligne, le casino est le meilleur endroit pour se perdre dans la foule. Ne pas se faire repérer. Donc on va commencer par là.

Merde. Elle avait de nouveau tiré des conclusions hâtives et laissé son ancienne opinion de lui refaire surface. Quand allait-elle comprendre que ce n'était plus la chose à faire ?

— Je suis désolée.

— Pourquoi ?

Par où commencer ?

— D'avoir eu une mauvaise opinion de toi quand ce n'était pas mérité.

Dominic soupira.

— Ce n'est pas tout à fait vrai. Je t'ai donné une foule de raisons d'avoir une piètre opinion de moi. Je me suis construit un personnage, Meredith, et je me suis caché derrière il y a longtemps.

— Mais ce n'est pas qui tu es vraiment.

Il haussa les épaules, les yeux fixés droit devant lui.

— Tu crois ?

— Non, et on le sait très bien tous les deux. Donc, je suis désolée.

Cette fois, il se tourna vers elle, un sourire doux au coin des lèvres.

— Merci.

Mon Dieu, elle se sentait encore plus mal. Son acquiescement à contrecœur la tuait. Il n'avait pas hésité à parcourir la moitié de la planète pour aider son amie en danger, pas parce qu'il pêchait des compliments mais parce qu'il voulait vraiment, sincèrement, l'aider.

Meredith ne dit plus un mot. Ils arrivèrent à l'Hôtel de Paris et Dominic demanda qu'on porte leurs bagages dans la chambre avant d'aller au casino.

C'était la fin d'après-midi, donc Monte-Carlo n'était pas tout à fait au paroxysme de son côté glamour. Mais le casino était clairement une destination touristique, et on y entendait parler un certain nombre de langues.

Même à la lumière du jour, le décor autour d'eux ne perdait rien de sa superbe. La raison pour laquelle Monaco avait la réputation d'être le terrain de jeu des super riches était évidente.

Main dans la main, ils arpentèrent le vaste édifice. Meredith ne regardait pas l'élégante architecture autour d'eux mais dévisageait chaque femme à sa portée. Tessa avait sans doute changé de coiffure et de style vestimentaire, mais elle espérait reconnaître l'amie qu'ils étaient venus chercher.

Au bout d'une heure, elle sentit la frustration monter chez Dominic, à la crispation de ses doigts.

— Faisons une pause, suggéra-t-elle. J'ai mal aux pieds et je dois changer de chaussures.

Ce n'était pas tout à fait vrai, mais elle ne voyait pas comment leurs déambulations allaient pouvoir aider leur cause à ce stade.

Dominic fronça les sourcils. Il acquiesça silencieusement et prit la direction de leur hôtel.

La chambre était vaste et luxueuse. Et, nota Meredith, contrairement à la suite qu'ils avaient partagée auparavant, il n'y en avait qu'une. Et un seul lit.

Elle avait à moitié envie de s'en agacer, mais dut reconnaître qu'elle était transpercée par une bouffée de désir.

— Tu as faim ?

Dominic traversa la pièce et enfonça les poings dans ses poches en regardant la magnifique vue sur la mer qui s'étendait sous leurs fenêtres.

Il s'agissait d'un mécanisme de défense pour lui. Il était frustré et il se sentait probablement aussi impuissant qu'elle à cet instant. Ce qui ne lui convenait pas franchement.

Meredith enleva ses chaussures et alla silencieusement le rejoindre. Elle l'entoura de ses bras, appuya son corps contre le sien et attendit.

Sa joue frottait contre le tissu rugueux de son manteau. Elle sentait l'énergie qui parcourait ses muscles tendus.

Doucement, elle murmura :

— Ça va aller.

Elle n'avait pas la moindre idée de la raison pour laquelle elle disait ça, mais elle sentait que c'était ce qu'il avait besoin d'entendre. Qu'il devait comprendre que quelqu'un le croyait capable de résoudre cette énigme et de protéger Tessa.

Et elle le croyait. De tout son être, elle le croyait. Elle avait vu à quel point il était déterminé, même si quelque chose en elle lui disait qu'elle ne comprenait pas tout.

— Tu crois ? dit-il enfin, la voix tendue.

— Bien sûr. J'ai la certitude que tu vas utiliser toutes les ressources à ta disposition pour retrouver Tessa et réussir à t'assurer qu'elle est en sécurité.

— Je suis content que tu en sois si sûre, parce que c'est loin d'être mon cas. Je n'ai pas été à la hauteur, Meredith.

De toute évidence, je ne l'ai pas assez bien protégée, si elle a ressenti le besoin de s'enfuir.

Relâchant son étreinte, Meredith le contourna pour se planter devant lui. Le dos collé à la vitre froide, elle tendit la main vers lui.

— Arrête ça. Tu as été à la hauteur, Dominic. Tu l'as sauvée. Tu l'as protégée. Si elle est en danger en ce moment, ce n'est pas ta faute et ça n'a rien à voir avec une quelconque défaillance de ta part. Tu as fait tout ce que tu pouvais pour Tessa.

Le regard de Dominic chercha le sien, avant de s'orienter de nouveau vers la ville étendue à leurs pieds.

— Si tu le dis.

Jamais elle n'avait été aussi énervée de ne pas convaincre. Elle lui posa les mains sur les joues et le força à la regarder. Il fallait qu'il voie la vérité dans ce qu'elle disait.

— Tu as beaucoup investi, et je ne parle pas seulement d'argent, pour protéger ces femmes. Dont Tessa.

— À quoi bon, s'il lui arrive quand même malheur ?

L'angoisse dans la voix de Dominic et le désespoir qui envahissait ses beaux yeux verts la transpercèrent comme une lance.

Elle resta interdite devant la violence de sa réaction.

— Il ne lui est pas arrivé malheur.

— On n'en sait rien.

— On sait qu'elle est assez futée pour partir quand elle a peur. Et pour t'échapper, même à toi, malgré toutes les ressources dont tu disposes. Elle est à l'abri. Je veux le croire.

Elle s'approcha encore et poursuivit :

— Mais je ne crois pas que ce soit de Tessa dont tu parles, n'est-ce pas ?

Lentement, Dominic secoua la tête. Le bout de ses mèches effleura le dos des doigts de la jeune femme.

Il ne fallut pas longtemps à Meredith pour comprendre.

— Ta mère ?

Elle n'avait jamais entendu toute l'histoire, ni de la bouche de Dominic ni de celle d'Annalise. Il y avait eu beaucoup de rumeurs. Meredith n'avait rencontré Annalise que plusieurs années après la mort de leur mère, mais les enfants, et les ados surtout, en avaient pas mal discuté.

Elle savait que leur mère était morte dans des circonstances dramatiques. Meredith se doutait bien que les histoires qui avaient couru ne pouvaient pas toutes être vraies. Mais il devait y avoir un grain de vérité sous les anecdotes à sensation.

Ce qui l'embêtait principalement, c'était que, dans toutes les versions de l'histoire, Dominic et Annalise avaient été présents cette nuit-là. Et qu'ils avaient tout vu.

Ça, elle ne pouvait pas l'imaginer.

Dominic ferma les yeux. Tout son corps se raidit. Il sortit les poings de ses poches, comme s'il cherchait quelque chose, ou quelqu'un, à frapper.

Mais il n'y avait qu'elle.

Elle attendit, retenant son souffle, prête à partir en courant au cas où il perdrait le contrôle sous le coup de ses souvenirs.

Il se mit soudain à parler.

— Ça arrivait souvent qu'il la tape. Pas à chaque fois qu'on était là, mais assez souvent.

Un rire sarcastique sortit des profondeurs de sa poitrine.

— Je n'ai rien fait pour l'empêcher. Jusqu'à ce soir-là. J'avais dix ans.

Donc Annalise en avait huit.

— Et j'en avais assez de le regarder faire. Ce soir-là, j'ai décidé que j'étais assez grand pour prendre la défense de ma mère. C'était ma responsabilité.

Meredith sentit sa gorge se serrer. Elle devinait où il allait, et ça ne pouvait pas bien finir.

— Ma mère nous a crié de partir, à Lise et moi, quand il a commencé, mais on était paralysés.

Il rejeta la tête en arrière et ouvrit les yeux pour fixer le plafond.

— Je ne me rappelle pas tout. Mais je me souviens avoir saisi son poing de mes deux mains. Et de la force du coup que j'ai pris à sa place.

Il baissa les yeux et regarda tout droit en elle, le regard ravagé.

— J'ai essayé de la protéger, mais ça n'a fait qu'aggraver les choses. Il ne m'a pas touché. J'aurais préféré. Il m'a hurlé de regarder ce que j'avais fait. Il l'a attrapée et projetée par terre. Elle est tombée. Et sa tête a frappé la table.

Meredith eut envie de vomir. Et de le serrer fort.

— Je crois que c'est à ce moment-là qu'il a compris ce qu'il avait fait. Il nous a menacés tous les deux, Annalise et moi. Il l'a mise en bas des marches avant d'appeler les secours, et il a dit qu'elle était tombée.

Mais ça ne s'était pas passé comme ça.

— Tu as dit la vérité, quand la police est arrivée ?

Dominic hocha la tête.

— Oui. Mais l'enquêteur était un ami de mon beau-père. Il nous a interrogés, Annalise et moi, et il a convaincu les autres policiers que nous étions tous deux traumatisés et que nous protégions la mémoire de notre mère. Le rapport officiel dit qu'elle s'est enivrée, qu'elle a agressé mon beau-père et qu'elle est tombée dans l'escalier pendant qu'il essayait de la calmer.

— Et il a pris le rôle du héros, en plus.

Dominic plissa les yeux, ses pupilles vertes devenues presque noires de colère.

— Oui, mais je lui ai fait payer. Je me suis assuré

qu'il perdait tout ce qu'il possédait. Mais ce n'était pas encore assez.

Ils se regardèrent droit dans les yeux. Elle lut dans son regard une détresse qui lui donna un coup au cœur.

— J'aurais dû la protéger. Et au lieu de ça, c'est moi qui ai causé sa mort.

Dominic lut l'horreur dans les yeux de Meredith, comme il s'y attendait. Cette histoire était épouvantable, et le rôle qu'il y avait joué encore plus.

Il se détourna d'elle et se dirigea vers la porte. Il lui fallait de l'air. De la distance.

Il lui fallait oublier l'expression sur le visage de Meredith. Elle ne comptait pas. Non seulement parce qu'elle méritait mieux que lui, mais aussi parce qu'il s'était juré, il y avait très longtemps, de ne jamais donner à personne le pouvoir de le blesser.

Et sans s'en rendre compte, il venait juste de le faire au cours de ces derniers jours.

Quel con.

Il avait presque atteint la porte quand la main de Meredith sur son bras l'arrêta.

— Où vas-tu ?

— Dehors. Loin. Je ne supporte pas ta façon de me regarder, là. Comme si j'étais un monstre.

— Imbécile, murmura-t-elle dans un souffle. Ce n'est pas toi le monstre dans cette histoire, Dominic. Toi tu es le héros.

Il éclata d'un rire sarcastique.

— Pas vraiment. Tu n'as pas bien écouté.

— Oh si, crois-moi. Et chaque mot a pénétré dans mon cœur comme la lame d'un couteau. Personne, aucun enfant ne devrait avoir à vivre une telle tragédie, et ça me fait mal de penser que tu as subi ça. Mais le pire c'est de savoir que tu te sens responsable de ce qui est arrivé, alors que tu n'y es pour rien.

Elle lui posa les mains sur les épaules pour le faire se retourner. Il aurait pu résister, mais quelque chose en lui le poussa à céder. Cette chose qui souhaitait qu'elle apaise la douleur lancinante qui le torturait depuis si longtemps.

— Tu n'es pas responsable de la mort de ta mère.

— C'est ça, oui.

Le regard assuré, ses yeux bleus brillant de détermination, elle répéta :

— Tu n'es pas responsable de la mort de ta mère. Rien de ce que tu aurais pu dire ou faire ne l'aurait sauvée. Rien de ce que tu as dit ou fait n'a poussé ton beau-père à agir comme il l'a fait. Nul besoin de le connaître pour comprendre que c'était un homme violent et que ça aurait fini par arriver. Mais toi…

Elle prit son visage entre les mains.

— Tu as été incroyable de courage. Un petit garçon de dix ans intrépide devant une scène terrifiante. Tu l'as protégée à ce moment-là, et tu continues à le faire. Chaque fois que tu sauves une femme dans la même situation qu'elle.

Il avait tellement envie de la croire. De voir la situation de son point de vue à elle. Mais il ne le pouvait pas.

— Tu n'étais pas là. Tu te trompes.

— C'est vrai, je n'y étais pas. Mais je te connais. Pas l'homme que tu prétends être pour le reste du monde, mais l'être doux, attentionné, loyal, que tu cherches à tout prix à préserver de nouvelles douleurs de ce genre. Et je te garantis que si je demande à Annalise elle dira la même chose que moi. J'ai toujours su qu'elle te vénérait. Qu'elle te considérait comme un sauveur, un protecteur. Maintenant je sais pourquoi. Parce que tu l'as été. Et que tu l'es encore.

Dominic poussa un grognement. Au moins, là-dessus il était d'accord.

— Elle a peut-être un autre point de vue. Elle a tendance à s'énerver quand je m'interpose entre elle et un type qui n'est pas assez bien pour elle.

Meredith sourit.

— Évidemment. Mais est-ce que ça ne sert pas à ça, les grands frères ? À se montrer trop protecteurs ?

Le fardeau des souvenirs qui lui écrasaient l'esprit, exacerbé par l'inquiétude qu'il éprouvait pour Tessa, s'allégea un peu. Et il se rendit compte que la plus belle femme qu'il avait jamais vue se tenait devant lui, les mains sur ses joues, et que dans ses yeux il ne lisait pas du dégoût, mais… de l'admiration, et de la fierté.

Ce qui lui faisait tout aussi peur.

Plutôt que de gérer les émotions que ces pensées faisaient naître en lui, Dominic décida de tirer parti de la situation. Il pencha la tête, colla la bouche contre la sienne et se réfugia dans le réconfort de son baiser.

Meredith réagit immédiatement. Elle raffermit son étreinte et l'attira davantage vers elle.

La température monta d'un cran et une flamme de désir les consuma d'un coup, ensemble.

Dominic la prit dans ses bras et rejoignit à grandes enjambées la chambre et l'immense lit qui les y attendait.

- 14 -

— Bonjour.

La voix endormie de Meredith le salua. Dominic se tourna et la regarda.

Elle se tenait dans l'encadrement de la porte, ébouriffée, toute rouge et terriblement sexy. Elle avait enfilé sa chemise. Elle nageait dedans, et une de ses épaules était dénudée. Le vêtement lui arrivait en haut des cuisses et Dominic se demanda si elle portait quelque chose en dessous.

Elle avait relevé ses cheveux cuivrés en une espèce de chignon sauvage. Des mèches dépassaient de partout. Jamais il ne l'avait vue aussi négligée.

Et ça lui allait magnifiquement bien.

— Salut.

— Qu'est-ce que tu fais ?

Il haussa les épaules. Il avait été tenté de rester au lit avec elle, blotti contre son corps pendant qu'elle continuait à dormir. Mais il s'était forcé à se lever.

— Je n'ai pas beaucoup dormi. Je ne voulais pas te déranger.

Derrière lui, le ciel devenait bleu pâle et les dernières lueurs de l'aube s'effaçaient pour laisser place au jour.

Meredith le dévisagea.

— Ça ne m'aurait pas dérangée.

La vérité était qu'il s'était réveillé en ayant l'impression de s'être trop dévoilé la veille. Et il n'était pas tout à fait prêt à y faire face. Ni à le lui avouer, d'ailleurs.

— Ça ne servait à rien qu'on soit tous les deux réveillés.

Meredith leva les bras et saisit la boiserie du montant de la porte. Sur la pointe des pieds, elle s'étira. La chemise se souleva de quelques centimètres, révélant qu'en effet elle n'avait rien dessous.

Le corps de Dominic réagit instantanément. Une gigantesque érection repoussa le tissu au niveau de sa braguette et il laissa échapper un sifflement sous le coup du plaisir et de la douleur mélangés.

Dieu ! qu'il avait envie d'elle. Encore. Jamais de sa vie il n'avait ressenti ce besoin de prendre, de posséder, de se laisser consumer. Il avait déjà eu des connexions physiques très fortes auparavant dans sa vie. Mais c'était davantage que du sexe, avec Meredith.

Il voulait son approbation, et ça, c'était nouveau pour lui. Il en voulait plus. Pour être honnête, en réalité il voulait tout. Il voulait qu'elle l'aime, ce qui le faisait se sentir éperdument vulnérable.

Et il n'était pas encore prêt à gérer ça.

Alors il choisit le chemin le plus facile. Celui qu'il connaissait le mieux. Il traversa la pièce, l'attrapa par l'ourlet de sa chemise et s'en servit pour l'attirer vers lui.

Il posa la bouche sur la peau délicate de son cou et grommela :

— Je ne me rappelle pas t'avoir autorisée à m'emprunter mes vêtements.

Le rire de Meredith flotta un moment entre eux.

— Et donc, tu vas faire quoi ?

— Reprendre mon bien.

— Vraiment ?

Elle se tortilla pour se dégager de son étreinte et partit comme une fusée dans la chambre, en jetant par-dessus son épaule :

— Essaie, pour voir.

Il adorait la voir comme ça. Insouciante et joueuse. Tellement différente de la femme qu'il avait toujours connue. Comme si elle partageait un secret avec lui, qu'elle lui montrait des bouts d'elle qu'elle cachait à tous les autres.

Ce qui contribuait à calmer ses nerfs à vif après qu'il avait exposé ses secrets les plus intimes.

Ils se rejoignirent dans un véritable incendie des sens. Rires, gémissements, soupirs et étreintes folles. Dominic avait envie de prolonger l'expérience, de graver cette sensation et sa saveur au plus profond de sa mémoire.

Lorsqu'ils atteignirent le sommet, ils le firent ensemble.

Son orgasme à elle se liquéfia dans le sien. Leurs cris de plaisir s'élevèrent à l'unisson.

Ensemble, ils s'effondrèrent sur le lit, membres entrelacés, corps luisants.

Meredith finit par se redresser sur un coude et le regarda en souriant.

— Si c'était ça ton plan pour ce matin, tu pouvais me réveiller quand tu voulais.

Dominic ne put s'empêcher de sourire lui aussi.

— Je m'en souviendrai.

— Désolée pour ce retour à la réalité, mais qu'est-ce qui est prévu pour aujourd'hui ?

Dominic roula sur le dos. C'était aussi pour ça qu'il s'était réveillé si tôt. À cause de la frustration et d'un sentiment de culpabilité et d'impuissance qui le taraudaient.

— Honnêtement, je n'en sais rien. Je suis ouvert aux suggestions.

Meredith fit une moue songeuse.

— Si seulement on était certains d'être au bon endroit. Si ça se trouve, elle est venue ici mais elle n'est pas restée. Elle a pu prendre un autre train tout de suite.

C'était vrai, mais ils avaient montré la photo de Tessa à de nombreux employés de la gare en arrivant, et aucun ne l'avait reconnue. Si elle avait acheté un autre billet et avait parlé avec le personnel, quelqu'un l'aurait sans doute remarquée.

Non, son instinct disait à Dominic que la clé pour trouver Tessa était ici. Et tant qu'il n'aurait pas la preuve du contraire…

Il était sur le point de le dire lorsque le téléphone de Meredith, sur la table de nuit, se mit à sonner.

Dominic se laissa distraire par la courbe de son ventre tandis qu'elle se cambrait pour attraper l'appareil. Il se passa la langue sur les lèvres et se pencha pour poser la bouche sur elle… Meredith le regarda, un rire dans les yeux, mais l'arrêta du plat de la main tout en secouant la tête. Elle décrocha sans voir l'écran.

— Allô ?

Sa joie s'effaça brusquement et elle se redressa dans le lit.

— Oui, il est là.

Elle lui tendit le téléphone.

— C'est Jokér. Tu ne répondais pas, alors il a appelé sur mon téléphone. J'imagine que ce n'est pas la peine que je lui demande comment il a obtenu mon numéro.

Elle avait raison, c'était inutile. Dominic saisit l'appareil.

— J'écoute.

— Elle a appelé.

Cette fois, ce fut Dominic qui se redressa. Il bondit hors du lit, changea le téléphone d'oreille et chercha par terre des vêtements à enfiler.

— Où est-elle ? Pourquoi s'est-elle enfuie ? Elle va bien ?

— Calme-toi.

La voix de Joker était dure mais ne trahissait aucune panique.

— Elle va bien, reprit-il. Pour l'instant. Elle a appelé avec un portable prépayé.

— Bravo.

— Oui, elle a suivi nos conseils. Au départ elle n'a pas appelé parce qu'elle avait peur que la personne qui la suivait soit infiltrée d'une manière ou d'une autre dans l'équipe. Mais elle s'est rendu compte qu'elle n'aurait bientôt plus de liquide, et qu'elle devait prendre le risque de demander de l'aide.

— Où est-elle ?

— Tu avais raison. Elle est à Monaco.

— Je viens avec toi, dit Meredith.

Ce n'était même pas une question.

— Non, j'y vais seul. Tessa me connaît. Elle me fait confiance. Ça pourrait l'effrayer de voir quelqu'un d'autre.

Meredith fronça les sourcils.

— Je connais Tessa depuis plus longtemps que toi.

— Peut-être, mais elle ne t'a pas dit ce qui lui arrivait.

La pique fit mouche, et elle espéra que ce n'était pas délibéré. Dominic n'était pas seulement pressé ; il avait revêtu son armure de sauveur. Ce qui avait l'air d'être fréquent chez lui, réalisa-t-elle.

Grâce à leur conversation de la veille, elle comprenait mieux pourquoi, et cela l'aida à ne pas se sentir trop contrariée par sa rebuffade.

Dominic se rendit compte de ce qu'il venait de faire et il s'arrêta net. Il ferma les yeux et soupira. Puis il revint vers elle, lui prit les mains et l'attira contre lui.

— Je suis désolé. Ce n'est pas ce que je voulais dire.

Meredith se contenta de hocher la tête, acceptant silencieusement ses excuses.

— Si Tessa est suivie, qu'elle est en danger, plus on est discrets, mieux ça vaut. Si on n'arrache pas ces femmes à leur foyer au vu et au su de tous, il y a une raison. Elles sont plus en sécurité si quasiment personne ne sait ce qui leur arrive.

— Mais je sais déjà ce qui lui arrive.

Il lui serra les doigts.

— Je sais. Mais je me sentirai mieux si on observe le protocole. Seul, je suis moins susceptible d'attirer l'attention.

Ce n'était pas comme si elle était habillée en fluo ou avait les cheveux verts, quand même. Mais elle comprit que c'était important pour lui, quelle que soit la raison. Et si Tessa était son amie, ça, c'était son domaine d'expertise à lui.

— Très bien.

— Merci, dit-il en se penchant pour déposer un baiser léger sur ses lèvres. Ce serait vraiment super si tu pouvais faire les bagages pour qu'on puisse partir dès qu'elle sera à l'abri.

Génial. Reléguée au rangement.

— Si tu veux, grommela-t-elle.

Dominic sourit. Et ce n'était pas le sourire pro, calculé, charmeur, dont il gratifiait tout le monde. C'était son vrai sourire. Celui qu'elle voyait de plus en plus souvent.

Elle sentit son cœur se serrer. Elle était prête à tout pour mériter ce sourire-là. Même à faire les bagages.

Elle le regarda prendre son téléphone, son portefeuille et la clé de la chambre et sortir en vitesse. Dès qu'il fut parti, elle se rendit compte qu'il ne lui avait même pas dit où il allait. Ni quand il rentrerait.

Cela n'avait probablement aucune importance. Elle haussa les épaules et se mit à rassembler leurs affaires.

Le fait de plier ses vêtements et de les mettre dans son sac lui semblait un geste presque plus intime que de les lui avoir arrachés quelques heures auparavant.

Meredith ne se rendit pas compte du temps qui s'était

écoulé, peut-être vingt ou trente minutes, quand elle entendit le bruit de la poignée qui tournait.

Elle jeta ses dernières affaires dans son sac et se dirigea vers la porte en pensant : *Eh bien, ça n'a pas été long !*

Mais elle n'eut pas le temps de le dire : un inconnu se dressait dans l'encadrement de la porte.

— Qui êtes-vous ?

Dominic frappa à la porte de la chambre. C'est dans cet hôtel miteux que Tessa séjournait, selon Joker, et ce qu'il voyait lui déplaisait au plus haut point.

Monte-Carlo avait beau être une ville riche, elle avait son quartier défavorisé. Et apparemment, Tessa l'avait trouvé.

La porte s'entrouvrit en grinçant. Il attendit, attentif à ne faire aucun geste brusque ni à s'imposer tant que Tessa ne se sentirait pas suffisamment en sécurité pour le laisser entrer.

Elle ouvrit d'un coup et se jeta dans ses bras avec un sanglot au moment où il franchissait le seuil.

— Merci, mon Dieu, tu es là, hoqueta-t-elle en enfouissant le visage dans sa poitrine.

Sa chemise ne tarda pas à être trempée de larmes, mais il ne s'en souciait pas. Clairement, Tessa avait été terrifiée.

Dominic la laissa pleurer, et la conduisit jusqu'au lit qui occupait presque tout l'espace. Le tissu des draps bon marché frottait contre le matelas en faisant un désagréable bruit de froissement qui lui irritait les nerfs.

Lorsqu'elle commença à se calmer, Dominic l'interrogea.

— Pourquoi es-tu là, Tessa ? Que s'est-il passé ?

Elle recula en reniflant et, du dos de la main, essuya ses joues couvertes de larmes. Ce n'était plus la femme blonde aux extensions de cheveux, faux cils et ongles immenses qu'il avait connue. Les sacs, chaussures et vêtements de créateur avaient disparu.

Tessa avait teint ses cheveux platine en châtain, et les avait noués en queue-de-cheval sur la nuque. Elle ne portait aucun maquillage. Autrefois, elle paraissait artificielle et malheureuse. Aujourd'hui, malgré les larmes, son visage était plus épanoui et avenant.

— Quelqu'un m'a suivie.

— Tu es sûre ?

Elle hocha la tête.

— Oui. J'ai fait attention, comme vous me l'avez appris. Au début, ce n'était qu'une sensation et je me suis dit que je me faisais des films. Mais il y avait un type. Il me suivait partout. Et il avait l'air terrible.

De toute évidence, elle était convaincue d'avoir été prise en filature.

— Un soir, en rentrant à pied après le dîner, j'ai tourné à un coin de rue et je l'ai vu, juste devant moi. Tapi dans l'ombre. Je suis retournée en courant au restaurant et j'ai demandé de l'aide.

Dieu merci, quelqu'un avait pu l'aider.

— Il m'a suivie à l'intérieur. Je suis sortie par l'arrière, je suis allée chercher mes affaires et je suis partie.

Dominic lui caressa le bras pour la réconforter.

— Tu ne l'as pas reconnu ?

— Non, et ça m'a encore plus terrifiée.

Il secoua la tête.

— J'imagine. Tu pourrais le décrire ?

Elle se pencha et saisit un carnet sur la table de nuit.

— J'ai mieux. Je l'ai dessiné.

Il haussa les sourcils en avisant le dessin noir et blanc qu'elle lui tendait. Le visage était très bien fait et très détaillé.

Suffisamment pour que Dominic le reconnaisse tout de suite.

Il sentit la rage l'envahir mais il se refréna et resta calme. Un éclat de colère était bien la dernière chose que Tessa avait besoin de voir.

Elle avait déjà été suffisamment traumatisée comme ça.

Il se leva et lui indiqua son sac du doigt.

— Je sors passer quelques coups de fil. Rejoins-moi quand tu seras prête.

Elle s'agrippa à sa main pendant quelques secondes, puis le laissa aller.

Il referma la porte tout doucement, alors qu'il avait très envie de la claquer. Une fois sorti, il appela Joker.

Il ne s'embarrassa pas de salutations d'usage, et lança directement :

— On a un problème. Je sais qui suit Tessa.

- 15 -

Dominic s'arrêta devant la porte de la chambre d'hôtel. Il était tellement déterminé à retrouver Meredith qu'il n'avait pas songé au fait que Tessa n'était pas au courant de la présence de son amie.

— Il y a quelqu'un à l'intérieur qui, je l'espère, sera heureux de te voir.

Tessa fronça les sourcils en signe de confusion.

— Quoi ?

— Meredith est venue avec moi.

Sa bouche s'ouvrit, puis se referma sans exprimer aucune des questions qu'il pouvait lire dans ses yeux.

— OK, dit-elle enfin.

Dominic ouvrit alors la porte en grand et fit entrer Tessa. Il balaya la pièce du regard, s'attendant à voir Meredith. Elle n'était pas là.

Se dirigeant vers la porte de la chambre, il appela :

— Meredith ?

Pas de réponse. La douche ne coulait pas dans la salle de bains. Elle n'était pas dans la chambre.

Une étrange angoisse prit possession de son ventre. Dominic choisit de la refouler. Il y avait sûrement une explication logique. Peut-être qu'elle était sortie pour aller chercher quelque chose à manger ?

— Dominic ?

Le tremblement dans la voix de Tessa fit immédiatement remonter le mauvais pressentiment qu'il avait essayé d'ignorer.

Traversant la pièce, il fixa les restes du téléphone fixe en morceaux. La peur et le regret l'envahirent en une boue malsaine qui menaçait de tout emporter sur son passage.

Il l'avait laissée seule. Vulnérable. Il l'avait mise en danger et n'avait pas pu la protéger.

— Dominic ?

La voix de Tessa et sa douce main sur son bras lui firent l'effet d'un électrochoc.

Il devait trouver Meredith. Tout de suite.

Attrapant son téléphone, il appela Joker.

— Meredith a été enlevée.

— Quoi ?

À l'autre bout de la ligne, Joker semblait distrait. Dominic avait besoin de toute l'attention de son ami.

— Arrête de faire ce que tu fais et écoute-moi. On est dans la chambre et Meredith n'est plus là. Le téléphone est explosé sur le sol.

— Je suis en train de pirater les images de la sécurité de l'hôtel. Tu penses que c'est Michael ?

Dominic ferma les yeux.

— C'est ce que je crois. Trouve-la.

Il ne voulait pas penser à ce que ce psychopathe pouvait faire à Meredith. Michael était l'ex d'Amanda, une femme qu'ils avaient aidée il y avait presque deux ans. De ce qu'il savait de lui, si Michael avait fait le lien entre Dominic et la disparition de son ex-femme, il était certainement du genre à vouloir se venger. Avant d'être mise en lieu sûr, Amanda lui avait dit que Michael était un psychopathe narcissique qui n'avait aucun scrupule à faire du mal à quiconque se trouvait sur son chemin.

Et d'après le dessin de Tessa, Dominic était désormais certain qu'il était l'homme qui la pistait. Pourquoi ? Il n'avait pas encore de réponse, mais il ne faisait aucun doute que cela avait un rapport avec sa traque d'Amanda.

Mais Meredith n'était pas en mesure de l'aider à ce sujet. Michael allait sûrement vite le découvrir. L'utiliserait-il comme levier contre Dominic pour obtenir des informations ?

Dominic avait envie d'écraser son poing dans le mur qui lui faisait face. Tiraillé entre protéger Meredith et protéger Amanda, qui choisirait-il ?

En réalité, la question ne se posait pas. Il choisirait Meredith. Pas seulement parce qu'elle était importante pour lui – et jusqu'à cet instant, il n'avait pas réalisé à quel point. Mais parce qu'ils pouvaient atteindre Amanda avant Michael. De fait, Stone était déjà en train de la contacter pour qu'elle soit déplacée dans un autre endroit.

Tournant en rond, Dominic chercha dans la pièce tout ce qui pourrait l'aider. L'orienter dans la direction où Meredith pourrait se trouver.

Mais il n'y avait rien. Pas même un morceau de vêtement déchiré.

Il se passa rageusement les doigts dans les cheveux. Il ne pouvait pas rester assis à attendre.

Après avoir ordonné à Tessa de s'enfermer à double tour dès qu'il serait sorti et de ne laisser entrer personne d'autre que lui ou Meredith, il se dirigea vers la porte.

Le menton de Tessa trembla, mais elle hocha finalement la tête en signe d'approbation.

Dominic fonça dans le couloir et fit une courte pause pour s'assurer que Tessa appliquait bien sa consigne. Se dirigeant vers l'ascenseur, il scanna la moquette dans toutes les directions. À la recherche de… quelque chose. Un indice.

Ne pouvant contenir son impatience, il appuya à plusieurs reprises sur le bouton pour appeler l'ascenseur. Au bout de quelques secondes, la cabine annonça son arrivée et ses portes s'écartèrent. À l'autre bout du couloir, la porte d'une chambre s'ouvrit et le cliquetis résonna dans le silence.

Un pied déjà dans l'ascenseur, Dominic se tourna pour voir une Meredith meurtrie et en sang avancer vers lui en chancelant.

- 16 -

Titubant, le corps de Meredith ne répondait pas aux instructions de son cerveau.

Mais elle devait continuer à bouger. S'enfuir.

Michael, l'homme qui avait fait irruption dans sa chambre d'hôtel, l'avait forcée à sortir et à emprunter le couloir vers une autre chambre.

Il l'avait attachée à une chaise et, entre deux coups, l'avait morigénée à propos de Dominic, d'une certaine Amanda et du fait qu'elle n'avait pas publié l'article comme il le voulait.

Deux choses étaient désormais évidentes. Premièrement, l'homme était déséquilibré. Et deuxièmement, il était sa source anonyme.

Heureusement, il avait fait une erreur, laissant sa colère l'emporter sur sa lucidité, et Meredith en avait profité pour s'échapper.

Elle aurait pu l'assommer, mais elle n'avait que quelques instants. Elle avait besoin de ces précieuses secondes pour trouver de l'aide.

— Meredith !

Du fond du couloir, elle entendit la voix de Dominic. Le mot allait et venait, comme si quelqu'un jouait avec le bouton volume de ses oreilles.

Sa main tremblait, la paume contre le mur alors qu'elle se battait pour rester debout. Le monde tournait. Elle leva la tête pour le voir, flou, sprinter vers elle.

L'instinct la fit reculer quand il l'attrapa. Mais à la seconde où ses mains s'enroulèrent autour d'elle, la tirant contre le rempart solide de son corps, Meredith laissa échapper un sanglot. Elle était en sécurité.

— Dominic.

Elle se laissa aller contre lui. Mais, non, ils ne pouvaient pas rester là. Même si elle avait envie de se prélasser dans la protection et le confort qu'il lui offrait.

— Nous devons descendre. Appeler la sécurité. Trouver de l'aide.

— Je m'en occupe, murmura-t-il en lui caressant doucement les cheveux.

Il la guida jusqu'à leur chambre. Tout en frappant, il s'identifia avant que la porte s'ouvre, révélant Tessa de l'autre côté.

Un sourire illumina le visage de Meredith et raviva la coupure que l'autre taré lui avait causée à la lèvre.

— C'est vraiment bon de te voir.

Tessa fronça les sourcils.

— Tu as une mine affreuse.

— Merci, ça fait toujours plaisir, ironisa-t-elle.

Derrière elles, Dominic parlait à quelqu'un, probablement à la réception, pour expliquer ce qui s'était passé.

Durant les heures qui suivirent, Meredith s'entretint avec la sécurité, la police locale, puis l'équipe médicale qui se présenta pour la soigner.

Ils insistèrent pour qu'elle soit emmenée à l'hôpital, mais elle refusa. Pas même la colère de Dominic ou ses dangereux yeux verts ne pouvaient la convaincre.

Son corps lui faisait mal, mais elle savait qu'ils ne pouvaient rien lui prescrire d'autre que de la patience et du repos. Elle souffrait de quelques coupures et contusions. Peut-être une légère commotion cérébrale, bien que le bourdonnement dans ses oreilles et sa vision floue se soient déjà dissipés.

À un moment donné, elle entendit quelqu'un dire à Dominic que Michael avait été arrêté.

Cela aurait dû lui donner un sentiment de paix. Et peut-être que dans une petite partie de son esprit c'était le cas.

Mais à partir du moment où les autorités étaient arrivées, Dominic lui avait à peine parlé – sauf pour lui reprocher de ne pas vouloir aller à l'hôpital. Il ne l'avait absolument pas touchée. Il était redevenu l'homme distant et indifférent qu'elle avait toujours connu.

Et ça l'effrayait au plus haut point. Plus que Michael.

La boule au creux de son estomac lui disait que quelque chose n'allait pas. Mais à chaque fois qu'elle essayait de se rapprocher de Dominic pour qu'ils puissent parler, il trouvait un prétexte pour l'écarter. L'exclure.

Ce qu'elle voulait vraiment, c'était que tous les autres disparaissent. Que Dominic l'entoure de ses bras et la serre contre lui.

À la place, ce fut Tessa qui s'assit à côté d'elle. Et prit sa main pendant qu'elle se remémorait les détails de ce qui s'était passé pour ce qui lui parut la centième fois.

Et quand ils montèrent finalement dans l'avion privé qui les attendait à l'aéroport, rien ne changea. Dominic prétexta une raison de s'asseoir aussi loin que possible.

— J'ai quelques coups de fil à passer pour le travail et je ne veux pas te déranger. Repose-toi un peu.

Quand ils atterrirent à Vegas, Meredith n'était plus qu'une boule de nerfs.

Ayant rassemblé ses affaires, elle se tenait dans l'allée, attendant que Dominic vienne à sa rencontre. Il allait devoir passer devant elle, à moins qu'il veuille rester dans l'avion. Et elle pouvait être aussi têtue que lui.

Mais Dominic n'hésita pas une seconde et la contourna pour aller parler à Tessa.

— Il y a une voiture qui attend dehors. Le chauffeur a ton itinéraire et tout ce dont tu as besoin pour repartir sur de bonnes bases. Je suis vraiment désolé que tu te sois retrouvée dans ce pétrin. Mais sache que ça n'a rien à voir avec toi. Tu es en sécurité.

— Merci, dit Tessa en hochant la tête.

Saisissant la main de Meredith, son amie la serra.

— Tu vas t'en sortir ?

— Oui, je vais bien. Le temps va faire son œuvre, ne t'inquiète pas. Par contre, quand tu te sentiras en sécurité, fais-moi savoir où tu es, d'accord ? Je suis désolée de ne pas avoir été là pour toi quand tu en avais besoin.

Avec un signe de la main, Tessa disparut dans l'escalier. Meredith l'entendit saluer le gars qui l'attendait en bas et perçut le vrombissement du moteur alors que sa voiture s'éloignait.

Se retournant, Meredith attendit que Dominic dise quelque chose. N'importe quoi.

Il la regarda avec des yeux inexpressifs, et se contenta de dire :

— Ton chauffeur t'attend.

— Mon chauffeur ?

— Oui, il te ramènera chez toi.

Meredith pencha la tête sur le côté.

— Je pensais qu'on rentrerait ensemble.

Faisant un pas vers elle, Dominic lui tendit la main, mais il la laissa retomber avant de la toucher.

— Écoute, tu sais qui je suis. Ce n'est pas mon genre. Il y a une alchimie entre nous, je ne vais pas le nier. Mais ce qui s'est passé, c'était la solution de facilité et c'est terminé. Je me suis toujours demandé comment tu serais au lit, et maintenant je le sais. Il est temps pour nous deux de retourner à nos vies. Tu veux quelque chose que je ne pourrai jamais te donner.

Meredith eut l'impression d'avoir reçu un coup de poing dans le ventre. Mais elle refusa de le lui montrer.

Elle se força à dire :

— Comme tu veux, avant de se retourner et de quitter l'avion.

Chaque fibre de son corps la poussait à faire demi-tour. À se battre pour lui. Mais elle savait que cela ne la mènerait nulle part. Et elle avait trop de fierté pour essayer de convaincre Dominic qu'ils avaient quelque chose à explorer.

S'il ne voulait pas d'elle, alors elle ne voulait pas de lui.

Mais cela lui faisait tellement mal… Plus que les coups de poing de Michael. Plus que ses côtes meurtries et sa lèvre fendue. Parce que les blessures que Dominic lui infligeait étaient bien plus profondes.

En montant dans la voiture, elle refusa de regarder derrière elle. Réprimant un sanglot, elle commanda au chauffeur :

— Déposez-moi au Magnifique.

Annalise allait peut-être lui poser des questions auxquelles elle n'était pas disposée à répondre, mais c'était toujours mieux que d'être seule. Car elle s'en sentait incapable.

Dominic aurait voulu casser quelque chose. Regarder Meredith s'éloigner lui avait arraché les tripes.

Mais la déception dans ses yeux, les coupures et les bleus sur son corps… lui rappelaient qu'elle était mieux sans lui.

Il n'avait pas assuré sa sécurité. Mais pire que ça, il l'avait poussée dans la ligne de mire. Elle avait payé le prix des décisions qu'il avait prises. Tout comme sa mère.

Et il avait failli la perdre. Comme il l'avait dit aux

enquêteurs, Dominic savait que Michael aurait tué Meredith s'il en avait eu l'occasion. Cet homme n'avait aucune conscience, et s'il avait pensé que cela le rapprocherait un peu plus de sa femme, il l'aurait fait.

Dominic vivait dans un monde dangereux. Et pas seulement à cause des femmes qu'il aidait. Il s'était épanoui dans le milieu de la nuit. Bien sûr, il faisait tout ce qu'il pouvait pour empêcher la drogue d'entrer dans son club, pour s'assurer que les gens qui faisaient la fête avec lui étaient aussi sûrs que possible. Mais il vivait à Vegas où les excès et les mauvaises décisions allaient de pair.

Prendre des risques pour lui-même, c'était facile. Mettre la vie de Meredith en jeu… non, ce n'était pas acceptable.

Regardant la foule sur la piste de danse de l'Excess, Dominic savait qu'il allait devoir descendre. Reprendre contact avec son personnel. S'assurer que les affaires avaient bien tourné en son absence.

Plus tard. Pour l'instant, il avait besoin d'être seul.

Son téléphone sonna. C'était Jake, la seule personne à qui il avait envie de répondre.

— Alors ? fit-il d'une voix blanche. Elle est bien rentrée chez elle ?

— Non, elle a voulu d'abord passer au Magnifique.

Annalise. Elle était allée voir sa meilleure amie. Rien de plus normal après l'expérience qu'elle venait de vivre. S'il aurait préféré que sa sœur ne sache pas la vérité, il ne se sentait pas capable d'intervenir. Pas maintenant.

Tournant son regard vers le spectacle en contrebas, il soupira :

— Elle peut aller où elle veut, je m'en fiche.

À l'autre bout du fil, il entendit son ami s'agacer.

— Arrête tes salades, vieux. Cette femme est unique et vaut la peine qu'on s'y accroche.

La rage envahit Dominic.

— Reste loin d'elle, grommela-t-il.

Jake se mit à rire.

— Mec, je ne suis pas stupide. Nous sommes amis depuis longtemps, et je n'ai aucune envie de m'attirer tes foudres en m'en prenant à la femme que tu aimes.

— Je ne l'aime pas.

— Arrête ! Tu peux mentir à tout le monde, mais ne te mens pas à toi-même. Je t'ai vu avec une tonne de femmes. Meredith est différente. Alors voici un conseil non sollicité. Je ne sais pas quel truc débile tu as fait, mais je te suggère de trouver un moyen de te racheter. Avant que quelqu'un d'autre lui mette le grappin dessus.

Sans attendre de réponse, Jake raccrocha. L'esprit de Dominic était en surchauffe.

Est-ce qu'il l'aimait ?

Peut-être.

Non, il n'y avait pas de peut-être. Il aimait Meredith, et une partie de lui avait toujours su qu'il ne pouvait en être autrement. Raison pour laquelle il avait gardé ses distances tout ce temps.

La vraie question était : est-ce que l'aimer changeait quelque chose ?

Le souvenir de Meredith sortant en titubant de cette maudite chambre d'hôtel, en sang et meurtrie, lui traversa l'esprit. Jamais il ne pourrait oublier ce moment. La peur paralysante, l'impuissance et la culpabilité.

Parce qu'il les avait déjà éprouvées auparavant. Et s'était juré de ne plus jamais les ressentir.

Meredith entra dans le bureau d'Annalise au Magnifique. Ce n'était pas la première fois qu'elle y allait.

Mais la dernière fois, elle était venue demander de

l'aide pour mettre en question l'intégrité et l'humanité de Dominic.

Désormais, elles ne faisaient plus aucun doute. Dominic était un homme bon, et même la façon dont il l'avait repoussée et avait mis fin à leur… liaison ne pouvait la faire changer d'avis. Elle l'avait vu de ses propres yeux, l'homme qu'il essayait de cacher et de protéger.

C'est peut-être pour ça qu'elle souffrait autant. Elle savait qu'il avait en lui la capacité d'être une meilleure personne. De la traiter mieux qu'il ne l'avait fait.

Mais il avait simplement choisi de ne pas le faire.

Annalise leva les yeux de l'écran d'ordinateur qu'elle fixait. Meredith vit ses cernes et le tour de sa bouche comme marqué de rides. Sauf que son amie était bien trop jeune pour ça.

— Qu'est-ce qui ne va pas ? demanda-t-elle.

Annalise cligna des yeux et chassa l'expression qui lui assombrissait le visage.

— Oh ! rien. Je revois juste quelques chiffres et j'essaie de comprendre pourquoi ils sont faux. Je vais trouver une solution.

Elle la dévisagea.

— Et toi, alors, qui est le connard que je dois aller tuer pour t'avoir fait pleurer ?

De fait, Meredith avait tenu bon en sortant de l'avion, mais une fois dans la voiture, elle n'avait pas pu retenir sa douleur et son chagrin.

S'asseyant sur le canapé à l'autre bout de la pièce, elle appuya la tête sur le dossier et se frotta les yeux.

— Ton frère, avoua-t-elle.

Annalise vint à ses côtés, un large sourire lui barrant le visage.

— Enfin ! Je suis heureuse que vous ayez cessé de vous chamailler et que vous ayez cédé à ce qui existe entre vous depuis des années. Tu pensais vraiment que je n'avais rien remarqué ?

— Remarqué quoi ?

— Que vous êtes faits l'un pour l'autre.

Meredith ouvrit la bouche pour réfuter l'affirmation. Mais ne put rien articuler. La douleur au centre de sa poitrine lui interdisait ce démenti. Parce que, même s'ils n'étaient ensemble que depuis quelques jours, s'éloigner de lui lui faisait un mal de chien.

— Oui, murmura-t-elle enfin.

Annalise poussa un cri et l'entoura de ses bras pour la serrer contre elle.

— Je suis si heureuse pour vous deux !

La réaction de son amie était déconcertante.

— Je l'aime, oui, ajouta Meredith (pour la première fois elle l'avouait à quelqu'un et se l'avouait à elle-même). Mais il est évident qu'il ne m'aime pas. Il m'a dit que notre aventure n'avait été qu'une solution de facilité et qu'elle était terminée.

Annalise agita la main devant son visage, comme si le geste pouvait faire disparaître les mots de Meredith.

— Tu ne comprends pas ? Tu lui fais peur. Il y a une raison pour laquelle aucune femme n'a jamais été dans sa vie à long terme. Il n'a pas assez confiance en lui pour laisser quelqu'un l'approcher. Il a peur de perdre à nouveau une personne qui compte pour lui.

C'était une bonne interprétation.

— Quand as-tu eu ton diplôme de psychologie ?

— Je n'en ai pas besoin. J'ai moi-même suivi de nombreuses thérapies et je comprends mon frère. Il a une noblesse qui saute aux yeux, même s'il préfère la camoufler.

Ce qui était parfaitement vrai. Meredith en avait eu la preuve en personne.

Elle laissa les mots d'Annalise tourner dans sa tête. Elle les pesa. Les étudia. Et saisit combien ils avaient du sens.

Car c'est après son agression, dès qu'elle avait été en sécurité, que Dominic avait commencé à s'éloigner. Elle avait vu l'horreur dans ses yeux quand il l'avait trouvée dans le couloir.

— Je n'y avais pas pensé de cette façon.

La bouche d'Annalise s'étira en un sourire triste.

— C'est normal, ma chérie, tu n'as pas vécu ce que nous avons vécu, lui et moi.

L'espoir fleurit dans la poitrine de Meredith, repoussant lentement le désespoir qui l'avait inondée lorsque Dominic lui avait dit de partir.

— Mais ça ne veut pas dire qu'il m'aime. Nous ne sommes ensemble que depuis quelques jours.

— Qu'est-ce que ça peut faire ? Vous vous connaissez depuis longtemps. Et j'ai toujours su que l'agacement que chacun de vous suscitait chez l'autre n'était qu'une couverture pour des émotions plus fortes qu'aucun de vous ne voulait admettre. Vous vous protégiez tous les deux. Mais Dominic en a fini avec cette mascarade.

Meredith éclata de rire.

— Ah oui ? Et le fait de me larguer, tu appelles comment ?

— J'appelle ça le dernier sursaut d'un homme en train de mourir et de nier tout ce qu'il peut. Meredith, il t'a fait assez confiance pour te parler de notre mère. Il a partagé le pire moment de sa vie, ce qu'il considère comme la pire chose qu'il ait jamais faite. Il ne parle de cette nuit-là à personne, pas même à moi, alors que j'étais là avec lui. Il ne partagerait pas ça avec toi s'il ne t'aimait pas.

La gorge de Meredith se serra. Les larmes qu'elle pensait ne plus pouvoir verser brûlèrent ses yeux.

Plaçant de nouveau les bras autour de Meredith, Annalise l'attira dans une étreinte réconfortante.

— Où est la femme tenace que je connais et que j'aime ? Tu prends la vie à bras-le-corps, Meredith, et tu l'as toujours fait. La plupart des gens ont peur de Dominic, mais toi, non. Tu ne l'as jamais ménagé depuis qu'il a quinze ans. Pourquoi tu ne le fais pas ce soir ? Prends une grande inspiration, puis va trouver mon frère et dis-lui quel abruti il est. Dis-lui que tu l'aimes. Dis-lui que c'est un homme bien. Et ne pars pas avant qu'il ait admis que tu comptes pour lui et qu'il a besoin de toi dans sa vie.

— Tout a l'air si facile en t'écoutant.

— Bien sûr que ce n'est pas facile, commenta Annalise. Rien de ce qui vaut la peine dans cette vie ne l'est. Mais crois-moi, je sais de première main que la vie peut être courte. Ne laissez pas la fierté ou la peur vous empêcher de réaliser vos rêves.

D'un bond, Meredith se leva. Annalise avait raison. Que faisait-elle encore au Magnifique alors qu'elle aurait déjà dû avoir pris d'assaut l'Excess ?

- 17 -

Il y eut comme une détonation lorsque la porte rebondit contre le mur.

— Abruti !

Le mot résonna dans toute la pièce.

Meredith fit irruption dans le bureau, sans prendre la peine de fermer la porte derrière elle. Personne d'autre n'était présent dans les parages à cette heure de la nuit, de toute façon. Jake suivait le trajet de Tessa avec Stone, et le reste de son équipe de sécurité faisait des rondes dans le club pour préparer la dernière tournée et la fermeture dans une heure.

La joie bouillonna dans le sang de Dominic… jusqu'à ce qu'il se refrène. Non, il ne pouvait pas être heureux de la voir. Et, de toute évidence, Meredith n'était pas heureuse de le voir non plus, si l'irritation qui se dégageait d'elle était une bonne indication.

Croisant les bras, Dominic écarta les pieds comme s'il se préparait à un coup de poing.

S'il était honnête, il s'attendait à cette confrontation. Meredith n'était pas le genre de femme à accepter le rejet qu'il lui avait infligé sans se battre. Il pensait cependant avoir un jour ou deux pour se préparer.

Pour que ses propres émotions soient moins vives.

Aucune importance. Il lui donnerait ce dont elle avait besoin pour avancer dans sa vie. Pour trouver quelque chose de mieux pour elle que ce qu'il ne pourrait jamais être.

— Je ne suis pas sûr de mériter cette étiquette, mais peu importe. Que puis-je faire pour toi, Meredith ? Je pensais avoir été clair tout à l'heure en disant qu'on n'avait rien d'autre à se dire.

Meredith traversa la pièce, ses pieds martelant le sol à chaque pas.

— Oh ! tu as été clair sur quelques points, mais maintenant c'est mon tour.

S'arrêtant à quelques centimètres de lui, elle lui attrapa les épaules, l'attira dans ses bras et posa la bouche contre la sienne. Le baiser fut brutal et plein d'exaspération, mais en dessous, il y avait cette chaleur qui ne les quittait jamais lorsqu'ils se touchaient. Une complexité d'émotions, de désirs, de besoins.

Et le goût doux et printanier de l'espoir.

S'écartant de lui, elle murmura :

— Je t'aime, abruti.

Dominic cligna des yeux. Ses oreilles bourdonnaient.

— Quoi ?

La dureté qui emplissait le regard de Meredith s'était évanouie.

Elle relâcha un peu la prise. Ses mains glissèrent le long de ses épaules pour venir se poser sur son visage.

— Je t'aime, murmura-t-elle en regardant droit dans son âme.

La gorge de Dominic se serra et son estomac se retourna. Pas de joie, mais d'une bouillie nauséabonde d'émotions. Peur, espoir, culpabilité.

— Non, c'est faux. (Il secoua la tête.) Tu ne devrais pas. Je ne mérite pas ton amour.

Les lèvres de Meredith tremblèrent et une larme perla au bord de ses cils.

— Dommage, parce que je le mérite. Et je m'époumonerai pour dire que tu mérites mon amour, et celui de tous ceux qui se soucient de toi dans ta vie. Tu es un homme bon, Dominic. Fort, protecteur.

— Non, je ne le suis pas.

Elle secoua la tête.

— Si, tu l'es.

— Tu as été blessée, Meredith. À cause d'une décision que j'ai prise. À cause de quelque chose que j'ai fait.

Les mots restèrent une seconde coincés dans sa gorge puis ils sortirent dans un murmure rauque :

— Comme ma mère.

— Arrête, je n'ai pas été blessée à cause de quelque chose que tu as fait. Mais parce que j'ai croisé le chemin d'un fou. Un taré dont tu essayais de protéger quelqu'un. Ta mère n'a pas été tuée parce que tu as fait ou dit quelque chose. Mais parce qu'elle avait épousé un homme avec une noirceur intérieure qu'il ne pouvait pas contrôler. Ton beau-père aurait fini par la tuer, cette nuit-là ou une autre. Et rien de ce que tu aurais pu faire ou dire ne l'aurait arrêté.

La douleur fut cinglante dans la poitrine de Dominic. Il essaya de se dégager, mais les doigts de Meredith se resserrèrent et elle ne le laissa pas partir. Elle approcha son visage et le regarda droit dans les yeux.

— Je te vois, Dominic. L'homme que tu es vraiment. Tu passes ta vie à protéger les gens que tu aimes. Tu passes ta vie à protéger de parfaits inconnus. Tu as une belle âme et tu mérites le bonheur. Maintenant, si tu veux me dire que tu ne m'aimes pas, je passerai cette porte et ne te reverrai plus jamais. Mais tant que la raison pour laquelle tu me repousses est que tu penses ne pas me mériter… je n'irai nulle part.

Dominic regarda dans les yeux de Meredith. Il regarda profondément et y vit le reflet des siens. Pleins d'espoir, dévastés, effrayés.

Il aurait voulu lui dire qu'il ne l'aimait pas, mais les mots ne vinrent pas. Parce qu'ils n'étaient pas vrais.

Meredith était tout ce qu'il avait toujours voulu dans sa vie. Elle était douce et bienveillante. Forte et exigeante. Elle pouvait avoir des opinions tranchées et être très agaçante quand elle n'était pas d'accord avec lui… mais cela lui convenait parfaitement. Il préférait une femme qui lui tenait tête plutôt qu'un paillasson qui avait peur de son ombre.

Il avait besoin de quelqu'un de fort à ses côtés. Une femme dont il n'aurait pas à craindre qu'elle disparaisse sous le poids de sa forte personnalité.

Meredith était parfaite pour lui et l'avait toujours été.

— Je suis presque sûr que je t'aime depuis la nuit où je t'ai embrassée pour la première fois et où tu m'as dit d'aller me faire voir.

Un large sourire se dessina sur le visage de Meredith. Il illumina ses yeux de l'intérieur, la joie comme rayonnant des profondeurs de son être. S'il aimait l'énerver, l'exaltation de la voir s'épanouir sous son amour était dix fois meilleure.

Alors il le répéta.

— Meredith Forrester, je t'aime.

En poussant un cri complètement inattendu, elle sauta dans ses bras, enroula les jambes autour de sa taille et s'accrocha à lui comme une liane.

Sa bouche fit pleuvoir des baisers sur son visage avant de trouver ses lèvres. Le baiser était profond, et oui, son corps ne resta pas de marbre. Mais il y avait là bien plus qu'une simple réaction physique.

Il y avait du bonheur. Le bonheur de savoir qu'ils n'avaient peut-être pas tout compris, mais qu'ils y arriveraient. Qu'ils feraient un bout de chemin ensemble.

Et la félicité de savoir qu'elle était à lui.

Épilogue

Annalise regardait le couple de l'autre côté de la pièce, un petit sourire aux lèvres. C'était si bon de voir son frère et sa meilleure amie heureux.

Dominic et Meredith étaient ensemble depuis quelques mois, et à la surprise générale, cette fête avait été organisée pour annoncer leurs fiançailles.

Au fond d'elle, elle avait toujours su qu'ils étaient faits l'un pour l'autre.

Leur bonheur coulait de source. Ils le méritaient tant. Sans compter qu'il était tout naturel que sa meilleure amie devienne sa sœur. N'était-ce pas la place qu'avait toujours eue Meredith dans sa vie ?

Puisque Dominic dirigeait l'une des boîtes de nuit les plus branchées de Vegas, la fête était quelque peu extravagante, raison pour laquelle Annalise préférait rester en retrait. Non seulement la plupart des invités étaient les amis et collègues de Dominic, mais Annalise n'était pas vraiment d'humeur à faire la fête.

Car elle avait beau vouloir tenir Meredith et Dominic à l'écart de ses problèmes, difficile pour elle de les chasser de son esprit. Et de penser qu'elle allait vite devoir retourner au Magnifique pour traquer ceux qui la volaient.

— Une femme aussi belle que vous ne devrait pas rester toute seule dans son coin.

Annalise se retourna pour fixer l'homme grand, beau et ténébreux qui se tenait devant elle. Un étrange picotement parcourut sa colonne vertébrale. Si la sensation n'avait rien de désagréable, bien au contraire, elle était parfaitement inopportune.

Levant un sourcil, elle demanda :

— C'est une référence maladroite à *Dirty Dancing ?*

— Non, juste un constat.

Une lueur d'amusement brillait dans les yeux gris acier qui la regardaient.

Il la taquinait, ce qu'elle aurait pu trouver charmant chez n'importe qui d'autre. Mais vu la personne qui lui faisait face…

— Je crois que vous auriez plus de succès avec quelqu'un qui ignore votre goût pour l'escroquerie et la manipulation.

La surprise se peignit sur les traits aigus de son visage avant qu'il redevienne impassible.

Oh ! Annalise le connaissait. Elle se souvenait parfaitement de la nuit où son père avait jeté Luca Kilpatrick hors du Magnifique pour avoir triché, huit ans plus tôt.

Ce visage aristocratique, avec ses yeux chauds comme l'enfer, était difficile à oublier. Sans parler de son corps athlétique qui n'avait rien de celui d'un type passant des heures assis à une table de poker.

À l'époque, Annalise était stagiaire et apprenait le métier auprès de son père. Y compris les aspects les moins agréables de la gestion d'un casino. Comme la réaction à avoir face à des tricheurs.

Mais c'était il y a longtemps.

Avec un haussement d'épaules, Annalise l'admonesta.

— À votre place, je déguerpirais avant que la sécurité rapplique. Je suis sûre que mon frère ne sautera pas de joie en apprenant que vous vous êtes mêlé à sa fête.

Un sourire mutin illumina le visage de Luca. Il se pencha vers elle, et la chaleur de son souffle sur sa peau nue lui donna la chair de poule.

— Mais, chérie, c'est Dominic qui m'a invité. Il a pensé que ce serait un bon moyen de vous présenter à l'homme que vous lui avez demandé de recruter.

Elle croisa hâtivement les bras sur sa poitrine, histoire de cacher ses seins dont la pointe s'était soudain dressée. Avait-elle bien entendu ?

En s'éloignant, Luca glissa les mains dans ses poches et haussa les épaules.

— On dirait que je suis votre nouveau consultant. J'ai entendu dire que vous aviez un petit problème de triche dans votre établissement.

La joie qu'elle vit éclater dans ses yeux eut le don de l'énerver. Le salaud, il aimait ça.

— Mon problème n'a rien de petit car la somme qui a déjà été volée à mon entreprise familiale est énorme. Il n'y a aucune chance que vous mettiez un doigt de pied au Magnifique. Vous vous rappelez ? Vous avez été black-boulé, banni, ouste, du balai.

Parfaitement indifférent, Luca haussa les épaules.

— D'accord, tout ce qui plaira à Madame.

Annalise serra les dents. Il fallait qu'elle rejoigne fissa son frère, pour le trucider.

Vous avez aimé *Un* bad boy *au grand cœur* ?
Retrouvez sur Harlequin.fr les amis de Dominic !

1. *La rédemption d'Anderson*
2. *La trahison de Finn*
3. *Le secret de Gray*

MELISSA SENATE

Un bébé à Rust Creek Falls

Traduction française de
AGNÈS JAUBERT

PASSIONS

HARLEQUIN

Titre original :
THE MAVERICK'S BABY-IN-WAITING

- 1 -

— Tu as choisi un nom pour le bébé ?

Dans la salle d'attente de la clinique de Rust Creek Falls, Mikayla Brown, vingt-six ans, attendait son rendez-vous avec son obstétricien. Détournant son attention de l'exposition de photos de bébés au mur, elle regarda son amie Amy Wainwright. Des noms ? Oh oui, elle avait des noms. Même si sa vie était complètement chamboulée en ce moment, trouver des noms n'était pas difficile. Quand, tard le soir, elle était au lit, peinant à trouver une position confortable – elle était enceinte de sept mois –, elle s'imaginait assise dans le rocking-chair de la véranda de la ferme, un bébé dans les bras. Et avait envisagé tous les prénoms pour ce bambin.

Le problème était qu'elle avait trop de possibilités.

— J'en ai six si c'est une fille, répondit-elle. Sept si c'est un garçon. Et j'ai pensé à une bonne dizaine en deuxième et troisième prénoms. Est-ce que je peux donner quatre noms à mon enfant ?

En riant, Amy, qui feuilletait *Parenting Now*, reposa le magazine sur la table.

— Bien sûr. Pourquoi pas ? C'est toi la maman.

Mikayla sentit un frisson la traverser. Elle, maman. Elle qui, en ce moment, avait déjà tant de mal à gérer sa propre vie serait bientôt seule responsable d'un petit être sans défense qui ne dépendrait de personne d'autre que d'elle.

Elle avait toujours été quelqu'un de fiable, qui faisait les bons choix, et elle était tombée amoureuse d'un homme qui, elle le pensait, partageait ses valeurs. Elle aimait son travail dans une crèche de Cheyenne, Wyoming, et elle était folle d'un avocat aussi beau qu'ambitieux : son avenir était tout tracé.

Or, un beau matin, contre toute attente, sa vie avait explosé.

Du jour au lendemain, elle s'était retrouvée célibataire et future maman. Ni fiancée. Ni mariée. Sans futur père aimant à son côté, pour partager son enthousiasme du rendez-vous d'examen prénatal.

Mais quelqu'un l'accompagnait aujourd'hui. Sa grande amie, Amy Wainwright. Mikayla lui en était si reconnaissante qu'elle avait envie de la serrer contre son cœur. Et elle l'aurait fait si elle n'avait pas eu un ventre aussi proéminent.

Alors, toi ? demanda-t-elle au bébé. *Es-tu une Hazel ? Un George ?* L'idée d'honorer ses parents qui n'étaient plus là lui plaisait. Ils avaient toujours été si affectueux, si bons. Ou bien Leigh et Clinton, ses grands-parents maternels, décédés depuis longtemps. Ils avaient déménagé en Floride quand elle était enfant mais n'avaient jamais oublié de lui envoyer une carte pour son anniversaire et pour Noël. Ensuite, il y avait sa chère tante Elizabeth, la sœur de sa mère, qu'on appelait Lizzie, ainsi que son mari si drôle, Tyler. Et leur fils, unique en son genre, son cousin Brent. C'était Brent qui lui avait suggéré de déménager à Rust Creek Falls, dans le Montana, pour prendre un nouveau départ. Elle lui devait beaucoup. Voilà pourquoi son prénom était sur sa liste de choix potentiels.

Au début, partir s'installer dans cette petite ville des grands espaces sauvages du Montana lui avait paru une idée folle. À plus d'une demi-heure de route de l'hôpital le plus proche alors qu'elle était enceinte de sept mois ? Ni famille ni amis ?

« Tu te feras des amis, lui avait promis Brent. À Sunshine Farm, tu te sentiras chez toi. »

Brent ne s'était pas trompé. Avant son arrivée, elle s'était un peu inquiétée de se voir regarder de travers : une nouvelle venue, enceinte et seule ! Mais, quelques semaines auparavant, elle avait rencontré Luke Stockton, le propriétaire de Sunshine Farm et le meilleur ami de Brent. Il l'avait invitée à la soirée qu'il donnait avec sa fiancée, Eva, pour célébrer leur enterrement de vie de célibataire, à Maverick Manor. Et depuis ils s'étaient mariés. Eva était devenue une amie, tout comme Amy qui, habitait aussi Sunshine Farm.

Amy s'était fiancée à son tour. Étouffant un soupir, Mikayla jeta un coup d'œil discret au magnifique diamant qui scintillait à son annulaire. Elle avait tant rêvé d'en voir un briller à son propre doigt, tellement fantasmé sur un mariage de conte de fées. Elle se serait même contentée d'un mariage à la mairie. Mais son rêve s'était écroulé le jour où elle avait surpris le père de son bébé en position très compromettante avec son assistante juridique, dans son cabinet d'avocat.

Néanmoins, l'histoire d'Amy lui redonnait espoir. Son amie n'avait-elle pas renoué avec son premier amour, Derek Dalton, l'homme qu'elle avait épousé et dont elle avait divorcé quand ils étaient tous les deux adolescents ? Comme quoi, tout était possible. Même pour une femme enceinte de sept mois, déracinée, qui cherchait quelle direction donner à sa vie.

Une porte s'ouvrit sur une autre femme enceinte, suivie par un homme, une brochure à la main. *Votre deuxième trimestre.* Leurs deux alliances brillaient. Décidément, en ce moment, elle était fascinée par les bagues !

Une infirmière apparut sur le seuil et lui sourit.

— Mikayla Brown ? Le Dr Strickland va vous recevoir.

Elle se leva et, Amy lui emboîtant le pas, suivit l'infirmière dans la salle d'examen. Là, elle s'installa sur la table recouverte de papier tandis que son amie prenait place sur une chaise. Après lui avoir pris le pouls, l'infirmière lui tendit une blouse en papier et leur annonça que le Dr Strickland n'allait pas tarder.

Une fois que l'infirmière eut refermé la porte derrière elle, Mikayla retira sa robe pour passer la blouse. Amy la lui noua dans le dos. D'une voix empreinte d'émotion, elle remercia son amie.

— Tu es vraiment la meilleure. Merci d'être venue aujourd'hui.

Cela signifiait beaucoup pour elle. Quand elle avait découvert qu'elle était enceinte, son ex l'avait accompagnée à son premier rendez-vous, à Cheyenne. Mais il lui avait dit clairement qu'il ne voulait pas de bébé, qu'il n'était pas prêt pour un enfant. « J'ai des sentiments forts pour toi, Mikayla, mais je suis qui je suis et je ne me sens pas encore de taille à être père. Désolé. » Tout en ajoutant qu'il était un homme de principes, un avocat en croisade (autrement dit, un plaideur pour une importante multinationale), et que « bien sûr » il ne l'abandonnerait pas.

Puis elle avait découvert que, malgré ces belles paroles, il la trompait. Et il avait fini par la quitter.

Qui avait besoin d'un salaud, aussi menteur qu'infidèle, pour lui tenir la main ?

— C'est à ça que servent les amies, ma chère, répondit Amy, en repoussant ses longs cheveux auburn derrière son épaule. Et, entre nous, j'ai peut-être des raisons cachées de vouloir savoir comment se déroulent ces rendez-vous.

J'espère être un jour à ta place. Même si, bien sûr, aucune femme ne trouve ce genre d'examen agréable.

Mikayla se mit à rire. Amy serait une mère formidable.

Et elle aussi. Elle s'était tellement motivée ces derniers mois qu'elle y parviendrait, et avec succès. Elle pouvait y arriver, elle y arriverait !

Il y eut un petit coup discret à la porte et un homme en blouse blanche, de haute taille, séduisant, entra dans la pièce, un dossier à la main. Avec un sourire chaleureux, il se présenta comme le Dr Drew Strickland, le gynécologue-obstétricien local.

Un quart d'heure plus tard, Mikayla se redressa, rassurée. Tout allait bien. Elle répondit avec reconnaissance à la pression de main d'Amy.

Mais ensuite, en l'espace d'une minute, confrontée aux questions basiques du médecin, elle sentit toute sa belle détermination s'évaporer. Il voulait savoir si elle comptait s'installer à Rust Creek Falls. Il pouvait lui recommander un pédiatre formidable sur place. Et, si elle était prête à faire la route, il en connaissait quelques-uns à Kalispell. Or, son avenir n'était qu'incertitude.

Elle avait l'impression que son annulaire gauche nu brillait comme un néon. Elle n'avait ni compagnon, ni père, ni famille pour son bébé. Elle était seule. Une femme qui n'avait pas la moindre idée de ce que lui réservait le futur.

— Le père du bébé sera-t-il présent lors de l'accouchement ? demanda enfin le Dr Strickland.

Étaient-ce des larmes qui lui picotaient les paupières ? N'avait-elle pas assez pleuré à cause de ce mufle de Scott ? Au début, elle s'était raccrochée à l'espoir qu'il allait revenir pour elle et pour le bébé et s'était vue avec lui dans la salle d'accouchement. Plus question d'imaginer Scott Wilton présent dorénavant.

Se ressaisissant, elle refoula ces stupides larmes et releva la tête. Tout se passerait bien.

— Non. Ce sera juste moi.

— Et moi ? dit Amy, une main sur son épaule. Je serai là si tu as besoin de moi. Je vais même te faire suivre la méthode d'accouchement sans douleur.

— Heureusement, il y a les amies. Merci, Amy. Honnêtement, je ne sais pas ce que je ferais sans toi.

Entre Amy et Eva, sa propriétaire à Sunshine Farm, elle se sentait vraiment soutenue. Ce qui était tellement réconfortant. Se tournant vers le médecin, elle reprit :

— Je suis peut-être seule mais j'ai des amies exceptionnelles, un gynéco très sympathique, et je vais être une super maman. Et, pour le moment, c'est tout ce que j'ai besoin de savoir.

Le Dr Strickland lui rendit son sourire radieux.

— Je n'aurais pas mieux dit.

Mikayla sourit. Instinctivement, elle devinait qu'il avait attendu qu'elle arrive à ces conclusions.

— Je vous dis donc à dans deux semaines, pour l'échographie, reprit-il. Appelez-moi si vous avez des questions. Même tard le soir. Je vous rappellerai tout de suite. Je vous le promets.

Se sentant beaucoup mieux qu'une heure auparavant, elle sortit de la salle d'examen en compagnie d'Amy et régla sa consultation à la réception. Puis, passant un bras sous le sien, son amie suggéra :

— Et maintenant, direction Daisy's Donuts. Une pâtisserie bien gluante et un fabuleux déca glacé, pour fêter ce petit qui se porte comme un charme, ajouta-t-elle, tapotant gentiment ce ventre très proéminent.

Mikayla se mit à rire.

— Je te suis.

Depuis qu'elle était arrivée dans cette ville, ses visites

chez Daisy étaient un peu trop fréquentes. Elle était incapable de résister à l'appel des beignets à la crème de citron et du crumble. Ce n'étaient pas les salades qui la faisaient craquer. Aussi, quand elle en avait vraiment envie, cédait-elle à une délicieuse tentation.

Elle était sûre que cela faisait plaisir au bébé.

— Jensen Jones, vas-tu m'écouter ! Je veux que tu quittes ce trou perdu du Far West sans attendre. Tu dois rentrer à Tulsa immédiatement ! Tu m'entends ? Immédiatement !

Son portable à la main, Jensen secoua la tête. À l'autre bout du fil, son père tempêtait dans son oreille. Walker Jones II était habitué à ce que son dernier fils suive ses ordres, qu'il les donne de chez lui ou de son bureau de P-DG de Jones Holdings Inc. Mais Jensen avait toujours su mettre une limite à l'autorité de son père quand c'était nécessaire. Quand il avait raison, tout allait bien. Mais quand il avait tort, tant pis pour lui.

— Non, je ne peux pas, dit-il en regardant autour de lui.

Avait-il pris la bonne direction pour Daisy's Donuts ? C'était apparemment l'endroit où l'on servait le meilleur café de Rust Creek Falls. Peut-être même le seul.

— J'ai quelques affaires à régler ici. Je devrais rentrer à Tulsa dans quelques jours. Peut-être une semaine. Cette négociation est un peu plus lente que prévu.

En d'autres mots, ça ne se passait vraiment pas bien. Et Jensen Jones, vice-président de New Business Development chez Jones Holdings, n'avait pas l'habitude des contretemps.

Son père laissa échapper un reniflement de dédain.

— Pas étonnant ! Tu es à Rust Creek Falls. Tout se passe toujours mal dans ce trou.

Jensen ne put s'empêcher de rire.

— Papa, qu'est-ce que tu as contre Rust Creek Falls ? C'est une région magnifique.

C'était la vérité. Citadin, Jensen était né et avait grandi à Tulsa, dans l'Oklahoma. Il appréciait tout ce qui était raffiné. Mais, ici, dans les contrées sauvages du Montana, un homme pouvait réfléchir. Respirer. Comprendre la vie. Et Jensen avait beaucoup à comprendre. Il ne s'était pas attendu à aimer autant cette ville. Dire que, comme son père, il avait été choqué que trois de ses frères aient pu trouver l'amour à Rust Creek Falls ! C'était ici que Walker III et Hudson avaient maintenant élu domicile. Même le jet-setter, Autry, venu en simple visiteur, était tombé fou amoureux d'une veuve, mère de trois fillettes, qu'il avait épousée. Il les avait toutes emmenées à Paris, où il terminait une négociation pour Jones Holdings. Mais il avait bien précisé que, dès que les contrats seraient signés, il ramènerait sa nouvelle famille à Rust Creek Falls.

Pourtant, ce n'était pas parce que Jensen aimait les grands espaces et l'air sain qu'il allait s'installer ici. En tant que petit dernier des cinq frères Jones, tous millionnaires, il avait toujours eu besoin de faire ses preuves. Maintenant, trois de ses frères avaient une famille et avaient cessé de ne vivre que pour travailler. Autry utilisait des mots comme « équilibre ». Walker III voulait investir dans une société de sièges ergonomiques pour la crèche qu'il avait fait construire avec Hudson pour la filiale locale de Jones Holdings. Et Hudson connaissait même le deuxième prénom de tous ses neveux et nièces ! Il était difficile de croire qu'ils avaient été les trois célibataires les plus endurcis de Tulsa.

Son père poussa son rugissement de patriarche Jones.

— Qu'est-ce que j'ai contre ce trou paumé ? Je vais te le dire. Cette ville pullule de voleuses de Jones ! Des vraies sirènes, Jensen. Exactement comme dans les mythes grecs. Tu ferais bien de prendre garde à toi, mon garçon. L'une d'entre elles va te prendre dans ses filets et ta mère et moi ne te reverrons plus. Jones Holdings ne peut pas fonctionner à distance ! Je veux mes fils ici, à Tulsa, chez eux ! Ou au moins toi, à défaut de tous ! Tu as toujours été celui sur lequel je pouvais compter, le plus raisonnable.

Son pauvre père. Il détestait être contredit. Et c'était rare. Quant à sa mère, elle affirmait qu'on ne pouvait lutter contre la fatalité qui avait retenu ses fils à Rust Creek Falls.

— Papa, je t'assure, je ne suis pas sur le point de tomber amoureux de qui que ce soit. Et le mariage est vraiment le cadet de mes soucis. Tu n'as rien à craindre.

Il n'exagérait pas pour lui faire plaisir. Il avait tiré un trait sur l'amour. Et, par conséquent, ne se marierait jamais.

— Bien sûr ! Et c'est ce que disait Autry juste avant de demander cette mère de sept enfants en mariage.

Jensen leva les yeux au ciel.

— Trois, papa ! Trois adorables petites filles. Autry est très heureux avec Marissa. Et Walker avec Lindsay. Tout comme Hudson avec Bella.

Son père poussa un soupir offusqué.

— Ils étaient heureux de s'occuper de Jones Holdings à Tulsa, avant que ces femmes leur mettent le grappin dessus ! Rentre maintenant. C'est tout ce que je te demande. J'envisage d'acheter une équipe de base-ball de première division. Tu pourras m'aider à la choisir.

— À dans quelques jours, papa. À propos d'achats onéreux, que comptes-tu offrir à maman pour votre quarantième anniversaire de mariage ?

Quarante ans de mariage, ça se fêtait. Même cinq ans, ça se fêtait.

— Cette femme va finir par avoir ma peau ! fulmina Walter II. Je… Attends, Jensen, mon assistante me signale que j'ai Nick Bates de Runyon Corporation sur la ligne 2. Rentre vite ou je viendrai te chercher en personne. Je ne plaisante pas !

Ce fut au tour de Jensen de pousser un soupir offusqué. Dans moins de trois semaines, ses parents devaient fêter leurs noces d'émeraude. Et ils s'adressaient à peine la parole. Pourtant, au fil des années, lors des nombreux conflits qui avaient jalonné la relation entre les fils Jones et leurs parents, Walker II et Patricia Jones avaient toujours formé une équipe très soudée. Autoritaires, snobs, ils faisaient front commun pour essayer de mener leurs fils à la baguette. Mais maintenant, des problèmes semblaient fissurer leur mariage de quarante ans.

Depuis quelque temps, Jensen percevait la tension dans leurs voix, il la voyait sur leurs visages. Un jour, il avait même surpris sa mère en larmes, alors qu'elle se pensait seule dans le manoir familial. Bien entendu, elle avait refusé de reconnaître qu'elle pleurait, et avait soutenu qu'elle était allergique au parfum détestable de la cuisinière.

En tant que benjamin, Jensen s'était toujours battu pour obtenir le respect de ses frères et l'attention de ses parents. Et il passait souvent inaperçu dans cette grande famille. Mais il avait regardé ses frères grandir et, tour à tour, suivre leur propre voie. Même si elle les menait tous à l'affaire familiale. Les cinq frères Jones n'étaient pas proches. Walker et Hudson, qui, tous deux, vivaient à Rust Creek Falls et travaillaient ensemble, avaient pourtant développé des liens plus fraternels grâce à Lindsay et Bella.

Jensen était celui pour qui les dîners familiaux, les célébrations de fêtes et d'anniversaires, comptaient le plus. Adolescent, il insistait pour que ses frères aînés rentrent à la maison quand il disputait un match important. À dix-sept ans, ses parents l'avaient emmené chez un thérapeute.

Ayant décidé qu'il prenait les choses trop à cœur, qu'il allait devenir trop sensible, ils pensaient qu'il fallait le faire soigner. Dans le monde des Jones, la famille n'était synonyme que d'affaires.

Il continuait à prendre les choses à cœur. Et ses parents ne comprenaient toujours pas. Mais il y avait un point sur lequel son père aurait gain de cause : il rentrerait dans quelques jours. Avant cela, il lui fallait convaincre la plus têtue des vieilles bourriques du Montana de lui vendre un terrain de cent acres, idéal pour un projet qui comptait beaucoup pour lui. L'homme de soixante-seize ans, qui répondait au nom de Guthrie Barnes, ne cédait pas, en dépit de ses offres qui dépassaient de loin la valeur du terrain. Mais Jensen était un Jones et un négociateur compétent. Il aurait ce terrain. Puis il rentrerait chez lui.

Parce que aucune femme, sirène ou autre, ne pouvait le tenter. Sa relation avec Adrienne, son ex, l'avait échaudé. Il n'était même pas sûr de pouvoir la compter comme ex, étant donné qu'ils n'avaient jamais vraiment été ensemble. Elle n'en avait voulu qu'à son argent et l'avait dépouillé de près d'un million de dollars. Puis, quand il lui avait demandé des explications, elle s'était enfuie. Le pire était qu'elle avait reconnu avoir fait des recherches sur lui pendant des semaines, s'être renseignée sur ses goûts, sur le moindre détail le concernant. Avant de le séduire. Elle avait organisé leur rencontre. Et il avait été assez stupide pour tomber dans ce piège perfide. Et quand leur relation avait pris fin, il avait su que plus jamais il ne ferait confiance à une femme.

La seule chose sur laquelle il pouvait compter, c'était sa famille. Et si son père et sa mère, si snobs, au cœur si sec, pensaient qu'ils pouvaient tirer un trait sur quarante ans de mariage parce qu'ils étaient trop ancrés dans leurs habitudes et trop têtus pour s'expliquer, il leur réservait une surprise de taille.

Il allait prendre les choses en main. La famille était censée être un socle que rien n'aurait dû détruire. Ne devrait détruire. Les différends, les problèmes, les désaccords, qu'importait : il fallait les régler. Alors, oui, il allait rassembler la famille Jones et sauver le mariage de ses parents. Qui ne se rendaient compte ni de leur chance ni de leur bonheur.

Lui, en revanche, en était parfaitement conscient. Parce que, avant la trahison d'Adrienne, son désir le plus fort avait été d'aimer, de donner son cœur et sa vie à l'élue. Et trois de ses frères l'avaient compris. Ils avaient capitulé devant l'amour et coulaient désormais des jours heureux. Et il avait besoin d'eux et de leur nouveau statut de chef de famille pour l'aider à convaincre leurs parents. Autry allait devoir revenir de Paris. Il n'avait aucun doute que le jet-setter allait accepter. Parce que, quand le besoin s'en faisait sentir, Jensen pouvait compter sur ses frères. Et il était temps pour toute la famille de pouvoir compter les uns sur les autres.

Il poussa la porte de Daisy's Donuts et la clochette tinta au-dessus de sa tête. Une odeur de beignets frais se mêlait à celle du café. Voilà ce qu'il lui fallait : un grand café fort. Grâce au coup de fouet de la caféine, il serait prêt à mettre ses plans en action.

Mais quand il tourna la tête vers la gauche, son esprit se vida. Son regard s'était posé sur une jeune femme qui, assise à une table couverte d'une nappe à carreaux, mordait dans un beignet dont s'échappait une crème jaune. Elle se lécha les lèvres. Fasciné, le cerveau soudain embrumé, il humecta les siennes.

Était-ce son imagination qui lui jouait des tours ou rayonnait-elle ?

Elle avait de grands yeux bruns, de longs cheveux châtains qui cascadaient sur ses épaules en une masse soyeuse. Et elle vibrait de sensualité. Conscient qu'il la fixait, il était incapable de détacher le regard de cette beauté. Heureusement, elle semblait totalement accaparée par sa voisine de table et par la dégustation de son gâteau. Elle le posa, prit sa boisson glacée, et se mit à rire d'une plaisanterie de son amie.

Même son rire l'enchantait. C'était un rire généreux, heureux. Manifestement, cette femme aimait s'amuser. Si un simple beignet ou une blague pouvaient provoquer une telle joie, un rire aussi contagieux, il aimerait vraiment l'inviter à dîner ce soir. Peut-être à Kalispell, à quarante-cinq minutes de voiture, dans cet incroyable restaurant italien dont son frère lui avait parlé. Puis ils pourraient boire un dernier verre dans le bel hôtel de la ville, avant de passer la nuit au lit, nus, et prendre un bain ensemble. Et demain matin, après l'avoir raccompagnée chez elle, il irait voir Guthrie Barnes pour lui faire une meilleure offre pour le terrain et le convaincre de vendre.

Une nuit de rêve, un contrat de vente signé, et il serait de retour à Tulsa en milieu de semaine. Une affaire rondement menée, à la Jones. Son père serait fier de lui.

La femme derrière le comptoir lui sourit. Son badge portait le prénom d'Eva. Il était allé avec ses frères à la fête d'enterrement de vie de célibataire qu'elle avait donnée avec son fiancé à Maverick Manor, quelques semaines auparavant.

— Je peux vous servir quelque chose ?

— J'aimerais que vous portiez à ces deux dames la boisson qui les rend si gaies, dit-il avec un geste du menton vers la beauté brune.

Eva leur jeta un coup d'œil en coin et haussa les sourcils.

— Vous en êtes bien sûr ?

Percevait-il une note de défi dans sa voix ? Il aimait les défis.

— Je suis un homme très déterminé.

— Très bien, dans ce cas, acquiesça Eva, souriante. Je vais encaisser votre commande puis je leur apporterai de votre part.

— Merci, madame. Vous pouvez ajouter un café Americano et un beignet chocolat et cidre pour moi.

Le terme « madame » lui fit de nouveau hausser les sourcils. Elle ne devait pas avoir plus de vingt-cinq ans mais il était un gentleman pure souche.

Après lui avoir servi ce café si attendu, accompagné de son beignet, Eva se dirigea vers la table des deux amies avec sa commande. Tout en leur chuchotant quelques mots, elle le montra d'un signe de tête. Les yeux écarquillés par l'étonnement, les deux jeunes femmes le regardèrent.

Il soutint le regard de la brune. Jamais il n'avait rencontré une femme d'une telle perfection. La femme avec qui il avait l'intention de passer la nuit. Il allait lui offrir une soirée inoubliable, la traiter comme une princesse, combler tous ses désirs. Puis ils iraient chacun leur chemin, sans peut-être même connaître le nom de famille de l'autre. Ils auraient eu tous les deux ce qu'ils voulaient. Une nuit de pur fantasme. Et ils reprendraient le cours de leur vie.

Il se figea, se rabrouant mentalement. Il n'avait même pas vérifié si elle portait une alliance. Il voyait à distance que son amie à la chevelure auburn avait une bague de fiançailles. Soulagé, il constata que la main de la brune était nue.

Autrement dit, elle était pour lui. Pour la nuit. Peut-être même pour les quelques jours qu'il lui faudrait pour convaincre Guthrie Barnes de vendre.

Eva lui fit signe et il s'avança. La brune le dévisageait.

L'autre femme semblait enchantée de la tournure que prenaient les événements. Eva lui présenta ses deux clientes.

— Amy Wainwright. Et Mikayla Brown. Je n'ai même pas à vous demander votre nom pour savoir que vous êtes l'un des frères Jones. Je me trompe ?

Il se mit à rire.

— C'est le J incrusté de diamants sur ma boucle de ceinturon qui m'a trahi ?

— Ça, et le fait que tout ce que vous portez vous a sans doute coûté plus que trois mois de loyer pour ce café. Et je suis quasiment sûre de vous avoir vu avec vos frères à ma soirée à Maverick Manor, il y a quelques semaines. Nous n'avons pas été présentés. Je pense que toute la ville était là. Je suis Eva Stockton.

Avec un sourire, il répondit :

— Jensen Jones. Et oui, j'étais présent. C'était une superbe soirée. Félicitations pour votre mariage.

Il prit une bouchée de son beignet : chocolat et cidre, son préféré.

— Miam ! Ce beignet est si bon que vous pourriez les vendre mille dollars.

— Le prix que vous paieriez probablement, dit Eva en souriant.

— Attention, ma famille a peut-être réussi dans les affaires, mais nous ne sommes pas des imbéciles.

Les trois femmes se mirent à rire. La clochette tinta de nouveau et Eva regagna son comptoir.

Le regard toujours rivé sur la ravissante brune, il se lança :

— Mikayla, je sais que cela va vous paraître fou. Nous venons tout juste de nous rencontrer. Nous ne savons rien l'un de l'autre. Mais je vais passer quelques jours ici et j'aimerais que vous me fassiez visiter la ville. Si vous êtes libre, bien sûr.

La femme de ses rêves sembla totalement prise au dépourvu. Elle entrouvrit la bouche, aux lèvres roses si tentantes, et jeta un coup d'œil perplexe à son amie. Leurs yeux s'écarquillèrent de nouveau, comme si le fait de l'inviter poliment à sortir avec lui (en tant que guide touristique) était si inaccoutumé. Pourtant, d'une beauté à couper le souffle, avec sa robe d'été jaune qui mettait en valeur ses seins voluptueux, si sexy, elle devait constamment se faire aborder.

Sentant la déception le gagner, il comprit. Elle était surprise de l'intérêt qu'il lui portait : elle n'était sans doute pas habituée à attirer l'attention d'un homme aussi riche que lui. Et s'il était encore tombé sur une croqueuse de diamants ? Eh bien, qu'importait ? Il était vacciné. Pour de bon. Son cœur n'était pas à prendre. Mikayla Brown était sublime, elle ne portait pas de bague, et il avait quelques jours pour savourer sa compagnie, en ville et dans un lit. Il allait l'inviter à dîner, elle se consacrerait à lui, puis chacun reprendrait sa vie, pour peut-être se retrouver une ou deux fois par an quand il viendrait voir ses frères à Rust Creek Falls. C'était le plan parfait.

Plus il la regardait, plus une autre pensée s'imposait à lui : *Tant pis pour Kalispell. Je vais l'emmener à Ibiza ou sur une île grecque pour le week-end.* Quel mal y avait-il à vivre une idylle sans attaches le temps d'un week-end si tous les deux avaient les mêmes attentes ? Elle le dévisageait. Elle était sur le point de dire oui. Il le savait. Il ne pouvait en être autrement. Allons !

Finalement, elle déclara :

— Oh ! je ne pense pas être votre type, monsieur Jones.

Elle mordit dans son beignet et il surprit sa langue rose léchant une goutte de crème sur ses lèvres.

Il soutint son regard et sentit une sensation électrique parcourir tout son corps.

— Vous l'êtes. Vous pouvez me croire.

Elle prit alors une profonde inspiration et, le défiant du regard, se leva. Le mettant face à l'évidence : elle était enceinte. Très enceinte.

- 2 -

Mikayla laissa cinq secondes à Jensen Jones pour s'enfuir. Peut-être même trois.

Un homme riche, sexy, avec une boucle de ceinturon incrustée de diamants, des cheveux blonds de star de cinéma plaqués en arrière, qui la dévisageait, une lueur de défi dans son regard d'un bleu intense étincelant de désir ? Oui, dès qu'il se rendrait compte qu'il était en train de faire des avances à une femme enceinte, il prendrait ses jambes à son cou.

Le cow-boy millionnaire de presque deux mètres, tout en muscles, se figea, ses sublimes yeux bleus fixés sur son ventre de femme enceinte de sept mois.

Elle aurait éclaté de rire si elle n'avait pas ressenti une certaine colère. Manifestement, un instant auparavant, elle était son plus grand fantasme. Mais, maintenant, il déchantait.

La réalité l'emportait toujours.

— Oh ! dit-il. Vous êtes…

— Enceinte.

Son café et le reste de son beignet à la main, il recula lentement.

— Je… je ne voulais pas vous déranger, bredouilla-t-il. Passez un bon après-midi. J'ai été ravi de vous rencontrer toutes les deux.

Il lui avait donc fallu huit secondes. Il franchit la porte et elle l'imagina s'arrêter au coin de la rue pour reprendre son souffle. Après tout, il venait de flirter avec une femme enceinte.

— Pourquoi les frères Jones sont tous plus beaux les uns que les autres ? demanda Eva qui arrivait avec des serviettes propres.

Cet homme était plus que beau. Il était magnifique. À tel point qu'il était difficile d'en détacher le regard. Mikayla avait senti un lien entre eux, une étincelle d'une alchimie qui allait au-delà d'une simple attirance physique. Leur conversation de deux minutes avait beau lui avoir fait un effet torride, elle avait perçu une certaine douceur chez lui. Jusqu'à ce qu'elle lui dévoile la rondeur de son ventre.

Et comme elle s'y était attendue, il était parti. Quoi de plus naturel ? De toute façon, elle ne cherchait personne. Ni un sauveur. Ni un père pour son bébé. Ce n'était pas ainsi qu'allait la vie. Bien sûr, si elle rencontrait un homme merveilleux, susceptible de faire un bon père, et qu'ils tombent amoureux, tant mieux !

Elle éclata de rire. Comme si cela pouvait arriver.

Elle s'était déjà brûlé les ailes. Le père de son bébé lui avait brisé le cœur. Elle avait pleuré toutes les larmes de son corps, avait fait un nombre incalculable de vœux. Et, néanmoins, elle avait été abandonnée avec un futur bébé dont le père ne voulait pas. Cette réaction lui était odieuse. Elle ne pouvait la comprendre. Mais c'était ce que l'on appelait la réalité. Elle ne pouvait rien y changer. Et elle allait tirer le meilleur de cette situation ! Elle devait désormais tenir compte de cet enfant à mettre au monde, à élever. Elle allait être la meilleure mère possible.

Et puis, tout n'était pas perdu. Elle avait remarqué Jensen Jones. Elle pouvait s'imaginer embrasser Jensen Jones. Autrement dit, cette lueur d'espoir et de confiance brillait toujours en elle. Certes, son ex n'était plus dans sa vie. Mais, malgré le chagrin éprouvé, le désir en elle était bien vivant. Et elle s'en félicitait.

Rassérénée, elle but une gorgée de son décaféiné glacé et plaisanta :

— Eh bien, au moins, ma moitié supérieure lui a plu. Ce qui inclut mon cerveau. C'est déjà ça !

Elle mordit dans son beignet.

— Si seulement il avait pu voir tes pieds et le vernis bleu scintillant que je t'ai posé la semaine dernière. Il aurait été séduit.

— Jensen Jones ne m'a pas donné l'impression d'être un homme qui aime le vernis bleu scintillant. Sais-tu que Jackie Onassis a dit un jour que, pour les ongles des mains, il fallait un vernis de la couleur rose pâle d'un chausson de danse et, pour ceux des orteils, un vernis d'un rouge classique ? Il semble être du genre à approuver. Trop huppé pour moi, de toute façon. Je suis une femme qui mange les côtelettes avec ses doigts et qui porte du vernis bleu aux pieds.

Amy se mit à rire.

— Et nous devrions toutes être comme ça.

Elles furent interrompues par Eva qui revenait, chargée d'un plateau de dégustation. Elle s'assit avec elles.

— Voulez-vous goûter mon nouveau beignet velours rouge ? Ils sortent à peine du four.

Mikayla adorait Eva. La jeune femme venait à peine de décrocher un diplôme d'école de commerce. Et pourtant, elle faisait des pâtisseries pour Daisy's Donuts où elle travaillait au bar en cas de pénurie de personnel. Et, en plus, elle lui offrait l'hospitalité à Sunshine Farm.

— Oh ! que oui ! s'exclama-t-elle.

Elle en prit un et porta le délicieux gâteau à sa bouche. Il faudrait que ce soit sa dernière pâtisserie. Sinon, elle allait prendre cinquante kilos avant son accouchement.

— Mikayla, tu sais que tu as été géniale, aujourd'hui ? La façon dont tu t'es levée, c'était à mourir de rire. Je n'avais jamais vu un homme bégayer sans prononcer un mot !

— Pauvre garçon, dit Amy en buvant son lait glacé. Tu as vu la manière dont il regardait Mikayla ? Manifestement, elle le faisait défaillir.

— Quelle est son histoire ? demanda cette dernière. Même si ça m'est égal.

Ses deux amies eurent un sourire malicieux. Elle le leur rendit, avant de poursuivre :

— Je m'en souviendrais si je l'avais rencontré à la soirée que tu as donnée avec Luke, Eva. Mais il y avait tellement de monde. Et je suis partie un peu tôt. Combien a-t-il de frères ?

— Quatre, répondit Amy. Ils sont de Tulsa et ils occupent tous des fonctions très importantes dans la société fondée par leur père. Hudson et Walker, que tu as vus ici, travaillent pour la filiale qu'ils ont ouverte à Rust Creek Falls. Et Autry a emmené la veuve qu'il a épousée et ses trois filles à Paris, où il devait négocier un contrat, mais ils vont revenir. L'autre frère, Gideon, assistait aussi à la fête, mais je ne l'ai pas rencontré. Aligne les cinq frères Jones à une soirée et toutes les femmes se pâment. Même si trois d'entre eux sont déjà pris.

— Personne ne sait grand-chose sur Jensen, ajouta Eva. Si ce n'est qu'il est riche ; j'ai entendu dire qu'il était un bourreau de travail. Je pense qu'il est ici pour conclure une affaire.

— Eh bien, parfois, une rencontre avec un bel homme et un bon beignet suffisent à une femme pour faire son bonheur, déclara Mikayla. Maintenant que j'ai eu les deux, ça devrait aller pour un moment. Je ne cherche rien. J'ai de nouvelles amies merveilleuses et un magnifique logement. Tout va bien.

Eva lui prit la main.

— Quel bonheur d'avoir une amie de plus à Sunshine Farm. Je suis si contente que tu habites avec nous.

D'une gentillesse incomparable, Eva Armstrong Stockton avait un cœur d'or. Elle et son mari envisageaient de transformer leur ranch. Avec seulement une pension de famille et un hôtel de luxe destiné à des clients de la catégorie de Jensen Jones, Rust Creek Falls n'offrait pas un grand choix en termes d'hôtellerie. Aussi les Stockton avaient pour projet de transformer les cabanes de leur propriété en maisons d'hôtes, dans lesquelles leurs clients se sentiraient vraiment chez eux. Des clients comme Amy, qui avait retrouvé son premier amour à Rust Creek Falls. Ou exactement comme elle.

Elle était en pleine mutation. Les Stockton lui avaient dit qu'elle pouvait habiter chez eux aussi longtemps qu'elle le souhaiterait. Qu'elle pouvait même rester après la naissance du bébé qui, assurément, réveillerait toute la maisonnée plusieurs fois la nuit. Et, quand il serait là, elle aurait des amis et le soutien de la communauté. Elle savait qu'elle avait de la chance.

Alors, avait-elle tort de ne pouvoir chasser de ses pensées cette incroyable alchimie que, l'espace d'un instant, elle avait sentie entre elle et Jensen Jones ? Elle allait devoir s'occuper la nuit, de toute façon. Alors pourquoi ne pas fantasmer sur lui ? C'était vraiment une bonne idée.

Dans le lobby de Maverick Manor, Walker et Hudson riaient tellement fort que Hudson dut se lever pour reprendre son souffle.

Apparemment, ce qui les amusait autant, c'était l'idée que leurs parents puissent venir à Rust Creek Falls pour fêter leurs quarante ans de mariage.

Walker se passa une main dans les cheveux.

— Jamais ils ne se déplaceraient pour ce genre de fête. Mon Dieu, j'avais besoin de rire comme ça. Merci, Jensen.

— Ils détestent cette ville, renchérit Hudson en se rasseyant dans son fauteuil club.

Derrière lui, la baie vitrée ouvrait sur la nature sauvage du Montana. Il prit son verre et but une gorgée.

— Quand ils sont venus pour nos mariages, ils sont repartis dans leur avion privé sans cesser de maugréer sur les voleuses de fils Jones dans ce trou de Rust Creek Falls qui n'était même pas sur les cartes.

Jensen but une gorgée de son whisky.

— Ces voleuses de fils Jones sont leurs belles-filles. On aurait pu penser qu'après cinq garçons maman aimerait avoir des femmes dans la famille.

Walker prit une noix dans le ramequin sur la table.

— J'ai vraiment tout essayé. J'ai dit à papa à quel point j'aimais Rust Creek Falls, que nous avions des conditions de travail idéales dans le bâtiment de la filiale de Jones Holdings que nous avons fait construire ici. Que nous étions heureux. Mais il ne le comprend pas. Ou ne veut pas le savoir.

— C'est une cause perdue, ajouta Hudson en secouant la tête. J'ai renoncé. Tu le devrais aussi. C'est la seule façon d'avancer.

Jensen n'était pas d'accord. Une famille ne pouvait être une cause perdue. À moins de capituler. D'accepter la défaite. Mais Hudson avait toujours eu du mal à supporter leur père. Il était le cow-boy de la famille, celui qui n'en avait toujours fait qu'à sa tête.

Pourtant, Walker II devait être fier de la façon dont ses cinq fils avaient forgé leur propre identité, trouvé leur propre voie. Et, pour réunir tout le monde, Jensen était prêt à tout.

— Quarante ans, ce n'est pas n'importe quoi, déclara-t-il. Cela doit vouloir dire quelque chose.

Walker haussa les épaules.

— Écoute, tu veux planifier une grande fête, je suis partant. Mais je te rappelle que tu as connu plusieurs désillusions, Jensen. Maman et papa se fichent des anniversaires et des réunions familiales. Et ça ne changera pas.

— Moi aussi, je suis partant, approuva Hudson. Et je suis sûr qu'Autry viendra de Paris avec sa famille et que Gideon, qui voyage pour la société, fera une apparition. Mais, au bout du compte, nous célébrerons l'anniversaire de mariage sans les parents. Je ne suis pas sûr qu'ils viennent.

Tout en grommelant, Jensen se concentra sur le paysage d'arbres et de forêts derrière la baie vitrée. Pourquoi rien n'allait-il dans son sens ? Qu'il s'agisse de cette femme qui lui avait tapé dans l'œil mais qui était enceinte, du terrain, de la fête d'anniversaire ? Peut-être était-ce Rust Creek Falls qui avait un effet négatif sur lui.

— Je vais réfléchir à une solution, dit-il en buvant une nouvelle gorgée de whisky.

Si ce n'était qu'il était incapable de réfléchir à quoi que ce soit. Parce que depuis l'instant où il était sorti de chez Daisy's Donuts, ce matin, avec l'impression d'être le pire des salauds, il n'avait plus l'esprit clair. Pourquoi n'arrivait-il pas à chasser Mikayla Brown de ses pensées ? Certes, elle était ravissante. Et il avait senti une réaction chimique instantanée entre eux. Comme il en arrivait rarement. Du moins, en ce qui le concernait. Mais cette femme était enceinte. Très enceinte ! Sur le point d'avoir un bébé.

Et même s'il pouvait négliger ce détail, un détail d'importance néanmoins, il était impossible que Mikayla soit disponible pour une aventure sans lendemain, ce week-end.

Et pourtant, il était obsédé par le souvenir de la première

fois qu'il l'avait vue, assise à sa table, en train de mordre dans ce beignet à la crème. Par le brun velouté de son regard intelligent, plein de bonté. Par le son mélodieux de son rire. Par sa voix si sereine.

Quelle pouvait bien être son histoire ? Elle n'avait pas d'alliance. Il ne devait pas être courant d'être enceinte sans être mariée dans une petite ville comme Rust Creek Falls.

La voix de Hudson interrompit le fil de ses pensées.

— Puisque tu es si soucieux de la famille, tu es invité à la fête pour les triplés Stockton demain après-midi. Ce n'est pas leur anniversaire mais Bella ne peut résister à l'envie de faire une fête pour les adorables enfants de son frère. Nous allons donc fêter le fait que les triplés soient propres.

Jensen ne put s'empêcher de rire.

— Une fête pour célébrer des enfants qui vont sur le pot ? Dois-je apporter des sous-vêtements de super héros comme cadeau ?

— Excellente idée. Au cas où tu aurais oublié, ce sont deux garçons et une fille. Et Katie adore Wonder Woman, ajouta Hudson avec un sourire plein de tendresse. Et puis, Bella aimerait vraiment te voir. J'espère que tu pourras venir.

Des triplés ! Ce ne devait pas être de tout repos.

En comparaison, un seul bébé ne semblait pas aussi… effrayant.

Ce qui ramena ses pensées sur Mikayla. Qui sait, peut-être attendait-elle des quintuplés. *Alors oublie-la, mon vieux,* se tança-t-il. *Elle t'est interdite. Elle ne cherche pas à s'amuser. Et c'est tout ce que tu peux assumer en ce moment. T'amuser. Sans attaches. Sans avenir. Sans chagrins.*

— Je viendrai, promit-il.

Ce qui était exactement la réponse qu'il attendait de ses

parents quand il inventerait une ruse pour les attirer à leur anniversaire de mariage surprise. Il voulait qu'ils sachent à quel point leurs fils les aimaient. Et, en dépit de leur indifférence, il était sûr que, quelque part au fond de leur cœur, leurs parents refoulaient leur amour pour eux cinq.

Il jeta un coup d'œil à sa montre. Guthrie Barnes avait accepté de le rencontrer pour discuter du prix de son terrain. Il avait rendez-vous chez lui, à la périphérie de la ville, dans un quart d'heure. Il se leva et posa un billet de cinquante dollars sur la table.

— Je vous invite. À demain, à la fête.

Walker le regarda d'un air sceptique.

— Tu es à Rust Creek Falls, Jensen. Et Maverick Manor est sans doute l'endroit le plus élégant où boire un verre dans cette ville. Mais deux bons whiskys et une bière sont quand même loin de coûter cinquante dollars.

— Pour la caisse, dans ce cas.

Il donna une tape sur le Stetson qu'il avait acheté dans le but de ressembler à un propriétaire terrien plutôt qu'à un homme d'affaires pour son rendez-vous.

Dix minutes plus tard, il garait son pick-up de location noir devant le ranch de Barnes. Il descendit de voiture et inspecta la propriété qui s'étendait aussi loin que portait son regard. Le terrain avait la superficie idéale pour le centre de distribution qu'il projetait de créer. La route d'accès jusqu'à l'autoroute n'était qu'à deux minutes. Et la situation, en dehors de Rust Creek Falls, permettrait aux convois d'y accéder et aux hélicoptères d'atterrir sans créer d'embouteillages dans le centre-ville.

Ses frères et lui voulaient honorer la mémoire de Davison Parkwell tout en aidant la région et la ville. L'année précédente, alors qu'il s'était porté volontaire pour secourir les victimes d'une crue éclair, l'homme qui avait été comme un second père pour lui avait péri non loin d'ici. Hélas, Walker II, dont il avait été un ami très proche, n'avait même pas pris la peine d'aller à son enterrement. Suite à une dispute, les deux hommes ne se parlaient plus depuis cinq ans.

Contrairement à son propre père qui était toujours si occupé, Davison avait toujours été là pour lui : comme chef scout, coach de l'équipe de base-ball, mentor. Lui et sa femme, qui était morte des années avant lui, n'ayant pas d'enfants, ils s'étaient beaucoup occupés des fils Jones, et tout particulièrement des deux plus jeunes, Jensen et Gideon. Et leur cadeau le plus précieux avait été le temps qu'ils leur avaient consacré.

À chaque fois qu'il avait un problème, une peine de cœur, des difficultés avec un coach, ou qu'il comprenait que l'argent des Jones ne pouvait lui acheter ce qui comptait vraiment pour lui dans la vie, il allait trouver Davison Parkwell. Ce dernier l'écoutait, le réconfortait, et lui avait appris que parcourir la campagne à cheval pouvait apaiser bien des tourments. Il avait eu raison. Rien ne parvenait à lui vider autant la tête que seller un cheval et partir galoper.

Peut-être d'ailleurs irait-il faire un tour à cheval une fois qu'il aurait tout réglé avec Barnes. N'importe quoi pour oublier Mikayla Brown, ses yeux bruns et son ventre arrondi.

Mais, avant tout, il devait rendre hommage à Davison en poursuivant la mission dans laquelle son ami s'était investi. Les victimes des désastres naturels comme la grande inondation de Rust Creek Falls, quelques années auparavant, ne devraient plus attendre les approvisionnements en nourriture et eau potable, pas plus qu'elles ne devraient rester sans toit. Les sinistrés auraient un endroit où trouver refuge ici même.

Il regarda la ferme délabrée au bout du terrain. La

peinture s'écaillait. Les piquets pourrissaient. La grange semblait sur le point de s'écrouler d'un instant à l'autre. Quel était le problème ? Pourquoi Guthrie Barnes, qui avait visiblement des problèmes financiers, campait-il ainsi sur ses positions ? Il lui en proposait une petite fortune. La vieille tête de mule avait raccroché au nez de son assistante à deux reprises. Et, quand lui-même avait fini par l'avoir au téléphone, il lui avait signifié son refus.

Deux vieux chiens au poil grisonnant s'élancèrent vers lui et il leur tapota la tête, en attendant que Barnes sorte. Voyant qu'il n'en faisait rien, il s'avança vers le perron de la véranda, monta les marches à moitié défoncées et frappa à la porte d'entrée. Soulagé de ne pas y faire un trou.

Barnes lui ouvrit. Sans sortir ni l'inviter à entrer.

— Je vous ai fait venir ici pour vous répéter mon refus de vive voix. Manifestement, vous, riches gens de la ville, vous vous fichez de ce que des gens comme moi ont à dire. Vous persistez, vous nous piétinez. Eh bien, vous ne raserez pas ma ferme, Jones. Ma réponse est non. Et maintenant, rentrez à New York ou où que ce soit d'où vous venez.

Sur ces mots, il lui claqua la porte au nez. Un morceau de bois pourri tomba et atterrit sur la botte de Jensen.

— Eh bien, les garçons, ça ne s'est pas trop bien passé, déclara-t-il aux chiens.

Il regarda par la fenêtre mais le vieil homme tira les rideaux. Il jeta un dernier coup d'œil à la maison croulante et secoua la tête. Vieil entêté.

Jensen remonta dans son pick-up. C'était vraiment le site idéal pour le centre qu'il voulait créer. Mais son assistante avait beau avoir exposé très clairement ses projets à Barnes, cela n'avait pas semblé l'émouvoir le moins du monde.

Ruminant sa frustration, il rentra chez Walker. Et, comme à chaque fois qu'il arrivait devant le luxueux chalet niché dans les bois, il s'extasia devant la splendeur des lieux. *Je pourrais habiter ici*, se dit-il, en respirant l'odeur des sapins et en écoutant le silence apaisant que seuls venaient briser le hululement d'une chouette, le cri d'un coyote et le chant des grillons.

Son frère et sa femme n'étaient pas chez eux. Il se promena dans la maison et fut attiré par une photo sur le magnifique manteau en roche de rivière au-dessus de la massive cheminée en pierre du salon. Elle représentait la famille Jones au mariage de Walker, l'année précédente. *Que vous le vouliez ou pas, je vais tous vous réunir pour fêter les noces d'émeraude des parents dans deux semaines,* songea-t-il en tapotant sur le cadre.

Il passa alors en revue les nombreuses photos sur la cheminée. Une série de photos de familles heureuses. Son frère Hudson et sa femme, Bella. Le frère de Bella, Jamie Stockton, sa femme, Fallon O'Reilly Stockton, et leurs triplés, les enfants pour qui une fête était prévue demain. Son frère Walker et Lindsay. Son frère Autry avec Marissa et ses trois fillettes devant la tour Eiffel. Une photo de Gideon avec une petite amie, même s'ils avaient probablement rompu depuis. Puis une photo de lui, seul. Comme d'habitude, en ce moment.

Il sentit son estomac se nouer et se détourna. Quelquefois, en général tard le soir, quand il ne pouvait pas dormir, il avait le sentiment troublant qu'il passait à côté de sa vie. Ses frères se mariaient, s'installaient. Et il restait le célibataire endurci. Mais s'il demandait à l'une de ses conquêtes de l'accompagner à une réception, il craignait que sa famille se fasse des idées. Or, il n'était pas intéressé par une relation sérieuse. Ne le serait peut-être plus jamais.

Depuis toujours, ses parents lui répétaient que son nom et sa fortune pousseraient les gens à profiter de lui. Il s'était juré de ne jamais se faire duper. Il se rappelait

Davison balayant ce genre de discours d'un geste de la main et disant : « Tout ce qui compte c'est d'avoir aimé vraiment. Même si on a perdu cet amour. »

Mais avait-il raison ? Que lui avait apporté son amour pour Adrienne ? Un million de dollars de perte. Son cœur brisé.

Il ne faisait plus confiance aux femmes. C'était peut-être aussi stupide qu'affligeant de sa part, mais c'était la vérité.

L'image d'une ravissante brune au regard de velours sombre, un peu mélancolique, avec un ventre de femme très enceinte, lui revint en mémoire. Il ragea intérieurement. Pourquoi n'arrivait-il pas à l'effacer de son esprit ? Il ne savait rien de Mikayla Brown, de sa situation : avait-elle une famille pour la soutenir ? Un homme qui comptait pour elle. Était-elle seule ?

Il réprima un soupir de frustration. De toute façon, qu'est-ce que cela pouvait lui faire ?

Tout ce qu'il voyait, c'était qu'elle l'obsédait. Voilà pourquoi il allait éviter la ville et Mikayla Brown jusqu'à ce qu'il ait réussi à convaincre Barnes de lui vendre son terrain. Puis il s'empresserait de quitter Rust Creek Falls.

- 3 -

Votre enfant s'endormira, bercé dans cette balancelle indispensable au balancement réglable en 3 vitesses différentes et aux 12 mélodies incluses.

Après avoir lu le descriptif sur la boîte, Mikayla regarda l'étiquette du prix : trois cents dollars. Son cœur se serra. Baby Bonanza, un grand magasin d'articles pour bébés à Kalispell, était censé pratiquer des prix raisonnables. Mais, la semaine dernière, quand elle était venue acheter un berceau, surprise par le montant, elle avait dû ouvrir un compte à versements étalés. Il était évident qu'elle ne pouvait pas s'offrir cette balancelle. À moins de renoncer au siège de voiture pour bébé et à la poussette pliable.

De toute façon, elle avait déjà une balancelle à balancement réglable et à mélodies incluses : elle-même. Il lui suffirait de bercer le bébé dans le rocking-chair de sa chambre à Sunshine Farm tout en lui chantant la berceuse de Brahms. Qui avait besoin d'une balancelle à trois cents dollars ?

Je regrette de ne pas pouvoir tout t'acheter, dit-elle silencieusement à son bébé.

Son travail à la crèche ayant pris fin en juin, elle était au chômage depuis deux mois et n'avait pas beaucoup d'économies. Et même s'il n'était pas vraiment recommandé de chercher du travail en étant enceinte de sept mois, avait-elle vraiment le choix ? Qui sait ? Peut-être aurait-elle la chance de décrocher un poste dans un endroit où elle pourrait amener son nouveau-né.

Mais elle se faisait des illusions. Elle ne serait acceptée nulle part avec un bébé qui pleurerait, l'interrompant dans ses activités.

Tu y arriveras, Mikayla. Fais-toi confiance.

Elle prit la liste des essentiels pour bébé que Baby Bonanza proposait à l'entrée du magasin : Berceau. Couffin. Tapis de parc. Biberons. Lingettes. Chauffe-lingettes. Poubelle pour couches.

Pourquoi une petite poubelle spéciale pour jeter vos couches ? Une poubelle normale avec un couvercle ne ferait-elle pas l'affaire ? Pour le quart du prix ?

Une femme qui paraissait enceinte de huit mois, accompagnée d'une autre, plus âgée – sans doute sa mère –, arrivait derrière elle. Elles s'arrêtèrent devant la balancelle qui lui avait donné un choc. Après l'avoir inspectée avec sa fille, la mère la mit dans le chariot qui contenait déjà plusieurs articles. Le prix ne leur posait manifestement aucun problème.

Mikayla ne put s'empêcher d'avoir un pincement au cœur. L'image de sa propre mère lui traversa l'esprit. Son père était mort quand elle était adolescente. Mais, bien que veuve, Hazel Brown avait été une mère formidable. Mikayla l'avait perdue juste trois ans auparavant dans un accident de voiture. Combien elle la regrettait en ce moment ! Elle aurait eu tellement besoin de son soutien. Au moins, elle savait que, de là-haut, elle la protégeait comme un ange gardien.

Relevant la tête, elle s'éloigna des balancelles hors de prix. Le rayon suivant était celui des couvertures et des draps de berceau. Tout était tellement adorable qu'elle sentit de nouveau son cœur se gonfler d'allégresse. Elle pouvait s'offrir un drap jaune citron imprimé de petits animaux pastel et un pyjama.

Une fois les articles dans son chariot, elle fit demi-tour. Elle s'apprêtait à gagner la sortie pour payer, quand son regard fut attiré par le rayon des berceaux et des lits à barreaux. La semaine dernière, elle avait réservé un ravissant berceau. Elle regarda le modèle, frappée par le fait que, dans deux mois juste, il serait dans sa chambre à Sunshine Farm, son bébé blotti à l'intérieur. Elle sourit devant les lits d'enfant en forme de voiture de sport et de papillon. Elle ne pouvait imaginer son bébé marchant, parlant, dormant dans un lit de cette taille. Cela lui semblait tellement loin.

Une autre femme enceinte s'approchait, avec son mari qui, très amoureux, poussait leur chariot, tout en l'enlaçant d'un bras. Leurs alliances dorées scintillaient dans la lumière tamisée.

Avec un pincement au cœur, elle poussa un soupir résigné, et s'apprêtait à prendre la direction des caisses, quand un homme splendide surgit au bout de l'allée.

La dernière fois qu'elle avait vu cet homme magnifique, il sortait en courant de Daisy's Donuts. Ce matin, contrairement à la veille, il ne portait pas de costume. Mais un jean sexy, une chemise Henley bleu marine, son ceinturon à boucle à un million de dollars et des bottes de cow-boy. Même au naturel, ses cheveux blonds et épais avaient la perfection de ceux d'une star de cinéma.

Il l'aperçut et se figea.

— Mikayla ? dit-il en souriant. J'imagine qu'il n'y a rien de plus logique que de vous rencontrer dans un magasin d'articles pour bébés.

Certes. Mais que diable venait faire Jensen chez Baby Bonanza ? Il n'était pas père, si son souvenir était bon.

— Vous êtes venu acheter un cadeau pour un enfant de votre famille ?

— Les neveux et la nièce de mon frère, indiqua-t-il.

Un instant, elle resta fascinée par ses yeux bleus marqués de légères rides au coin, son beau nez, son menton carré.

— Ils donnent une fête en leur honneur aujourd'hui, mais je n'ai pas la moindre idée de quoi leur offrir.

Elle réfléchit un instant. Elle avait rencontré deux des frères Jones à la soirée d'enterrement de vie de célibataire d'Eva et de Luke.

— Ah oui, bien sûr ! s'exclama-t-elle. Hudson est marié à Bella, la sœur de Jamie Stockton. J'ai rencontré Jamie et sa femme. Ils ont des triplés de deux ans et demi. Si les trois sont propres, c'est un exploit !

— Je n'en doute pas. Alors je veux leur trouver un cadeau pour marquer le coup.

Elle balaya les lieux du regard.

— Hum. J'ai repéré quelques jouets éducatifs très intéressants dans cette allée. Et ces grosses peluches sont tellement adorables, ajouta-t-elle en désignant une girafe d'un mètre cinquante avec un petit siège intégré. Oh ! et puis, ces lits d'enfant en forme de voiture de course et de papillon, j'adore !

Il regarda les lits et ses magnifiques yeux bleus s'illuminèrent.

— Vendu !

— Vraiment ?

Lors de sa dernière visite, la semaine précédente, elle avait remarqué que ces lits coûtaient une fortune. Le prix des choses ne le perturbait visiblement pas. Pour lui, cela équivalait sans doute à acheter un café dans une station-service. Cela ferait à peine une encoche à son budget.

Elle aurait été curieuse de savoir comment on vivait

sans avoir à surveiller ses dépenses. Mais elle ne pouvait vraiment pas se l'imaginer.

— Est-ce que les enfants de deux ans et demi dorment dans ce genre de lits, ou sont-ils encore dans des berceaux ? demanda-t-il.

— Ils sont probablement juste à l'âge où ils peuvent passer à un lit de grand.

— Parfait. Je savais que vous étiez la femme à qui poser la question.

— Si vous saviez ! Je n'ai pas la moindre idée de ce dont un nouveau-né a besoin. Encore moins un enfant de deux ou trois ans. Je suis enceinte de sept mois et j'apprends au fur et à mesure. Il doit y avoir un million de livres écrits sur le sujet. Mais, jusqu'à ce que je tienne un bébé dans mes bras et que je sois obligée d'assurer les millions de tâches liées à un enfant…

— Je suppose que vous engagerez une puéricultrice, dit-il. Cela vous simplifiera la vie.

Elle faillit éclater de rire. Une puéricultrice ! Plaisantait-il ? Elle ne pouvait même pas s'offrir un deuxième drap. Alors une puéricultrice expérimentée grâce à qui elle pourrait dormir huit heures sans interruption !

— En fait, je serai la puéricultrice. Et la nounou. Et la laveuse de biberons en chef.

— Une opération en solo, c'est ça ?

Son sourire s'évanouit.

— Oui. C'est ainsi.

Le cœur soudain serré, elle était partagée entre l'envie de fuir et celle de rester : étrange dilemme.

— Et qu'êtes-vous venue acheter aujourd'hui ? demanda-t-il en jetant un coup d'œil dans son chariot.

— Juste un drap de berceau et un pyjama. Je suppose que je ne peux pas m'empêcher de faire des courses pour la chambre d'enfant que j'adorerais avoir. Mais c'est idiot, vu que j'habite à Sunshine Farm et que je ne sais pas quand j'aurai un chez-moi.

Il pencha la tête de côté.

— Sunshine Farm ? N'est-ce pas le ranch de Luke et Eva ?

Elle sentit ses joues s'enflammer. Elle était enceinte et elle n'avait même pas sa propre maison.

— Cet endroit est magnifique, j'adore. J'adore leur grande grange jaune. Mes frères semblent dire que les Stockton veulent transformer leur ranch en maison d'hôtes.

Mikayla hocha la tête.

— Je m'efforce d'être l'hôte parfaite pour ne pas gâcher leur rêve. Mais quand le bébé va arriver…

Ses yeux s'écarquillant, elle ajouta :

— Je n'arrive pas à croire qu'ils ne m'aient pas congédiée avant ma date d'accouchement. Apparemment, la perspective d'avoir un bébé chez eux ne les effraie pas.

Il tiqua. Imperceptiblement, mais il tiqua. Elle savait ce qu'il pensait. Qui avait envie de se réveiller au milieu de la nuit pour entendre hurler un bébé ? Ou changer des couches ? De grâce ! Elle aurait été curieuse de savoir s'il aurait réagi différemment s'il s'agissait de son propre bébé. Mais, dans ce cas, il engagerait sûrement une puéricultrice.

— Avez-vous l'intention de rester à Rust Creek Falls pour de bon ? demanda-t-il.

— Je ne sais vraiment pas, répondit-elle en toute sincérité. Je suis plus ou moins en train d'y réfléchir.

Elle aurait voulu disparaître sous terre avec son chariot. Il ne devait sans doute jamais devoir réfléchir aux bases de la vie. Comme un endroit où habiter, de l'argent pour acheter un berceau. *Passe ton chemin, Mikayla. Tu perds ton temps à faire la connaissance de cet homme. Vous vivez sur deux planètes différentes.*

Avec un sourire qu'elle savait forcé, elle déclara :

— Bien, je vais continuer. J'ai été contente de vous revoir, Jensen.

Dommage qu'il soit si difficile de le quitter des yeux. Elle aurait pu rester à le regarder toute la journée et toute la nuit.

— Moi aussi, j'ai été content de vous revoir, répondit-il.

Était-ce son imagination ? Elle avait l'impression qu'il était un peu songeur.

Encore une fois, l'étonnante Mikayla qui lisait dans les esprits devinait ses pensées. *Dommage qu'elle soit enceinte. Elle aurait pu me montrer les attractions de la ville, y compris la rue des amoureux où nous aurions pu nous amuser.*

Y avait-il même une rue des amoureux à Rust Creek Falls ? Comme si elle aurait pu le savoir.

Une vendeuse s'approcha d'eux en souriant.

— Je peux vous aider ? Oh ! félicitations ! Maman et papa sont en train d'organiser la chambre de bébé avant le grand jour, je vois.

Mikayla se sentit devenir rouge pivoine. Jensen faillit s'étrangler.

— Oh ! nous ne sommes pas ensemble ! dit-elle très vite.

Pourquoi ai-je toujours besoin d'expliquer ? s'interrogea-t-elle. L'espace d'une seconde, elle avait été la femme de cet homme, son bébé avait eu un père et elle était en train d'installer sa chambre en prévision du grand événement. Exactement comme elle l'avait rêvé.

La vendeuse eut un geste d'excuse.

— Désolée. Je fais toujours des gaffes. Vous auriez aussi pu être frère et sœur.

— Ce que nous ne sommes pas du tout non plus, précisa Jensen. Je vais prendre ces trois lits en forme de voiture. Et ils doivent être livrés cet après-midi à 13 heures. Je voudrais que chacun soit personnalisé avec les noms suivants : Jared, Henry et Katie.

— Vous ne préférez pas le lit papillon pour Katie ? demanda la jeune femme en montrant le lit rose et mauve.

Il secoua la tête.

— Non. Apparemment, Katie adore les voitures. Tout comme ses frères. Donc ce sera une voiture de course.

La vendeuse acquiesça d'un signe de tête. Jensen lui donna les détails pour la livraison et la remercia.

Se tournant vers Mikayla, il ajouta :

— Et merci pour votre aide. Jamais je n'aurais pensé à acheter des lits. Ils sont parfaits.

Elle parvint à sourire.

— Eh bien, au revoir, répondit-elle d'une voix un peu trop enjouée.

Et elle s'enfuit le long de l'allée, jusqu'aux caisses.

Le plus insensé était que dès l'instant où elle s'arrêta sa présence commença à lui manquer.

Il était évident que Mikayla ne cherchait pas de mari ! Et encore moins un mari riche. Elle était visiblement très pressée de s'éloigner de lui.

Il se demandait pourquoi. La plupart des femmes célibataires n'hésitaient pas à flirter avec lui, ne cachant en rien leur intérêt. Celui de Mikayla Brown était inexistant.

Alors qu'il la regardait pousser son chariot vers les caisses, à une vingtaine de mètres de distance, partiellement cachée à sa vue par un énorme panda en peluche, il feignit d'être intéressé par son achat. Il se creusait la tête pour trouver un prétexte pour la suivre, lui parler encore un peu, peut-être l'inviter à boire un café – décaféiné – ou à déjeuner.

Mais pourquoi ? s'étonna-t-il. Cette femme était sur le

point d'avoir un bébé. Et la paternité ne s'inscrivait pas dans ses projets. En tout cas, pas avant dix ans. Ou même jamais. Mais certainement pas dans deux mois !

Il surprit alors une bribe de conversation entre la caissière et Mikayla qui était en train de dire :

— J'aimerais mettre vingt-cinq dollars sur le berceau que j'ai réservé. Et j'aimerais aussi ajouter ce siège de voiture et ce petit lit à mon compte.

Un lit et un siège de voiture ? Il ne put s'empêcher de s'étonner. Même pour un budget limité, il s'agissait là d'articles qui lui semblaient essentiels pour un nouveau-né. Cela le consternait.

Quand elle quitta le magasin, nantie de son maigre achat, un drap de berceau et un pyjama en coton, pour un total de vingt-quatre dollars, il s'avança vers la caissière et déclara :

— Je voudrais payer le solde des articles réservés par Mikayla Brown. La dame qui vient de partir.

— Oh ! elle a bien de la chance d'avoir un ange gardien ! répondit-elle en tapant le nom de Mikayla sur son clavier. Nous disons donc : le lit, le berceau, et un siège de voiture pour bébé.

C'était le minimum, comprit Jensen. Or, il pouvait faire beaucoup mieux pour elle.

— A-t-elle une liste de naissance ?

— Oh oui, acquiesça la caissière. Comme la plupart des futures mamans.

— Dans ce cas, je vais régler les articles sur son compte et je vais prendre tout ce qu'il y a sur sa liste de naissance.

La femme le regarda, bouche bée.

— Waouh ! Vous êtes un Père Noël d'été !

Se ressaisissant, elle tapa quelques touches et reprit :

— Je peux faire livrer le tout en fin d'après-midi à

l'adresse de Mme Brown : Sunshine Farm à Rust Creek Falls.

— Merci pour votre aide.

Quand il sortit du magasin dans la clarté du soleil d'août, il se sentait euphorique. S'il ne pouvait pas avoir Mikayla Brown, il pouvait l'aider.

Il leva le visage pour l'offrir à la brise rafraîchissante qui agitait ses cheveux. C'était la matinée idéale pour une longue balade à cheval. Walker, qui avait des chevaux, l'avait invité à les monter chaque fois qu'il en aurait envie. Une bonne chevauchée lui éclaircirait les idées, chasserait, il l'espérait, de ses pensées le beau visage de Mikayla et sa situation délicate. Il devait l'oublier.

Alors pourquoi n'y arrivait-il pas ?

Une voix familière le fit sursauter.

— Le dernier endroit où je m'attendais à te voir !

Il se retourna. Son frère Walker, qui venait de descendre de voiture sur le parking du magasin, se dirigeait vers lui en compagnie de Lindsay, sa femme.

— Je suis venu acheter des cadeaux pour les triplés, dit-il.

En riant, Lindsay fit passer ses longs cheveux blonds derrière son épaule.

— Nous aussi. À propos, Jensen, je voulais t'informer que de nombreuses femmes de la ville seraient très intéressées de te rencontrer. Tout le monde persiste à me demander : est-il célibataire ? A-t-il une petite amie ? Dois-je dire à ma sœur de tenter sa chance ?

Walker secoua la tête avec un sourire.

— Je te l'ai déjà dit, elles perdent toutes leur temps, affirma-t-il à sa femme.

Elle lui donna une petite bourrade amicale dans le bras.

— Oh allez ! Tant qu'il ne me l'aura pas dit en personne,

je ne le croirai pas. Qui ne voudrait pas rencontrer l'amour de sa vie ?

Pas étonnant que Lindsay soit une si bonne avocate. Elle était si directe qu'il était impossible de mentir en sa présence. Aussi Jensen admit-il :

— Je ne suis pas contre un dîner au restaurant ou une visite du comté. Mais je ne cherche pas de relation à long terme.

— À chaque fois qu'un Jones dit ça, il trouve l'âme sœur, le taquina-t-elle. Alors si j'étais toi, je me méfierais.

— Je te l'avais dit, répéta Walker à sa femme. Mon petit frère est un célibataire endurci. Le bourreau des cœurs, Jensen Jones.

— « Le bourreau des cœurs », répéta Jensen en riant. Je n'ai pas invité une seule femme à boire un verre ou au restaurant depuis mon arrivée à Rust Creek Falls.

— Oui, parce que papa te harcèle pour que tu décampes avant de passer la bague au doigt à une jolie fille d'ici !

Jensen grommela :

— Tu n'as pas des peluches ou autre chose à acheter ?

— Exactement, s'esclaffa Lindsay. Allons, Walker. Tu taquines ton petit frère depuis sa naissance.

— Je te revaudrai ça, Lindsay, dit-il à sa belle-sœur, reconnaissant.

Il n'était pas contre le mariage en général. Mais ce n'était pas pour lui. En tout cas, ce n'était pas à l'ordre du jour. Et cela ne le serait pas avant quelques années. Peut-être se marierait-il à quarante ans. Mais alors qu'il regardait son frère et sa femme entrer main dans la main chez Baby Bonanza, encore une fois, son sentiment de solitude le rattrapa. Jamais il n'avait ressenti cela avant, si ce n'était quand Adrienne l'avait trahi.

Que lui arrivait-il, enfin ?

- 4 -

Eva lança du rez-de-chaussée :

— Mikayla, ta marraine la fée est ici.

Perplexe, Mikayla s'interrompit. Allongée sur son lit, elle était occupée à dresser une liste de postes pour lesquels présenter sa candidature quand le bébé serait né. Elle se leva pour aller jeter un coup d'œil par la fenêtre. Un gros camion Baby Bonanza était garé devant la ferme.

Elle descendit et trouva Eva debout devant la porte d'entrée, en train de regarder deux types costauds qui déchargeaient une boîte géante sur laquelle était inscrit : Lit à barreaux blanc.

C'est bizarre, se dit-elle. *C'est le lit que j'ai ajouté sur mon compte.*

Stupéfaite, elle demanda :

— Eva, Luke et toi m'avez acheté ce lit ?

Son amie secoua la tête.

— Non, ce n'est pas moi. Tu m'avais bien dit que tu comptais installer le bébé dans un berceau à côté de ton lit.

Mais alors qui ? Amy ? Son cousin Brent, peut-être ?

Les livreurs posèrent la boîte dans la véranda avant de continuer à décharger leur cargaison. Bouche bée, elle regarda la véranda se remplir d'articles pour bébés.

— C'est bizarre. Ce sont tous les articles de Baby Bonanza qui étaient en attente sur mon compte ou sur ma liste de naissance.

— Tu as un parent riche ? s'enquit Eva.

— Non. Personne.

Certes, son cousin l'aimait. Mais pas à ce point. En outre, il ne roulait pas sur l'or.

Une fois le camion vide, le plus costaud des deux livreurs s'avança vers elle, son bloc-notes à la main.

— Je suppose que vous êtes Mikayla Brown. Sans vouloir vous offenser, ajouta-t-il en montrant son ventre.

Avec un sourire, elle répondit :

— Je sais que je suis la destinataire évidente de cette livraison. Mais je n'ai rien commandé. Certains articles étaient en attente sur mon compte, qui est loin d'être soldé. Quant aux autres, ils n'étaient même pas réservés.

L'homme jeta un coup d'œil à la facture.

— Non. Aucune erreur. Tout a été réglé intégralement, y compris la livraison et notre pourboire. Vous pouvez remercier…

Il parcourut la feuille du regard.

— Jensen Jones.

Eva étouffa un cri de surprise. D'abord bouche bée, Mikayla finit par s'exclamer :

— Pardon ?

— Où voulez-vous que nous rangions tout ça ? demanda le livreur. La commande inclut le montage.

— Bien entendu, acquiesça Eva avec un sourire. Je corrige, Mikayla. Tu n'as pas une marraine fée. Tu as un parrain magicien.

Jensen Jones, père ou parrain ? Curieusement, elle l'imaginait difficilement. Ne s'était-il pas enfui, la veille, quand il s'était rendu compte que la femme qu'il essayait de séduire était enceinte ?

D'un autre côté, il avait fait la route jusqu'à Kalispell pour trouver des cadeaux pour les triplés. Certes, il n'y avait aucun magasin d'articles pour bébés à Rust Creek Falls. Mais il aurait pu se contenter d'acheter trois peluches au Crawford General Store. Au lieu de cela, il n'avait pas hésité à aller chez Baby Bonanza.

Elle se mordit la lèvre. Elle se revoyait se précipiter vers la caisse, impatiente de mettre de la distance entre eux. Il avait dû l'entendre quand elle avait parlé à la caissière. Et avait donc décidé d'acheter tous ses articles en attente, ainsi que ceux sur sa liste de naissance.

Songeuse, elle demanda :

— En quel honneur Jensen Jones m'a-t-il acheté tout ça ?

— Oh ! j'ai bien quelques idées sur le sujet, ironisa Eva avant d'ajouter à l'intention du livreur : à l'étage, première pièce sur la droite.

Mikayla les arrêta d'une main levée.

— Une minute. Je ne peux pas accepter. Il n'en est pas question.

Le livreur s'impatienta :

— Bon, je monte tout ça ou pas ?

Elle sentit son estomac se nouer.

— Je suis désolée, mais non.

Eva regarda l'homme avec un haussement d'épaules résigné. Il poussa un profond soupir et, d'un geste, fit signe à son collègue de commencer à rapporter les articles dans le camion.

— Eh bien, c'est une première ! s'exclama-t-il. Nous allons donc garder la commande pendant vingt-quatre heures avant de l'annuler. Si, entre-temps, vous changez d'avis et que l'acheteur est d'accord pour payer la nouvelle livraison, nous reviendrons.

Mikayla esquissa un sourire crispé. Elle ne pouvait pas faire autrement.

— Désolée de vous avoir fait perdre votre temps et votre énergie.

Sur ces mots, elle rentra. Elle était partagée entre le

besoin de donner un coup de pied dans un meuble et l'envie de pleurer. Mais qu'avait fait Jensen Jones ?

Eva la rejoignit dans le salon où, les mains sur les hanches, elle faisait les cent pas.

— Je ne suis pas quelqu'un à qui on fait la charité, lança-t-elle. Même si j'habite ici grâce à ta générosité.

— Mikayla, je te défends. Tu es ici parce que tu as besoin d'un toit et que nous sommes en train de transformer notre ranch en maison d'hôtes. Et tu es notre deuxième hôte, après Amy. Tu nous apprends notre métier. Il ne s'agit en rien de charité.

— Merci, Eva, dit-elle en serrant la main de son amie. Je suis si bien ici.

Eva s'assit sur le canapé et replia les jambes sous elle.

— Mais comment pouvait-il savoir ce qui était en attente sur ton compte et connaître ta liste de naissance ?

Mikayla vint s'asseoir à côté d'elle et lui raconta sa rencontre avec Jensen chez Baby Bonanza.

— Waouh ! Tu lui as vraiment tapé dans l'œil !

— De grâce ! Pas du tout. Tu l'as bien vu sortir en courant de chez Daisy's Donuts.

Eva se mit à rire.

— Oui, parce qu'il était sous le choc. Ce n'est pas pour autant qu'il n'est pas dingue de toi.

— Je pense que tu te trompes, Eva.

— Oh, vraiment ? Dans ce cas, pourquoi a-t-il dévalisé Baby Bonanza et payé le montage des articles ?

— Parce qu'il le peut ? suggéra-t-elle. Parce que c'est ce que font les gens riches ? Acheter ce qu'ils veulent ? Acheter les gens ?

— Il ne t'achète pas. T'a-t-il demandé quoi que ce soit ?

— Non. Si ce n'est de le conseiller pour des cadeaux à apporter à la fête des triplés Stockton.

Eva sourit.

— J’y suis allée cet après-midi avec Luke. Les lits ont fait fureur. Excellent choix !

— Eh bien, M. Jones et moi vivons des vies très différentes. Et qu’importe ses raisons, m’acheter tout ça est tout simplement… inapproprié. Il ne me connaît même pas. Nous avons eu deux conversations qui ont duré chacune moins de dix minutes.

Et pourtant, il avait décidé de lui acheter les articles de sa liste pour la chambre de son bébé. C’était la première fois que quelqu’un faisait un tel geste en sa faveur. D’un autre côté, elle ne connaissait personne qui pouvait se permettre de gaspiller autant d’argent. Scott, son ex, gagnait très bien sa vie, mais il était économe, ce qui lui avait paru plein de bon sens. C’était ainsi que, par la force des choses, elle avait été élevée par sa mère.

Elle revit la véranda remplie de tous les articles qu’elle rêvait d’offrir à son bébé. L’espace d’une seconde, elle avait eu l’impression d’être Cendrillon. Mais les princes charmants n’existaient que dans les jolis contes de fées.

— Tu pourrais aller lui dire deux mots, suggéra Eva en haussant les sourcils.

— Eva Stockton, tu es une perturbatrice, répliqua-t-elle sans pouvoir s’empêcher de rire. Oui, je vais aller lui dire deux mots. Dans le monde dans lequel je vis, on ne prend pas de décisions pour les autres. On ne dévalise pas un magasin pour les gens. Juste parce qu’on le peut.

— Promets-moi simplement que tu me raconteras tout mot pour mot. N’oublie rien. Note-le bien.

— Tu es vraiment terrible ! lança-t-elle, en se levant d’un bond. Mais c’est comme ça que je t’aime. À plus tard.

Tout en se dirigeant vers sa voiture, elle se rappela son cousin Brent lui disant que tous les habitants de Rust Creek Falls qu’il avait rencontrés lors de sa visite à Luke étaient aussi sympathiques que chaleureux. Comme il avait raison !

Mais pourquoi avait-elle l'impression que Jensen ne se montrait pas généreux par simple sympathie ? Que son geste n'était pas totalement désintéressé ?

Et elle n'avait pas la moindre idée de ce qu'il espérait.

Jensen réprima un soupir exaspéré. C'était la deuxième fois que la sonnette d'entrée retentissait depuis que Walker et Lindsay étaient sortis pour une promenade nocturne dans le parc. Pourvu que ce ne soit pas encore une femme célibataire qui passait lui apporter « juste un petit quelque chose pour vous souhaiter la bienvenue à Rust Creek Falls. Et je l'ai fait moi-même. Les gens sont tellement surpris qu'avec mon physique je sois, en plus, si bonne cuisinière ! » lui avait déclaré la dernière en date, une rousse très séduisante, en gloussant et en feignant de rougir.

Comme s'il avait le moindre doute sur la raison qui poussait les femmes célibataires de Rust Creek Falls à lui tourner autour

Le problème était que, malgré l'envie qu'il avait d'une nuit avec une créature de rêve, il n'avait d'yeux que pour la seule femme qui éveillait son intérêt. Une femme qui n'était pas du tout appropriée pour lui. Comment pouvait-il être autant attiré par une femme enceinte de sept mois ? Oui, Mikayla Brown était jolie. Et, malgré sa condition, très sexy. Cela le plongeait dans une confusion totale. Il aimait sa longue et soyeuse chevelure aux reflets mordorés. Ses yeux bruns qui pétillaient d'intelligence. Et son pragmatisme manifeste. Cette femme disait ce qu'elle pensait. Elle ne cherchait pas à charmer, ne s'égarait pas en niaiseries.

D'accord, elle lui plaisait. Il la trouvait jolie et il l'appréciait en tant que personne. Voilà tout. Il n'y avait pas de quoi en faire toute une histoire. Elle était tout simplement très attachante. Et qui ne se sentirait pas… ému devant une femme très enceinte ? Un peu protecteur, peut-être ? Il était étonnant de constater à quel point il se sentait plus léger, plus heureux, serein, maintenant qu'il avait analysé cette étrange attirance que lui inspirait Mikayla. Car, parfois, ses sentiments le tenaient éveillé la nuit.

Il regarda par le judas. Et sourit et voyant Mikayla Brown dans la véranda. Elle était venue le remercier. Chaleureusement, imaginait-il. Il ouvrit la porte, faisant de son mieux pour ne pas avoir l'air trop satisfait de lui-même.

Mais devant l'expression de son visage, il eut tôt fait de déchanter. Elle semblait vouloir dire : « Mais pour qui vous prenez-vous, enfin ? »

Le défiant du menton, elle le regarda droit dans les yeux.

— Jensen Jones, je vais être très claire. Je ne suis pas un cas social. Et je n'ai pas besoin d'un homme, pas même d'un homme riche, pour dévaliser Baby Bonanza pour moi.

Il se renfrogna.

— Mika…

D'une main levée, elle l'interrompit.

— Jensen, j'ai appris de la façon la plus brutale que je ne pouvais compter que sur moi-même. Il m'a fallu quelques semaines pour atteindre cette sagesse durement acquise. Je n'ai peut-être pas beaucoup d'argent mais j'assure mon quotidien comme je vais assurer celui de mon enfant. Alors merci, mais non.

Aïe. Ce n'était pas du tout la réaction qu'il attendait. Pas du tout !

— Je ne vous vois pas comme un cas social, Mikayla. Je vous vois comme une personne que j'ai rencontrée ici et qui m'a rendu service chez Baby Bonanza. Alors quand j'ai surpris votre conversation avec la caissière, j'ai eu envie de vous rendre service à mon tour. C'est tout.

Son expression s'adoucit. Elle semblait sur le point de lui dire qu'elle était sensible à son geste mais que… La brise nocturne agitait ses cheveux et il fut pris d'une envie irrépressible de caresser ses mèches soyeuses. Mais, le devançant, elle les repoussa derrière ses oreilles.

— Je ne peux même pas imaginer combien ce geste peut coûter, Jensen. Vous savez, si quelqu'un voulait m'offrir un cadeau pratique, un transat, un mobile pour bébé, je l'accepterais volontiers et je dirais merci. Mais ma liste de naissance complète ? Je ne peux l'accepter de personne.

— Mon père appellerait ça se punir soi-même !

Mais, malgré lui, sa façon de penser forçait son admiration.

— Je suis ce que je suis, répondit-elle en haussant ses épaules bronzées.

— Au fait, ces lits ont eu un énorme succès.

— N'essayez pas de me charmer pour vous rendre sympathique, Jones.

— Y suis-je parvenu ?

— Vous m'avez suffisamment charmée pour que je ne parte pas exaspérée en vous lançant : « Vous ne pouvez pas m'acheter ! »

— Vous pensez que c'était mon but ?

— En fait, je ne le pense pas. Je veux dire, pourquoi le feriez-vous ? Qu'en retireriez-vous ? Une nuit de sexe torride ? Je peux à peine me tourner dans mon lit, dit-elle en agitant une main devant son énorme ventre. À moins que ce soit l'après qui vous intéresse. Le package d'une mère et de son bébé qui se réveillera plusieurs fois par nuit. Évidemment.

Elle se mit à rire et secoua la tête.

— Je sais, comme le saurait n'importe qui avec un minimum d'intelligence, que vous n'êtes pas en train d'essayer de m'acheter.

Il soutint son regard. Son sourire s'évanouit, et il déclara d'un ton grave :

— Je vais être très honnête, Mikayla. Je pense que vous êtes incroyablement sexy.

Elle le regarda, bouche bée.

— Je sais que vous êtes enceinte de sept mois. Je sais que rien ne peut se passer entre nous. Je ne suis pas fait pour le mariage. Pas plus pour être père. Je suis un homme d'affaires, un bourreau de travail, je suis ici pour négocier un achat de terrain qui stagne et je ne partirai pas tant que je n'aurai pas conclu cette affaire.

— Vous obtenez toujours ce que vous voulez ? ironisa-t-elle.

Il jeta un coup d'œil aux champs qui s'étendaient jusqu'aux terres sauvages du Montana, puis la regarda de nouveau.

— Non.

— Oh. Juste quand je m'attends à vous voir suave et dragueur, vous devenez sincère. Arrêtez de me désarmer, Jones.

Il retrouva son sourire. Comme cette femme lui plaisait !

— Nous nous sommes rencontrés dans des circonstances plutôt comiques et nous sommes en train de devenir amis. Au bon moment au bon endroit, soit Baby Bonanza. Si vous appréciez l'ironie de la situation, étant donné que c'est vous qui êtes enceinte. Voilà pourquoi je vous ai acheté les articles de votre liste de naissance. Je n'avais aucune intention cachée, juste envie de faire un geste sympathique en votre faveur.

— Je vous crois.

Elle lui tendit la main. Il la serra, et la sensation de sa main douce et chaude dans la sienne eut plus d'impact sur son anatomie que ce à quoi il s'était attendu. Un simple contact pouvait déclencher une telle réaction dans son estomac et dans son bas-ventre ?

— Je ne peux pas accepter votre générosité, Jensen. Mais il est manifeste qu'elle prouve votre délicatesse, ce dont je vous remercie.

Elle lâcha sa main et jeta un coup d'œil derrière lui.

— Sacrée maison ! s'exclama-t-elle. Un chalet de luxe ? C'est encore plus prestigieux que Maverick Manor.

Il se retourna et regarda l'imposant chalet. Un manoir en rondins ? Seul Walker pouvait avoir eu une telle idée. Même si Hudson était le plus cow-boy de leur fratrie, Walker était un homme de la terre.

— Je pense que c'est ce que recherchait Walker. Vous devriez voir la cheminée. La salle de bains spa, qui est aussi grande que la salle de séjour. Une cuisine de rêve, digne d'un chef étoilé au Michelin. Et avec l'impression constante d'être dans les bois, à la dure.

Elle laissa échapper un petit rire.

— Une salle de bains spa n'est pas vraiment synonyme de vie à la dure. Mais il est sûr que cette maison semble bien sympathique.

Ponctuant sa phrase d'un sourire, elle fit un pas en direction de sa voiture.

— Non, revenez. Entrez. Laissez-moi vous montrer cette cheminée. Et cette immense salle de bains de luxe !

Mais pourquoi lui faisait-il cette proposition ? Pour la regarder s'extasier, admirer ses seins magnifiques et boire un café décaféiné avec elle ? Il ne pouvait rien se passer entre eux. Et il était impensable de nouer une amitié avec elle. Il était bien trop attiré par elle. Pourquoi ? Il n'en avait pas la moindre idée. Le fait qu'elle soit enceinte aurait dû lui faire perdre toute attirance pour elle. Sans parler de cette étonnante alchimie entre eux. Qu'il aurait été bien incapable d'expliquer. En attendant, il n'était pas à la recherche d'un futur, d'un package, comme elle l'avait appelé. Le statut de père de famille et le mariage ne l'intéressaient en rien. Il n'était pas près d'oublier la leçon apprise avec Adrienne : qu'au bout du compte, on ne pouvait faire confiance ni ouvrir son cœur à personne.

Aussi laissa-t-il Mikayla s'en aller.

Mais il ne pouvait pas rester sur ce statu quo. Il devait essayer de prendre ses distances avec les sentiments qu'elle lui inspirait et, pour ce, se montrer sous son plus mauvais jour. N'était-ce pas logique ? Il pensa à son père, assis dans son bureau de Jones Holdings, tempêtant sur l'un de ses cadres supérieurs. « Ne te laisse harponner par personne, Jensen », l'entendait-il hurler dans sa tête.

Distance émotionnelle. Travail. C'étaient désormais ses principes de vie.

Quant aux femmes voleuses d'hommes de Rust Creek Falls ? Il devait s'en méfier. Même de Mikayla. La beauté, enceinte de sept mois, qui se dirigeait vers sa voiture.

Quel que soit le philtre que contenait l'eau de cette ville, il l'avait bu. Il devait casser le fichu sort.

— Mikayla, appela-t-il.

Elle se retourna, son visage affichant une telle douceur qu'il faillit en rester muet.

Pourtant, il devait se faire violence. Lui parler. Pour sa propre protection. Pour mettre un terme à tout cela.

— À propos du prix des articles. C'est juste de l'argent. Sérieusement, pour moi, c'était comme d'acheter un double café Americano.

Pour faire bonne mesure, il posa les mains sur sa boucle de ceinturon incrustée de diamants.

Comme il s'y était attendu, la surprise se peignit sur son visage, puis la déception et le dédain.

Mission accomplie.

Elle le foudroya du regard.

— Ce n'est jamais « juste de l'argent » quand on n'a

que quelques centaines de dollars sur son compte, Jensen. Mais je suppose que cette notion vous dépasse.

— Évidemment, répondit-il d'un ton faussement désinvolte.

Même si c'était la vérité.

Elle secoua lentement la tête.

— Je suppose que nous en avons fini. J'ai dit ce que j'avais à vous dire. Je retire tout. Sauf le fait de ne pas pouvoir accepter votre « générosité ».

Désolé, Mikayla, songea-t-il, l'estomac noué. *Je regrette que les choses ne puissent être différentes.* Mais comment ? Aimerait-il qu'elle ne soit pas enceinte ? Ou aimerait-il être un autre homme ?

Il n'en avait pas la moindre idée. Il avait vingt-huit ans et il ne savait rien de lui-même, hormis que signer un contrat d'affaires était le seul genre d'engagement qu'il pouvait gérer. Et qu'il voulait.

Elle s'avança d'un pas rageur vers sa voiture, une vieille berline à deux portes, rouillée à la base.

Un poids lui oppressant la poitrine, il la regarda s'éloigner jusqu'à ce qu'elle ait disparu. Avait-il ressenti un tel vide quand il s'était aperçu qu'Adrienne le trompait ? Pas vraiment.

Et cela le terrifiait.

- 5 -

Le lendemain matin, Mikayla finit sa glace menthe-chocolat, une envie irrésistible de femme enceinte qu'elle devait satisfaire. C'était sa seule manière d'apaiser sa mauvaise humeur. Puis elle sortit le journal hebdomadaire gratuit et l'ouvrit à la section petites annonces.

De qui se moquait-elle ? Qui voudrait l'engager alors que, dans deux mois, elle devrait prendre un congé maternité ? Et quand elle serait prête à reprendre le travail, elle n'aurait pas les moyens de mettre son enfant à la crèche.

La crèche ! Elle tilta. Il y avait une crèche à Rust Creek Falls. Elle avait entendu quelqu'un en parler. Just Kids, ou quelque chose dans ce genre. Elle n'avait que deux années d'expérience en tant qu'assistante maternelle. À Cheyenne, elle travaillait dans une crèche et elle suivait des cours du soir en éducation de la petite enfance. Mais sa grossesse et la fin de sa relation avec Scott avaient tout chamboulé.

Elle tapa « crèche » et « Rust Creek Falls » dans la barre de recherche de son téléphone. Et obtint comme résultat : « Crèche Just Us Kids. Walker et Hudson Jones, propriétaires et directeurs. »

Elle fronça les sourcils. Seigneur ! Les frères Jones étaient-ils propriétaires de tout dans cette ville ? Dire qu'ils n'étaient même pas d'ici.

En tout cas, Jensen Jones n'avait rien à voir avec la crèche. Elle plissa les yeux. La vision de son magnifique visage, de son corps exceptionnel, s'imposa à son esprit. Elle ne voulait plus jamais le revoir. Et elle était sûre que Jensen ne voudrait à aucun prix être surpris dans une crèche.

Oublie Jensen Jones ! s'intima-t-elle. *Oublie ce qui s'est passé hier. Oublie à quel point il est canon en jean.* La façon dont ses épais cheveux blonds lui balayaient le front quand il baissait la tête, sa manière de passer la main dans cette épaisse chevelure digne d'une star de cinéma, si sexy. Ce qu'elle ne devait pas oublier, c'était qu'ils n'avaient absolument rien en commun. Y compris, et le plus important, leurs valeurs.

L'espace d'un instant, elle ferma les yeux et essaya de se concentrer sur la fraîche brise matinale et la sensation du soleil sur son visage. Inutile de se ronger les sangs pour un beau gosse qui n'était pas pour elle. Elle avait besoin d'un travail. Elle avait besoin d'être autonome. Et elle avait besoin de se faire recruter par Just Us Kids, même si, maintenant, Jensen pouvait la dénigrer auprès de ses frères.

Mais il n'en ferait rien. Elle le savait. Peut-être n'était-il qu'un millionnaire ignorant, mais dans ce torse vigoureux battait un cœur plein de bonté. Si elle lui disait qu'elle avait besoin d'un travail et qu'elle avait de l'expérience en tant qu'assistante maternelle, il l'emmènerait sans doute de l'autre côté de la ville, à la crèche, dans son jet privé, interromprait tout et exigerait qu'on lui propose un travail sur-le-champ. Elle sourit à cette pensée, puis se tapa sur la tête. Comment avait-elle pu se laisser charmer par lui dans un moment de distraction ? Qu'est-ce qui ne tournait pas rond chez elle ?

Et maintenant, elle lisait dans les pensées d'un homme qu'elle connaissait à peine ? Sa phrase d'adieu ne lui avait-elle pas ouvert les yeux sur celui qu'il était vraiment… « C'est juste de l'argent… »

Elle n'appellerait pas Jensen Jones. Elle décrocherait un

travail, seule. Elle avait des amis qui pouvaient se porter garants pour elle. Eva, Luke et Amy. Et son CV prouvait qu'elle avait une bonne expérience avec les enfants. En dehors de la crèche, elle avait toujours gagné de l'argent en gardant des enfants de tous âges.

Peut-être que Just Us Kids lui permettrait de démarrer dès maintenant. Puis, une fois que le bébé serait né, de l'amener au travail ? Elle doutait de pouvoir payer le tarif mensuel sur son salaire, mais peut-être pouvait-elle trouver un arrangement ou peut-être, en tant que salariée, aurait-elle droit à une remise ? Le seul moyen de le savoir était de se renseigner.

Si elle voulait prendre ce nouveau départ à Rust Creek Falls, elle avait besoin d'un travail. Une fois qu'elle aurait quelques économies, elle pourrait trouver son propre logement et offrir un toit à son enfant.

Elle jeta un nouveau coup d'œil à son téléphone. La crèche n'était qu'à quelques rues d'ici. Elle leva le menton, prit une profonde inspiration, lissa sa robe d'été qui lui tombait à mi-mollet mais qui n'était pas vraiment professionnelle. Puis, après avoir vérifié dans son miroir de poche qu'elle n'avait de glace ni sur le menton ni sur les dents, elle remonta la rue et tourna à gauche.

Arrivée devant la porte de Just Us Kids, elle prit son courage à deux mains.

Une pancarte sur la porte d'entrée de l'immeuble de deux étages indiquait : « Sonnez à l'interphone et attendez qu'un membre du personnel vous ouvre. » On n'était jamais trop prudent. Elle sonna et remarqua une femme qui, assise à un bureau dans une petite entrée, tapait sur un ordinateur.

Quand la femme leva les yeux, Mikayla la reconnut pour l'avoir rencontrée à la soirée de Luke et Eva. C'était Bella Stockton Jones, la femme de Hudson. Son frère Jamie était le père des triplés pour lesquels Jensen avait acheté les lits d'enfant. Avec un sourire, Bella Jones lui fit un petit salut de la main et lui ouvrit la porte.

Dès l'instant où elle pénétra dans ces lieux si accueillants, elle s'y sentit chez elle. Elle connaissait parfaitement cet environnement. Des enfants jouaient, d'autres suivaient un cours de pliage, d'autres assis en cercle sur un tapis moelleux écoutaient une femme qui leur faisait la lecture. Cette atmosphère familière était si réconfortante qu'elle sentit une douce chaleur se propager en elle.

— Mikayla, c'est bien ça ?

— Oui. Et vous êtes Bella Jones.

— Vous êtes venue visiter la crèche pour votre bébé ? demanda Bella avec un sourire. Je suis la directrice de Just Us Kids.

— En fait, je suis ici parce que j'espère trouver un travail. J'ai déménagé à Rust Creek Falls il y a quelques semaines mais, à Cheyenne, j'ai travaillé pendant plus de deux ans pour la crèche Happy Kids et je suivais des cours en éducation de la petite enfance. J'ai travaillé dans toutes les sections. Section Bébés, section Moyens, section Grands, puis avec les plus grands, à la fin de leur journée de maternelle.

Une expression étrange se peignant sur son visage, Bella secoua la tête. Mikayla sentit son cœur se serrer. Elle était sur le point d'essuyer un refus. Mais, contre toute attente, la directrice de la crèche déclara en faisant tourner son écran d'ordinateur :

— L'univers est bien mystérieux. Lisez cette annonce : « Poste à pourvoir. La crèche Just Us Kids cherche une assistante maternelle expérimentée pour la section Nouveau-nés et Bébés. »

Mikayla sursauta. Bella n'avait pas secoué la tête parce qu'elle s'apprêtait à lui dire non. Mais parce que sa visite aujourd'hui était une coïncidence.

— Je vous ai apporté mon CV, annonça-t-elle en sortant une feuille du dossier dans son sac.

— Asseyez-vous, lui dit Bella en faisant un geste en direction de la chaise, de l'autre côté de son bureau.

Tout en murmurant une prière silencieuse, Mikayla la regarda parcourir son CV.

Une demi-heure plus tard, elle lui avait proposé un poste. Après avoir vérifié ses références, fournies par la directrice de la crèche de Cheyenne et Eva Stockton. Elle jubilait. Avait envie de danser de joie ici même. Et non seulement Just Us Kids garantissait une mutuelle à ses salariés, mais l'inscription pour leurs enfants était gratuite. Si elle n'avait pas eu un ventre aussi proéminent, elle se serait jetée au cou de sa nouvelle directrice.

— Je vous remercie du fond du cœur, déclara-t-elle avec ferveur. Je suis tellement contente de rejoindre l'équipe de Just Us Kids. À lundi dans dix jours, à 7 heures, en pleine forme.

Avec un sourire, Bella lui tendit la main.

— À lundi.

Le téléphone se mit à sonner sur son bureau.

— Et si vous jetiez un coup d'œil à la ronde, pour voir les salles, la cour de récréation, suggéra-t-elle alors. Puis je vous raccompagnerai.

La laissant répondre, Mikayla s'avança dans la salle principale aux couleurs éclatantes.

Elle sourit devant le groupe de grands concentrés sur leurs pliages. Dans une autre salle, un groupe de moyens chantaient l'alphabet. Elle s'engagea dans un couloir décoré d'une magnifique fresque murale représentant des animaux de compagnie et arriva devant la pouponnière. C'était là qu'elle passerait son temps. Elle jeta un coup d'œil à l'intérieur et fit un signe de la main à la puéricultrice qui chantait une berceuse à un bébé assoupi dans ses bras.

Trois autres nourrissons étaient endormis à poings fermés dans leurs berceaux.

Elle continua le long du couloir et s'arrêta devant une fontaine à eau. Une voix masculine lui parvint soudain. Elle provenait d'un bureau à quelques mètres, fermé par une porte qui portait le nom de Walker Jones.

— Écoute, Jensen. Je sais à quel point tu tiens à acheter cette terre, mais tu ne peux pas continuer à faire grimper le prix. Cherche ailleurs.

Elle se figea. Jensen était ici ?

— Le terrain de Barnes est idéal pour le centre, l'entendit-elle répondre. Il est à proximité de deux routes d'accès, ce qui est essentiel. Tout en étant assez loin du centre-ville pour ne pas en affecter les habitants.

— Le site est parfait, je suis d'accord, renchérit une autre voix masculine.

Elle s'interrogea. Était-ce celle de Hudson, l'autre frère ?

— Davison a perdu la vie en se battant pour ceux qui avaient besoin d'aide et je ne le laisserai pas tomber, reprit Jensen. Il savait qu'il était vital, en temps de crise, d'avoir des réserves de nourriture et des bénévoles formés. Il m'avait parlé de son rêve de construire un centre de distribution à cet endroit même. Mais Barnes refusait de lui vendre sa terre. Puis Davison est mort. Il aimait cette ville. Et ce terrain est inexploité. Je dois juste convaincre Barnes de vendre. J'ai une limite, ne vous inquiétez pas. Et je suis sûr que je n'aurai pas besoin de monter aussi haut.

— Nous aimions tous Davison, dit une voix qu'elle était sûre de reconnaître comme appartenant à Walker. Mais tu dois bien te douter que papa va piquer une crise.

— D'accord, je ne lui ai pas vraiment expliqué les détails de cette transaction foncière. Je lui ai juste dit qu'elle était favorable à Jones Holdings. Je sais qu'il sera furieux que je prenne le relais de son ex-meilleur ami pour mener à bien son projet de prédilection. Mais je sais aussi que cela peut contribuer à le faire fléchir. La rupture entre Davison et lui remonte à des années et si papa veut un jour trouver la paix, il faut qu'il panse sa plaie. Même s'il doit le faire seul.

— Quelle que soit la raison qui leur a coûté leur amitié, papa ne va pas l'assumer, dit Walker. Et je suis sûr que c'est lui qui a tout gâché. Il n'est même pas allé à l'enterrement de Davison.

Hudson intervint.

— Jensen, entre cette transaction foncière et la fête pour l'anniversaire de mariage des parents, tu te prépares une sacrée déception.

— Je dois essayer, vous ne pensez pas ? Qui ne tente rien n'arrive à rien.

Vous avez absolument raison, approuva Mikayla. *Il y a une heure, j'étais en train de m'empiffrer de glace parce que je pensais ne pas trouver de travail, et me voilà engagée.*

Peut-être Jensen Jones avait-il plus à offrir que ce qu'elle avait cru, finalement. Peut-être s'était-elle trompée sur toute la ligne, à son sujet. Peut-être se montrait-il généreux uniquement parce qu'il le pouvait et non dans le but d'acheter ou d'impressionner.

— Si quelqu'un a besoin de l'avion cet après-midi, il est disponible, reprit Jensen. Je devais me rendre à Los Angeles pour gérer une négociation pour Autry mais je l'ai bouclée ce matin, sur Skype. Tout est réglé.

— Parfait, dit Hudson. J'ai besoin d'aller à New York ce soir. Maintenant, je peux partir plus tôt que prévu.

— Jensen, t'ai-je jamais remercié pour la queue de billard que tu m'as envoyée du Maroc pour nous remercier de notre hospitalité ?

Manifestement, comme elle l'avait pensé, cette voix était celle de Walker.

— Non, en effet, ingrat ! répondit Jensen en riant.

Mon Dieu ! Comme elle aimait le son de son rire. Elle sourit. Puis son sourire s'évanouit. Ces hommes vivaient dans un autre univers. Des jets privés ?

Des réunions à Los Angeles ? Des queues de billard marocaines ?

D'après ce qu'elle comprenait, Bella était la directrice de la crèche dont les Jones étaient propriétaires. Et elle semblait pragmatique. Un peu comme elle-même l'était. Pourtant, elle paraissait avoir beaucoup en commun avec son mari millionnaire, Hudson Jones. Quant à Lindsay, la femme de Walker, qui était toujours si amicale avec elle, elle était avocate. Ce qui laisserait entendre que les frères Jones ne vivaient pas dans des univers si différents que les simples mortels de Rust Creek Falls.

Elle se rabroua. Quelle mouche l'avait donc piquée ? Voilà qu'elle était en train de s'imaginer sortir avec Jensen ? Jamais ! Cela n'arriverait jamais ! Elle était sur le point d'avoir un bébé. Et Jensen allait quitter la ville après avoir conclu sa transaction foncière. Elle ne devait pas laisser son imagination s'emballer. Ni rêver à une relation avec lui, et encore moins à un avenir.

En entendant la voix de Jensen se faire plus forte, comme s'il se dirigeait vers la porte fermée de la pièce, elle tourna les talons et se précipita vers la réception pour prendre congé de Bella. Qui n'était pas à son bureau. Elle ne pouvait pas partir sans la saluer et la remercier.

Quelle poisse ! Elle ne voulait pas tomber de nouveau sur lui. Elle savait que si elle s'autorisait encore une fois à lui parler, à le regarder, elle allait avoir les jambes en coton. Et il la désarmerait, de cette façon qui lui était si particulière. Il était inutile de se leurrer, elle ne pourrait pas mettre son trouble sur le compte de ses hormones. Ne savait-elle pas qu'il était seul responsable de son émoi ? C'était tellement injuste !

— Tu aimes mon dessin, monsieur ?

Jensen, qui traversait la pièce principale en direction de la porte d'entrée, baissa la tête. Un bambin de trois ou quatre ans, coiffé d'une tignasse de cheveux châtains, surgi de nulle part, se tenait debout devant lui, avec une feuille sur laquelle étaient dessinés un soleil pourpre souriant, un arbre orange et beaucoup d'herbe verte. Un personnage en forme d'allumette et un croquis qui ressemblait à un chien rose complétaient l'ensemble. Ou peut-être était-ce un chat.

— Hum, oui, acquiesça-t-il en cherchant désespérément de l'aide du regard.

N'importe qui. Mais quelqu'un. Hélas, de l'autre côté de la pièce, Allie, la puéricultrice principale, était en grande conversation, avec Bella, sa belle-sœur. Quand il vit que cette dernière le surveillait du coin de l'œil, il se pencha vers l'enfant.

— Le chien me plaît beaucoup.

— Quel chien ? demanda le bambin, son regard allant de Jensen à la feuille.

— Celui-là, dit-il en montrant le corniaud rose aux oreilles tombantes, avec quatre pattes et une longue queue.

Avec une grimace, l'enfant glapit :

— C'est pas un chien ! C'est un extraterrestre. Pourquoi tu crois qu'il est rose ?

Ses yeux se remplirent de larmes.

Seigneur ! Bella et Allie se ruèrent vers eux.

— Le monsieur croit que l'extraterrestre est un chien, se lamenta le garçonnet en s'essuyant les joues de ses paumes.

Allie posa une main sur son épaule.

— Dylan, ce qu'il y a de magnifique dans l'art, c'est que chacun peut y voir ce qu'il veut.

Dylan n'avait pas l'air convaincu. Il regagna sa table avec son dessin qu'il montra à sa petite voisine.

— Ça ressemble à un chien ou à un extraterrestre ?

— Un extraterrestre, évidemment ! fit la fillette.

Rasséréné, le petit se remit à dessiner.

— Allie, je te présente mon beau-frère, Jensen, dit alors Bella. Jensen, je te présente Allie, notre puéricultrice principale.

Après avoir échangé des salutations, resté seul avec sa belle-sœur, Jensen chuchota avec un soupir résigné :

— Je suis tout à fait nul en pédagogie !

C'était vraiment le cas. Et c'était un désastre. L'autre jour, à la fête, il n'avait pas remarqué que l'un des triplés essayait d'attirer son attention pour le remercier pour le lit en forme de voiture de course. Hudson avait dû lui donner un coup de coude dans les côtes et lui montrer le petit Jared qui avait les yeux levés vers lui.

— Avec plaisir, lui avait-il dit, avant d'ajouter : je te souhaite santé et bonheur.

L'enfant l'avait regardé d'un air ahuri avant de s'éloigner. Et Hudson avait secoué la tête d'un air consterné.

— Santé et bonheur ? Tu es sérieux ? Sommes-nous en train de célébrer le départ à la retraite de l'un des salariés de Jones Holdings ou à une fête en l'honneur de triplés de deux ans et demi ?

Jensen avait haussé les épaules.

— Je ne parle pas la langue des gamins de cet âge.

— Sans blague ! s'était esclaffé Hudson.

Et aujourd'hui, au milieu de tous ces bambins, il ne se sentait vraiment pas à sa place. Bella essaya de le réconforter.

— Je suis sûre que tu serais parfait avec les enfants. C'est juste que tu n'as pas passé beaucoup de temps avec eux.

— Le dernier point est exact. Le premier vraiment très aléatoire. Je suis tellement doué avec les enfants que tu devrais m'engager pour animer les anniversaires !

Bella se mit à rire. Se tournant vers la réception, elle s'exclama soudain :

— Oh ! non, j'avais oublié, Mikayla m'attend. À plus tard, Jensen.

Il sentit tous ses sens en alerte. Mikayla était ici ? Il jeta un coup d'œil en direction de l'entrée et aperçut sa magnifique chevelure. Elle avait mis des sandales marron, plates, avec des brides nouées autour de la cheville. L'une d'elles était parée d'un bracelet et elle portait une bague à un orteil.

Il allait laisser aux deux femmes une minute pour parler. Puis il s'avancerait et inviterait Mikayla à déjeuner.

— Merci encore, Bella, l'entendit-il dire. J'ai hâte de travailler ici.

— À bientôt. Je me réjouis de t'accueillir à bord.

Le sourire de Mikayla aurait pu faire fondre un bloc de glace. Ainsi, elle avait décroché un travail à la crèche ? Bravo à elle. Il s'approcha d'elle et lança :

— Pour fêter un nouveau travail, un déjeuner s'impose, vous ne croyez pas ? Choisissez le lieu. Je vous invite.

L'expression de Bella trahit la surprise la plus totale. *« Ne vois-tu donc pas qu'elle est enceinte, joli cœur ? »*

Celle de Mikayla semblait plutôt dire : *« Non, je ne crois pas, Rockefeller. J'ai déjà refusé vos largesses hier. »*

— C'est très aimable à vous, Jensen, mais…

Pourquoi sentait-il son cœur se serrer ? *Laisse-la refuser. Sois galant. Elle est toujours en colère après toi.*

Et pour cause. Et tu devrais te féliciter que l'un de vous deux garde ses distances.

— Mais vous êtes occupée. Je comprends. Une autre fois.

— Une autre fois, répéta-t-elle avant de s'éclipser.

Il la regarda remonter le trottoir avant de tourner au coin de la rue.

Bella l'observait d'un air sceptique.

— Je n'aurais pas pensé que Mikayla était ton genre.

Il se tourna vers sa belle-sœur.

— Quel est mon genre ?

Il était sincèrement curieux de savoir quelle image il projetait.

— Les filles qui veulent s'amuser, qui ne cherchent que des aventures.

— Mikayla ne doit accoucher que dans deux mois, fit-il remarquer.

Elle secoua la tête en riant.

— Tu es aussi incorrigible que je le pensais. Je vais te dire, Jensen Jones. Tes frères étaient comme toi. Puis Cupidon leur a planté sa flèche en plein cœur et ils se sont mariés. Ça va t'arriver aussi. Qui sait, Cupidon a peut-être déjà frappé !

— Tu veux dire avec Mikayla ? Dans deux mois, elle aura son bébé.

Bella se mit à rire à gorge déployée.

— Oui, tu viens de me le dire, tu te souviens ? hoqueta-t-elle. Mais elle est célibataire.

Impatient de mettre un terme à cette conversation, il jeta un coup d'œil à sa Rolex.

— Oh là, il est presque 10 heures, j'ai un appel professionnel à passer. À l'étranger, précisa-t-il, en se ruant vers la sortie.

Le rire de sa belle-sœur le poursuivit jusqu'à sa voiture.

Il méritait qu'elle se moque de lui, supposait-il. Mais qui avait parlé de « mariage » ? Et que diable allait-il faire au sujet de son attirance pour cette femme enceinte de sept mois ?

- 6 -

Il avait treize mails professionnels. Un samedi matin ! Dix textos de son père. Tous sur le ton suivant :

Quand rentres-tu ? Est-ce que j'ai besoin de venir te chercher pour te ramener de force à la maison, mon fils ? Je le ferai.

Et un de Guthrie Barnes :

J'ai appris comment vous bloquer sur ce stupide appareil de nouvelle technologie. Arrêtez de me harceler au sujet de mon terrain, compris ?

Assis à une petite table ronde chez Daisy's Donuts, il eut envie de la frapper de son téléphone. Mais il ne voulait pas se voir interdit de séjour dans ce café qui était son préféré ici. Bien. Il devait se concentrer. Il avait passé les dix dernières minutes à répondre à des mails professionnels, avait organisé deux rendez-vous pour des vidéoconférences, et répondu à son père qu'il n'en avait que pour quelques jours. Même s'il ne savait pas si c'était vrai. Puis il avait essayé de réfléchir à comment gérer Barnes.

Il détestait devoir déranger le vieil homme qui lui avait explicitement fait comprendre qu'il ne voulait plus entendre parler de lui. En fait, il avait été très clair sur ce point dès la première fois où Jensen l'avait contacté. Mais quelque chose clochait. Et il n'arrivait pas à déterminer quoi.

Pourquoi cet homme refusait-il de vendre sa terre ?

Veuf depuis plus de dix ans, il vivait seul dans sa maison délabrée. Il n'avait plus de famille ici. D'après ses frères, c'était un reclus grincheux et personne ne savait grand-chose sur lui. Peut-être, s'il lui écrivait une lettre honnête, sincère, sur ce que ce projet signifiait pour lui, ce qui l'avait lié à Davison, parviendrait-il à faire fléchir le vieil entêté. Il pouvait même la rédiger à la main.

— Et voilà votre double espresso, dit Eva avec un sourire en posant la tasse fumante sur sa table. À propos, Jensen, j'espère que vous viendrez au barbecue à Sunshine Farm cet après-midi. Vos frères seront là. Ainsi que la moitié de la ville. Oh ! et quelqu'un d'autre que vous connaissez. Mikayla Brown.

Une fête au ranch où habitait Mikayla ? L'idée était tentante. Elle se sentirait plus à l'aise sur son terrain, donc plus ouverte pour engager la conversation.

— Je serai ravi de venir. Merci pour l'invitation.

Cela faisait deux jours qu'il ne l'avait pas vue. Et, étant donné qu'il ignorait combien de temps encore il allait rester à Rust Creek Falls, cela lui semblait une éternité.

— Vous fêtez quelque chose en particulier ? demanda-t-il en buvant une gorgée de son café.

C'était le deuxième de la journée et il en avait bien besoin !

— Dana, la sœur de Luke, est revenue de l'université pour les vacances d'été. Et les Stockton ne ratent jamais une occasion de se réunir, surtout pour un barbecue. Luke est le champion des grillades. Je vous conseille d'arriver en ayant faim.

Malgré lui, l'image de Mikayla passa dans son esprit. Oh ça, il arriverait affamé ! Il avait déjà faim.

Eva jeta un coup d'œil à la pendule au mur.

— Midi. Mon service est terminé. À tout à l'heure, à 13 heures à Sunshine Farm.

— J'y serai, acquiesça-t-il avec un sourire.

Il en adressa un autre à la femme qui prit le relais d'Eva au bar, finit son espresso, et partit. Il devait trouver quelque chose à apporter au barbecue. Il n'avait pas la moindre idée de quoi. En général, il arrivait avec une excellente bouteille et un fromage rare. Il regrettait de ne pas pouvoir faire livrer sa salade de pommes de terre préférée en avion de son excellent traiteur de Tulsa, ce qu'il aurait fait s'il avait eu le temps.

De retour au chalet, après avoir fini son dernier mail professionnel, il prit une douche, enfila un jean, une chemise à carreaux et ses bottes de cow-boy les plus passe-partout. Et comme il était déjà 13 heures, il préleva une bouteille de vin dans la collection de Walker et laissa un billet de cent dollars sur l'étagère.

Quand il arriva à Sunshine Farm, une foule d'invités arpentait la propriété. Il alla saluer Eva et lui offrit la bouteille. Elle avait dit vrai : la moitié de la ville semblait s'être donné rendez-vous ici. Elle le remercia d'un baiser sur la joue. Puis il partit en quête de son exquise Mikayla.

« *Son* exquise Mikayla » ? Il ne l'avait pas vue depuis deux jours mais elle n'avait pas quitté ses pensées.

Il la chercha partout du regard. Elle n'était nulle part en vue. Et autant être honnête, il était difficile de ne pas la remarquer.

Les Stockton étaient réunis à côté de l'immense gril. Daniel et sa femme, Annie. Jamie et sa femme, Fallon, et les triplés. Sa belle-sœur Bella, l'heureuse épouse de son frère Hudson qui était en grande conversation avec Walker, à côté des écuries. Il réprima un soupir. Pourvu que ses deux frères ne soient pas en train de parler affaires un samedi, à un barbecue. Mais c'était sans doute le cas. Lui-même n'avait-il pas passé la matinée à gérer des affaires ? Travailler pour Jones Holdings Inc. supposait un engagement vingt-quatre heures sur vingt-quatre.

Jensen secoua la tête. Il allait devoir y remédier, apprendre à prendre du temps libre.

Sa bière à la main, il parcourut la propriété, admirant la grande grange jaune et le massif corps de ferme. Il aurait été curieux de savoir quelles étaient les fenêtres de Mikayla. Peut-être était-elle à l'intérieur ?

Mais non. Elle était bien là. Il l'aperçut remerciant Luke, chargé du barbecue, pour le hamburger qu'il venait de lui faire cuire. Il la regarda le napper de ketchup, de moutarde et de sauce, y empiler des tomates et ajouter un cornichon.

Après être allé chercher son propre hamburger, il se dépêcha de la rattraper au buffet des boissons pour se servir un thé glacé.

— Vous voyez, finalement, nous déjeunons ensemble pour fêter votre nouveau travail, lança-t-il.

Elle se retourna vivement.

— Jensen, je ne savais pas que vous veniez.

Comment faisait-elle pour être toujours aussi jolie ? Elle portait un débardeur rose, une longue jupe en coton vaporeuse et ses sandales plates si sexy. Ses longues boucles caressaient ses épaules hâlées par le soleil. Et, s'il ne se trompait pas, elle semblait encore plus enceinte.

— Je me fais des amis partout où je vais, dit-il en manière de plaisanterie en mettant des glaçons dans son gobelet. Je suis invité à toutes les fêtes.

Il se força à détacher les yeux de son ventre. Elle se mit à rire.

— C'est vrai ?

— Non. Mais j'avais l'air si malheureux devant mes treize mails professionnels chez Daisy's Donuts un samedi matin qu'Eva a eu pitié de moi et m'a invité à son barbecue.

Elle se remit à rire, de ce rire mélodieux qui le frappa en plein cœur.

— Et c'est une bonne chose que vous ne m'ayez pas vu chez Just Us Kids, l'autre jour, poursuivit-il. Figurez-vous que j'ai réussi à faire pleurer un enfant.

— C'est sans doute que vous n'avez pas passé suffisamment de temps en compagnie d'enfants. Je me trompe ?

— C'est exact. Je ne suis jamais sorti avec une femme qui avait des enfants. Et comme les belles-filles de mon frère Autry sont à Paris, je n'ai pas souvent l'occasion de les voir.

— La clé pour communiquer avec les enfants est de rester soi-même, expliqua-t-elle.

— Je pense justement que c'est ce qui m'a causé des ennuis.

Elle rit de nouveau et il se réjouit de la voir heureuse. Pourquoi, il l'ignorait.

— Oh ! ces deux sièges viennent de se libérer, s'exclama-t-elle. Prenons-les avant que quelqu'un d'autre les repère.

Son cœur fit un bond dans sa poitrine. Elle venait de l'inviter à s'asseoir avec lui. C'était bon signe. Elle ne le détestait plus.

— Je croyais que les femmes enceintes avaient des sièges où qu'elles aillent, remarqua-t-il en la suivant.

— Ici, à Rust Creek Falls ? Absolument. Chez moi, à Cheyenne ? C'est une autre histoire !

— Je me lèverais immédiatement pour vous !

Il tressaillit. Il n'avait pas eu l'intention de parler avec une telle ferveur.

— Je n'en doute pas une seconde, Jensen, dit-elle en prenant place sur l'une des deux chaises libres.

Il posa son gobelet dans l'herbe, devant sa chaise, et s'assit à côté d'elle, si près qu'il pouvait sentir son shampoing. À la pomme, il en était sûr.

— Alors, comment une fille de Cheyenne atterrit-elle dans une petite ville du Montana ? Vous avez de la famille ici ? s'enquit-il, curieux.

Elle mordit dans son copieux hamburger et il eut l'impression qu'elle était contente d'avoir la bouche pleine pour ne pas lui répondre immédiatement.

— Je n'ai pas beaucoup de famille. J'ai un cousin que j'adore, Brent, mais en ce moment, il fait le circuit du rodéo. J'ai déménagé ici à sa suggestion. Luke et lui ont travaillé dans un ranch du Wyoming ensemble. Alors quand j'ai eu besoin de prendre un nouveau départ, Brent lui a téléphoné. Et voilà. J'habite maintenant à Sunshine Farm.

Il la vit parcourir les lieux des yeux, son visage s'illuminant. Manifestement, elle se plaisait ici.

— Tous les soirs, de la fenêtre de ma chambre, je regarde ces grands espaces, ces magnifiques forêts à l'horizon, je respire l'air si frais et je suis remplie d'espoir. Au lieu de me sentir enfermée comme à Cheyenne, devant ces champs et cet immense ciel bleu j'ai l'impression que tout peut arriver. Que le monde offre une infinité de possibilités.

Elle lui jeta un coup d'œil, comme si elle avait oublié qu'elle avait un interlocuteur. Et se mordit la lèvre.

— Ça doit vous paraître insensé.

Il but une gorgée de thé glacé.

— Non, pas du tout. Je vois exactement ce que vous voulez dire. J'ai l'impression que je peux vraiment réfléchir, ici.

Elle hocha la tête.

— Exactement. Mais vous n'allez pas tarder à partir ?

— Si j'arrive un jour à conclure cette transaction foncière. Pour la première fois de ma vie, je suis peut-être vaincu. Par un septuagénaire, plus têtu encore que mon propre père. Jamais je n'aurais pensé rencontrer quelqu'un qui pourrait concurrencer Walker Jones II dans ce domaine.

Elle sourit.

— J'ai un aveu à vous faire. Quand j'ai visité Just Us Kids l'autre jour, j'ai surpris la fin de votre conversation avec vos frères. Vous parliez d'un centre de distribution que vous voulez construire sur ce terrain ?

Avec un hochement de tête, il lui raconta l'histoire de Davison Parkwell, son travail de bénévolat, et à quel point la création de ce centre avait compté pour l'homme qui avait été comme un second père pour lui.

— Je suppose que si je ne peux pas obtenir ce terrain je devrai chercher un nouvel emplacement. J'espère juste ne pas devoir en arriver là. Davison adorait cette partie du Montana et, étant donné les liens de plusieurs de mes frères avec Rust Creek Falls, mon cœur me dit que c'est l'endroit idéal, ajouta-t-il en touchant la partie gauche de son torse.

Elle penchait la tête de côté, comme si elle absorbait ses paroles. Puis, mordant dans son cornichon, elle demanda :

— Qu'est-ce qui l'empêche de vendre ?

Si seulement il le savait !

— Je n'en ai pas la moindre idée. Cette terre est inutilisée. Sa maison tombe en ruine et il n'a aucune famille ici. Je ne comprends pas. Pourquoi ne prend-il pas l'argent et ne part-il pas d'ici ? Il pourrait passer ses vieux jours dans le luxe, dans un coin où il fait chaud.

— Certes. Mais, visiblement, Barnes a une bonne raison de ne pas vouloir lâcher sa terre. Il vous suffit de trouver laquelle et ce sera votre chance.

— Ou juste la raison pour laquelle il me claque la porte au nez à mesure que je monte mes offres.

— Oui, mais peut-être que si vous saviez pourquoi votre négociation aboutirait.

— Vous êtes sûre de ne pas avoir un MBA ? demanda-t-il. Parce que vous avez parfaitement raison. Je dois découvrir ce qui l'empêche de vendre.

— Vous pourriez demander en ville, suggéra-t-elle. Découvrir ce qui le contrarie.

« Guthrie Barnes ? Je n'ai jamais entendu parler de lui. » « Qui ? » C'étaient les réponses habituelles auxquelles il avait droit quand il se renseignait sur lui. Barnes habitait à Rust Creek Falls depuis presque cinquante ans, soit quasiment toute sa vie d'adulte. Comment pouvait-il passer aussi inaperçu ?

Avec un froncement de sourcils, il répondit :

— J'ai essayé mais sans grands résultats. Mais je vais continuer à creuser.

— Ne jamais renoncer. Cela doit être la devise de tout le monde.

Pour un peu, il aurait regretté qu'elle ait prononcé ces mots. Parce qu'il n'était pas question qu'il renonce à son attirance pour elle, une attirance qui allait bien au-delà d'un simple attrait physique. Il aurait pu rester assis ici à lui parler pendant des heures. Il voulait connaître son opinion sur tout.

— Ayez confiance, dit-elle en lui frôlant la main.

Et, de nouveau, il sentit chaque fibre de son corps réagir à son contact. Il ne voulait pas qu'elle retire sa main. Ce que, hélas, elle fit.

Que lui arrivait-il, enfin ?

Comment pouvait-il être ainsi sous le charme de cette femme ? Elle n'était pas une candidate pour une relation sans attaches. Elle allait avoir un bébé dans deux mois !

Cette étrange sensation s'empara encore une fois de lui. Celle qui lui faisait la tête lourde et lui nouait le ventre. Celle qui le poussait à dire des stupidités pour changer de sujet.

Et, avant de pouvoir s'en empêcher, il demanda :

— Et ce bébé, a-t-il un père dans les parages ?

Il la sentit se raidir à côté de lui. Elle prit son thé glacé, but une longue gorgée, puis, avec une lenteur infinie, le reposa dans l'herbe, devant sa chaise.

Abruti, se tança-t-il, en se frappant virtuellement le front. Pourquoi lui avait-il posé cette question ? Comme s'il l'ignorait. Pour mettre un terme à leur conversation trop concrète.

— Attape-moi ! cria soudain un invité de la jeune génération.

Une tarte à la main, il s'élança en direction des pâturages. Il reconnut l'un des neveux de son frère, Henry ou Jared. Ils se ressemblaient beaucoup.

— « Attape » ? répéta-t-il, perplexe.

— Ça veut dire « attraper » en langage d'un enfant de deux ans et demi, voyons ! expliqua Mikayla en secouant la tête.

Avec un sourire, elle lui donna un coup de coude dans les côtes.

— Essayons d'attraper ce petit voleur avant qu'il tombe, le nez dans sa tarte aux pommes.

Jensen se leva d'un bond et s'élança à la poursuite du bambin.

— Je croyais que tu avais dit que personne ne pourrait t'attraper, lança-t-il, une fois à sa hauteur.

— Tu m'as pas attrapé, dit le gamin d'un air triomphant en virant à gauche.

— Oh ! on joue à chat perché ? Pourquoi ne l'as-tu pas dit ?

Jensen fit comme s'il ne pouvait pas le suivre. Puis il finit par se pencher en avant, feignant d'être essoufflé, et toucha la petite épaule.

— Chat !

— C'est moi le chat, dit l'enfant en riant.

Jensen repartit vers les invités à petites foulées et, souriant, lança :

— Tu ne m'attraperas jamais.

— Tu vas voir ! s'écria l'enfant, l'air très concentré.

Au moment où ils arrivaient à hauteur de son père, Jensen ralentit pour que ce dernier puisse attraper son fils. Celui-ci en profita pour le toucher à son tour.

— Chat ! s'écria-t-il avec un grand sourire.

— Ah, tu m'as eu ! dit Jensen. Tu as été trop rapide pour moi.

— J'ai gagné, papa ! s'extasia le petit.

— Bravo ! s'exclama Jamie Stockton.

Avec un soupir de soulagement, Fallon, sa femme, prit la tarte et la posa sur le buffet à desserts.

— Comment a-t-il fait pour ne pas la renverser ? se demanda Mikayla.

— Un miracle de Noël en août ? suggéra Jensen avec un haussement d'épaules.

Elle se mit à rire.

— Je croyais que vous étiez nul avec les enfants et que vous les faisiez pleurer ? J'ai l'impression que, grâce à vous, Henry est aux anges. Et vous avez sauvé la tarte !

— Ça doit être votre influence qui déteint sur moi.

Elle hocha la tête alors qu'ils regagnaient leurs chaises.

— Vous savez toujours quoi dire ! lança-t-elle en souriant.

Il finit son hamburger et répondit :

— Pas vraiment. Sinon je ne vous aurais pas posé cette question si maladroite sur le père de votre bébé. Et ne vous l'aurais pas rappelé, ajouta-t-il d'un ton contrit.

Elle sourit et mordit dans son propre hamburger.

— Il n'y a pas de mal à demander. Les gens qui mettent les pieds dans le plat m'ont toujours fait craquer.

— Si ce n'est que ce ne sont pas mes affaires.

Tout à coup, sans crier gare, elle posa une main sur sa joue et l'embrassa sur les lèvres. D'un baiser qui était loin d'être un baiser amical. Mais un vrai baiser. Un baiser amoureux. Un baiser qui était une invitation.

Mais quel genre d'invitation exactement ?

Waouh ! Elle venait de terminer son hamburger, avait envie d'un autre cornichon et, soudain, se surprenait à embrasser la bouche si tentante de Jensen.

L'avait-elle vraiment embrassé ? Oui. L'expression moitié surprise moitié ravie sur son beau visage le lui prouvait. Qu'est-ce qui avait bien pu lui prendre ? Quelques minutes auparavant, il l'exaspérait. Mais il avait mis une douceur et une gentillesse incomparables à rattraper le petit Stockton.

Pourquoi ne pouvait-il être aussi nul avec les enfants qu'il le prétendait ? Si cela avait été le cas, elle aurait pu le rayer de sa liste d'amoureux potentiels. Une liste se limitant à un seul nom, qui, de toute façon, n'aurait pas dû y figurer.

Elle n'avait pas d'inquiétude à avoir, se rassura-t-elle. Son intérêt pour elle n'était pas réel. Il la trouvait attirante, sans doute parce que, comme Eva et Amy l'avaient dit, elle appartenait à cette catégorie de femmes enceintes exaspérantes qui ne grossissaient que du ventre. Mais, dans deux mois, quand elle serait enceinte de neuf mois et aussi imposante que son manoir familial à Tulsa, il repartirait dare-dare. Même sûrement bien avant. Il était évident que, pour lui, elle représentait un défi. Combien de femmes enceintes avait-il essayé de séduire avant elle ? Sans doute aucune.

Son seul but devait rester son indépendance. Une femme dans sa condition ne pouvait miser sur un Jensen Jones. Qui, du reste, devait souffrir d'un sévère cas de déni. À sa toute première contraction, il prendrait ses jambes à son cou, comme il l'avait fait lors de leur première rencontre, chez Daisy's Donuts.

Pourtant, au lieu de le fuir en prétextant qu'elle devait se mêler aux invités, elle l'avait embrassé !

Elle osa lui jeter un coup d'œil.

— Hum ! Je ne sais pas ce qui m'a pris.

— Moi je sais.

— Mais encore ? demanda-t-elle en le scrutant.

— Vous me trouvez incroyablement attirant. Ce qui, ajouté à notre indéniable alchimie, vous a rendue incapable de me résister.

Il était extrêmement sérieux. Il n'était pas en train de flirter avec elle, ne lui souriait pas de son sourire éblouissant. Il faisait simplement preuve d'un culot d'homme trop sûr de lui.

— Oh ! c'est la raison ?

Elle feignait de s'étonner, mais savait pourtant que c'était exactement ça.

— Donnez-m'en une autre, Mikayla.

— Ce sont mes hormones qui me jouent des tours, déclara-t-elle, espérant qu'il la croirait.

Il lui montra un cow-boy de haute taille.

— Vous auriez pu embrasser cet homme, ou celui-là, ajouta-t-il avec un geste vers un blond du genre surfeur. Mais c'est moi que vous avez embrassé.

— Eh bien, je ne vais pas recommencer ! chuchota-t-elle, priant pour que personne n'écoute cette conversation de fous.

— J'espère que si, répliqua-t-il d'un ton bien trop grave.

Il la regardait droit dans les yeux.

— Pourquoi ? demanda-t-elle, troublée. Dans quel but devons-nous nous embrasser, apprendre à nous connaître ?

— D'abord, parce que nous nous plaisons. Vous devez

admettre que je vous plais, même si je suis richissime et que j'aime étaler mes dollars.

— D'accord, très bien. Vous me plaisez, même si vous êtes richissime et que vous l'affichez.

Il esquissa un sourire satisfait.

— Ensuite, il y a l'alchimie.

— Je suppose, concéda-t-elle, regrettant que ce soit vrai.

— Et enfin, nous sommes tous les deux célibataires. Nous devrions nous tenir mutuellement compagnie. Quelle que soit l'issue de cette histoire.

— Et quelle sera-t-elle ? demanda-t-elle.

Même si elle en avait une certaine idée.

— Dans deux mois, vous serez trop occupée pour m'accorder la moindre pensée. Et, de toute façon, je serai rentré à Tulsa. Mais, en ce moment, nous sommes tous les deux disponibles. Nous nous plaisons. Nous avons envie de nous embrasser. Alors, qu'est-ce qui nous retient, Mikayla ? Je vais vous gâter. Laissez-vous faire.

Avait-il complètement perdu la raison ?

— Vous parlez d'une aventure ? Avec une femme enceinte de sept mois ? Vous êtes sérieux ?

— Totalement. Ah ah, dit-il en penchant la tête, un sourire malicieux flottant sur ses lèvres, vous y réfléchissez.

Un lent frisson la traversa. Vraiment ? Oui ? Peut-être ? Quel mal y aurait-il à prendre un peu de bon temps ? Son dernier tour de piste avant de se voir totalement accaparée par la maternité.

— Je réfléchis, dit-elle. J'ai besoin de dormir sur votre proposition.

Avait-elle perdu la raison elle aussi ? Elle jeta un coup d'œil à la grange jaune vers laquelle les invités se dirigeaient pour prendre congé de Luke et d'Eva et fit remarquer :

— J'ai l'impression que la fête touche à sa fin.

— Je suppose qu'il est temps pour moi de rentrer, dit-il en se levant.

Il ramassa leurs assiettes en carton et leurs gobelets. Ce qui la surprit. Pourquoi ne pouvait-il pas se comporter comme si tout lui était dû ? Ce qui l'aurait aidée à refuser son offre insensée.

— Je passerai demain matin pour avoir votre réponse.

— Et si je ne suis pas sûre demain matin ? demanda-t-elle.

De nouveau, il la fixa de ses magnifiques yeux bleus.

— Je pense que vous le serez, d'une façon ou d'une autre.

— Et si ma réponse est « hors de question » ?

— Dans ce cas, comme dit la chanson, je devrai me retirer avec grâce.

Elle était de plus en plus perplexe. Elle n'avait pas la moindre idée de la chanson à laquelle il faisait référence mais elle ne s'était pas attendue à l'entendre accepter de capituler si aisément. De s'en aller. De la laisser tranquille. Était-ce vraiment ce qu'elle voulait ?

— D'accord, dit-elle enfin. À demain matin, alors.

Il s'éloigna et elle le suivit des yeux. Après avoir jeté leurs assiettes et leurs gobelets à la poubelle, il se dirigea vers Luke, Eva et la sœur de Luke, et leur serra la main. Puis, se tournant vers elle, il lui fit un signe d'adieu. Elle fut prise d'une envie furieuse de courir se jeter dans ses bras, de se blottir au creux de son étreinte, et que, plus jamais, il ne la lâche.

Autrement dit, demain matin, elle allait devoir lui donner une réponse négative. N'était-ce pas le plus sage ?

- 7 -

À 21 h 15 ce même soir, Jensen et ses frères finissaient un dîner tardif à Maverick Manor. Ils avaient discuté affaires, de quelques possibles investissements fonciers dans le Montana, et avaient établi les bases de l'organisation de l'anniversaire de mariage surprise.

— La vraie surprise, ce sera que les parents viennent, ironisa Hudson en terminant ses pâtes.

Jensen finit sa bière.

— Je m'en occupe. Ils viendront.

Walker secoua la tête.

— Tu les surestimes, petit frère.

— Pas du tout, répondit-il, très confiant. Ce risotto est un délice, poursuivit-il, changeant de sujet. Cet endroit devrait avoir une étoile au Michelin.

— Jensen, sérieusement ! le rabroua Hudson. Nous sommes en train de parler de papa et maman. Walker II et Patricia Jones. Tu crois pouvoir trouver un prétexte pour les faire venir à Rust Creek Falls ? Après le mal que nous avons eu à les convaincre de faire le voyage pour nos mariages ?

Jensen retint un grognement de frustration.

— Ils viendront. Faites-moi confiance.

Sirotant son whisky, Walker se cala contre le dossier de sa chaise.

— Comment peux-tu en être si sûr ?

— Parce que, la veille de la fête surprise, je vais appeler

papa et lui raconter que j'ai décidé de m'installer à Rusty Creek Falls Que je suis tombé fou amoureux d'une femme et que, désolé, je suis les traces de mes frères. Ils sauteront dans leur avion en un clin d'œil.

Avec un sourire entendu, Hudson approuva :

— Je dois reconnaître que l'idée est géniale.

— Et si simple, mais pourtant d'une efficacité redoutable, renchérit Walker en lui portant un toast.

Son plan était infaillible. Jensen connaissait ses parents. Et tout particulièrement son père.

— Je ne regrette qu'une chose : d'être obligé d'avoir recours à de tels subterfuges. Mais, d'un autre côté, le but est de fêter les quarante ans de mariage de papa et maman ici même. Autry et Gideon sont tous les deux d'accord pour venir. Et vous allez pouvoir leur montrer tout ce que cette ville a à offrir et les faire changer d'avis sur Rust Creek Falls.

L'air surpris, Hudson haussa les sourcils.

— Depuis quand es-tu un supporter de Rust Creek Falls, Jensen ?

— Depuis qu'il embrasse des femmes enceintes à des barbecues, suggéra Walker.

Hudson se renfrogna.

— Tu vas attirer les parents ici en leur faisant croire que tu es tombé amoureux d'une femme célibataire qui est enceinte de sept mois ? Ils vont avoir si peur que ça va marcher, j'en suis sûr. Mais l'idée d'utiliser Mikayla ne me plaît pas du tout.

— Attends un peu ! s'écria Jensen. Qui a parlé de Mikayla ? Je vais juste leur dire que je suis tombé amoureux d'une femme d'ici. Sans mentionner de nom.

Walker le fixa avec intensité, une lueur de défi dans le regard.

— Ainsi, tu es tombé amoureux ?

Jensen sentit ses joues le brûler.

— C'est un stratagème. Un stratagème qui n'a rien à voir avec Mikayla Brown. Alors, fiche-moi la paix !

Hudson se pencha vers lui.

— Mais tu l'as embrassée. La femme très enceinte. Au barbecue de Luke et Eva.

Prenant tout son temps, il but une gorgée de bière. Puis répondit :

— Nous nous sommes laissé prendre par le moment, voilà tout.

— Eh bien, je te conseille de ne pas essayer de revivre ce moment, lança Hudson. Ni pour cinq minutes. Ni pour une semaine. Mikayla a été engagée à Just Us Kids et elle commence lundi prochain. Elle fait désormais partie des salariés de la société familiale Jones. Alors, bas les pattes !

Jensen leva les yeux au ciel. Ses frères aînés allaient-ils lui casser les pieds toute sa vie ?

— Mikayla et moi sommes amis. C'est tout. Et il s'avère qu'elle me plaît. C'est une femme d'une beauté époustouflante, incroyablement sexy en dépit de…

Walker et Hudson secouèrent lentement la tête, à l'unisson.

— N'y pense même pas, Jensen. Elle est sur le point d'avoir un bébé. Je suppose que tu avais remarqué ? persifla Walker.

— Je pense que c'est assez évident.

Et bien sûr, cela compliquait la situation. Rien au sujet de cette situation ne suivait la procédure standard. Y compris la raison de son attirance pour elle. Tout cela le laissait totalement perplexe.

— Alors, garde tes distances. Tu as intérêt, Jensen ! lui recommanda Hudson.

Walker approuva d'un hochement de tête.

— Écoute tes aînés.

Jensen réprima sa frustration. D'un autre côté, il savait

que ses frères cherchaient juste à veiller sur lui. Pour un homme comme lui, s'impliquer dans la vie d'une femme enceinte était une pure folie. Ils en étaient conscients et, en toute honnêteté, il était touché par leur sollicitude.

— Parce que, admettons-le, Jensen, poursuivit son frère. Tu n'as pas une vocation de père de famille.

— Jensen, père ! s'esclaffa Hudson. Non, je ne peux pas l'imaginer. Jamais.

Il n'en croyait pas ses oreilles. Ils voulaient qu'il laisse Mikayla tranquille parce qu'ils ne le pensaient pas à la hauteur pour elle ? Pour être une figure paternelle ? En un mot, pour être père ?

Walker consulta la carte des desserts tout en buvant son whisky à petites gorgées.

— Si Mikayla Brown a besoin d'un homme, elle a besoin de quelqu'un qui pourra être à son côté, la soutenir pendant les dernières semaines de sa grossesse, la coacher pendant l'accouchement et l'épouser. Qui sera son mari et le père de son enfant.

Hudson acquiesça d'un signe du menton.

— La dernière chose dont elle a besoin, c'est d'un playboy, un jet-setter qui cherche une aventure d'une semaine ou deux. Ou qui veut faire l'expérience de coucher avec une femme enceinte. Avant de s'en aller.

Jensen se cala contre le dossier de sa chaise. Il avait l'estomac noué. Mais pour qui se prenaient ses frères ? Ces abrutis croyaient-ils tout savoir ?

Évidemment, il était connu en Oklahoma pour sa longue liste de conquêtes, son important taux de roulement et son refus de s'engager. Et il n'avait jamais confié à ses aînés combien son amour pour Adrienne l'avait métamorphosé. Avant de le changer pour le pire. Il avait été prêt à l'épouser. L'avait voulu.

Jusqu'à ce qu'elle confirme ce que ses parents lui

répétaient depuis l'enfance : que son nom et son argent lui attireraient des tas d'amis, mais que, pour la plupart, il ne compterait absolument pas.

Il pensa à Adrienne et à sa ravissante chevelure dorée, se revit enfouir le visage dans ces longues mèches blondes quand ils faisaient l'amour, ses ongles lui griffant le dos, alors que, d'une voix suave, elle lui chuchotait mensonge sur mensonge. Ces grands yeux bleus dont l'angélisme cachait une croqueuse de diamants, une menteuse, une intrigante cupide qui lui avait subtilisé la somme faramineuse de presque un million de dollars.

En fait, il devrait remercier ses frères de lui avoir rappelé qui il était. Qui il devait être. Il n'était pas fait pour être père. Même pas pour être un mari. Et il était impossible de faire confiance aux femmes. Il en avait la certitude. Mikayla était une femme charmante, intelligente, belle, qui prenait ses propres décisions et menait sa propre vie. Elle ne l'avait pas giflé quand il avait suggéré une brève aventure sans attaches. Elle y réfléchissait.

Ce qu'elle devait être en train de faire à cet instant précis. Dans son lit. Nue.

À propos, les femmes enceintes dormaient-elles nues ? Il n'en avait pas la moindre idée. Comment aurait-il pu le savoir ?

D'après ce qu'il savait d'elle, elle donnait l'impression de vouloir se débrouiller seule. Elle ne cherchait pas un chevalier servant. D'un autre côté, pouvait-elle être aussi différente des autres femmes ? Surtout dans sa… condition. Elle avait besoin de quelqu'un.

Oui, c'était une sacrée bonne chose que ses frères lui aient sans le vouloir fait entendre raison. Un instant, il s'était senti un peu trop sentimental.

Il allait lui faire la cour. Il la traiterait comme une reine.

Il lui offrirait tout ce dont elle aurait besoin. Et, surtout, tout ce dont son bébé avait besoin. Puis il rentrerait chez lui.

Une brève liaison était vraiment l'idéal, pour elle comme pour lui. Il était certain que, de son côté, elle était en train d'arriver à la même conclusion à cette minute précise. Son attirance pour elle était sans doute comparable à un fruit défendu. Cela n'allait pas plus loin. Comment aurait-il pu en être autrement ?

En attendant, pour les deux prochaines semaines, elle aurait un petit ami riche. Et juste après la fête d'anniversaire de mariage, il partirait. Qui sait ? Avec Barnes qui semblait si difficile à convaincre de vendre, s'il devait chercher un nouveau site pour le centre de distribution, peut-être allait-il même devoir rester un mois de plus.

Et Mikayla et lui seraient tous les deux gagnants.

Mikayla se tournait et se retournait dans son lit.

Comme si elle avait pu trouver une position confortable alors qu'elle aurait dû passer la nuit debout à réfléchir à la proposition d'un sublime millionnaire sexy qui lui offrait une aventure torride.

Elle se leva, tapota son oreiller pour la dixième fois, et jeta un coup d'œil au réveil sur la table de chevet. 5 h 47. Une tisane et une promenade vivifiante dans les champs lui éclairciraient peut-être les idées ? Une douche rapide l'aida à se réveiller. Puis elle descendit à la cuisine, surprise d'y entendre des voix.

Assises à la table, en tenue de nuit, Eva et Amy buvaient du café en parlant à voix basse. Sans doute pour ne pas la réveiller, supposa-t-elle. Et Luke était probablement toujours couché, comme ils auraient tous dû l'être.

— Tu es matinale, remarqua Amy. Tout va bien ?

— Très bien. Impossible de trouver le sommeil, c'est tout. Mais pourquoi êtes-vous réveillées, toutes les deux ?

— Sunrise Yoga à 6 h 15 dans le parc, expliqua Eva. C'est censé nous aider à nous préparer une journée équilibrée.

— Équilibrée ? répéta Luke qui entrait.

Les cheveux en bataille, il se servit un café.

— C'est un terme souvent utilisé en pédagogie, expliqua Mikayla en se préparant une camomille. Les forces luttant entre le mental et le physique pour atteindre l'équilibre. Et, croyez-moi, moi aussi, j'ai des problèmes avec les forces qui luttent en moi.

— À plus tard, mesdames, les salua Luke en déposant un baiser sur la joue de sa femme. J'espère que tu trouveras cet équilibre.

Avec un sourire espiègle, il sortit par la porte latérale. Eva observa Mikayla d'un air entendu.

— Je parie que ça a un rapport avec ce baiser torride que j'ai surpris au barbecue hier. Je me trompe ?

Amy les regarda tour à tour.

— Pardon ? Quel baiser ?

Mikayla sentit un frisson d'angoisse. Qui d'autre avait été témoin de ce baiser ? Était-elle devenue le sujet de conversation de toute la ville ? Elle espérait bien que non !

Avec un soupir à fendre l'âme, elle s'assit à la table et but une gorgée de sa tisane. Elle avait toujours l'esprit aussi embrumé.

— Eh bien, je voyais Jensen Jones comme le typique millionnaire coureur de jupons, commença-t-elle. Mais vu sa gentillesse avec le petit Henry Stockton, j'ai révisé ma copie. Et, à la place du magnifique millionnaire, trop sûr de lui, trop suave, à la boucle de ceinturon incrustée de diamants, j'ai vu un homme plein de bonté, au cœur d'or. Et sexy. Et alors que nous discutions à cœur ouvert de banalités, je me suis penchée vers lui et je l'ai embrassé. Je n'arrive toujours pas à y croire.

Amy partit d'un éclat de rire et applaudit.

— J'adore ! Et je parie que lui aussi a adoré.

Elle revit l'expression de Jensen quand elle s'était arrachée à ses lèvres. La surprise et le ravissement qu'exprimaient ses yeux bleus qui flamboyaient de désir.

— Je pense que oui. Au point qu'il m'a demandé si nous pouvions vivre une liaison torride, sans attaches, jusqu'à son départ.

— Une liaison ? répéta Eva, les yeux écarquillés. Torride mais temporaire ?

— Exactement. C'est complètement fou, non ? Je suis enceinte de sept mois.

Amy leva son mug.

— Exactement la raison pour laquelle tu ne devrais pas hésiter. Sinon, dans deux mois, tu le regretteras. Tu n'auras pas une seconde pour toi. Mais une semaine ou deux à se faire courtiser, inviter au restaurant par un Jones célibataire et disponible ? Fonce !

Eva se mit à rire.

— Désolée, Mikayla, mais je suis d'accord avec Amy. La maternité va complètement bouleverser ta vie. Les nuits blanches, la responsabilité totale d'une autre personne. Alors, si cette chance folle d'être Cendrillon pendant une quinzaine de jours s'offre à toi, saisis-la.

— En attendant, nous ferions bien de nous mettre en route pour retrouver notre équilibre, déclara Amy en se levant avec un sourire.

Eva mit leurs mugs dans l'évier et ses deux amies prirent la direction de la porte, leur tapis de yoga orange en bandoulière.

— Une seconde ! lança Mikayla. Vous ne pouvez pas partir avant de m'avoir donné la raison qui pousserait une femme célibataire, enceinte, saine d'esprit, à refuser d'avoir une brève liaison avec Jensen ?

— Désolée, chérie, mais il n'y en a aucune. Toi et Jensen êtes si différents qu'il est fort peu probable que tu t'attaches à lui. Je me trompe ?

Amy hocha la tête d'un air approbateur.

— Il est sexy, il est riche et il a un sourire à se damner. Amuse-toi. Et, quand il partira, vous reprendrez vos vies et vous aurez d'excellents souvenirs.

— Je vois. Je n'ai plus qu'à accepter, alors ?

En riant, elles s'éloignèrent.

Songeuse, Mikayla resta assise dans la cuisine. Ses amies avaient peut-être tort. Elle s'était déjà un peu attachée à Jensen. Et pour la première fois, cette nuit, ce n'était pas son ventre proéminent qui l'avait empêchée de trouver le sommeil. C'était sa pensée. Jensen Jones avait beaucoup plus à offrir que son compte en banque.

Hélas, elle avait bien trop de choses à gérer pour tomber amoureuse. Aussi allait-elle prendre bien garde à blinder son cœur. Elle ne le lui fermerait pas totalement, certes. Mais, comme l'avait dit Eva, Jensen et elle étaient très différents, leurs deux mondes aux antipodes. Il n'allait pas tomber amoureux d'elle et elle ne tomberait pas amoureuse de lui.

Alors, pour la première fois de sa vie, pourquoi ne pas se laisser traiter en princesse pendant une semaine ou deux ? Avant que son univers ne se limite plus qu'à changer les couches, à se réveiller toutes les deux heures et à constamment s'inquiéter de ne pas être une bonne mère ? Un adieu. Voilà ce que cette aventure aussi brève que torride avec Jensen allait être. Un adieu à son insouciance, un dernier tour de piste.

Quand elle entendit le bruit du moteur de son pick-up qui arrivait à Sunshine Farm, elle était sûre à cent pour cent de sa décision.

- 8 -

— Quand tu m'as dit que tu voulais m'inviter pour le petit déjeuner, Jensen, j'ai pensé que tu allais m'emmener au Daisy's Donuts.

Jensen lui sourit et ouvrit la porte de l'hôtel quatre étoiles de Kalispell qui, selon Walker, servait les meilleurs petits déjeuners de tout le Montana.

— Nous avons quelque chose à fêter, répliqua-t-il. En outre, tu peux aller chez Daisy aussi souvent que tu le veux.

Elle promena son regard sur l'opulent lobby avec ses sols de marbre et ses lustres ouvragés.

— Ainsi, voilà la vie d'une femme de Jones. Même temporaire, ajouta-t-elle très vite. Ça me plaît.

« Une femme de Jones temporaire. » C'était une tournure étrange. Même pour lui. Mais devant l'émerveillement, le ravissement, qu'exprimaient les yeux de Mikayla quand ils entrèrent dans l'élégant restaurant et suivirent l'hôtesse jusqu'au patio extérieur, il oublia tout. Seul comptait de la voir si heureuse.

L'hôtesse les fit asseoir à une table décorée de fleurs sauvages. Et, quelques minutes plus tard, Mikayla se vit apporter son décaféiné qu'elle qualifia de divin.

Elle parcourut la carte.

— Je vais prendre le menu pour femmes enceintes : les œufs au bacon et les pancakes.

— D'après Walker, les pancakes fondent sous la langue, ici.

Son frère ne se trompait pas. Le petit déjeuner était délicieux. Et, à chaque bouchée, Mikayla émettait des petits bruits de pur bonheur. Il aurait pu passer la journée à la regarder. La nuit aussi.

Pourtant, une ombre passa sur son visage. Son adorable sourire revenu, elle but une gorgée de café.

— Mikayla ? Tout va bien ? s'inquiéta-t-il.

Elle détourna la tête, avant de le regarder droit dans les yeux.

— Nous sommes un couple temporaire sans attaches depuis plus d'une heure, et, toutes les cinq minutes, je remets ce concept en question.

Il préférait de loin le terme « couple temporaire sans attaches » à celui de « une femme de Jones temporaire ».

— Parce que tu persistes à oublier que nous sommes tous les deux gagnants ? demanda-t-il.

Il dégusta son jus d'oranges, fraîchement pressées, bien entendu.

— Et si, toutefois, nous voulions changer la donne ?

Comment serait-ce possible ? Rien ne changerait. Chacun devrait reprendre le cours de sa propre vie. Qui, pour elle, serait une nouvelle vie.

— Dans quelle mesure ? N'avons-nous pas été honnêtes l'un avec l'autre ? Tu sais que je suis incapable de plus. Et je sais que tu mérites le meilleur. Donc, tant que je le pourrai, je vais t'offrir le meilleur.

— Je ne comprends toujours pas très bien quels bénéfices tu retires de cet arrangement, Jensen. Du sexe torride avec une femme enceinte ? ironisa-t-elle.

— Ta compagnie, Mikayla, et tout ce que ça englobe. Opéra. Pique-nique. Week-end à Paris, balades à pied jusqu'à Daisy's Donuts.

Elle secoua la tête. Mais un sourire flottait de nouveau sur ses lèvres.

— Tu es fou.

— Follement sexy ? proposa-t-il avec un haussement de sourcils suggestif.

Espiègle, elle lui donna un petit coup sur le bras.

— Aussi. Mais, sérieusement, ajouta-t-elle en lui coulant un regard en coin, si tu te retrouvais plus impliqué que prévu, d'un point de vue affectif ?

— Et toi ? répliqua-t-il.

— Si cela devait arriver, nous aviserons le moment venu.

— Exactement. Mais, Mikayla, je dois être bien clair : dans deux semaines, au plus, je rentre chez moi. Tu vas avoir un bébé. Nous sommes sur deux chemins différents. Qui ne se croiseront pas dans le futur.

Elle but une longue gorgée de café, puis hocha la tête.

— Si ce n'est que nous sommes assis ici ensemble. Nos chemins se sont tellement croisés que nous sommes un couple temporaire.

Exactement, un couple temporaire.

— Alors, que veux-tu dire ?

Elle posa sa tasse. Elle semblait peiner à mettre des mots sur ses pensées.

— Je ne sais pas. Que je sens comme des dissonances dans notre accord. Je ne cherche pas un chevalier servant. Je pense avoir été honnête à ce sujet. Mais je te laisse m'inviter au restaurant.

— Tu me laisses être moi-même. Et je suis comme ça.

Elle se mit à rire.

— Alors, je te rends service ? Je te permets d'être toi-même ?

— Exactement, acquiesça-t-il, son regard s'illuminant.

— Tu es vraiment fou, en fait !

— Mais j'ai follement raison.

Avec un nouveau coup de coude taquin, elle concéda :

— Je suppose que oui.

Une fois sortis du restaurant, ils s'arrêtèrent à côté d'un gros arbre fruitier en pot.

— Merci encore pour ce festin, lui dit-elle en l'embrassant sur la joue. Il a comblé toutes mes envies de femme enceinte.

Il glissa un bras sous le sien et l'entraîna vers la sortie. Malgré ce contact si ténu, il ne pouvait s'empêcher de savourer la sensation de son corps.

— Tu m'en vois enchanté. C'était le but. Pendant les deux prochaines semaines, nous allons combler nos désirs mutuels.

Elle s'arrêta, baissa la tête vers son ventre, et le désigna d'une main.

— Juste une question : tu as remarqué que j'étais enceinte ?

— Mikayla, même à des kilomètres, la proéminence de ce ventre n'échapperait à personne.

Cette remarque lui valut une nouvelle bourrade, plus violente, cette fois.

— Manifestement, tu es très enceinte et sur le point d'avoir un bébé. Je le sais. Et tu es belle, radieuse, tu es drôle. Nous sommes tous les deux célibataires. Et j'ajouterai que nous avons tous les deux du temps libre. Alors, amusons-nous !

Elle acquiesça d'un signe de tête.

— Tu sais, quand tu l'exprimes ainsi, ça a de nouveau du sens.

Une fois ce point réglé, ils se mirent à marcher, bras dessus bras dessous, dépassant des badauds qui faisaient du lèche-vitrines. Le centre de Kalispell était aussi animé que d'habitude : des piétons, des joggeurs, des gens qui promenaient leurs chiens, un peu de circulation. Leur conversation fut interrompue par un homme qui arrivait, une laisse dans chaque main, l'une reliée à un majestueux danois et l'autre à un petit carlin qui se dandinait. Le regard brillant de joie, Mikayla s'extasia sur les deux chiens, demanda leur nom, leur âge.

Jensen la regardait avec un pincement au cœur. Combien il aurait aimé pouvoir lui offrir des chiens. Et il l'aurait fait si elle avait eu une maison. Et si elle n'avait pas été sur le point d'avoir un bébé.

Ils continuèrent à flâner sur le trottoir. Un jeune musicien de rue jouait d'un violoncelle plus gros que lui. Ils s'arrêtèrent un moment pour l'écouter. Puis, à leur tour, firent un peu de lèche-vitrines. Mais elle refusa d'entrer dans les boutiques. Et quand il l'encouragea à choisir ce qui lui plairait, elle répondit :

— Je me contente de regarder.

D'abord perplexe, il finit par comprendre : elle ne voulait pas qu'il lui fasse le moindre cadeau.

Alors qu'ils longeaient une autre boutique, il entendit son petit cri. Elle s'était arrêtée net devant la vitrine dans laquelle était exposée de la layette. Il leva les yeux vers le panneau sur lequel s'étalait le nom : Au Paradis de Bébé. La boutique voisine vendait de la lingerie. Malgré lui, il ne put s'empêcher d'espérer que cela l'intéresserait. Il l'imaginait très bien dans l'ensemble en dentelle noire que portait le mannequin.

Mais toujours plantée devant la vitrine d'Au Paradis de Bébé, le regard rivé sur une espèce de petit bateau jaune, elle semblait perdue dans ses pensées.

— C'est un berceau en forme de canoë, murmura-t-elle.

Sa voix était empreinte d'une telle nostalgie qu'il s'approcha pour le regarder d'un peu plus près.

— Quand il était vivant, mon père adorait le canoë. Tous les dimanches, il m'emmenait à la pêche. Et nous descendions la rivière en canoë. Je ne peux pas croire que mon enfant ne rencontrera jamais l'homme merveilleux qu'il était.

Avec un reniflement, elle se détourna. Il lui prit la main et la serra.

— Tu sais, il te sera peut-être possible de le faire revivre pour lui. Le dimanche, tu pourras l'emmener sur la rivière en canoë, lui raconter des histoires sur son grand-père, lui dire à quel point il était merveilleux. Et ton enfant sera sûrement très heureux d'entendre parler de cet homme exceptionnel qu'il n'aura pas eu la chance de rencontrer.

Elle se tourna vers lui. Elle semblait rassérénée.

— Tu as parfaitement raison, Jensen. Merci. As-tu passé beaucoup de temps à faire des activités avec ton père ? Du canoë, aller à la pêche, camper ?

Il secoua la tête.

— Avec mon père ? Tu plaisantes ? Walker Jones II n'a aucun intérêt pour la famille. Il ne s'intéresse qu'aux affaires.

— Il a eu cinq enfants. Il doit les aimer, fit-elle remarquer.

— Non. Il voulait juste une descendance, un héritier.

— Ça t'a manqué de ne pas passer du temps avec lui quand tu étais enfant ?

— Oui. Mes frères essayaient de me réconforter. Ils étaient présents, ils organisaient des matchs de football, m'emmenaient au cinéma. Mais, plus ils vieillissaient, plus mon père pouvait renforcer le lien avec eux. J'ai toujours été le benjamin, celui qui devait « écouter et apprendre ».

— Je suppose que la richesse n'achète pas tout.

— Tu as bien raison.

Se tenant toujours la main, ils reprirent leur flânerie.

— L'homme dont je t'ai parlé, Davison, mon mentor, m'emmenait pêcher au moins une fois par mois. Comme il n'avait pas d'enfants, il aimait partager ses passions avec moi.

— Je suis contente qu'il ait été là pour toi.

— Moi aussi. T'ai-je parlé de l'anniversaire de mariage surprise que j'organise pour mes parents dans deux semaines ? Je dois inventer un mensonge insensé pour les attirer ici. Si je les invitais pour une simple visite, ils trouveraient toutes sortes d'excuses. Davison, pour sa part, emmenait sa femme fêter leur anniversaire de mariage dans un pays différent tous les ans. L'année avant sa mort, elle s'était prise d'une passion tardive pour les sushis. Alors il l'a emmenée au Japon pour déguster les meilleurs sushis du pays. Mon père ne connaît même pas les préférences culinaires de ma mère.

— Qui sont ?

— Une salade, bien sûr. Au vinaigre balsamique. Mon père aurait dit du filet mignon, ce que ma mère n'a pas mangé depuis des années, ironisa-t-il.

— Alors, comment un homme élevé par ton père peut-il être aussi en phase avec mes désirs ? s'enquit-elle. Tu devrais ne pas en avoir la moindre idée.

— Je te l'ai dit, parce que tu me plais. Tu me plais vraiment, Mikayla.

— Idiot ! le rabroua-t-elle en riant.

Il sourit à son tour. Comme il était étrange de pouvoir lui parler de tout ! De ses parents. De Davison. D'affaires. De son attirance insensée pour elle.

Elle se mordit la lèvre et, un instant, détourna le regard.

— Donc…

— Donc… quoi ?

— Tu sais, Jensen, tu as peut-être grandi dans une immense maison avec une armée de domestiques, et ta boucle de ceinturon coûte probablement plus qu'une voiture, mais, parfois, je ne pense pas que nous soyons si différents. Je le sens quand je t'entends parler de Davison et de ce que le centre de distribution signifie pour toi. Ou de tes parents et de la fête que tu prévois. Ça n'a rien à voir avec ta fortune. Tout est lié à ça, finit-elle en tapant son cœur de la paume.

— Serais-tu en train de m'accuser d'être un type bien ? dit-il en souriant.

— Quelquefois, oui, acquiesça-t-elle, songeuse. Tu l'es.

Il se mit à rire, avant de demander :

— Qu'allais-tu dire, en fait ? Après ton « donc »… ?

— Oh ! dit-elle, ses joues se colorant de rose. J'ai cru un moment que tu avais réservé une chambre dans un grand hôtel.

Il la dévisagea. Et, immédiatement, l'imagina nue sur un lit.

— Tu aurais voulu que je réserve une chambre ?

Maintenant, elle était rouge pivoine.

— Non. Je veux dire, je ne sais pas, balbutia-t-elle. Je ne sais pas comment cette aventure sans lendemain est censée évoluer. C'est la première fois de ma vie que j'en vis une.

— Je suppose que nous devons juste obéir à nos envies. Je serais plus qu'heureux, aux anges même, de réserver une suite, de te porter pour franchir le seuil et de combler tous tes fantasmes.

— Comme si tu pouvais me porter, railla-t-elle.

— Oh ! tu peux me faire confiance, je le pourrai.

Et sans lui laisser le temps de protester, il la souleva dans ses bras.

— Je te l'avais dit, jubila-t-il.

— Prenez une chambre ! leur cria quelqu'un de l'autre côté de la rue.

Mikayla se mit à rire et jeta un coup d'œil au groupe de jeunes femmes qui leur souriaient.

— Nous en parlions justement à l'instant.

— Alors, c'est d'accord ? demanda-t-il.

Mikayla dans les bras, il reprit la direction de l'hôtel.

— En fait, je ne suis pas sûre d'être prête à faire l'amour en plein jour, Jensen. J'ai besoin d'un peu de romantisme, de quelques préparatifs, que tu me fasses la cour, que le soleil soit couché depuis longtemps. Là, ce serait différent.

— Ça me convient très bien. Et je ne parle pas forcément de ce soir. Je n'ai pas besoin de te presser, Mikayla. Quand tu seras prête, tu me le diras.

Le baiser qu'elle déposa sur sa joue était d'une telle tendresse qu'il lui alla droit au cœur. Flageolant soudain sur ses jambes, il dut la reposer par terre.

Il avait l'impression de perdre ses repères. Et ne comprenait pas très bien pourquoi. Peut-être se sentait-il trop protecteur avec elle. Ce devait être ça.

— Mikayla, appela Eva d'en bas. Livraison. Dépêche-toi, que je puisse voir ce qu'il a encore bien pu te trouver.

Mikayla sentit ses joues la brûler. Jensen Jones adorait couvrir tout le monde de cadeaux. Trois jours en sa compagnie le lui avaient confirmé. S'il passait devant un magasin et voyait quelque chose qui pouvait plaire à l'un de ses frères, il l'achetait. Sans demander le prix.

Et la veille, quand elle lui avait avoué qu'elle mourait d'envie de tellement de parfums de glace qu'elle ne savait pas lequel l'assouvirait, il lui avait fait livrer douze litres de tous les parfums imaginables par un célèbre glacier de Los Angeles.

Plus tôt dans la matinée, alors qu'elle trouvait déjà qu'il dépassait les bornes et qu'il avait besoin d'être sermonné, il avait eu un geste encore plus merveilleux, sans dépenser le moindre dollar. Alors qu'ils sortaient de Daisy's Donuts avec leur café, il avait passé un bon quart d'heure à aider un petit garçon de sept ou huit ans à faire voler son avion sur la pelouse voisine. Devant l'expression de pur bonheur sur le visage de l'enfant, Mikayla avait senti son cœur se gonfler de tendresse. Et lui avait déclaré :

— Tu viens de faire pour ce garçon ce que Davison a fait pour toi. Il ne l'oubliera jamais.

Il avait repoussé sa remarque d'un geste désinvolte mais elle avait vu qu'il était touché. Il renfermait des trésors de bonté. Simplement, ses habitudes correspondaient à son monde. Et quand le moment serait venu pour lui de partir, leur séparation serait facilitée par le fait qu'ils appartenaient à deux univers si différents.

Descendue rejoindre Eva, elle regardait maintenant le livreur qui se tenait devant la porte avec une longue boîte nouée d'un ruban rouge.

— Mikayla Brown.

— C'est moi, dit-elle.

Elle signa le bon de livraison.

Elle était vraiment intriguée. La boîte était trop large pour contenir des roses à longue tige. Trop étroite pour autre chose.

— Qu'est-ce que ça peut bien être ? demanda Eva.

— Je n'en ai pas la moindre idée.

Aidée par son amie, elle ouvrit la boîte. Et poussa un cri en découvrant sous le papier d'emballage le berceau en forme de canoë devant lequel elle avait eu les yeux humides à Kalispell.

Les larmes ruisselant maintenant sur ses joues, elle secoua la tête.

— Cet homme est incroyable !

— Jamais je n'ai vu un berceau aussi adorable.

Jensen ne serait plus là après la naissance, bien sûr. Mais le berceau dans lequel dormirait son bébé persisterait à lui rappeler sa générosité.

Parfois, avec lui, elle se sentait pousser des ailes, avait

l'impression d'être une vraie princesse. D'autres fois, elle sentait un poids lui oppresser la poitrine et entendait la voix de sa mère la mettre en garde. « Tu es folle ? Cet homme va te briser le cœur. Pars maintenant et concentre-toi sur ce qui t'attend. Pas sur ce que tu vas perdre. »

Mais si elle ne tombait pas amoureuse de lui, il ne lui briserait pas le cœur. Bien sûr, elle savait qu'on ne pouvait décider d'aimer ou ne pas aimer. L'amour se jouait de votre accord. Mais on pouvait faire le choix de ne pas se mettre en position de vulnérabilité. Or, elle se sentait vulnérable. Devait-elle écouter sa mère ? Dire à Jensen qu'ils s'étaient bien amusés, qu'ils avaient échangé des baisers inoubliables, mais qu'elle avait besoin de garder la tête froide ?

Cette pensée la plongeait dans un étrange désarroi. Elle ne pouvait s'imaginer le quitter déjà. Pas avant d'y être contrainte.

Autrement dit, que cela lui plaise ou pas, elle était en train de tomber amoureuse de lui.

Jensen avait du pain sur la planche pour la journée à venir. Mikayla avait insisté pour qu'il ne dépense rien pendant vingt-quatre heures. Pas un dollar. Même pas pour une tasse de café de chez Daisy ou un journal local. Pas de commande, pas de livraison, pas de jet familial. Il avait entendu la note de défi dans sa voix. Comme si elle ne l'en avait pas cru capable. Elle se trompait. Il aurait pu passer une journée enfermé dans un placard avec elle et s'amuser comme un fou.

Sachant qu'elle aimait les pique-niques, il suggéra un petit festin dans le parc de Rust Creek Falls. Après avoir dévalisé le réfrigérateur et le cellier bien remplis de son frère, il la retrouva à l'entrée du parc.

Une fois sur la pelouse, il étala la couverture qu'elle avait apportée de Sunshine Farm et y disposa le poulet grillé et la salade de pommes de terre.

— Ces activités gratuites me plaisent, déclara-t-il. Je ne pensais pas qu'il fût possible de passer une heure sans dépenser quelques centaines de dollars.

Elle sourit et prit une aile de poulet.

— Tout ce dont nous avons besoin, c'est une belle journée dans un beau parc et notre conversation. Et ce délicieux poulet. Miam !

Il se servit à son tour une cuisse et une généreuse portion de salade de pommes de terre. Il appréciait leurs conversations. Un peu trop. Il était si facile de parler avec Mikayla. Il n'y avait jamais un silence gêné.

Elle était en train de lui parler de Cheyenne, de ce parc qu'elle traversait tous les jours pour aller au travail et qui avait une aire pour chiens fermée.

— J'avais du mal à m'en arracher certains jours. Je pouvais passer des heures à regarder les chiens jouer et courir. Puis…

Elle s'interrompit. Il était sur le point de prendre sa bouteille de soda, mais il s'arrêta.

— Puis ? la pressa-t-il.

Son expression se durcit et elle détourna le regard. Il pensait qu'elle allait répondre « ce n'est rien » et changer de sujet. Mais, surpris, il l'entendit poursuivre :

— Puis, un jour, j'y ai vu Scott et sa nouvelle petite amie, avec leur chien. L'un de ces petits chiens blancs qui jappent.

— Scott ? répéta-t-il.

Il comprit qu'elle devait parler de son ex. Du père du bébé.

Soudain, le prenant au dépourvu, elle déclara :

— En fait, j'ai envie de rentrer.

Elle commença à rassembler leurs boîtes, assiettes et gobelets. D'un geste plein de douceur, il posa une main sur sa taille.

— Mikayla, tu peux me parler de tout ce que tu voudras. Y compris de ton ex.

Elle fronça les sourcils. Devant la tristesse qui voilait son regard, il eut envie de la prendre dans ses bras.

— Parler de lui ne fera que me rappeler que je ne peux faire confiance à personne, Jensen. Toi y compris.

Après avoir tout rangé dans le panier à pique-nique, elle se leva.

— Merci pour le déjeuner. C'était délicieux.

Avec un sourire crispé, elle prit la direction de la sortie du parc. Il se leva d'un bond, ramassa la couverture et la remit dans le panier d'un geste rageur. Combien il détestait ce salaud qui l'avait fait souffrir ! Comme il lui en voulait ! À cause de lui, elle se méfiait de tout. De lui.

De l'amour.

Il se figea et prit une profonde inspiration. *L'amour en général,* se corrigea-t-il. Il ne voulait pas que la souffrance, la colère, l'amertume empêchent Mikayla de s'ouvrir à une relation. D'être aimée d'un homme bien. Même si à la pensée d'un homme proche de son cœur, de son âme, de son corps de rêve, il sentait la jalousie gicler dans ses veines.

Mais qui était-il pour parler ainsi ? Lui qui éprouvait encore une telle amertume vis-à-vis d'Adrienne.

Il s'empressa de la rattraper sur le parking et lui déclara :

— La femme que je croyais aimer m'a floué. Je t'en ai un peu parlé, je sais. Mais si je n'aborde pas le sujet, c'est pour les mêmes raisons que toi. Alors, je te comprends, tu peux me croire.

— Oh ! je sais que tu comprends. Tu as proposé cette aventure temporaire sans attaches parce que tu ne crois plus en l'amour.

Pourtant, j'aimerais tant y croire encore, se surprit-il à penser. Il se figea. Depuis quand aurait-il souhaité croire de nouveau à l'amour ?

Depuis la première fois qu'il avait vu Mikayla en train de manger un beignet chez Daisy's Donuts.

Ils regagnèrent Sunshine Farm en silence. Quand la grande grange jaune apparut, il sentit Mikayla se détendre sur le siège du passager. Elle était contente de rentrer. Lui, en revanche, ne supportait pas l'idée de la quitter.

Mais il devait cesser de ne penser qu'à lui. Mikayla avait été confrontée à suffisamment d'égoïsme pour une vie entière. Il devait la laisser faire ses propres choix.

— Je vais juste rentrer ça, dit-il en faisant un geste vers l'épaisse couverture de pique-nique. Puis je te laisserai te reposer.

Elle acquiesça d'un signe de tête et ouvrit la porte. Après avoir déposé la couverture dans une corbeille, il tourna les talons, regrettant de ne pas pouvoir rester, de ne pas pouvoir s'asseoir sur le canapé avec elle et parler. Ou ne pas parler. Simplement rester avec elle.

Elle fixa le sol et déclara à brûle-pourpoint :

— Scott est un salaud de première.

Il garda le silence. Il savait que, s'il ne répondait pas par quelque stupidité, elle allait continuer.

Le prenant par la main, elle l'entraîna au premier, dans sa chambre, et ferma la porte derrière elle.

— Le salaud savait que j'aimais le parc à chiens. Il savait que je m'y arrêtais tous les jours car, pour moi, c'était un vrai réconfort. Surtout sachant à quel point il s'était montré distant depuis que je lui avais annoncé que j'étais enceinte. Mais le lendemain…

Elle hésita et laissa échapper un long soupir.

— Le lendemain du jour où je l'ai surpris avec son assistante juridique dans son bureau, Scott et elle étaient au parc à chiens avec leur chiot. Main dans la main, ils le regardaient jouer.

Jensen tressaillit. Elle l'avait surpris en train de la tromper avec son assistante juridique ? Dans son bureau ? Une vague de pitié l'envahit. Pauvre Mikayla. Et elle était enceinte de cette ordure !

— Il semble avoir un bloc de glace en guise de cœur, déclara-t-il.

Elle s'assit sur le lit et regarda par la fenêtre.

— Je pensais qu'il était juste accaparé par son travail. Il avait beaucoup de clients, beaucoup de plaidoiries. Ce bébé n'était pas prévu et il avait été clair sur le fait qu'il n'était pas prêt pour un enfant. Mais maintenant que je sais ce que je sais, un bloc de glace en guise de cœur le décrit parfaitement.

Juste ce dont le bébé de Mikayla avait besoin. Un père glacial. Il avait ce genre de père et ne le souhaitait à personne.

— Je ne peux même pas imaginer à quel point cela a dû être affreux pour toi de le surprendre ainsi, dit-il en secouant la tête. Ça me met en rage.

— Moi aussi. Du moins, c'était le cas. Maintenant que je suis ici depuis quelque temps, je me sens plus forte. Moins perdue, moins seule.

Il s'assit à côté d'elle et lui prit la main.

— Tant mieux.

Il voulait qu'elle ne se sente plus jamais seule et perdue.

— Et figure-toi qu'en plus ce salaud n'a même pas essayé de prendre de mes nouvelles depuis mon départ. Il se fiche complètement de son propre enfant.

Pas moi, répondit-il en son for intérieur.

Il se figea. Mais que lui arrivait-il encore ? *Calme-toi,* s'intima-t-il. Mikayla comptait pour lui. Voilà tout. L'idée qu'on puisse lui manquer de respect à ce point lui était odieuse.

— Tu m'impressionnes tellement, Mikayla. Tu es forte, indépendante. Déterminée. Tu as déménagé ici seule pour prendre un nouveau départ et, à peine deux mois plus tard, tu as des amis, un travail en perspective. Franchement, tu assures !

Son expression passa de la tristesse à la surprise.

— J'avais pour habitude de me motiver quand j'avais peur de l'avenir. Comme c'est agréable d'avoir quelqu'un pour prendre le relais ! Et même si j'ai plutôt l'impression de ramer que d'assurer, j'accepte le compliment. Je fais de mon mieux. Chaque jour, de mon mieux.

— Je le sais. Et c'est l'une des raisons pour lesquelles je te trouve irrésistible.

Un petit sourire coquin se dessinant soudain sur ses lèvres, elle lui effleura la joue d'une main.

— Je t'avais bien dit que ce n'était pas mon ventre qui te plaisait. Attends de voir les vergetures.

Sans réfléchir, il posa une main sur son énorme ventre.

— Tout ira bien, Mikayla Brown. Je n'ai pas le moindre doute.

Elle l'embrassa. Audacieux, exigeant, son baiser embrasa le désir qui n'avait cessé de couver entre eux. Oh oui ! Son corps réclamait cette femme. Les mains fourrageant dans sa chevelure soyeuse, il approfondit leur baiser, incapable de se rassasier de la saveur sucrée de sa bouche, l'attirant aussi près que possible.

Puis, avec une douceur infinie, il l'allongea sur le lit et se positionna sur elle avec prudence, tout en déposant une pluie de baisers sur son cou, et en caressant ses épaules crémeuses. Il voulait toucher chaque parcelle de sa peau mais ne savait pas très bien jusqu'où il pouvait aller.

— Je te veux, Jensen Jones, dit-elle, ses yeux

bruns s'assombrissant de désir. Et oui, j'en suis sûre. Et oui, tout de suite.

Il sourit.

— Nous ne risquons rien ? demanda-t-il en posant une main sur son ventre.

— Non. Mon gynéco me l'a assuré. Jamais je n'aurais pensé profiter de son feu vert, néanmoins.

— Et moi, jamais je n'aurais pensé revivre une première fois. Mais faire l'amour à une femme enceinte ? Pour moi, c'est une première.

Elle se mit à rire et l'attira plus près.

— Je veux faire l'amour. Nous devons partager ces moments, Jensen. Voilà tout.

— Dans ce cas, pourquoi sommes-nous encore habillés ? demanda-t-il en faisant courir un doigt sur son débardeur, le long du renflement de ses seins lourds.

Le sang en fusion, il retira sa chemise d'un geste impatient puis lui enleva son débardeur. Les lèvres courant de sa poitrine à son cou puis à ses épaules, il fit sauter l'agrafe de son soutien-gorge blanc. Un râle de satisfaction lui échappa à la vue de ses seins voluptueux. Ses cheveux en éventail sur son oreiller, son expression avide, son regard flamboyant d'un mélange de désir et d'impatience.

Enfin, totalement nu, un préservatif en place, incapable d'attendre un instant de plus, il fit l'amour à Mikayla. Et tous ses fantasmes depuis qu'il avait posé les yeux sur elle chez Daisy's Donuts furent comblés.

Puis, repus, unis par la passion, leurs souffles à l'unisson, ils restèrent enlacés un long moment, baignant dans un voile de sensualité.

Absorbant son odeur chaude et fleurie, il l'embrassa, surpris de voir qu'il ne voulait pas partir, qu'il n'avait pas cherché d'excuse. Il voulait rester exactement où il était.

— C'était extraordinaire, murmura-t-il. Qui aurait pu s'en douter ?

— Pas moi, répondit-elle avec un sourire. Eh bien, maintenant, je sais.

Il resserra son étreinte et lui embrassa l'épaule. Puis, les yeux fermés, il se détendit. Il avait fait l'expérience de la plus étrange des sensations en lui faisant l'amour. D'une pure émotion. Il avait toujours eu conscience du bébé dans son ventre. Même s'il avait renoncé à se montrer trop prudent lorsqu'elle lui avait fait comprendre que ce n'était pas ce qu'elle attendait. Et il avait atteint une perfection que jamais il n'avait ressentie auparavant. Peut-être était-ce lié au fait que, corps à corps, noyés dans un plaisir infini, il avait eu une impression, pour la première fois, d'osmose totale ? Il avait pensé aimer Adrienne et pourtant il n'avait jamais connu ce qu'il venait de vivre.

Il lui caressa doucement le ventre.

— Mikayla ? Qui se cache là ? Un petit garçon ou une fille ?

Elle se tourna vers lui, les yeux scintillant d'émerveillement.

— Je ne sais pas. Je veux que ce soit une surprise.

— Peut-être des jumeaux, un de chaque.

— Non. Juste un. Et c'est assez, tu peux me faire confiance.

Elle posa sa main sur la sienne. Sur son ventre.

— Waouh ! s'exclama-t-il en se redressant d'un bond. Je viens de sentir quelque chose. Le bébé a bougé.

Elle se mit à rire.

— C'est un petit joueur de foot.

Bien sûr ! Tout le monde savait que les bébés gigotaient dans le ventre de leur mère. Mais jamais il n'avait senti un coup de pied de bébé.

— Tu vas avoir un enfant.

Dans l'espoir de doubler ses chances de sentir un nouveau coup de pied, il posa son autre main sur le ventre de Mikayla.

— Je le sais. Je pense que tout le monde l'a compris, dit-elle en riant.

— Non, je veux dire, tu es sur le point de mettre au monde un petit être humain.

Pour la toute première fois, il prenait vraiment conscience de la réalité des choses. Il avait toujours vu Mikayla comme une femme sublime, sexy, *mais* enceinte. Mais c'était aussi parce qu'elle était enceinte qu'elle était sublime et sexy. Et, dans deux mois, elle serait maman.

Sa vie allait en être métamorphosée. Et, bien sûr, il n'en ferait pas partie. Néanmoins, il comprenait maintenant que les litres de glace, les berceaux sculptés à la main, les petits déjeuners de luxe, ne suffisaient pas. Il voulait lui faire une surprise inoubliable, lui faire vivre une expérience exceptionnelle, avant leur séparation. Avant l'arrivée de ce petit être qui allait accaparer tout son temps.

— Je veux t'inviter pour un vrai week-end, dans un endroit vraiment festif. Comme un dernier tour de piste pour toi, avant l'arrivée du bébé. Que dirais-tu de Las Vegas ?

Il était sur le point d'ajouter « et un dernier tour de piste pour nous deux », mais il se retint. Ce qui le mit mal à l'aise. Leurs chemins ne tarderaient pas à se séparer. Ils le savaient tous les deux. Alors pourquoi se retenir d'énoncer l'évidence ?

Parce que tu viens de faire l'amour avec elle pour la première fois. Parce qu'il ne faut pas gâcher ces instants d'infinie tendresse avec la vérité.

Parce que, s'il n'énonçait pas l'évidence, il pourrait totalement l'oublier. Oublier qu'il partait, qu'il rentrait chez lui. Alors qu'à Tulsa, il n'avait jamais eu l'impression d'être autant chez lui qu'à Rust Creek Falls, avec cette femme.

— Une escapade d'un week-end avant que je commence mon travail. Quelle merveilleuse idée ! jubila-t-elle. Et je ne suis jamais allée à Las Vegas. Pour la deuxième fois, ce sera une première pour moi.

— Je pense que nous allons en vivre beaucoup d'autres, dit-il en l'attirant plus près, se grisant de son parfum chaud et fleuri.

Elle pencha la tête de côté. Comme si elle s'apprêtait à lui demander lesquelles. Mais elle n'en fit rien. Elle se contenta de se lover contre lui, la tête sur sa poitrine. Il déposa un baiser sur son crâne, une main dans l'enchevêtrement de ses boucles.

Il se félicitait qu'elle n'ait pas posé la question. Qu'aurait-il répondu ? Il n'en avait pas la moindre idée. Depuis quelque temps, il semblait incapable de contrôler ses paroles, les mots s'échappant spontanément de sa bouche. Était-ce positif ou négatif ?

Il n'avait pas de réponse à cette question et n'était pas sûr que cela lui plaise.

- 9 -

Mais comment suis-je arrivée ici ? s'interrogea Mikayla en promenant son regard sur l'élégant lobby de l'hôtel de luxe.

Il y a peu, elle comptait mentalement ses dollars en se demandant quand elle réussirait à faire ses premiers versements pour son lit de bébé. Et maintenant, elle prenait des jets privés et descendait dans de prestigieux hôtels avec un millionnaire ! Un millionnaire avec qui elle avait couché. Si quelqu'un lui avait prédit cette vie au début du mois d'août, elle aurait éclaté de rire en disant : « Bonne blague ! » Mais c'était sa vie. Ce n'était pas un rêve. Elle était vraiment ici. Avec Jensen Jones.

Elle esquissa un sourire. Et tout cela parce que, un beau jour d'été, elle avait eu une envie irrésistible de beignet, se dit-elle en se rappelant le matin où elle avait rencontré Jensen pour la première fois. L'univers était bien mystérieux.

Leur chambre était bien entendu une suite d'angle, au cinquante et unième étage. Elle aurait dû s'en douter. La vue du Las Vegas Strip scintillant de tous ses feux, de son effervescence constante, lui coupa le souffle.

Elle se tourna vers Jensen.

— Alors, quel est le programme ?

— Je pensais que nous pourrions commencer par prendre un bain moussant ensemble. Puis nous habiller pour dîner et faire un saut au casino. Je ne suis pas un grand joueur, mais c'est amusant à l'occasion.

S'habiller pour dîner. Mikayla fronça les sourcils. Elle avait pris la seule robe qui lui allait, une robe débardeur extensible qui lui arrivait aux genoux, et ses sandales plates. Elle se rendait compte maintenant qu'elle n'avait ni les vêtements ni les accessoires pour un endroit d'une telle classe.

— Qu'est-ce qui ne va pas ? demanda-t-il.

Elle s'aperçut qu'il la dévisageait avec inquiétude.

— Je n'ai apporté qu'une robe à dix dollars que j'ai achetée dans un dépôt-vente à Cheyenne parce qu'elle est extensible et pouvait s'adapter à ma grossesse. Certes, elle est noire, mais elle n'est ni chic ni élégante. Je suppose que je ne savais pas vraiment à quoi m'attendre.

— Mikayla, franchement, tu pourrais t'habiller d'un sac, tu resterais aussi belle qu'élégante. Je suis sûr que tu seras tout à fait ravissante dans ta robe extensible.

Quelques jours plus tôt, elle aurait pensé qu'il la flattait. Mais elle savait maintenant qu'il était toujours sincère. Et devant tant de gentillesse, de prévenance, elle se sentit si émue que, l'espace d'un instant, elle fut incapable de prononcer une parole. Jusqu'à ce qu'elle se souvienne d'un détail concernant la robe de seconde main. Elle fronça de nouveau les sourcils.

— Depuis peu, elle a atteint la limite de son extensibilité. Mais en dernier recours, elle fera l'affaire.

Il lui prit la main et son visage s'illumina de ce sourire éblouissant qui, lui aussi, la laissait sans voix.

— Voilà ce que je te suggère. Tu vas aller faire couler le bain moussant pendant que je commande des tisanes et un dessert. Nous allons prendre le bain le plus zen du monde.

Jensen nu et tout à elle dans la baignoire, lui faisant déguster un dessert. Avec de la crème fouettée en prime.

— J'espère que nous n'allons pas faire l'amour zen. Je veux de la passion torride…

Le souvenir de Scott, que sa grossesse répugnait, lui traversa l'esprit. À partir du jour où elle lui avait annoncé la grande nouvelle, il ne l'avait plus touchée. Même si, avant cela, leur relation sexuelle était loin d'être exceptionnelle. Mais elle n'avait pas connu beaucoup d'hommes. Et même si elle sentait que leur alchimie n'était pas parfaite, elle n'avait pas vraiment d'éléments de comparaison.

Maintenant, ce n'était plus le cas.

Quand Jensen et elle avaient fait l'amour, il l'avait regardée dans les yeux, les mains caressant son visage, lui avait chuchoté qu'elle était belle, qu'elle sentait le parfum des fleurs d'été, qu'elle était d'une sensualité exceptionnelle, qu'il ne pouvait se rassasier d'elle. Jamais un homme ne lui avait procuré une telle sensation de plénitude.

Et elle était à plus de sept mois de grossesse.

Il sourit et s'inclina devant elle.

— Vos désirs sont des ordres, madame Brown.

En riant, elle se dirigea vers la salle de bains. Et poussa un cri de surprise. Elle était plus grande que sa chambre à Sunshine Farm. La baignoire spa plus spacieuse que son lit. Tout était en marbre, en or poli. Dans un coin, deux peignoirs blancs, avec des chaussons assortis.

Elle ouvrit le robinet et régla la température. Son manuel de femme enceinte déconseillait l'eau trop chaude. Fascinée, elle regarda les bulles. Quel bonheur ce serait de prendre un bain ici ! Elle y versa un sachet de bain moussant à la lavande. Respira le délicieux parfum. Elle était impatiente de plonger dans l'eau odorante. Avec Jensen.

Après avoir disposé les peignoirs à proximité de la baignoire, elle remonta ses cheveux en chignon, se glissa dans l'eau et, avec un soupir d'aise, posa la tête sur le coussin de bain. C'était divin. Elle se sentait si détendue qu'elle faillit s'endormir.

La voix de Jensen la tira de sa torpeur.

— Tu me fais une place ?

Il entra dans la salle de bains, nu, portant un plateau avec un service à thé et un saladier de fraises et de crème fouettée. Il avait deviné ses pensées.

Sa vision lui coupa le souffle. Bien sûr, elle l'avait déjà vu nu. Et elle n'avait pas oublié un millimètre de cet incroyable corps. Mais comme il était sexy ! Si grand, si musclé, d'une virilité prodigieuse. Ce qui n'était pas négligeable. Elle esquissa un sourire, se retenant de rire. Elle appréciait sans doute un peu trop toute cette folie. Les millionnaires nus, les suites d'hôtel qui devaient coûter l'équivalent de six mois de son ancien salaire !

Il posa le plateau sur une tablette métallique coulissante à côté de la baignoire, puis s'installa derrière elle. Nouant les bras autour de ses épaules, il l'attira contre lui, le dos contre son torse.

— Ah, je pourrais rester ainsi pour toujours.

— Si ce n'est que ça ne va pas durer toujours, répondit-elle sans réfléchir.

Elle s'en voulut immédiatement. Pourquoi avait-elle ramené la réalité dans ce rêve ? Car tout cela n'était qu'un rêve. Elle le savait. Elle s'empressa de se rattraper.

— Ne fais pas attention à ce que j'ai dit.

Il la serra délicatement, lui butinant le cou des lèvres.

— Non. Je ne peux pas. Nous ne devons rien nous cacher, Mikayla. Je veux que ce soit ainsi entre nous. Et toi aussi, visiblement.

— Je suppose que moins je parle de la réalité des choses moins j'y penserai.

— De quelle réalité ? Que notre relation est temporaire ?

En entendant ce mot, elle sentit une boule lui nouer la gorge. Seigneur ! Cette histoire la rendait-elle trop émotive ? Elle laissa échapper un soupir. Autant se montrer honnête.

— Peut-être que je ne veux jamais voir ce rêve prendre fin.

— C'est vrai que ça ressemble à un rêve, dit-il en lui frottant les épaules. Je m'étais juré de ne plus jamais m'impliquer dans une relation amoureuse et me voilà dans un bain moussant, avec une femme enceinte.

Elle sourit.

— Je m'étais juré la même chose. Sauf que, dans mon cas, je suis dans un bain moussant avec un millionnaire nu. J'ai l'impression d'être gagnante.

— Non. Tu es une plus belle personne que moi, Mikayla. Pour moi, te connaître, être avec toi, est un honneur. Même si c'est pour une courte période.

Oh non ! Pourquoi devait-il se montrer si sincère sur la haute opinion qu'il avait d'elle ? Pourquoi ne pouvait-il pas se contenter de flirter, d'être désinvolte ?

Si ça avait été le cas, elle n'aurait pas été en train de tomber amoureuse.

— Bien sûr, nous savons tous les deux que ce beau rêve va prendre fin. Je vais partir et voilà !

Il se redressa légèrement, tira le bras coulissant du plateau et lui servit une camomille et un nuage de lait, exactement comme elle l'aimait.

Elle but une gorgée du breuvage et se sentit un peu rassérénée.

— Et voilà, répéta-t-elle.

Elle devait juste ne pas l'oublier. Il allait partir. Et elle allait avoir un bébé. Leurs vies allaient prendre deux directions diamétralement opposées.

— Et pendant la courte période que nous allons passer ensemble, tu dois te prélasser dans des bains moussants en te nourrissant de fraises à la crème fouettée.

Il trempa une énorme fraise bien rouge dans la crème et la porta à ses lèvres.

— Avec un millionnaire sexy, ajouta-t-elle, en faisant son possible pour se souvenir de leur accord.

Il la traitait en princesse, temporairement, jusqu'à ce qu'il rentre chez lui. Voilà tout. Elle mordit dans la fraise et essaya de chasser ses pensées tristes. Mais quand elle le sentit poser la tête contre la sienne, en la serrant plus étroitement, elle eut envie de pleurer.

Parce qu'elle l'aimait.

Essayer de l'éviter avait été ridicule. Quelle était celle qui ne tomberait pas amoureuse de Jensen Jones ? Il incarnait tous ses désirs. Y compris d'autres qu'elle n'avait jamais nourris, comme l'importance de son compte en banque. Mais si Jensen avait été complètement fauché, elle serait tout aussi amoureuse de lui. Parce que, entre un simple pique-nique dans le parc de Rust Creek Falls et cet hôtel de luxe, elle choisirait le pique-nique sans l'ombre d'une hésitation. Oui, cet hôtel était agréable. Très agréable. Mais il ne lui correspondait pas. Elle était faite pour les pique-niques, pour moucher les petits nez qui coulaient, pour travailler dans une crèche, pour faire des lessives, pour satisfaire ses envies irrésistibles de beignets qu'elle pouvait s'offrir.

La générosité de Jensen l'aiderait peut-être à garder les pieds sur terre. Plus il dilapidait son argent, plus il lui rappelait qu'ils venaient de deux mondes différents et qu'ils n'auraient jamais de futur commun.

Alors, pourquoi tant son cœur que sa tête et que son âme lui soufflaient-ils que ce qu'il éprouvait pour elle n'était pas simplement physique ?

Elle savait pourquoi : si cela n'avait pas été le cas, Jensen n'aurait pas été ici.

Certes, elle était sûre qu'il n'était pas amoureux d'elle. Parce que, devinant la passion qui animait cet homme, elle savait qu'il aurait remué ciel et terre pour être avec la femme qu'il aimait. Même si cela signifiait s'installer dans un trou perdu du Montana comme Rust Creek Falls. Mais elle sentait de toutes les fibres de son être qu'elle lui inspirait des sentiments forts. Et, étant donné ce qu'il lui avait raconté de son ex, pour lui, éprouver des sentiments forts était déjà beaucoup. Il n'avait sûrement pas envisagé de ressentir quoi que ce soit pour une femme avant longtemps.

L'eau commençait à refroidir. À regret, ils sortirent du bain. Il l'essuya à l'aide d'une épaisse serviette moelleuse avant de nouer son peignoir autour d'elle.

Un coup retentit à la porte de leur suite. Jensen noua son propre peignoir et alla répondre. Elle passa la tête à l'extérieur de la salle de bains et aperçut un homme dont le badge indiquait Bart Wintowski, concierge adjoint. Il était chargé de trois housses à vêtements et de plusieurs cartons. Jensen les lui fit poser sur le lit, puis, après lui avoir donné un généreux pourboire, le congédia.

— Qu'est-ce que c'est ? s'enquit-elle.

— Tu peux jeter la robe à dix dollars qui ne te va plus. J'ai demandé à l'une des boutiques de l'hôtel de faire monter quelques tenues qui pourraient te plaire pour ce soir. Nous pourrons renvoyer celles que tu ne choisiras pas.

Elle étouffa un cri de surprise.

— Tu plaisantes ?

— Non, va voir.

Elle ouvrit la fermeture Éclair du premier sac et eut un coup de foudre pour son contenu : une robe bleu nuit taille Empire, en jersey chatoyant, vaporeuse, et fendue sur un côté. Sexy en diable. À côté se trouvaient un carton contenant des sandales à talons hauts et une pochette en lamé. Dans la housse suivante, elle trouva une robe de cocktail sans manches, rouge, au décolleté et à l'ourlet ornés de broderies. Dans la troisième, une robe argentée au décolleté plongeant. Deux autres boîtes renfermaient des chaussures et des pochettes assorties. Un écrin de velours avec des bijoux complétait l'ensemble.

Les trois robes étaient adaptées à son ventre. Qui aurait pu penser trouver des boutiques avec des tenues de soirée pour femmes enceintes dans cet hôtel si élégant ?

Elle contempla les sublimes robes étalées sur le lit, puis se tourna vers son prince.

— Jensen, tu n'aurais pas dû. Mais comme je suis contente que tu l'aies fait ! J'ai l'impression d'être Cendrillon.

— Fais-moi la surprise de ton choix, dit-il en l'embrassant sur la joue.

Il disparut dans la seconde chambre.

La robe bleu nuit était sa robe de rêve. Le genre qu'elle avait toujours rêvé d'avoir l'occasion de porter. Tout le temps qu'avait duré sa relation avec Scott, ils n'avaient jamais assisté à la moindre réception ou soirée. Au point qu'elle se demandait parfois s'il ne la trouvait pas assez bien pour lui pour frayer avec ses collègues avocats. Elle savait maintenant que c'était lui qui n'était pas assez bien pour elle. Bon débarras ! se dit-elle en passant la robe qui, heureusement n'avait pas de fermeture Éclair. Elle flottait sur ses seins, son ventre, jusqu'à ses chevilles. Puis elle enfila les sandales argentées qui, en dépit de leurs talons hauts, étaient très confortables. Elle rangea ensuite son téléphone, son portefeuille, son poudrier et son gloss dans l'élégante pochette de soirée.

Regagnant la salle de bains, elle retoucha son maquillage. Puis elle se sécha les cheveux et lissa ses boucles à l'aide d'un fer à friser. Un soupçon de son gloss à lèvres rouge, un nuage de son parfum préféré, et elle était prête.

Quand elle revint dans la pièce principale, elle entendit un sifflement d'admiration.

— Tu es magnifique ! s'exclama Jensen en la regardant de la tête aux pieds.

Tout comme il l'était, dans son costume noir, sans cravate.

— Merci pour tout, lui dit-elle.

Ce serait son dernier tour de piste. Et elle allait le vivre à fond. Jusqu'à son arrivée à Rust Creek Falls, personne ne lui avait jamais rien offert. Et soudain, elle se voyait traitée comme un membre de famille royale.

Et tout cela était si magique, c'était un tel rêve, que cela l'aidait à garder les pieds sur terre. À se souvenir que Jensen n'était pas pour elle. Qu'il allait partir et qu'elle devait l'accepter. Dans la vraie vie, on n'était pas dans un rêve. Et rien dans cette journée, cette nuit, n'était proche de la vraie vie. À moins d'être un Jones.

Si seulement elle avait été l'une de ces femmes qui mettaient un temps fou à se préparer. Ou que Jensen ait oublié son portefeuille et ait dû regagner la suite en courant pour le récupérer. Mais non. Le destin voulut qu'ils arrivent aux ascenseurs de leur étage exactement au même instant qu'un couple qui sortait d'une suite, un peu plus loin dans le couloir.

— Ah, vous êtes sur le point d'accoucher, ma belle ? demanda la jeune femme.

Elle portait une robe moulante, fendue jusqu'à la cuisse. Mais son ventre était aussi plat qu'une crêpe.

— Je suppose que c'est fini pour vous, alors ? Mais vous vous êtes bien amusés, sinon elle ne serait pas dans cet état, dit son mari à Jensen.

Le couple éclata de rire, comme s'il s'agissait d'une plaisanterie hilarante.

Avec un sourire crispé, Jensen garda les yeux rivés sur les numéros des étages qui défilaient au-dessus de l'ascenseur. Il avait l'air si mal à l'aise que Mikayla se sentit obligée de clarifier la situation.

— Il n'est pas le père, déclara-t-elle avec le même sourire crispé.

— Ah ! dit la femme pour la seconde fois. Vous n'êtes pas le père et vous êtes à Vegas pour un mariage rapide, pour faire d'elle une femme honnête ! Vous êtes formidable !

Elle fixa la main gauche de Mikayla, sans alliance.

— Nous ne sommes pas ici pour nous marier, répliqua celle-ci.

Le couple les regarda, attendant la suite.

— Nous vivons une aventure torride, renchérit Jensen. Voilà pourquoi nous sommes ici.

Sur ces mots, il attira Mikayla dans ses bras et l'embrassa avec une fougue qui la fit presque défaillir.

La femme poussa un cri de surprise.

— Vraiment ? Et votre mari est au courant ?

— Je n'ai pas de mari, répondit Mikayla.

Le couple s'éloigna pour attendre devant l'autre ascenseur. Réprimant son fou rire, elle entendit le tintement de leur propre ascenseur dont la porte coulissa. Le couple n'y monta pas avec eux. Indubitablement, ils ne voulaient pas se laisser contaminer par leur moralité douteuse.

— Bien fait pour eux, dit-elle alors que la porte se refermait.

L'air sombre, Jensen pressa le bouton indiquant Casino.

— Imagine un peu. Ils ont supposé que j'étais le père du bébé.

Qu'y avait-il de surprenant ? Étant donné qu'ils étaient ensemble à l'hôtel et qu'elle était très enceinte, la plupart de gens penseraient la même chose.

Elle se concentra sur les numéros des étages qui défilaient.

— Ça te dérange ?

— Non. C'est juste que ça m'a paru… bizarre. Je veux

dire, je ne suis pas le père du bébé. Le fait de corriger les gens me fait une impression tout aussi bizarre.

— Je suppose qu'être le père de mon bébé n'est pas vraiment un fantasme pour toi, dit-elle, feignant la désinvolture. Parce que moi, dans ma robe de rêve dans cet hôtel de luxe, avec un magnifique et séduisant millionnaire, je suis en train de vivre tous mes fantasmes.

Y compris que tu es le père de mon enfant. Que tu m'aimes. Que nous sommes ici pour notre dernière soirée en amoureux avant l'arrivée du bébé. De notre bébé. Que nous sommes mariés et que nous allons passer toute notre vie ensemble…

— Un fantasme ? répéta-t-il. Que veux-tu dire ?

Son expression était à la fois neutre et tendue.

Elle déglutit et réprima un soupir de frustration. Comment la conversation avait-elle pu prendre une telle tournure ?

— Jensen, tu te souviens quand tu as dit que nous pourrions parler de n'importe quoi ?

— Bien sûr. Et j'étais sérieux.

Elle se mordit la lèvre, puis se lança.

— Eh bien, mets-toi à ma place un instant. Depuis quelques mois, je suis enceinte sans être mariée. Je me promène sans alliance au doigt. Tout le monde sait que je suis célibataire et enceinte. « Pauvre Mikayla. »

— Mais ce couple a supposé que nous étions ensemble. Mariés, ajouta-t-il avec un tel dédain dans la voix qu'elle comprit à quel point, pour lui, ce concept était déplaisant.

— Je te demande pardon, Jensen, mais j'avoue que, pour moi, ces suppositions sont… agréables.

Il la dévisagea et elle vit dans son regard azur qu'il commençait à comprendre. Avant qu'il se voile de déception.

— Tu sais quoi ? reprit-elle. Oublie tout ça. Ignorons les gens et leurs suppositions, soyons qui nous sommes et amusons-nous. Ne sommes-nous pas ici pour ça ?

Elle avait repris son habitude de se motiver. Pourtant, elle était bien loin de ressentir de l'entrain. Elle voulait regagner la suite, plonger dans un bain et y rester.

Le fantasme de Jensen était de s'amuser, de faire l'amour et de partager des moments romantiques. Jusqu'à ce qu'il remonte dans son avion pour Tulsa. Pourquoi persistait-elle à l'oublier ?

L'espace d'un instant, elle avait pensé qu'il allait se mettre en quatre, comme d'habitude, pour lui faire plaisir, et feindre d'être son mari et le père du bébé. Juste pour ce soir.

Comme s'il pouvait le supporter ! Pourquoi était-elle si bête, parfois ? Bien sûr, il ne pouvait pas jouer ce rôle. C'était son pire cauchemar. Et elle n'avait aucun droit de le forcer.

Quand la porte de l'ascenseur s'ouvrit, il lui prit la main et la porta à ses lèvres.

— Mikayla, nous sommes qui nous sommes. On peut me prendre pour un père mais je ne suis pas un père. Je ne veux jamais l'être.

Il sourit et, d'un doigt, lui releva le menton. Mais cela ne la réconforta en rien. Elle se sentait toujours aussi seule au monde. Même si, à cet instant précis, elle était loin de l'être, elle n'avait jamais ressenti un tel sentiment de solitude.

En attendant, Jensen avait raison. Il était qui il était et elle devait arrêter d'essayer d'en faire un autre homme. D'essayer de le changer, de changer leur accord.

Il n'était pas le père de son bébé. Il n'était pas son mari.

Elle se força à lui adresser un sourire radieux.

— Allons nous amuser. J'ai une robe sublime à exhiber.

Il la regarda de la tête aux pieds.

— Et j'ai une femme sublime à exhiber. Allons passer

une heure au casino, puis nous irons à ce restaurant de steaks dont je t'ai parlé.

Lorsqu'ils quittèrent le casino où il avait été pris à plusieurs reprises pour le père de son futur bébé, elle sentait son exaspération au paroxysme. Si elle avait encore le moindre espoir qu'il puisse tomber fou amoureux d'elle et qu'il veuille partager sa vie et celle de son bébé, elle pouvait faire une croix dessus.

D'un autre côté, il ne lui avait jamais menti. Dès le début, il avait été très clair. Ne s'était-il pas enfui de Daisy's Donuts huit secondes après avoir découvert qu'elle était enceinte ? N'avait-il pas eu l'idée de cette aventure sans attaches ? N'avait-il pas dit quelques heures auparavant qu'il allait quitter Rust Creek Falls ?

Mais elle refusait que cela lui gâche la soirée. Aussi, lorsqu'ils s'installèrent à une table du restaurant dans lequel flottait une odeur délicieuse, elle suggéra :

— Jensen, changeons de sujet et profitons de notre dîner.

— Bonne idée, approuva-t-il.

Ils ne tardèrent pas à retrouver leur bonne humeur et elle essaya de se concentrer sur son délicieux dîner et sur l'élégance du cadre et des autres clients. Un trio de musiciens jouait du jazz sur une petite scène à côté d'une baie vitrée, contribuant à créer la plus agréable des ambiances. Quand revivrait-elle une telle expérience ? *Laisse-toi porter,* se dit-elle.

Si ce n'était que c'était impossible. Elle était amoureuse. Et alors que, plus tard, ils regagnaient leur suite, elle se maudit pour sa bêtise. Pourquoi était-elle tombée amoureuse de Jensen Jones ? Pourquoi n'avait-elle pas écouté les conseils de sa mère ?

Une fois au cinquante et unième étage, Jensen glissa la carte électronique dans la porte de leur suite.

— Nous voilà chez nous, pour la nuit, en tout cas. Je me sens vraiment mieux, maintenant. Entre l'excellent dîner et la conversation sans aucune allusion au mariage et à la paternité, j'ai recommencé à me sentir moi-même. Et à présent, je peux faire la cour à ma femme sans avoir droit aux commentaires de la galerie de crétins, ajouta-t-il en l'enlaçant.

Ma femme. Comme elle aurait voulu que ce soit le cas ! Elle laissa échapper un soupir. Qu'il entendit.

— Ça va ? demanda-t-il en posant une main sur sa joue.

Elle hocha la tête et entra dans la suite. Dès que la porte se referma, elle se sentit étrangement détendue. Peut-être parce qu'ils étaient maintenant seuls, protégés de tous ces intrus, leurs commentaires oubliés, et qu'elle avait les idées beaucoup plus claires.

Elle ne se sentait pas vraiment d'humeur romantique à cet instant précis. Mais quand elle regarda Jensen qui sortait du minibar l'eau citronnée qu'il avait commandée spécialement pour elle, son cœur se gonfla de nouveau de tendresse. Le réfrigérateur et le freezer étaient remplis de délices. Il lui servit un verre d'eau citronnée, sortit le reste des fraises à la crème, et une bière pour lui, et les posa sur la table.

Dire que, dans une semaine, cet homme qu'elle aimait allait partir. Et ce serait fini. *Savoure sa présence aujourd'hui et maintenant,* se dit-elle pour la trentième fois depuis qu'ils avaient conclu leur accord.

Tu étais consciente de l'accord quand tu l'as accepté. Grandis, Mikayla. Tu seras bien obligée, quand le bébé arrivera. Alors tu ferais aussi bien de commencer maintenant. Il ne te demandera pas en mariage. Il ne te deman-

dera pas d'être le père du bébé. Il est qui il est. Et tu es une femme indépendante, tu y arriveras très bien seule.

Elle allait se laisser traiter en princesse le temps que durerait leur histoire, puis elle reviendrait à la réalité.

Cet homme n'était pas amoureux d'elle. C'était elle, la pauvre imbécile, qui était tombée amoureuse. Et cela n'entrait pas dans leur accord.

Personne n'était censé tomber amoureux. Personne n'était censé souffrir.

Alors, pourquoi avait-elle l'impression d'avoir reçu un coup de poignard en plein cœur ? Qu'il était sur le point de se briser ?

Demain, quand ils rentreraient à Rust Creek Falls, elle lui dirait que c'était fini, que cela ne lui convenait plus. Comment pouvait-il en être autrement si elle commençait à souffrir ?

- 10 -

Jensen se considérait comme un homme intelligent. Mais quand il s'agissait de Mikayla, il pouvait être vraiment idiot. Par exemple, quand il lui avait suggéré de profiter de l'incroyable buffet du petit déjeuner de l'hôtel, au lieu de dire « oh oui, je vais goûter un peu de tout », elle avait répondu qu'elle prendrait juste un muffin et un café décaféiné au lait. Il avait pris sa réponse au pied de la lettre.

Dans l'avion qui les ramenait à Rust Creek Falls, après avoir déclaré qu'elle était fatiguée, elle avait fermé les yeux et semblé s'assoupir. La laissant se reposer, il avait mis à profit le temps du vol pour répondre à quelques mails professionnels et lire quelques revues spécialisées. Et, puisque Guthrie Barnes l'avait envoyé promener, étudier les cartes en ligne en quête d'autres sites potentiels pour le centre de distribution. Quand l'avion avait commencé sa descente, elle avait regardé par le hublot en avouant qu'elle se sentait un peu nauséeuse. Ce qu'elle avait répété pendant le trajet vers Rust Creek Falls. Il s'était donc arrêté dans une supérette pour lui acheter un ginger ale que, naturellement, elle n'avait pas bu.

Il savait maintenant que le muffin avait été un prétexte pour ne pas prendre un petit déjeuner à table en tête à tête avec lui, qu'elle n'était ni fatiguée ni nauséeuse. Mais qu'elle l'évitait, qu'elle évitait de le regarder, de lui parler, qu'elle fuyait sa compagnie.

L'indice le plus flagrant ? Lorsque finalement ils étaient

arrivés à Sunshine Farm, elle avait refusé de le laisser porter son sac et s'était contentée de lui lancer un rapide « merci pour ce merveilleux voyage, Jensen », avant de se hâter à l'intérieur.

Elle prenait ses distances. Mais pourquoi ? Leur escapade à Las Vegas n'avait-elle pas été merveilleuse ? À l'exception des remarques de ces quelques indésirables qui persistaient à le prendre pour le père du bébé. Hier soir, ils avaient pris un nouveau bain moussant, avant de faire l'amour et de s'endormir dans les bras l'un de l'autre. Puis, ce matin, sans même qu'il s'en rende compte, elle avait dressé ce mur entre eux.

Il jeta un coup d'œil à son téléphone pour voir si elle avait répondu à son message. Vérifia même la batterie pour s'assurer qu'elle n'était pas à plat. Elle affichait quatre-vingts pour cent. Cela confirma ses doutes. Mikayla l'évitait.

Il monta en voiture et reprit la route de Sunshine Farm. Eva vint lui ouvrir la porte avec l'un de ces sourires crispés qui indiquaient qu'elle était sur le point de lui raconter un pieux mensonge.

— Désolée, Jensen, mais Mikayla se repose.

Il se renfrogna. *Bien entendu, elle n'est ni au yoga ni partie faire un jogging*, songea-t-il, sarcastique. Mais il savait qu'elle n'était pas en train de se reposer.

— Peux-tu la prévenir que je suis ici ? Que je veux vraiment lui parler ?

Eva haussa les épaules d'un air de dire « avec un peu de chance, elle sera d'accord » et disparut. Trois secondes plus tard, elle était de retour.

— En fait, elle dort. Je lui dirai que tu es passé.

Certes, c'était possible. Peut-être avait-elle été fatiguée, nauséeuse, toute la journée. Comme s'il pouvait deviner comment se sentait une femme enceinte de sept mois et demi !

Il se maudit intérieurement. Pourquoi était-il si égoïste, parfois ? Cette femme comptait pour lui.

— Elle va bien ?

Avec un nouveau sourire, Eva le rassura :

— Elle va bien. Je pense qu'elle a juste le contrecoup de votre voyage.

Ou bien, il y avait une autre raison. Jensen avait le sentiment qu'il n'avait pas totalement tort. Mikayla prenait ses distances, et cela ne lui plaisait pas.

— Très bien. Dans ce cas, pourras-tu lui dire que je suis passé ? demanda-t-il.

— Tu peux compter sur moi, Jensen.

Il laissa échapper un long soupir et regagna sa voiture. Il y avait au moins une chose qu'il pouvait faire. S'il ne pouvait pas réconforter Mikayla, il pouvait l'aider d'un point de vue physique. Il s'assit au volant, sortit son téléphone et commanda le meilleur lit réglable du marché, équipé de fonctions de massage. La livraison pour le lendemain était hors de prix mais, pour elle, rien n'était trop cher. Et s'il n'avait pas la moindre idée de ce qu'une femme enceinte pouvait ressentir, il voulait qu'elle puisse se reposer et bien dormir.

Il regagna la maison de Walker, espérant toujours un texto ou un appel de sa part. Mais son téléphone resta silencieux. Des heures durant.

Ce soir-là, son envie de lui parler était si forte qu'il faillit repartir pour Sunshine Farm, prêt à prendre les lieux d'assaut. Non qu'il veuille se confronter à Luke. D'un autre côté, si elle ne répondait pas, ne devait-il pas respecter son silence ? Il devait la laisser tranquille. Pour le moment, du moins. Manifestement, elle avait besoin de prendre un peu de distance avec lui.

Il s'assit sur le lit de la chambre d'amis de son frère. Il était à cran, ne tenait pas en place. Il prit son téléphone et lui envoya un dernier texto, un texto qui n'attendait pas de réponse. Mais il ne pouvait pas s'endormir sans l'avoir écrit.

Je te souhaite une excellente première journée de travail demain.

Le lendemain matin, il n'avait toujours pas de réponse. Une sensation aussi étrange qu'inconnue s'empara de lui, lui oppressant la poitrine, lui nouant l'estomac, la gorge. Il était incapable de l'analyser. C'était presque plus émotionnel que physique. Qu'est-ce que cela pouvait bien être ?

Un chagrin d'amour, idiot ! Voilà à quoi ressemble un chagrin d'amour quand tu en es la cause.

Il était de plus en plus perplexe.

Il ne pouvait nier que c'était la vérité. Mais comment l'expliquer ? Comment pouvait-il être la cause de son propre chagrin d'amour ? Son cœur n'était pas impliqué. Même s'il l'était sans doute un peu, étant donné à quel point Mikayla lui plaisait. Mais ils avaient passé un accord. Ils devaient simplement s'amuser pendant deux semaines. Personne ne devait souffrir.

Il se tourna sur le ventre. Puis se remit sur le dos, retirant quasiment son T-shirt. Il avait tellement chaud soudain. Il était en nage. L'idée de ne plus voir Mikayla lui était intolérable !

Qu'allait-il se passer, maintenant ? Il ne pouvait pas continuer à l'appeler, à lui envoyer des textos, à se présenter à Sunshine Farm alors qu'elle ne souhaitait manifestement plus avoir de ses nouvelles. Mais il ne pouvait laisser cette histoire finir ainsi. Il ne comprenait pas pourquoi elle avait pris ses distances, en quoi il lui avait déplu.

Tout ce qu'il voulait, c'était retrouver leur relation d'avant.

Sa spécialité n'était-elle pas de régler les problèmes ? Alors, il allait comprendre. Et le régler.

Assise dans un rocking-chair dans la pouponnière de Just Us Kids, une fillette de quatre mois à boucles brunes blottie dans ses bras, Mikayla avait du mal à croire qu'elle était au travail, qu'elle était payée pour bercer des bébés. Il était un peu plus de 10 heures du matin et elle était là depuis 7 heures. Ce qui lui convenait tout à fait car elle avait toujours été matinale. Bella et elle étaient tombées d'accord sur un mi-temps, jusqu'à la naissance. Puis elle prendrait trois mois de congé avant de revenir à plein temps, en inscrivant son propre bébé à la crèche. Elle avait tellement de chance !

Sa gratitude la distrayait de cet homme incroyable qui occupait ses pensées. Elle s'en voulait d'avoir laissé ses appels et ses textos sans réponse, mais sa visite d'hier, malgré son silence persistant, l'avait un peu agacée. Jensen Jones était visiblement habitué à obtenir ce qu'il voulait. Et elle ne s'était pas sentie prête à lui parler. Elle aurait sans doute pu lui répondre cela, qu'elle était juste en train de mettre de l'ordre dans ses pensées. Mais à chaque fois qu'elle commençait un texto, il lui semblait sonner faux.

Et elle savait pourquoi. Parce qu'il était vraiment difficile de briser son propre cœur en disant à un homme dont vous étiez amoureuse que vous ne vouliez plus de lui, que vous ne pouviez pas continuer cette relation. Elle s'était endormie en pleurant, hier soir. Mais, au moins, les bébés se fichaient qu'elle ait les yeux gonflés.

Et c'était sur cela qu'elle devait se concentrer, se dit-elle en regardant la minuscule, ravissante, créature dans ses bras. C'était son futur. Elle allait avoir un bébé, et ce travail qu'elle avait tant de chance d'avoir trouvé, dont elle était si reconnaissante, la formait à sa nouvelle vie.

Mais qu'était-elle allée faire à Las Vegas dans cet hôtel de luxe ? Ce n'était pas la vie réelle. Ce n'était pas sa vie. Ce travail, en revanche, l'était.

C'était un autre rappel que Jensen et elle appartenaient à deux mondes différents, qu'ils avaient des futurs très différents.

Évidemment, il lui avait manqué, la veille. La sensation de ses bras autour d'elle qui lui procurait un tel sentiment de sécurité, de protection, comme si elle n'avait aucun souci.

L'adorable Jolie Windham, le bébé à qui elle donnait son biberon, avait fini et était prête pour son rot.

Bella, qui changeait un bébé de sept mois, lui sourit.

— Tu as vraiment un don avec les bébés.

Elle se sentit rayonner. Le compliment lui faisait chaud au cœur. Être ici lui faisait chaud au cœur. Dès qu'elle toucherait son premier salaire, elle enverrait un cadeau typique du Montana à son cousin Brent. Elle voulait le remercier de lui avoir donné l'idée de prendre un nouveau départ à Rust Creek Falls et de lui avoir trouvé un endroit où habiter. Brent lui avait changé la vie et elle lui devait beaucoup.

La dernière heure passa vite. Quand le moment de partir fut venu, souhaitant aider, elle sortit le linge du séchoir, plia soigneusement les bavoirs. Puis, après avoir dit au revoir à ses collègues et à Bella, elle quitta la crèche.

Une fois à sa voiture, elle regarda son téléphone. Elle n'avait qu'un texto, de Jensen :

Je pense à toi.

Moi aussi, je pense à toi. Beaucoup trop. Une fois rentrée, elle lui téléphonerait pour lui annoncer que leur petite aventure était terminée.

Hier soir, il lui avait envoyé un message lui souhaitant bonne chance pour sa première journée de travail. C'était un salaud, mais il était attentionné. Bon, ce n'était pas un salaud. C'était un célibataire endurci qui n'avait pas le moindre intérêt pour le mariage et la paternité. Elle, elle voulait trouver un jour l'amour et un père pour son bébé. Si elle pouvait oublier Jensen. Ce qui allait prendre longtemps. Très longtemps.

Elle prit la direction de Sunshine Farm, et, en arrivant dans la cour de la ferme, se sentit réconfortée, comme toujours. Quand elle aperçut Eva qui peignait un meuble dans la grange, elle agita la main, puis entra dans la maison, où l'odeur des cookies aux pépites de chocolat emplissait l'air. Elle poussa un soupir d'aise. C'était bien agréable d'habiter chez une pâtissière.

Elle allait faire une petite sieste, puis elle descendrait pour déjeuner et déguster les cookies d'Eva. Mais à peine assise sur son lit, elle se redressa d'un bond. Ce qui n'était pas si facile quand on était enceinte de sept mois et demi.

Que se passait-il ? Ce n'était pas son lit. Son lit était pratique, confortable, mais n'avait rien à voir avec celui-là.

Elle resta en arrêt devant l'immense lit moelleux qui remplaçait celui qui avait été le sien et remarqua que la tête était levée. Ce nouveau modèle devait être réglable. Elle aperçut une télécommande sur la table de nuit.

Massage. Vibration. Bluetooth. Toutes les touches correspondaient à une fonction du lit.

Au pied, elle trouva un paquet qui contenait des draps en satin bleu et un magnifique édredon bleu et blanc, quatre oreillers et un traversin.

C'était un cadeau de Jensen, à coup sûr.

Elle s'allongea et poussa un soupir d'aise. C'était divin. Elle s'amusa à essayer toutes les fonctions avec la télécommande. Elle allait s'accorder cinq minutes pour profiter de son cadeau. Puis elle téléphonerait à Jensen pour lui dire qu'ils devaient mettre un terme à leur relation et qu'il devait le récupérer.

Même si elle adorait ce fichu lit. Même si elle aimait cet homme.

Elle se força à se lever de l'incroyable matelas, prit son téléphone et l'appela. Il décrocha à la première sonnerie.

— Mikayla, je suis tellement content que tu aies enfin appelé. Tu n'imagines pas à quel point tu m'as manqué. Et il est évident que tu m'évites. Parlons-en. Je peux passer te chercher, nous pourrons aller au parc, ou faire une longue promenade en voiture.

— Jensen, je suis désolée, mais je ne peux plus continuer. J'aurais dû t'en parler hier, ou répondre à tes appels ou à tes textos, mais j'étais submergée. J'avais besoin d'un peu de temps pour réfléchir.

— Et tu es arrivée à la conclusion que nous devions cesser de passer du temps ensemble ? Nous n'avons plus qu'une semaine devant nous. Nous voulons être ensemble. Alors, soyons ensemble.

Comment lui dire ce qui la perturbait ? Elle ne pouvait pas lui avouer combien elle l'aimait. Que savoir qu'il ne partageait pas son amour et qu'il allait sortir de sa vie commençait à lui faire trop de peine.

— C'est fini, Jensen. Je t'en prie, accepte-le.

— Je ne peux pas. À moins que tu m'expliques. Peut-être, alors, pourrai-je comprendre pourquoi tu me repousses.

Parce que je suis amoureuse de toi, idiot ! avait-elle envie de hurler. *Parce que c'est trop douloureux. Parce que tu vas me quitter.*

— J'arrive. À tout de suite.

Il raccrocha.

Elle regrettait de n'avoir pas pu le dissuader. Dès

qu'elle le voyait, elle sentait fondre sa détermination. Et maintenant, qu'allait-il se passer ?

Ignorant son prodigieux lit neuf, elle commença à faire les cent pas dans la pièce. Mon Dieu, comme un massage lui aurait fait du bien à cet instant précis !

Elle entendit une voiture approcher et regarda par la fenêtre. Il gara son pick-up et en descendit. Bien sûr, il portait son T-shirt marine, son jean délavé et ses bottes de cow-boy. Et il ressemblait plus à un homme normal qu'au millionnaire flambeur qu'il était. À l'exception du J incrusté de diamants de sa boucle de ceinturon qui scintillait au soleil.

Elle descendit. Peut-être devrait-elle le recevoir dans la salle de séjour pour qu'ils puissent parler. N'importe où sauf dans sa chambre.

Il frappa et elle lui ouvrit. Et, comme toujours, sa vue la laissa pétrifiée, le souffle coupé. Elle était incapable de parler, de se concentrer. Elle ne voyait que lui, ne pensait qu'à lui.

— Je t'en prie, ne me repousse pas, Mikayla.

Droit au but… Pas d'entrée en matière, pas d'histoires, de complications.

Elle s'effaça pour le laisser entrer et s'obligea à prendre la direction de la salle de séjour. Il la suivit. Elle passa la tête par la porte pour s'assurer que la pièce était vide. Et tomba sur Luke, en réunion avec d'autres hommes. Aller se promener était une solution, mais il faisait une chaleur torride. Elle ne pensait pas pouvoir aller très loin.

Elle n'avait donc d'autre option que sa chambre.

Elle le précéda à l'étage. Une fois à l'intérieur, elle referma la porte derrière lui. Elle était partagée entre le pousser contre la porte pour l'embrasser à perdre haleine, et lui dire ce qu'elle avait à lui dire. Puis elle continuerait sa vie, une vie dont il ne faisait pas partie.

— Jensen, je vais être très honnête avec toi, commença-t-elle. J'ai fait la bêtise de tomber amoureuse de toi. Mais il est clair que nous ne sommes pas sur la même longueur d'onde. J'ai donc décidé de te dire adieu.

— Bien sûr que j'ai des sentiments pour toi, Mikayla. Tu le sais.

— Je ne parle pas du fait que je me plais en ta compagnie et que j'aime faire l'amour avec toi, Jensen. Cela va bien au-delà de ça.

Il se mordit légèrement la lèvre et se détourna, son beau regard bleu s'assombrissant.

— Je vois. Tu parles de Las Vegas. De ma réaction quand tous ces dingues m'ont pris pour le père du bébé. Ou pour ton mari.

Il avait l'air si malheureux que, pour un peu, elle aurait eu pitié de lui.

— Eh bien, ta réaction m'a certainement ouvert les yeux sur l'évidence que je voulais ignorer. Tu as été honnête dès le départ. Mais oui, elle m'a fait comprendre que je m'étais accrochée à l'espoir que tu changerais d'avis.

— Mikayla, je ne peux pas.

— Je sais que tu ne peux pas. Et que tu ne le feras pas. L'ironie est que la seule chose que je veux tu ne peux pas me la donner.

Il laissa échapper un profond soupir et, prenant place dans le rocking-chair, passa une main dans ses cheveux blonds. Mais il resta muet. Ne la corrigea pas, ne lui offrit pas la seule chose qu'elle voulait.

Lui. Son cœur. Son futur.

— Jensen, je pourrais continuer à sortir avec toi jusqu'à l'heure de ton départ. Mais cela ne servirait qu'à me faire souffrir plus.

Il lui jeta un coup d'œil. Pour un peu, elle aurait pu

voir les rouages de son cerveau tourner. Il cherchait une solution, un moyen de les satisfaire tous les deux.

— Le lit me plaît beaucoup, dit-elle alors en le lui montrant. Je l'ai essayé pendant cinq minutes. Mais je ne peux pas le garder.

— C'est un cadeau. Je veux que tu le gardes.

— Tu ne peux pas m'acheter, Jensen, répliqua-t-elle, sa voix trahissant sa colère. Peut-être que les autres femmes avec qui tu es sorti étaient contentes que tu les couvres de cadeaux. Mais pas moi. Ce n'est pas ce que je veux de toi.

— Que veux-tu ? demanda-t-il. Spécifiquement ?

Toi. Tout de toi. Mais peut-être allait-elle le lui avouer progressivement. Pas à pas, pour ne pas lui faire peur.

— La seule chose dont je suis certaine, c'est que tu ne cherches pas à t'engager. Moi, si.

— Peut-être un jour, avança-t-il, hésitant, comme s'il testait ces mots. Je veux dire, les circonstances que nous vivons sont exceptionnelles. Plus pour toi que pour moi.

— Exactement. Voilà pourquoi je ne peux pas m'offrir le luxe de prendre mon temps. Dans quelques semaines, je serai mère. Le bébé va tout changer et il aura besoin de tout l'amour que je pourrai donner.

— Mais nous avons une dernière semaine ensemble, Mikayla. Pourquoi nous en priver ?

Elle secoua la tête. Pourquoi se montrait-il si obtus ? Elle s'était sentie si proche de lui à Las Vegas. Elle avait donc supposé qu'il la comprendrait, qu'il devinerait ses sentiments sans qu'elle ait à les exprimer. Mais, manifestement, ce n'était pas le cas.

— Parce que j'ai déjà été rejetée par le père de mon enfant. Je refuse de revivre une situation similaire.

Elle essaya de prendre une profonde inspiration, mais elle semblait incapable de trouver son souffle.

— Tout ce que je te demande, c'est de partir, Jensen.

— Mais, Mikayla…

Elle attendit qu'il dise quelque chose qui la ferait changer d'avis, qu'il lui dise : « Moi aussi, je t'aime. Moi aussi, je veux m'engager avec toi. »

Mais il garda le silence.

— Va-t'en, c'est tout ce que je te demande, répéta-t-elle. C'est fini entre nous. Nous nous sommes amusés. Mais à partir du moment où l'un des deux souffre, ce n'est plus vraiment amusant. Tu es d'accord ?

Le regard dont il l'enveloppa exprimait un tel désarroi qu'il faillit l'anéantir.

— Je suis désolé, Mikayla. Je regrette de ne pas être l'homme de la situation.

Sur ces mots, il tourna les talons et sortit.

Une douleur soudaine lui transperça l'abdomen. Elle se pencha en avant, un cri s'étranglant dans sa gorge.

— Jensen ! cria-t-elle, espérant qu'il l'entende. Jensen !

Il revint précipitamment sur ses pas.

— Mikayla ! Qu'est-ce qui ne va pas ?

Dans un gémissement, elle répondit, pliée en deux de douleur :

— Je ne sais pas. Mon ventre semble se contracter. Oh ! cria-t-elle. Que se passe-t-il ?

Elle sentit ses bras autour d'elle. Il l'entraîna vers la porte puis, la soulevant comme une plume, descendit l'escalier et sortit.

Alors qu'il l'installait dans le fauteuil du passager de son pick-up, elle ferma les yeux pour tenter d'atténuer la violence de ses crampes et dit :

— Mon Dieu, je vous en prie, faites qu'il n'arrive rien au bébé. Je vous en supplie.

Levant les yeux au ciel, il renchérit :

— Je vous demande la même chose, mon Dieu.

La douleur était si intense qu'elle dut agripper le tableau de bord et la poignée de la portière.

— Tiens bon, Mikayla. Je vais te conduire à la clinique, appeler ton médecin et lui demander de nous y retrouver.

— Drew Strickland, dit-elle en lui tendant son téléphone, les yeux fermés. Il est dans mes contacts.

Elle l'entendit à peine passer l'appel. Elle avait tellement mal qu'elle était certaine qu'elle allait perdre connaissance.

Elle essaya de se rappeler ce qu'elle avait lu sur l'accouchement prématuré. Elle était à trente-deux semaines à peine. Elle ne pouvait pas être en train d'accoucher. Mais les douleurs étaient d'une telle intensité, ressemblaient tellement aux descriptions qui lui avaient fait une peur bleue. Des contractions. Les pires crampes imaginables.

Je ne peux pas être en train d'accoucher ! C'est trop tôt.

Elle essaya de respirer à fond, ce qui lui procura un léger soulagement. Elle entendit vaguement Jensen parler au téléphone, puis reposer l'appareil sur le socle du tableau de bord.

— Tout est arrangé, Mikayla. Le Dr Strickland va nous retrouver à la clinique. Et, au besoin, il aura une ambulance pour te transporter à l'hôpital de Kalispell.

Ce furent les dernières paroles qu'elle entendit, avant que ses gémissements couvrent la suite.

- 11 -

— Ce sont de fausses contractions, expliqua le Dr Strickland. Le bébé va bien. Vous allez bien. Vous n'êtes pas en train d'accoucher. Mais les contractions sont très intenses et ressemblent à celles de l'accouchement.

Mikayla fut submergée d'un soulagement tel qu'elle fut prise de vertige. Quand elle eut retrouvé ses esprits, elle ne ressentit plus que de la gratitude. Son bébé allait bien. Ce qui voulait dire que tout allait bien.

— Ça va être si douloureux que ça ? dit-elle avec une grimace. Le véritable accouchement, je veux dire.

Avec un sourire, le médecin répondit :

— Je suis désolé de vous répondre oui.

Il lui expliqua alors à quoi s'attendre quand elle accoucherait vraiment et comment savoir à quel moment elle devait partir pour la clinique.

— M. Jones est-il votre partenaire de naissance ? demanda-t-il.

Jensen demanda, les yeux exorbités :

— Son quoi ?

— Partenaire de naissance, répéta le Dr Strickland. Celui qui la coache pendant l'accouchement, lui rappelle de respirer, dont elle peut serrer la main très fort.

Le pauvre Jensen semblait devoir tomber dans les pommes avant même les premières contractions et l'arrivée en salle d'accouchement. D'un ton aussi désinvolte que possible, elle s'empressa de préciser :

— Jensen et moi sommes juste amis.

Même si elle était prête à parier qu'il ferait un excellent partenaire de naissance.

En outre, Amy avait généreusement proposé d'être son coach. Mais elle n'était pas sûre de vouloir abuser de la gentillesse et de la générosité de son amie.

Cela signifiait-il qu'elle allait accoucher seule ? Avec pour seuls soutiens le médecin et l'infirmière ?

Oui, idiote, se rabroua-t-elle. *Et tout ira bien. Très bien, même. Tu vas être une mère célibataire. Tu ferais aussi bien de commencer par mettre ton enfant au monde seule.*

Tout ira bien, se répéta-t-elle silencieusement.

Une fois le Dr Strickland parti, elle se tourna vers Jensen qui, assis à côté d'elle, lui serrait la main. Il était blanc comme un linge.

Depuis leur arrivée, il ne l'avait pas quittée. Quand il était entré dans la clinique, la portant dans ses bras, une aide-soignante s'était précipitée avec un fauteuil roulant, lui laissant un répit. Puis il était resté assis à côté d'elle, à lui tenir la main pendant qu'une infirmière prenait son pouls et qu'ils attendaient que le médecin l'examine.

Et comme c'était bon de l'avoir avec elle. Un partenaire d'avant l'accouchement. Tellement bon, qu'elle sut sans l'ombre d'un doute qu'elle ne pourrait pas accepter qu'un homme qu'elle aimait ne lui donne pas son amour inconditionnel en retour. Elle n'avait besoin ni de beaux voyages ni de lit à la pointe du progrès. Si elle devait laisser entrer un homme dans sa vie, il devrait être disponible pour longtemps, tant d'un point de vue affectif que mental.

Ce qui n'était pas le cas de Jensen Jones.

Le moment était vraiment venu de se dire adieu. Elle l'appréciait, appréciait tout ce qu'il avait fait aujourd'hui, mais ce n'était pas approprié. Il n'était pas son petit ami. Il ne faisait pas partie de son futur. Il n'allait pas rester et il devait cesser de lui faire croire qu'elle comptait pour lui alors que c'était faux.

Qu'elle comptait pour lui à long terme.

Si Amy, Eva ou Luke avaient été présents quand elle s'était pliée en deux de douleur, ils se seraient occupés d'elle tout comme l'avait fait Jensen. Il était juste un ami. Avec des avantages temporaires.

Mais pas plus.

Elle étouffa un soupir et se redressa en faisant claquer ses paumes sur ses cuisses. Le moment était aussi venu de lui dire ce qu'elle ressentait.

— Je serais contente que tu me raccompagnes à la maison mais, comme je le disais, il est temps pour nous que nos chemins se séparent.

— Mikayla.

Elle l'interrompit d'une main levée.

— J'ai eu vraiment peur ce soir. Et cela m'a fait comprendre que si je dois dormir avec un homme en ce moment il est préférable qu'il soit totalement investi dans notre relation. Sinon, cela n'a aucun sens. Et, vraiment, c'est plutôt triste.

— Je te rends triste ? demanda-t-il en fronçant les sourcils, son visage exprimant un mélange de perplexité et de peine.

— Ce qui ne se passe pas entre nous me rend triste, Jensen. Tu m'as dit dès le début que tu n'étais ici que temporairement. Que je suis ta compagne temporaire. Et maintenant, je suis sûre, encore plus sûre qu'à Las Vegas, que nous sommes arrivés à la fin de notre histoire. Un peu plus tôt que tu le voulais, peut-être. Mais, pour mon bien, je ne peux plus te voir.

Il laissa aller sa tête en arrière et, pendant un moment, contempla le plafond.

— Je veux être clair sur un point, Mikayla. Tu comptes

pour moi. Beaucoup. À tel point que je ne te laisserai pas aujourd'hui, ni les quelques jours à venir. Je ne te toucherai pas, à moins de te porter au besoin. Je ne te dirai pas à quel point tu es belle, sexy, combien je te désire. Je ne ferai rien de ce que je veux vraiment faire. Mais je veux être là et m'assurer que tu vas bien.

Elle leva les yeux au ciel.

— Je suis une femme adulte, Jensen.

Elle se leva de la table d'examen, agrippant le dos ouvert de la ridicule blouse en coton de la clinique.

— Je sais que tu m'as déjà vue totalement nue, mais…

Il se leva à son tour.

— Je vais te laisser tranquille, dit-il en se dirigeant vers la porte. Et je sais que tu es une femme adulte. Mais tu viens tout juste d'avoir une grosse frayeur et il pourrait t'être utile d'avoir quelqu'un à proximité au cas où. Alors, tu vas devoir me supporter. Désolé. Je t'attends dehors.

Elle le regarda, les yeux plissés.

— Tu es un peu trop habitué à toujours avoir gain de cause, Jones.

Et elle était un peu trop habituée au fait qu'il lui montre, encore et encore, à quel point elle comptait vraiment pour lui. Pourquoi ne pouvait-il pas comprendre combien le décalage entre ses véritables sentiments et ce qu'il persistait à se marteler mentalement ne lui rendait pas service ? Ne *leur* rendait pas service ?

— Écoute, au ranch, Luke et ses aides sont sur les terres. Eva travaille chez Daisy's Donuts. Si tu as besoin d'aide, Mikayla, tu dois avoir quelqu'un sous la main.

— Comme toi.

Il avait raison, néanmoins. Elle avait un téléphone portable, bien sûr, et pouvait lui téléphoner au besoin. Mais le fait d'avoir quelqu'un qui s'occuperait d'elle, au propre et au figuré, dissipait le reste d'anxiété qui persistait après sa frayeur d'aujourd'hui.

— Oh, très bien ! Étant donné que tu es toujours d'une honnêteté si pénible, je vais l'être aussi. Je suis plutôt soulagée que tu restes à proximité. Mais sur un plan strictement platonique. Que je peux gérer. Je ne veux rien de perturbant. Nous sommes juste amis.

— Amis, répéta-t-il en lui tendant la main.

Elle voyait très clairement dans ses yeux que cette amitié n'était que la première étape de ce qu'il attendait d'elle. Son regard exprimait du désir, un désir douloureux. Et elle savait qu'il se livrait une bataille intérieure. Quand le moment serait venu pour lui de renter à Tulsa, voudrait-il partir ? Mais, en ce moment, elle avait d'autres soucis. Et Jensen allait devoir décider seul de la direction à donner à sa vie. Elle ne pouvait le faire pour lui. Pas plus qu'elle n'allait attendre sa décision.

Il venait d'ouvrir la porte pour sortir de la salle d'examen et la laisser s'habiller quand elle reprit :

— Jensen, juste une question. Je veux que tu me répondes en toute honnêteté. Est-ce que tu veux me quitter ? Pas à cet instant, j'entends. Mais quand le moment sera venu pour toi de rentrer à Tulsa ?

Il la dévisagea.

— Quoi ? Ce n'est pas…

— Ça l'est. C'est tout le sujet de notre conversation. Veux-tu me quitter, retourner à Tulsa et vivre ta vie ? Veux-tu que, pour toi, je reste un simple souvenir ?

Il laissa échapper un soupir.

— Mikayla, c'est une question très compliquée.

— Vraiment ?

— J'ai toujours eu l'intention de rentrer. Nous le savons tous les deux. Cela n'a jamais été négociable.

— Dans ce cas, c'est terminé, Jensen. Je sais ce que j'ai besoin de savoir. Non ?

L'espace d'une seconde, il ferma les yeux mais ne répondit rien. Puis il quitta la pièce et ferma la porte derrière lui.

Elle refoula les larmes qui lui picotaient les paupières. *Prends du recul, Mikayla. Répète cinq fois ton mantra. « Ton bébé va bien. Donc tout va bien. »*

— C'est toi et moi, petit, chuchota-t-elle à son ventre.

Elle passa sa robe de maternité et enfila ses sandales.

Mais nous l'avons toujours su.

Le retour à Sunshine Farm se déroula en silence. Un silence de plomb, même. Jensen avait presque envie de faire un détour pour prolonger le trajet en voiture. Mais le ranch était tout près de la clinique et même un nouveau venu ne pouvait se perdre à Rust Creek Falls.

Ses paroles résonnaient dans sa tête.

« Je sais ce que j'ai besoin de savoir. Non ? »

Non, Mikayla. Tu ne le sais pas. Tu n'en sais pas la moitié. Ce n'est pas aussi simple, aussi noir et blanc que tu en donnes l'impression. La phrase préférée de Davison avait été : « Les choses ne sont pas toujours ce qu'elles paraissent. » Mikayla devait bien savoir que s'il le pouvait, s'il était fait pour s'engager, pour être père, il resterait. Ce n'était pas le cas.

C'était ce qu'il avait besoin de lui faire comprendre. Qu'il n'avait l'étoffe ni d'un mari ni d'un père. Même pas celle d'un partenaire de naissance.

Quand le médecin avait passé cette étrange gelée sur son ventre pour l'échographie et que l'image du bébé était apparue à l'écran, pour un peu, il aurait flageolé sur ses jambes. Et pourtant, il était assis. Il avait dû s'agripper aux côtés de sa chaise. Sentir le coup de pied du bébé et comprendre qu'un petit être grandissait en elle était une chose. Mais le voir à l'écran, entendre son cœur battre, en était une autre.

Ce magnifique bébé méritait le meilleur. Et il ne serait jamais le genre de père qu'un bébé méritait. Pour lui, les affaires passaient avant tout. Le travail passait avant tout. Les contrats passaient avant tout. C'était ainsi qu'il avait été élevé. En outre, la trahison d'Adrienne lui avait appris que, si cela pouvait arriver une fois, cela pouvait se répéter.

Il n'y aurait pas de prochaine fois.

Il faillit laisser échapper un petit rire amer en se rappelant le Dr Strickland demandant s'il était le partenaire de naissance de Mikayla. Pour commencer, de parfaits inconnus, à Las Vegas, l'avaient pris pour un futur père. Puis le médecin l'avait catalogué comme partenaire de naissance. N'était-ce pas des plus étrange ?

Ce soir-là, à Las Vegas, l'espace d'une minute, après avoir bu un whisky, il avait eu envie d'être cet homme. Ce père de famille. Mais il ne l'était pas. Il ne le serait jamais. C'était comme ça, voilà tout.

Alors laisse-la partir, Jensen. Agis comme il se doit.

En s'arrêtant devant la ferme, il demanda, d'une voix rauque d'émotion :

— Nous sommes toujours amis, n'est-ce pas ? Notre relation est terminée, comme tu l'as dit. Mais notre amitié continue, je suppose. Parce que si tu me réponds que non je ne peux pas te laisser descendre de cette voiture.

Elle sourit. C'était bon signe.

— Oui, notre amitié continue.

Il poussa un soupir de soulagement.

— Je suis ravi de l'entendre. Oh ! et à propos, pour le lit. Tu le gardes. Les amis s'entraident et, vu ce que tu as traversé aujourd'hui, tu as besoin de ce lit. Je te défends de protester.

— Tu n'as pas besoin de me forcer. J'adore ce lit.

— Eh bien, je vais te porter jusqu'à ta chambre et t'y installer. Tu sais que tu peux écouter de la musique via Bluetooth avec la télécommande ?

— Je ne serais pas surprise d'apprendre que ce lit fait des smoothies et des pancakes, dit-elle en riant. À propos, t'ai-je remercié ? C'est sans doute le cadeau le plus attentionné que l'on m'ait jamais fait. À l'exception du berceau en forme de canoë.

Une ombre passa sur son visage et il devina sa mélancolie soudaine. Il avait tellement envie de la prendre dans ses bras, de la serrer contre lui. Mais il se retint et se contenta d'une rapide pression de la main.

— C'est mon travail. Te couvrir d'attentions. C'est ce que font les amis. Et je suis un ami riche.

— Le terme est faible ! dit-elle en souriant.

Il contourna la voiture pour l'aider à en descendre.

— Veux-tu que je te porte ? proposa-t-il en s'apprêtant à la soulever dans ses bras.

— Je peux marcher. Mais j'ai apprécié d'être portée. Je crois que ça aussi c'était une première.

— Décidément, nous les collectionnons, dit-il, la voix toujours altérée.

Avec un hochement de tête, elle le précéda dans la maison et dans l'escalier. Puis, avec un sourire, elle ouvrit la porte de sa chambre.

— Je me change et je reviens.

Elle disparut dans la salle de bains. Quand elle en ressortit, elle portait un pantalon de yoga à rayures roses et rouges et un long T-shirt blanc qui disait Bébé à Bord.

Elle s'allongea sur le lit avec un soupir d'aise.

— Ah ! C'est divin.

Puis elle prit la télécommande et pressa quelques touches.

Souriant, Jensen la regardait, se réjouissant de la voir

si bien, si détendue. Pourtant, malgré lui, il se sentait envahi d'un certain regret face à cette situation, un sentiment auquel il refusait de se laisser aller. Il s'assit dans le rocking-chair, à côté de la fenêtre.

— Je vais rester jusqu'à ce que tu t'endormes.

Hélas, elle s'endormit beaucoup trop vite. Maintenant, il n'avait plus de raisons de rester. À moins qu'elle se réveille et qu'elle ait besoin de quelque chose. Mais il entendit Eva qui venait de rentrer. S'il arrivait quoi que ce soit, il savait que Mikayla était en de bonnes mains.

Et puis, il avait besoin de réfléchir. Il avait l'impression d'être tiraillé dans toutes les directions. Il avait besoin d'air, d'espace.

Refoulant son envie de l'embrasser, même sur le front, en lui murmurant « fais de beaux rêves », il se leva, quitta la chambre, descendit l'escalier et sortit à l'air frais. La brise du soir était exactement ce dont il avait besoin.

Une fois dans son pick-up, il mit le contact sans desserrer le frein à main, sortit son téléphone et lui envoya un SMS :

Je rentre chez Walker. Si tu as besoin de quoi que ce soit, envoie-moi un texto ou appelle-moi. J'arriverai sur-le-champ.

Puis il ajouta :

Fais-moi savoir comment tu te sens quand tu te réveilleras, afin que je ne passe pas la nuit à m'inquiéter.

Il voulait aussi ajouter « tu me manques déjà ». Mais, entre amis, on n'était pas aussi sentimental.

S'il se sentait sentimental, est-ce que cela voulait dire qu'il tenait plus à elle qu'il était prêt à se l'avouer ?

Alors qu'il se dirigeait vers la maison de Walker, son téléphone sonna. Se réjouissant d'abord de cette interruption qui le distrayait de ses pensées, il déchanta en voyant le visage de son père s'afficher à l'écran. Mais il répondit quand même.

— Bonjour, papa.

— Je m'attendais à ce que tu sois déjà rentré, Jensen. Qu'est-ce qui te retient dans cette ville, nom d'un chien ? Et ne me dis pas que c'est une femme.

Il capitula soudain, et la vérité jaillit de sa bouche.

— C'est une femme. Elle est enceinte de sept mois et demi et je suis fou d'elle. Mais c'est compliqué.

Un silence accueillit sa déclaration.

— Papa, demanda-t-il, tu es encore là ?

Toujours pas de réponse. Il était rare pour Walker Jones II d'être à court de mots.

Son père toussota.

— Eh bien, cela semble compliqué, en effet. Quoi qu'il en soit, ajouta-t-il, la vraie raison de mon appel c'est que ta mère et moi avons prévu de venir vous rendre visite, à toi et à tes frères, ce week-end. Nous pensons arriver vers 17 heures samedi. Je suppose que tu loges dans la cabane de Walker ?

Seul leur père faisait référence au chalet de luxe de Walker en l'appelant une cabane.

Jensen était ébahi. Ses parents venaient ce week-end ! Ils seraient là pour leur anniversaire de mariage ! Il sentit son humeur de nouveau au beau fixe. Il n'avait même pas dû avoir recours au stratagème envisagé pour les convaincre.

À moins qu'ils viennent voir leurs fils pour leur annoncer leur divorce. Il s'empressa de repousser cette pensée cynique. Ses parents se fatigueraient-ils à prendre l'avion pour une ville qu'ils détestaient, une ville qui, ils le pensaient, les avait privés de leurs fils, juste pour leur dire qu'ils se séparaient après quarante ans ? C'était peu probable.

Il devait arrêter de trop réfléchir. Se contenter de se réjouir de leur venue. Ils n'avaient pas la moindre idée du charmant piège qu'il leur avait tendu, de leur anniversaire de mariage surprise.

— Je suis ravi, papa. À samedi.

Et maintenant, une autre pensée allait l'occuper : il voulait demander à Mikayla d'être sa cavalière pour la soirée. Et de rencontrer ses parents. Et Autry et Gideon, ses deux frères qu'elle ne connaissait pas. Il n'avait présenté Adrienne à aucun membre de sa famille et cela n'avait pas eu grande importance pour lui. Mais il voulait leur présenter Mikayla.

Mais pourquoi ? Deviendrait-il vraiment sentimental ? Quelle mouche l'avait donc piqué ?

— Tu te rends compte que tu te comportes en vraie mère poule ?

Après une sieste dans cet incroyable lit, Mikayla s'était réveillée reposée et sereine et avait envoyé un texto à Jensen pour le remercier. Immédiatement, il avait proposé de venir lui préparer des spaghettis sauce bolognaise. Il était arrivé avec tous les ingrédients et maintenant, tout en s'affairant à son plat, il ne lui laissait pas un instant de répit.

— Tu as entendu le Dr Strickland ? reprit-elle. Je vais bien. Le bébé va bien. Je ne dois pas garder le lit.

— Oui, mais tu devrais sans doute y aller doucement. Pendant quelques jours tout au moins. Tu as eu une journée épuisante.

Eva travaillait et Luke avait une réunion d'association de ranchers. Aussi avaient-ils la maison pour eux seuls pour quelques heures.

Une délicieuse odeur de pain à l'ail flottait dans la pièce. Elle sortit la baguette du four et déclara :

— Je me sens capable de manger toute cette baguette à moi seule.

— Oh ! dans ce cas, je ferais bien d'en piquer un bout maintenant, dit-il en souriant.

Elle traversa la cuisine pour aller chercher un couteau et il se remit à la suivre pas à pas.

— Jensen, je ne vais pas me briser.

Il leva les mains en signe de reddition.

— C'est juste que je ne veux plus jamais te voir souffrir.

Elle réprima un soupir résigné. S'il pouvait simplement cesser de lui témoigner autant d'attentions. Ce n'était pas ainsi qu'elle parviendrait à oublier les sentiments qu'il lui inspirait. Elle ne pouvait pas se permettre d'être amoureuse de lui. Elle opta pour la plaisanterie.

— Tu n'as pas entendu le Dr Strickland ? Bientôt, je vais beaucoup souffrir. C'est la nature qui le veut, dit-elle en tapotant son gros ventre.

Son sourire s'évanouit. Jensen ne serait pas là pour son accouchement. Il partirait sans doute en début de semaine prochaine.

Mais elle ne le croyait pas. Plus rien ne le retenait ici. La transaction foncière avec Guthrie Barnes avait échoué et il avait déjà fait une reconnaissance sur deux autres sites. Il lui avait expliqué qu'une fois rentré il avait l'intention d'analyser ses chiffres et de reconfigurer ses projets. Ce qui voulait peut-être dire qu'il reviendrait à Rust Creek Falls quand la transaction serait finalisée et que le chantier serait lancé. Ou peut-être pas. Il était vice-président de sa société. Il n'avait sans doute jamais porté un casque de chantier de sa vie.

Et, en bon homme d'affaires, il ne faisait pas de sentiment. Pourtant, il avait un cœur d'or. Simplement, il savait ce qu'il ne voulait pas : une femme ; un bébé ; s'engager.

Pourtant, n'avait-il pas dit lui-même éprouver des sentiments très forts pour elle ? Il pouvait toujours répéter qu'il n'était pas amoureux, même s'il ne l'avait pas vraiment exprimé en ces termes, il se comportait comme un homme amoureux. Tous ses actes prouvaient qu'il l'aimait.

Mais comment le lui faire comprendre ? Lui ouvrir les yeux ?

Un peu plus tard, alors que, installés à la table de la salle à manger, ils dégustaient son délicieux plat de pâtes, il lança à brûle-pourpoint d'un air dégagé :

— À propos, mes parents arrivent à Rust Creek Falls samedi. Nous leur organisons un anniversaire de mariage surprise. Juste en famille. Tu viendras ? S'il te plaît !

Sa propre fourchette à mi-chemin de sa bouche, elle le regarda fixement. « Juste en famille. » Elle était abasourdie. Il voulait qu'elle rencontre sa famille. À l'anniversaire de mariage de ses parents.

Oh oui, il l'aimait !

Elle sentit son cœur se gonfler d'allégresse. *Il m'aime,* dit-elle silencieusement à son ventre qui, de jour en jour, devenait son confident. *Il ne le sait peut-être pas encore mais il m'aime. Et ta maman va lui ouvrir les yeux sur cette évidence avant qu'il reprenne l'avion pour Tulsa. Parce que c'est ici qu'il est chez lui.*

Elle ne pensait pas se tromper. Ou alors, ses hormones la poussaient-elles à prendre ses désirs pour des réalités ?

- 12 -

Quand Bella apprit son « alerte », elle insista pour que Mikayla prenne quelques jours de congé et ne revienne à Just Us Kids que vendredi, si elle se sentait d'attaque. Elle l'était et prête à reprendre son mi-temps. Passer ses matinées à changer des nourrissons et à leur chanter des berceuses était exactement ce qu'elle souhaitait.

— Hudson sera content de l'apprendre, déclara Bella en souriant. Il t'a remplacée hier et Lee Pearson a fait pipi sur sa chemise préférée. Combien de fois lui ai-je répété de faire attention ?

Mikayla, qui lui avait emboîté le pas pour gagner la pouponnière, se mit à rire.

— Non que ce soit drôle, dit-elle très vite.

— Oh si, très drôle ! gloussa Bella.

Plus tard, quand sa demi-journée de travail prit fin, elle n'avait aucune envie de partir. Et pas seulement parce que quand elle était ici, se concentrant sur les nourrissons, elle avait tendance à oublier Jensen et leur relation insensée. Leur « amitié ». L'avantage d'être si occupée à la crèche était qu'elle tendait à ne pas trop penser à sa vie privée.

Elle ne voulait pas partir parce qu'elle adorait son travail. Et elle aimait sentir qu'elle se forgeait une expérience dans les différents stades de la croissance d'un bébé. Quand le sien naîtrait, elle saurait aborder chaque mois de sa petite enfance.

Elle sortit dans le couloir et s'arrêta au bureau de Hudson

pour lui remettre sa feuille de présence indiquant qu'elle n'avait travaillé que deux demi-journées cette semaine. Assis à sa table de travail, il était plongé dans des papiers administratifs.

— Heureusement, tu es revenue, Mikayla, dit-il avec un sourire.

— J'ai entendu dire que je te devais une chemise neuve, répondit-elle en riant.

Il se mit à rire lui aussi et, l'espace d'une seconde, elle fut stupéfaite par sa ressemblance avec Jensen. Les frères Jones n'étaient pas identiques mais ils avaient tous ces extraordinaires yeux bleus. Elle avait vraiment réussi à chasser Jensen de ses pensées, aujourd'hui. Mais bavarder avec son frère réduisit tous ses efforts à néant.

— Et j'ai appris que tu venais à la soirée pour l'anniversaire de mariage de nos parents, reprit son nouveau directeur, en mettant un tampon sur une facture. Je pense qu'il est bon de t'avertir. Patricia et Walker II ne sont pas des tendres. Ils vont supposer que tu es la raison qui retient Jensen ici et qu'il risque de ne plus jamais rentrer à Tulsa. Tout comme Walker, Autry et moi.

— Eh bien, je serai la première à leur dire qu'ils n'ont aucune inquiétude à se faire. Jensen n'est pas du genre à se marier.

Hudson haussa les sourcils d'un air sceptique.

— Je peux t'assurer que mes deux frères, dont Autry qui élève maintenant les trois filles de sa femme, et moi, nous disions exactement la même chose.

Pour sa part, elle était convaincue que Jensen reprendrait l'avion avec ses parents dimanche matin. Et elle pouvait dire adieu à l'espoir qu'elle avait nourri lundi soir, au dîner. Qu'enfin il prendrait conscience de la force des sentiments qu'elle lui inspirait, de ce que cela signifiait vraiment. Elle avait été bien trop optimiste.

Si elle avait encore eu la moindre illusion, son dernier texto ce lundi soir y avait mis un terme.

Je suis si heureux que tu viennes à l'anniversaire de mariage samedi. Ce sera une façon exceptionnelle de passer notre dernière soirée ensemble.

Elle avait senti son cœur voler en éclats. D'un autre côté, n'était-ce pas elle qui lui avait dit qu'elle voulait mettre un terme à leur histoire temporaire ? Elle était juste une amie désormais, à l'image d'un certain nombre de gens qu'il avait rencontrés ici. Leur relation n'avait rien d'unique. Bien sûr, il allait rentrer chez lui. Cela avait toujours été son projet.

Refoulant les larmes qui lui nouaient la gorge, elle se força à poursuivre d'une voix égale :

— Il part dimanche avec tes parents. Il n'a aucune raison de rester ici plus longtemps.

Hudson cessa de tamponner ses papiers et leva les yeux vers elle.

— Tu es ici.

L'émotion enfla en elle.

— Nous sommes amis, c'est tout, Hudson. Je dois l'accepter, ajouta-t-elle dans un chuchotement, se surprenant elle-même.

L'espace d'un instant, il soutint son regard, puis il se pencha en avant.

— Ne renonce pas à Jensen. Il a vécu une grosse déception il y a quelques années et ça l'a brisé. Il est sur ses gardes, c'est tout.

Elle secoua la tête.

— Et très résolu. Il m'a dit en termes clairs qu'il rentrait à Tulsa. Il ne veut être ni père ni mari. Et je suis sur le point de devenir mère.

— En tout cas, ce que je sais c'est que, depuis qu'il t'a rencontrée, il a changé.

Hudson se mordit la lèvre, comme pour décider s'il devait en dire plus. Puis il reprit :

— Il lutte contre ses sentiments. Je le sais, parce que je suis passé par là. Nous n'avions pas vraiment les meilleurs exemples en matière d'amour et de mariage.

Mikayla était surprise. Hormis le fait que leur père se comportait en patriarche autoritaire, elle ne savait pas grand-chose sur leurs parents.

— Mais vos parents sont mariés depuis quarante ans !

— Et ils s'aiment. Je le crois. Mais ils sont tous les deux si coriaces. Notre père est despotique, il se dédie à son travail. Le travail passe avant tout. Avant sa femme, avant ses enfants. Il s'attend à ce que ses fils aient le même fonctionnement. Mais trois d'entre nous ont trouvé leur équilibre, un mot dont notre père n'a jamais entendu parler.

« Il lutte contre ses sentiments. »

— Tu penses donc qu'il y a une chance pour que Jensen ne parte pas dimanche matin avec vos parents ?

— Eh bien, connaissant mes parents comme je les connais, ils vont essayer de le traîner de force dans l'avion. Mais Jensen a toujours été très indépendant. Et, parfois, le fait de se voir imposer des choses vous fait comprendre ce que vous voulez vraiment. Tu comprends ?

Elle aimerait bien comprendre, en effet. Sans répondre à sa question, elle reprit :

— Je ne pense pas, Hudson. Il a été très clair sur ses sentiments. Et je suis déjà passée par là. Avec un homme qui m'a dit ce qu'il ne voulait pas. J'ai besoin de passer à autre chose et d'accepter le fait que Jensen et moi n'avons pas de futur.

— Eh bien, je crois fermement en la sagesse de « on

ne sait jamais ». J'ai déjà eu des surprises. Je suis sûr que toi aussi.

Oui, Jensen la surprenait constamment. Mais elle ne doutait pas une seconde qu'il partirait dimanche.

En emportant son cœur.

Le samedi matin, Amy et Eva inspectèrent l'armoire de Mikayla pour l'aider à choisir sa tenue pour la soirée d'anniversaire de mariage des parents Jones.

Amy brandit la robe noire à bretelles extensible.

— Que dirais-tu de ça ?

— Oh ! elle serait parfaite avec ce joli cardigan, approuva Eva en sortant une veste légère argentée à surpiqûres.

— Je suppose que je pourrais y entrer une dernière fois, dit Mikayla.

Le souvenir du concierge adjoint apportant les trois robes élégantes la fit sourire. Celle qu'elle avait portée à Las Vegas aurait été un peu trop chic pour ce soir. À moins que la famille Jones ne porte des robes du soir et des smokings pour les fêtes ou les réunions de famille. Ce qui ne l'aurait pas surprise.

— Oh ! devine quoi ! dit Eva en repoussant ses cheveux blonds derrière son épaule. Nous allons avoir une nouvelle locataire à Sunshine Farm. Et c'est grâce à Amy.

— C'est formidable ! Une de tes amies, Amy ?

— Je ne la connais même pas. Manifestement, une journaliste a écrit un article sur mes retrouvailles avec mon ex-mari lors de mon séjour à Sunshine Farm. Qu'elle a rebaptisé le ranch des Cœurs solitaires. Et quand Josselyn, cette femme, a lu l'article, elle a envoyé un mail à Eva pour venir y séjourner.

« Le ranch des Cœurs solitaires ». Cela semblait tout à fait adapté à son cas.

— Comment cette journaliste a-t-elle entendu parler de Derek et toi ?

Avec un haussement d'épaules, Amy resserra sa queue-de-cheval.

— Je n'en ai pas la moindre idée. Je suis juste contente que cela ait amené une nouvelle cliente à Eva et Luke. Quelqu'un qui a besoin de Sunshine Farm, comme moi.

— Et comme moi, renchérit Mikayla. Cet endroit m'a sauvé la vie, Eva.

Tour à tour, Eva et Amy la serrèrent dans leurs bras.

— Je suis tellement contente, Mikayla. C'est exactement la vocation que je voulais donner à Sunshine Farm.

— Et quand doit arriver la nouvelle locataire ?

L'idée d'avoir une nouvelle amie ici même, dans la maison, lui plaisait.

— D'un jour à l'autre, maintenant, répondit Eva. Josselyn sera la nouvelle bibliothécaire de l'école primaire à partir de la fin du mois d'août. Nous sommes en train de lui préparer l'un des bungalows. Notre tout premier bungalow d'hôtes. Je suis tellement excitée que j'en suis ridicule.

— Je suis ravie pour toi, Eva. Luke et toi êtes si généreux.

— En parlant de généreux, intervint Amy, où en est ton aventure torride avec celui qui t'a offert cet incroyable lit que je veux pour moi ?

Mikayla essaya de dissimuler sa tristesse. Mais elle ne leurrait personne. Elle était un livre ouvert. Avec un soupir à fendre l'âme, elle s'affala sur le bout du lit, la robe sur son portemanteau s'évasant sur ses genoux.

— Nous sommes simplement amis, désormais.

Eva s'assit à côté d'elle et passa un bras autour de ses épaules.

— Oh oh ! Aux dernières nouvelles, vous rentriez de Las Vegas, Jensen était venu te voir ici et tu m'as demandé de lui dire que tu te reposais. J'aurais dû me douter qu'il y avait de l'eau dans le gaz, ajouta-t-elle avec une grimace.

Amy prit place de l'autre côté.

— Vous avez rompu ?

— Nous n'avions jamais envisagé plus qu'une aventure sans attaches le temps que durerait son séjour à Rust Creek Falls, répondit Mikayla. Cela n'impliquait pas vraiment une rupture. Mais j'ai dû rompre.

— Pourquoi ? demanda Amy.

— Parce que l'un de nous deux est tombé amoureux. Et ce n'était pas l'Adonis blond d'un mètre quatre-vingt-dix-sept. Pas le millionnaire.

L'air consterné, Eva resserra le bras autour d'elle.

— Oh. Je suis désolée.

— Moi aussi, acquiesça Amy. Je pensais vraiment que vous alliez finir ensemble.

Au cours des deux dernières semaines, Mikayla s'était parfois brièvement autorisée à croire que c'était possible. Maintenant, elle savait que ce n'était pas le cas.

— Non. Nous sommes amis, et voilà !

Elle s'obligea à détourner les yeux de la bague de fiançailles d'Amy et de l'alliance d'Eva et regarda la robe extensible. Il fallait qu'elle change de sujet si elle ne voulait pas fondre en larmes.

— J'espère qu'avec mon énorme ventre je vais rentrer dans ce truc, déclara-t-elle d'un ton bien trop enjoué en la brandissant. Je suis sûre qu'une soirée d'anniversaire chez les Jones est habillée.

Eva plissa les yeux.

— En tant qu'ami, est-on invité à une fête de famille ? Je ne pense pas. On invite son amoureux, sa fiancée. Donc c'est un rendez-vous amoureux.

— Je suis d'accord, approuva Amy. Mikayla, j'ai l'impression que ce qui se passe entre Jensen et toi est sérieux. Quel que soit le nom que vous donnez à votre relation.

— Une amitié sérieuse et une relation sérieuse sont deux choses bien différentes. Lundi soir, par exemple, il m'a préparé le plus délicieux, le plus réconfortant des dîners. Des spaghettis sauce bolognaise et du pain à l'ail. Puis il a tout rangé. Et, quand il est parti, il m'a embrassée sur la joue. Ça, c'est une amitié sérieuse.

— Hum, dit Eva avec un froncement de sourcils. Je suppose que oui. Mais quel homme se mettrait ainsi en quatre pour une femme dont il n'est pas amoureux ?

— Je me suis posé la même question. J'ai vraiment cru qu'il y avait un espoir, qu'il devait juste avoir une illumination, comprendre qu'il m'aimait aussi. Et que ça allait arriver.

L'air anxieux, Amy demanda :

— Qu'est-ce qui s'est passé ? J'ai presque peur de la réponse.

— Il m'a envoyé un texto en arrivant chez lui. Il se réjouissait que je sois d'accord pour venir à l'anniversaire de mariage parce que c'était une façon exceptionnelle de passer notre dernière soirée ensemble.

Elle poussa un soupir accablé.

— Je dois affronter la réalité. Il part demain matin. Notre relation n'a aucun futur.

Elle pouvait à peine y croire. À la fin de la soirée, Cendrillon allait perdre son prince. Exit Jensen. Elle allait être privée de ce sourire éblouissant. De ces sublimes yeux azur. De son amitié, cette amitié qu'elle avait toujours eue, même quand ils étaient un couple temporaire. Et c'était ce qui lui manquerait le plus. Sa gentillesse. Sa bonté. La façon dont il l'aimait, qu'il en soit conscient ou pas.

Elle, pour sa part, savait qu'elle l'aimait.

Et, à la perspective d'une vie sans lui, elle était submergée par un sentiment de néant. Comme il lui manquerait !

Le samedi après-midi, Jensen prit la route du ranch de Guthrie Barnes. Il était sûr de sa décision. Certes, elle n'avait plus rien à voir avec ce qu'il avait espéré en arrivant à Rust Creek Falls. Mais, d'un autre côté, avait-il espéré vivre une histoire avec une femme enceinte ?

S'il n'avait pas eu l'intention de donner à son père l'acte de vente signé du terrain pour le centre de distribution en cadeau d'anniversaire de mariage, il avait vraiment l'intuition qu'un hommage à son vieil ami aurait apaisé le cœur de Walker II. Il ignorait ce qui avait bien pu causer la rupture entre les deux hommes mais cela n'avait plus d'importance. Davison était mort. Ils ne pourraient plus jamais s'expliquer et se réconcilier face à face. Mais, pour lui rendre hommage, son père pourrait enfin assumer ses sentiments. Jensen pensait vraiment que cela le changerait. Que l'armure derrière laquelle il se protégeait se fissurerait et qu'il serait capable d'un amour plus profond. Pour sa femme. Pour ses enfants. Même pour son travail, qu'il avait toujours abordé avec sa tête, jamais avec son cœur.

Hélas, ce séjour se terminait sans contrat de vente signé. Il avait choisi deux sites alternatifs, avait demandé à son assistante de réunir les informations et d'analyser les chiffres, et, une fois de retour à Tulsa, il ferait une offre pour l'un d'eux. Il renonçait à faire une dernière tentative d'offre à Guthrie Barnes. Au lieu d'essayer de pousser cet homme à voir les choses comme lui, il devait respecter ses sentiments. Comme il l'avait fait avec Mikayla. Guthrie Barnes avait été très clair : il ne voulait pas entendre parler de vendre, et Jensen devait l'accepter.

Mais, avant tout, il voulait lui présenter des excuses,

lui serrer la main et lui dire qu'il ne le dérangerait plus. Et que, quelle que soit la raison qui l'empêchait de vendre, il respectait sa fidélité à ses principes. L'argent n'avait jamais influencé Guthrie Barnes.

Arrivé en haut des marches branlantes de la maison délabrée, il frappa à la porte en bois qui semblait sur le point de se détacher de l'un de ses gonds d'une seconde à l'autre.

La porte moustiquaire s'ouvrit. Barnes surgit, ses cheveux gris, drus, en bataille.

— Bon sang, encore vous ! Je ne vous ai pas…

Jensen leva une main.

— Je ne suis ici que pour vous présenter des excuses pour ne pas avoir respecté votre refus de vendre. Vous n'auriez pu être plus clair. Je suis désolé de vous avoir harcelé, monsieur Barnes. C'était à la fois incorrect et injuste de ma part.

L'homme s'offusqua. Mais avant qu'il ait eu le temps de lui fermer la porte au nez, Jensen sortit un chèque de sa poche de chemise et le lui tendit. Le montant couvrirait quelques réparations de base sur la propriété.

— J'aimerais vous remettre cela, néanmoins. Pour vous remercier d'avoir dû supporter de m'avoir sur le dos. Je sais que, quelle que soit la somme, vous ne fléchirez pas. Je suppose donc que vous avez une bonne raison de ne pas vendre. Je ne vous importunerai plus, monsieur Barnes.

L'homme prit le chèque et le regarda. Jensen pensait qu'il allait le déchirer et le lui jeter à la figure. Il tourna les talons, s'apprêtant à partir. Il devait se préparer pour une soirée.

Soudain, le prenant au dépourvu, Barnes déclara :

— J'ai perdu une enfant, ma fille, sur cette terre.

Jensen étouffa un cri de surprise et se retourna.

— Votre fille ?

Aucune des informations qu'il avait récoltées sur Barnes n'avait jamais fait référence à un enfant.

Le regard rivé sur ses terres, le vieil homme raconta :

— Cela remonte à cinquante et un ans. Ma femme et moi venions d'arriver à Rust Creek Falls. Nous étions partis montrer à Lynnie les poissons dans le ruisseau qui coule à l'extrémité de notre propriété. Il y a eu une crue éclair et…

Il porta une main à ses yeux.

— Lynnie venait d'avoir deux ans.

Seigneur ! Jensen sentit des larmes lui picoter les paupières.

— Je suis tellement désolé, monsieur Barnes. Je ne peux même pas imaginer votre chagrin.

Barnes se mit à pleurer. Jensen poussa la porte moustiquaire et l'entraîna en direction du banc patiné par le temps, sous une fenêtre qui ouvrait sur l'extérieur. Il le fit asseoir et prit place à côté de lui. D'un bras, il enlaça ses épaules secouées de sanglots.

— Monsieur Barnes, je vais ouvrir ce centre de distribution, pour lequel j'ai repéré deux autres sites. Si vous le permettez, j'aimerais lui donner le nom de Lynnie.

Il savait sans l'ombre d'un doute que c'était ce qu'aurait souhaité Davison.

Barnes le regarda.

— Vous lui donneriez le nom de Lynnie ?

— Comme je l'ai mentionné, mon mentor, Davison Parkwell, a lui aussi été victime d'une crue éclair. L'année dernière, il s'était porté volontaire pour secourir deux personnes dans les environs de la ville quand il a été happé par les eaux. Vous vous souvenez de 2013, quand une autre inondation a quasiment détruit Rust Creek

Falls ? Un centre de distribution est exactement ce dont cette région a besoin.

Avec un hochement de tête, Barnes s'essuya les yeux.

— J'ai perdu ma femme il y a plus de dix ans mais je n'ai pas quitté ma ferme parce que c'est tout ce qui me reste de Lynnie. Je ne m'approche pas du ruisseau quand il pleut, bien sûr, mais j'y descends au moins une fois par jour, en souvenir.

Il pinça les lèvres. Et, ensemble, ils regardèrent les champs prolongés par des forêts d'arbres majestueux, au loin, sous un ciel d'un bleu limpide.

Puis, Guthrie finit par dire :

— Je vais accepter votre offre initiale, Jones. Si vraiment vous donnez le nom de Lynnie au centre. Lynnie Barnes.

La gorge nouée par l'émotion, Jensen répondit :

— Uniquement si vous acceptez ma dernière offre, qui était le triple de la première. Et je vous ferai construire une maison neuve au bout de la propriété, près du ruisseau. Vous avez ma parole. Le centre sera le centre de distribution Lynnie Barnes.

Barnes poussa un soupir et lui tendit la main. Jensen la serra.

Un long moment, perdu dans ses pensées, il resta assis à côté de Barnes. Il aurait pu rester ainsi pour toujours. Plus il tardait à se préparer et à partir à la soirée, moins il avait à penser au fait que, ce soir, quand il verrait Mikayla, ce serait la dernière fois avant longtemps. En fait, elle l'avait tellement déboussolé qu'il risquait de ne même plus pouvoir revenir à Rust Creek Falls du tout. Il pourrait travailler sur le projet du centre à distance. Il pouvait organiser des vidéoconférences avec ses frères.

Il n'avait pas besoin de tout risquer pour la femme

qui le mettait à l'épreuve dans le seul domaine qu'il ne pouvait gérer.

Son cœur. S'engager. Un futur.

Il ne repasserait jamais par là. Aussi, ce soir, il lui dirait adieu.

- 13 -

Tout était prêt pour la soirée surprise. Jensen devait retrouver ses parents à l'aéroport à 17 heures. Walker était déjà allé chercher Gideon ainsi qu'Autry et sa famille qui avaient atterri quelques heures auparavant. Hudson était en route pour aller récupérer les plats du buffet chez le traiteur. Et Mikayla devait arriver chez Walker à 18 heures.

Dans le hall des arrivées, Jensen repéra immédiatement ses parents. Ils passaient difficilement inaperçus dans une foule. Son père mesurait un mètre quatre-vingt-douze et tous les lieux qu'il foulait semblaient lui appartenir. Quant à sa mère, elle était toujours élégante, même pour voyager. Son carré blond et son rouge à lèvres étaient impeccables. Elle portait une combinaison pantalon blanche, des talons, et son cou était paré de si nombreux colliers qu'il fut surpris de ne pas la voir basculer en avant.

Après quelques gauches embrassades, Walker II tapa dans ses mains et déclara :

— Bien, notre vol est dans une heure. Allons faire un dîner léger dans ce restaurant de hamburgers que j'aperçois. C'est ridicule mais j'apprécie autant un bon steak à cinquante dollars qu'un hamburger d'aéroport à six dollars.

Il eut un petit rire et sa femme sourit. Ébahi, Jensen regarda ses parents tour à tour.

— Que veux-tu dire, votre vol part dans une heure ?

— Nous sommes venus te chercher, Jensen, répondit son père. Et te voilà. Alors, rentrons à Tulsa.

Jensen pila. Ce devait être une plaisanterie. Même Walker II ne pouvait être aussi sournois.

— Tu as dit que tu venais voir tes fils. Walker et Hudson ne sont pas avec moi. Et je serais surpris que tu aies eu l'intention de nous retrouver ici pour manger un hamburger.

— Nous venons de voir tes frères au mariage d'Autry, dans ce tripot qui porte un nom de poker.

— As dans la Manche, lui rappela-t-il avec un soupir. Écoutez, nous nous sommes mis en quatre en prévision de votre visite. Alors, que vous le vouliez ou pas, vous venez tous les deux chez Walker.

— Ne nous parle pas sur ce ton, jeune homme ! lança son père en agitant un doigt menaçant.

— Oh ! arrête, Walker ! le rabroua Patricia. Et maintenant, Jensen, qu'est-ce que c'est que cette histoire de femme enceinte de sept mois et demi ?

Évidemment ! Comment pouvait-il être aussi stupide ! C'était la raison qui avait poussé ses parents à venir. Pour le ramener de force. Et seul. Ils avaient peur qu'il reste à Rust Creek Falls et qu'il épouse Mikayla.

Il réprima un soupir. Il avait eu l'intention d'avoir recours à un mensonge et de raconter qu'il était tombé amoureux d'une femme pour attirer ses parents dans le Montana. Mais, dans un rare instant de sincérité, il avait dit ce qui était devenu la vérité à son père.

— Nous pourrons parler de tout cela chez Walker, dit-il. Allons chercher vos bagages.

Sa mère lui répondit :

— Oh ! nous n'en avons pas, mon chéri, étant donné que nous n'avions pas l'intention de passer la nuit ici. Bien sûr, nous ne voyageons jamais sans une tenue de rechange et notre trousse de toilette, ajouta-t-elle en tapotant le sac de voyage que portait son mari en bandoulière. Un accident est vite arrivé. Une secousse due à une turbulence ou un passager maladroit, et tu te retrouves avec ton gin tonic partout sur toi.

Rêvait-il ou venait-elle de lui faire un clin d'œil ? Depuis le mariage d'Autry, l'année dernière, le troisième fils qui convolait à Rust Creek Falls, Patricia Jones avait mis un peu d'eau dans son vin. Ce qui était loin d'être le cas de son mari. Visiblement, sa mère s'était attendue à passer la nuit chez Walker, alors que Walker II était convaincu qu'à peine arrivés ils le ramèneraient à Tulsa avec eux en avion privé.

Il sourit à sa mère. Il avait toujours su qu'il pouvait compter sur elle. Elle lui rendit son sourire.

— Bien, bien, grommela son père qui, comme d'habitude, ne s'apercevait de rien. J'aimerais bien un whisky.

Sur ces mots, ses parents lui emboîtèrent le pas jusqu'au pick-up. Une demi-heure plus tard, ils étaient au chalet. Après s'être garé, Jensen envoya un texto à Walker pour demander que tout le monde se prépare pour la surprise.

Alors qu'il s'avançait vers la porte d'entrée, il sentit de nouveau l'excitation le gagner. La soirée surprise devrait avoir un effet sur son père. Tout comme le centre de distribution. Même s'il ne porterait pas le nom de Davison, l'homme qui avait tellement voulu sa création. Jensen était convaincu que Walker II allait se rallier au projet. Du moins, sûr à quatre-vingt-dix pour cent, se corrigea-t-il.

Il sonna et Walker III apparut sur le seuil.

— Maman, papa, je suis content de vous voir. Entrez.

Il ouvrit grand la porte, dévoilant l'immense banderole qui affichait : « Heureux quarantième anniversaire de mariage ! » Tout le monde s'écria :

— Surprise !

— Que se passe-t-il ? demanda Patricia.

Les yeux scintillant de larmes, elle semblait ébahie.

— Mon Dieu, c'est Autry ? Et Gideon ? ajouta-t-elle,

hurlant presque, en se précipitant pour les serrer tour à tour dans ses bras. Tous mes fils sont ici !

— Joyeux anniversaire de mariage ! lança Jensen.

— Eh bien, si tu as rendu ta mère heureuse, je suis content, dit Walker II.

Jensen servit un whisky à son père.

— Quarante ans, ça se fête, papa !

— Ce qui se fête aussi, c'est de te ramener chez toi, à Tulsa, répliqua celui-ci.

Il survola la magnifique salle de séjour du regard. Et Jensen comprit qu'il cherchait « la femme enceinte ».

Mikayla ne devait arriver que dans un quart d'heure. Il avait estimé qu'il était préférable de laisser ses parents s'accoutumer à l'idée de la fête surprise et se détendre un peu, avant de la leur présenter. Même si, réflexion faite, est-ce que cela avait vraiment de l'importance ? Après tout, il ne devait pas rester à Rust Creek Falls pour passer sa vie avec elle. Dès demain, il rentrerait à Tulsa avec ses parents.

Au cours des minutes suivantes, il discuta avec ses frères qu'il n'avait pas vus depuis un moment. Autry, qui était arrivé de Paris avec sa femme et les trois filles de cette dernière. Et Gideon, le plus proche de lui en âge, qui voyageait constamment pour la société familiale.

La sonnette retentit, annonçant Mikayla.

Il se tourna vers la porte que Bella ouvrit, dévoilant la nouvelle venue, vêtue d'une robe noire. Devant sa beauté, il se sentit défaillir. Ses longs cheveux châtains cascadant sur les épaules, elle rayonnait, comme d'habitude.

Soudain, son père poussa un rugissement :

— Si vous croyez que mon fils va vous épouser, vous vous faites des illusions, mademoiselle !

Il n'en croyait pas ses oreilles. Avait envie de disparaître sous terre.

— Papa ! le rabrouèrent ses frères en chœur, avant se confondre en excuses.

Walker II avait le visage empourpré. Mais Jensen le connaissait suffisamment pour savoir que, loin d'être embarrassé, il était furieux.

— Je suis très sérieux. Assez de cette mascarade. Je veux que Jensen rentre à Tulsa, où il est chez lui.

L'air effarouché, Mikayla ressemblait à une biche prise dans des phares de voiture. Bella l'emmena vers le buffet.

Jensen lança alors, à travers ses dents serrées :

— Papa, si je veux épouser Mikayla et rester à Rust Creek Falls, je le ferai.

Il jeta un regard vers elle. Elle donnait l'impression de vouloir prendre ses jambes à son cou. Avait-elle entendu ce qu'il venait de dire ? Il n'en était pas sûr.

— Jamais de la vie ! rétorqua Walker II.

Le prenant par le bras, il l'entraîna vers le bar.

— Écoute-moi bien, Jensen. Il est évident que cette femme est dans le pétrin. Elle est seule, et elle est sur le point d'avoir un bébé. En outre, à voir sa tenue, elle n'a pas d'argent. Elle t'a mis le grappin dessus et tu as toujours eu un cœur d'artichaut. Ne gâche pas ta vie en tombant dans ce piège.

Il jeta un coup d'œil à la ronde et ajouta :

— C'était une belle fête. Merci. Mais nous pouvons rentrer, maintenant. Je vais appeler Stewart et lui demander de préparer l'avion.

Jensen se força à compter mentalement jusqu'à cinq. Et dut refréner son envie de frapper son père. Cela gâcherait la soirée. Il compta une première fois, puis une deuxième, jusqu'à ce qu'il se sente calmé. Et, cette fois, ce fut lui qui entraîna Walker II, dans le bureau. Après avoir refermé la porte derrière eux, il commença :

— Papa, ça suffit !

— Oui, ça suffit, dit son père. Cette femme enceinte t'a tellement distrait, tellement déboussolé, que tu n'as même pas rempli la mission pour laquelle tu étais venu à Rust Creek Falls. À savoir acquérir la terre que tu voulais. C'est comme ça que tu veux vivre ta vie ? En dilapidant toute ton expérience d'homme d'affaires si durement acquise ?

— En fait, papa, j'ai conclu cette transaction. Mon avocat est en train de rédiger le contrat à cet instant même. J'ai réussi parce que j'ai suivi l'exemple de Davison et que j'ai fait passer les gens avant les affaires.

Son père plissa les yeux.

— Quel est le rapport entre cette transaction et Davison ?

Jensen lui expliqua tout. Sa blessure toujours à vif d'avoir perdu son mentor dans une crue éclair. L'engagement de Davison à se porter volontaire dans cette région pour secourir et aider à reconstruire en cas de catastrophe naturelle. Sa détermination à fonder un centre de distribution en son hommage.

— Puis le vieil homme qui persistait à refuser de me vendre sa terre m'a expliqué la raison de son entêtement. Une crue du ruisseau, en bordure de sa propriété, a coûté la vie à sa fille de deux ans. Il voulait garder les lieux intacts.

— Alors, comment es-tu parvenu à le convaincre ? demanda son père en buvant une gorgée de whisky.

— Je n'ai même pas essayé, en fait. Je lui ai dit que, lorsque j'aurai décidé d'un nouveau site, j'aimerais donner au centre le nom de sa fille. Il m'a alors dit que je pouvais avoir sa terre si c'était vraiment mon intention. Nous nous sommes serré la main et l'affaire était conclue.

Walker II but une autre longue gorgée de son breuvage et jeta un coup d'œil par la fenêtre. Un instant silencieux, il finit par dire :

— Ça ne m'étonne pas de Davison. Il a toujours fait passer les gens avant les affaires. Le vieil imbécile.

Il resta un moment perdu dans ses pensées. La colère lui durcissait les traits. Puis son expression s'adoucit pour exprimer, Jensen en aurait juré, du chagrin.

Le moment était venu. L'ouverture qu'il attendait depuis des années.

— Papa, que s'est-il passé entre Davison et toi ?

Son père prit place dans un fauteuil, près de la fenêtre, et poussa un soupir à fendre l'âme.

— Il m'a conseillé sur la façon de vivre ma vie et je l'ai envoyé promener.

— Quel était son conseil ?

Walker II le défia du menton.

— Des bêtises sur le fait que je devais faire passer mes enfants en premier car sinon j'allais tous les perdre.

Jensen commençait à comprendre. La prophétie avait piqué son père au vif. Non seulement elle était plausible mais elle s'était réalisée.

— Il a persévéré et j'en ai eu assez de l'entendre, reprit Walker II d'une voix indignée. Nous avons eu une dispute terrible, le genre de dispute qui te pousse à dire des mots que tu ne peux plus effacer.

Le regard lointain, il se tourna vers la fenêtre.

— Je lui ai demandé de me laisser tranquille et dit que c'était la dernière fois que je lui adressais la parole.

— Oh ! papa, ça a dû te briser le cœur.

Son père le dévisagea, le menaçant de nouveau du doigt.

— Personne ne me dicte ma façon de vivre ni la manière d'élever mes garçons. Mais il avait raison, non ? J'ai perdu mes fils, un par un. Et maintenant, c'est ton tour. Je suis sûr que Gideon sera le prochain.

Il lui jeta un coup d'œil. Incrédule, Jensen vit que son

père avait les yeux humides. Il s'approcha de son fauteuil et s'agenouilla à côté.

— Papa, tu n'as perdu aucun de nous. Nous avons juste fait notre possible pour te faire comprendre que Walker, Hudson et Autry ont trouvé le bonheur. Ils se sont mariés, ils ont trouvé la femme de leur vie. Ils sont heureux, papa. C'est tout ce que tu as besoin de savoir.

— Et toi ? Tu ne me sembles pas heureux. Peut-être que cette femme enceinte n'est pas la femme de ta vie.

— Aucune femme ne l'est, répliqua-t-il en croisant les bras. Je ne suis pas fait pour le mariage. Ni femme ni enfants. Je traite des contrats. Voilà ce que je fais.

— Alors, tu n'es pas amoureux de cette Mikayla ?

— Ça n'a pas d'importance. Je ne suis pas fait pour être père. Elle est sur le point d'avoir un bébé.

— Qui t'a dit que tu n'étais pas fait pour être père ?

— Je sais simplement que c'est ainsi.

Parce que je suis ton fils. Tu m'as élevé ainsi.

— Eh bien, Jensen, tu fais fausse route.

— Quoi ? s'exclama-t-il.

— Tu es l'un des hommes les meilleurs que je connaisse. Comme je te l'ai dit, ton cœur renferme des trésors de tendresse. Ce qu'aiment les enfants. Tu es patient. Tu as de l'humour. Tu es intelligent. Et tu es loyal et t'investis totalement dans tout ce que tu entreprends. Pour moi, tu as toutes les qualités pour faire un bon père.

Jensen le regarda, abasourdi. Avait-il bien entendu ? Il en défaillait presque de surprise.

— J'aimerais contribuer au centre de distribution, ajouta alors Walker II. Je pourrais apporter des fonds. Et peut-être pourrions-nous donner le nom de Davison à un pont en commémoration.

Un pont. Cela aurait plu à son mentor. Et l'idée lui plaisait aussi. Son père se leva.

— Prends la décision juste au sujet de Mikayla, Jensen. Si tu aimes cette femme, fonce. Sinon, je te dis à demain matin, dans l'avion. Mais je suis désolé de m'être montré si autoritaire. Je vais m'excuser auprès de Mikayla. Je vais également présenter mes excuses à tes frères. Et à leurs femmes. Puis je vais donner à ta mère son cadeau d'anniversaire de mariage.

Pour un peu, Jensen se serait évanoui de stupéfaction. Mais il était trop curieux de savoir ce que son père avait acheté à sa mère.

— Et que lui offres-tu ?

— Un médaillon en forme de cœur avec cinq petits cadres qui s'ouvrent. Elle pourra y mettre les photos de ses fils. Je sais que ça va lui plaire. Je dois te remercier de m'avoir rappelé que je devais lui faire un cadeau. Si tu ne m'avais pas demandé ce que j'avais prévu pour elle au téléphone, il y a quelques semaines, je ne lui aurais probablement rien acheté. Je suis un sacré numéro, je sais.

Jensen le serra contre son cœur.

— Tu l'étais. J'ai l'impression que tu es en bonne voie pour devenir un excellent mari et le père que nous avons toujours voulu. Joyeux anniversaire.

Son père lui rendit son étreinte avec vigueur. Puis il quitta la pièce et se dirigea vers Walker III pour l'entraîner à part. Et Jensen vit la surprise sur le visage de son frère quand, à son tour, il le prit dans ses bras. Souriant, il le vit ensuite aller vers Hudson.

Il balaya la pièce du regard. Et ses yeux se posèrent sur Mikayla. Assise sur le canapé, elle discutait avec sa mère, Bella, Lindsay et Marissa, la femme d'Autry. Il remarqua qu'elle portait la robe extensible qu'elle avait emportée à Las Vegas.

Les paroles de son père lui revinrent à l'esprit. « Pour moi, tu as toutes les qualités pour faire un bon père. »

C'était la vérité. Il l'avait toujours su, s'il avait un enfant, être un bon père serait très important pour lui. Il le ferait passer avant tout. Il aimerait ce garçon ou cette fille de tout son cœur.

Et c'était vraiment le problème, comprenait-il maintenant. L'amour. Il n'en voulait pas. Ne voulait pas le ressentir. N'en voulait pas dans sa vie. Parce que l'amour était synonyme de séparation. De chagrin. Et s'il perdait Mikayla, comme cela arriverait sans doute en raison des problèmes du quotidien qui désunissaient les couples, il perdrait tout. Il ne s'en remettrait jamais. Et si quoi que ce soit arrivait à son enfant ? Il en resterait anéanti. Comme Barnes, dans sa maison croulante.

Mais même Guthrie Barnes était sorti de sa réclusion. Aujourd'hui, avant qu'il prenne congé, le vieil homme lui avait dit qu'il allait rendre visite au pasteur de son ancienne église. Même s'il s'était plaint qu'il était assez jeune pour être son petit-fils. Il avait pensé que passer un après-midi à converser avec lui et peut-être assister à une célébration ne pourrait que lui être bénéfique. Et Jensen avait approuvé, sentant son cœur lourd du chagrin de Barnes s'alléger un peu en voyant qu'il voulait recommencer à voir des gens. Il avait le pressentiment qu'il allait prendre un nouveau départ.

Mais, pour sa part, il prenait constamment des nouveaux départs. Et c'est ainsi qu'il aimait vivre. De nouveaux marchés pour lesquels il voyageait aux quatre coins de l'Oklahoma. Des changements constants qui n'exigeaient jamais qu'il engage son temps et son énergie.

Il avait eu l'intention de partir demain matin avec ses parents. Et maintenant, cette décision lui paraissait inébranlable. Il avait accompli la mission pour laquelle il était venu ici. Il avait organisé une soirée d'anniversaire de mariage pour ses parents. Il avait eu une conversation à cœur ouvert avec son père et était parvenu à resserrer les liens entre tous les siens, y compris ses parents. Son père s'était confié à lui, alors qu'il s'était attendu à une réponse vague. Une explication du bout des lèvres.

Et même s'il avait de nouveau le cœur gros, il ne pouvait s'empêcher de sourire en pensant à la façon dont tout s'était arrangé. Et tout particulièrement concernant Davison Parkwell. Il savait que, de là-haut, son ami se réjouissait.

Il ne lui restait plus désormais qu'à passer quelques heures en compagnie de Mikayla avant de lui dire adieu.

Une demi-heure plus tard, elle lui déclara :

— Ton père m'a présenté des excuses. Il m'a dit qu'il avait compris beaucoup de choses ce soir.

Devant le buffet dans la salle de séjour de Walker, elle était en train de couvrir un cracker d'une tranche de cheddar.

L'espace d'un instant, il garda le silence, se grisant de sa vision. Il était fasciné par sa beauté, si heureux de sa présence, à quelques centimètres de lui.

— Nous avons eu une sacrée conversation, répondit-il enfin. Je suppose que les gens peuvent vous surprendre. Mais jamais je ne me serais attendu à cela.

— C'est drôle. Ton frère Hudson a utilisé exactement la même phrase, l'autre jour.

— Je suis sûr que Hudson a été surpris comme nous tous par le revirement de papa. En fait, la palme revient à ma mère. Elle a fondu en larmes quand mon père lui a offert son cadeau.

— Oui, j'ai vu. C'était tellement touchant. Et ce médaillon est magnifique. Je voudrais acheter le même pour y mettre la photo de mon bébé.

— Tu vas être une mère formidable. Ton bébé a de la chance de t'avoir, dit-il avec ferveur.

— Merci, chuchota-t-elle en lui prenant les mains pour les plaquer sur son ventre. Tu es mon meilleur ami.

Il toussota, la gorge nouée d'une telle émotion que, l'espace d'une seconde, il fut incapable de prononcer une parole.

— Ton meilleur ami ?

C'était certainement le sentiment qu'elle lui inspirait. Mais il était trop ébranlé pour le lui dire.

— N'est-ce pas le cas ? Le meilleur ami que j'aie jamais eu.

Il l'attira dans ses bras.

— Toi aussi, Mikayla. Tu es ma meilleure amie.

— Tu vas vraiment me manquer après ton départ, demain.

Maintenant, il ne pouvait vraiment plus parler. Il prit un moment pour reprendre son souffle et recouvrer son équilibre.

— Toi aussi, tu vas me manquer.

Hudson, Walker et ses belles-sœurs les rejoignirent devant le buffet. À côté du bar, Gideon était en grande conversation avec leurs parents. Son frère ne se rendait pas compte de sa chance. Maintenant que leur père avait évolué, il allait être tellement plus facile à gérer !

Il repoussa cette pensée. Il devait se concentrer sur Mikayla, profiter de sa dernière soirée avec elle. Mais à l'instant même où il s'apprêtait à s'écarter pour l'entraîner vers la bibliothèque en quête d'un peu de tranquillité, ses belles-sœurs l'accaparèrent.

— Tu pars vraiment demain ? lui demanda Walker.

— Oui. J'ai fini mon travail ici.

— Ton travail, oui. Mais Mikayla ?

— Nous sommes de simples amis. Les meilleurs amis du monde, précisa-t-il.

Mais il n'y avait rien de simple les concernant. Et il le savait parfaitement. Néanmoins, demain, il serait dans cet avion qui le ramènerait chez lui.

- 14 -

Le lendemain matin, Jensen se gara devant Sunshine Farm. Ses visites ici allaient lui manquer. Il aimait cette grange jaune, aimait voir Luke et ses employés travailler sur les terres. Aimait voir Eva, les yeux levés sur sa maison, échafauder des projets de rénovation. Et il aimait voir Mikayla si heureuse, si sereine, entourée de bons amis. Même si elle n'était pas vouée à rester à Sunshine Farm pour toujours, il savait que l'endroit lui apportait sécurité et stabilité.

Il sortit une petite boîte du sac cadeau sur le siège du passager, la mit dans sa poche, et descendit de sa voiture climatisée, sous un soleil de plomb. Même pour une fin de mois d'août, il faisait une chaleur torride. Mais il était si impatient de voir Mikayla qu'il ne regrettait pas la fraîcheur de l'habitacle climatisé.

Il leva les yeux vers l'étage. Debout à sa fenêtre, elle le regardait. Elle ne souriait pas.

Elle lui fit un signe de la main et il y répondit, submergé par une vague de tristesse. C'était la dernière fois qu'il la voyait. Comment était-ce possible ? Bien sûr, il reviendrait de temps à autre pour surveiller la progression du centre et pour voir ses frères. Mais de temps à autre, ce n'était pas tous les jours. *Tu deviens vraiment sentimental,* se rabroua-t-il. *Comme l'a dit Mikayla, vous êtes le meilleur ami l'un de l'autre. Bien sûr, elle va te manquer.*

Il refoula ces pensées et s'assit sur les marches du

perron, sachant qu'elle allait descendre le rejoindre. Au bout de quelques instants, la porte s'ouvrit et elle sortit. Radieuse dans sa robe d'été préférée, la jaune aux petits bouledogues bleus qui parsemaient le décolleté et l'ourlet, elle était ravissante. Elle portait ses sandales plates qui se nouaient aux chevilles. Elles aussi allaient lui manquer.

— Comment te sens-tu, ce matin ? demanda-t-il en regardant son ventre qui lui paraissait encore plus gros, aujourd'hui.

— Comme quelqu'un dont le meilleur ami s'apprête à prendre l'avion, répondit-elle en essayant de s'asseoir à côté de lui.

Elle y renonça, prit appui sur la marche du haut et se releva.

— Comme si je pouvais encore m'asseoir sur une marche ! Pour qui je me prends ?

Avec un sourire, il se releva à son tour et l'enlaça. Puis il sortit l'écrin de sa poche.

— C'est pour toi.

— Qu'est-ce que c'est ? demanda-t-elle.

— Il n'y a qu'une façon de le savoir.

Elle retira le couvercle.

— Oh ! Jensen, s'exclama-t-elle, les yeux brillants. C'est un médaillon en forme de cœur.

Il le sortit de l'écrin et l'ouvrit.

— Avec un petit cadre pour une photo. Je sais que celui que mon père a offert à ma mère hier soir t'a plu. Alors je voulais t'en donner un pour ton bébé.

Elle passa un bras autour de sa taille et le serra contre elle.

— Je vais vraiment le chérir, Jensen. Merci.

— Je t'en prie.

Puis elle passa la chaîne autour de son cou et, d'un doigt, effleura le médaillon sur sa peau.

— Où as-tu bien pu trouver ce bijou à Rust Creek Falls un dimanche matin ?

— J'ai appelé une bijouterie à Kalispell et j'ai soudoyé le propriétaire pour qu'il ouvre avant 10 heures. J'ai prétexté une urgence.

— Bien entendu, dit-elle avec un sourire.

Il aurait pu passer le reste de sa vie ainsi, avec Mikayla. Il ne voulait pas se remettre au volant et partir, ne voulait pas la laisser. Il était facile de s'imaginer dans ce monde qui n'était pas le sien. Sans soucis, sans engagements. Sans liens. Mais même s'il avait l'impression de pouvoir rester ici pour toujours, ce n'était pas la réalité.

Le moment était venu de prendre congé.

— Nous allons donc nous dire au revoir, commença-t-il.

Elle leva la tête et regarda les pâturages au loin.

— Je suppose que oui.

— Oh ! et une dernière chose. J'ai appelé ta banque pour faire un dépôt sur ton compte. Pour t'assurer une sécurité financière. Comme je suis ton meilleur ami, je ne veux pas t'entendre protester. Pour moi, ce n'est pas grand-chose. Alors, contente-toi d'accepter. D'accord ?

— D'accord.

Il voyait qu'elle avait les yeux humides.

— Oh ! et j'ai aussi appelé Baby Bonanza pour te faire livrer à nouveau les articles en attente sur ton compte et sur ta liste de naissance. J'insiste.

Son visage se déforma et les larmes se mirent à ruisseler sur ses joues.

Il l'attira contre lui, se grisant de son parfum fleuri, ensoleillé. Il regrettait de ne pas pouvoir être l'homme qu'elle méritait. Mais il était trop cabossé, trop fermé. Il pouvait faire des affaires, des achats, faire évoluer les situations, mais il ne pouvait devenir ce qu'il n'était pas. Un homme prêt à aimer.

Il la relâcha, s'éloigna vers sa voiture et lui jeta un dernier regard. Et sentit, à son tour, des larmes lui picoter les paupières.

Pourquoi avait-il l'impression de briser son propre cœur ?

Était-ce censé se passer ainsi ?

— Je ne peux pas croire qu'il soit vraiment parti, dit Eva d'un air consterné.

Une perceuse à la main, elle était occupée à fixer des tringles à rideaux au mur de l'un des bungalows destinés aux hôtes.

— Il a toujours été honnête sur ses intentions, répondit Mikayla.

Elle ramassa le paquet contenant le rideau à douche acheté par son amie et gagna la salle de bains. Elle ne pouvait pas faire grand-chose pour l'aider à préparer les lieux pour Josselyn, la nouvelle locataire, mais elle pouvait accrocher un rideau de douche.

Tout en faisant passer les crochets argentés dans les trous, elle se surprit à rêver qu'elle était en train de décorer sa propre maison. Celle qu'elle habitait avec Jensen. D'une minute à l'autre, il allait franchir la porte et leur préparer l'un de ses délicieux dîners, et il cacherait le morceau de pain à l'ail qu'il se réservait, avant qu'elle dévore toute la baguette.

Sentant de nouveau des larmes lui brûler les paupières, elle les refoula, comme elle l'avait fait toute la matinée. Il était parti, c'était fini et elle devait s'en remettre. *Concentre-toi sur le bébé,* se dit-elle. *Demain, tu reprends le travail, tu seras occupée et, de jour en jour, ce sera plus facile.*

Eva et Amy surgirent sur le seuil.

— Je suggère que nous finissions plus tard, dit Eva. Je pense qu'une bonne dose de sucre s'impose. Allons chez Daisy et…

Une douleur, une crampe intense, la prenant au ventre, Mikayla l'agrippa d'une main tandis que, de l'autre, elle se retenait au porte-serviettes, se félicitant qu'il soit si solidement fixé au mur. Une nouvelle douleur la transperça presque immédiatement, effroyable.

Seigneur ! Comme elle avait mal ! Elle essaya de respirer pour la soulager.

— Mikayla ! dit Eva, l'air alarmé. Ça va ?

Amy fixait le sol.

— Oh non !

Elles suivirent son regard. Devant la petite flaque qui s'étalait à ses pieds, Mikayla s'exclama, terrassée par une nouvelle douleur :

— Je dois avoir perdu les eaux. Mais je ne suis qu'à trente-trois semaines !

— Nous allons te conduire à la clinique, déclara Amy. Je vais appeler le Dr Strickland.

La prenant chacune par un bras, elles l'entraînèrent vers la porte. Tandis qu'Amy l'aidait à monter en voiture, Eva se précipita dans la maison pour prendre leurs sacs à main et le sac que Mikayla avait préparé en prévision de son départ pour la clinique.

Elle revint en courant, se mit au volant et démarra en trombe.

— En route ! Tiens bon, Mikayla !

Cette dernière respirait suivant les instructions du cours d'accouchement qu'elle avait regardé sur Internet. Elle avait eu l'intention de le commencer cette semaine, après le travail.

Trop tard !

Les bagages de Jensen étaient bouclés. Les réservoirs de l'avion familial remplis pour le vol. Il ne restait plus qu'à partir.

Le cœur serré, il mit ses valises et le sac de voyage dans le coffre de la voiture. Ils roulaient en direction de l'aéroport quand Walker II, assis à l'arrière avec sa femme, déclara :

— Crois-moi, Jensen, tu parviens toujours à m'étonner.

Il regarda dans le rétroviseur et n'en crut pas ses yeux. Ses parents se tenaient-ils la main ? Mais oui, il ne se trompait pas. Les miracles ne finiraient-ils jamais ?

Il était sur le point de dire la même chose à son père. Mais cela n'aurait pas été la vérité. Avant la veille, avant aujourd'hui, Walker II ne l'avait jamais surpris. Mais il était en train de devenir celui que Jensen croyait qu'il pouvait être. Un homme qui pensait aux autres.

— Comment ça ? Pour la soirée ?

— Non. Concernant la femme enceinte, Mikayla. J'étais convaincu que tu allais la demander en mariage hier soir, devant toute la famille.

La demander en mariage devant toute la famille ? Il n'était pas sûr de bien comprendre.

— Qu'est-ce qui t'a fait penser que je pourrais la demander en mariage ?

— Elle était là, non ? Pourquoi sinon l'aurais-tu invitée à une fête de famille ? Parce qu'elle fait partie de la famille.

Essayant de chasser Mikayla de ses pensées pour se concentrer sur la route, il répondit :

— Nous sommes juste de très bons amis.

— Si tu le dis, mon chéri, intervint sa mère. Au moins, nous récupérons notre Jensen, Walker. Mais je me demande à quel prix.

Elle poussa un soupir.

— Que veux-tu dire ? demanda Jensen en lui jetant un coup d'œil dans le rétroviseur.

— Tu seras à la maison, mais malheureux. Et tu sais comment tu es quand tu es malheureux. Tu piétines, tu es incapable de te concentrer. Tu oublies de dormir. De manger.

Il ne doutait pas une seconde que ce soit la vérité. Mais c'était parce que Mikayla allait lui manquer. Ils avaient passé beaucoup de temps ensemble. Avaient fait l'amour. Ils étaient… Meilleurs amis.

Son cœur se serra. Quelques années avant sa mort, Davison lui avait déclaré : « Jensen, laisse-moi te donner un conseil sur les femmes. Le seul qui te sera vraiment utile. Sors avec toutes celles que tu veux. Mais marie-toi avec ta meilleure amie. »

Mais qui parlait de se marier ? se dit-il, l'estomac noué.

Il n'était pas amoureux. Ce n'était pas de l'amour. C'était de l'affection. De l'amitié.

— Parce que, soudain, vous voulez que je demande une femme de Rust Creek Falls en mariage ? s'exclama-t-il en jetant un nouveau coup d'œil dans le rétroviseur.

Oh non ! Maintenant ses parents s'embrassaient. Avec un petit rire, sa mère se remit du rouge à lèvres et répondit :

— Bien sûr, nous voulons que tu rentres à Tulsa, Jensen. Mais tu es amoureux de Mikayla et elle habite Rust Creek Falls. Nous avions donc pensé que tu allais rester. Et comme elle ne va pas tarder à avoir un bébé, nous supposions que tu prendrais le relais, comme père de substitution.

« Amoureux de Mikayla. »

« Prendre le relais, comme père de substitution. »

— Mikayla et moi sommes…

— Juste amis, l'interrompit son père. Nous avons compris.

Heureusement, la conversation prit fin. Ils arrivaient à l'aéroport. Quelques minutes plus tard, ils étaient à bord. Voilà. Il ne pouvait plus faire marche arrière. Il rentrait chez lui, comme il se devait.

À l'instant où l'avion se mit à rouler, il fut pris d'une envie subite de courir vers la sortie, d'en sauter et de partir retrouver Mikayla. Mais il savait que cette envie ne venait que du fait que c'était impossible. Les portes étaient fermées. L'avion se dirigeait vers la piste. Dans trente secondes, ils seraient en l'air.

Et il aurait perdu Mikayla. Elle appartiendrait au passé.

Il ferma les yeux. Essayant de bloquer les souvenirs, les images, qui défilaient dans son esprit. Mais c'était peine perdue. Il ne pouvait cesser de penser à elle.

La vibration de son téléphone interrompit le fil de ses réflexions. Il avait un SMS de Hudson.

Mikayla est en train d'accoucher. Eva la conduit à la clinique.

Chaque cellule de son corps se figea. L'adrénaline se rua dans ses veines.

— Arrêtez cet avion !

— Que se passe-t-il ? s'écria son père.

— Mikayla va avoir son bébé. Elle est en train d'accoucher, dit-il en se levant d'un bond.

Il jeta un coup d'œil par le hublot. Le pilote avait fait demi-tour et regagnait leur porte d'embarquement. Parfois, il était vraiment pratique de posséder un avion privé.

Sa mère lui sourit.

— Mikayla est charmante, Jensen. Tu feras un père formidable.

Il revit Henry Stockton s'enfuyant avec la tarte. Le gamin de Just Us Kids et son extraterrestre rose. Le garçonnet qui essayait de faire voler son avion devant Daisy's Donuts. Il s'imagina enfant. Et s'imagina père, tenant un nourrisson contre sa poitrine, le cœur gonflé d'un tel amour, si intense, qu'il le consumait.

Assez rêvé ! Il était un solitaire.

Alors, pourquoi voulait-il sortir de cet avion pour être avec elle quand elle accoucherait ? Pourquoi ?

— Maman, je ne suis pas son petit ami. Je ne vais être le père de personne. Mais… elle compte pour moi. Je veux être à son côté.

Voilà, c'était logique. Il avait analysé la raison de son émoi. Ouf ! Tout était clair, maintenant.

— Les hommes sont toujours les derniers à savoir, dit son père en échangeant un sourire complice avec sa femme.

— À savoir quoi ? s'enquit-il en regardant ses parents tour à tour.

— Tu ferais mieux de te dépêcher d'arriver à l'hôpital, répondit simplement Walker II. Pour Gideon, l'accouchement a duré des heures. Mais tu es né en un rien de temps. C'est complètement imprévisible.

C'était la vérité. Les miracles ne cessaient jamais dans cette famille. Son père était en train de parler des accouchements de sa femme comme il aurait parlé de fusions et d'acquisitions.

Il embrassa ses parents, attrapa ses bagages et, à l'instant même où l'avion s'arrêta devant la porte d'embarquement privée, sortit de l'appareil et se rua vers l'agence de location de voitures.

Il devait regagner Rust Creek Falls aussi vite que possible.

Jensen se précipita à l'intérieur de la clinique de Rust Creek Falls. Debout à côté du poste des infirmières, Amy et Eva attendaient des informations, en compagnie de Bella et de Hudson qui les avaient rejointes.

— Elle va bien ? Le bébé va bien ? s'écria-t-il, complètement paniqué.

— Elle a des contractions mais elles se sont stabilisées, le rassura Amy. L'infirmière ne veut pas nous laisser entrer dans sa chambre.

Elle se pencha vers lui et ajouta en chuchotant :

— Elle a été envoyée de l'hôpital de Kalispell en remplacement. Elle ne connaît aucun de nous. Du coup, nous avons droit au traitement réservé aux étrangers.

Jamais de la vie ! ragea Jensen. Il fallait qu'il soit avec Mikayla maintenant. Il ne pouvait en être autrement.

Parce qu'elle comptait pour lui. Certes.

Mais aussi parce que… il l'aimait. Il l'aimait plus que tout au monde. Il ne pouvait plus le nier. Et ne le voulait pas.

Il avait besoin d'elle. Et elle de lui.

S'adressant à l'infirmière, il déclara :

— Excusez-moi, je dois voir Mikayla Brown immédiatement.

— Vous êtes un membre de la famille ?

— Oui. Je suis le père du bébé, répondit-il spontanément, sans même se rendre compte des mots qui franchissaient ses lèvres.

Tous avaient les yeux rivés sur lui. Il sentit la main de son frère lui taper l'épaule. Entendit le cri de surprise d'Amy et d'Eva.

— Vous l'avez entendu ? lança Bella. C'est le père du bébé. Il doit être avec la mère.

L'infirmière se leva d'un bond.

— Suivez-moi !

Elle frappa à la porte d'une chambre et entra.

— Madame Brown, le père du bébé est ici.

Il entendit la voix de Mikayla.

— Pardon ? Mais…

Il se rua dans la chambre, jusqu'au lit.

Cette fois, ce fut elle qui poussa un cri de surprise.

— Mais tu es dans l'avion. En route pour Tulsa. Tu es parti.

Après avoir avancé une chaise aussi près d'elle que possible, il prit ses mains dans les siennes et les embrassa.

— Comment pourrais-je te quitter ? Je suis le père de ton bébé. Et je suis à toi. Et tu es à moi.

Il se rendit compte du regard perplexe dont l'infirmière les enveloppait. Mais, après avoir vérifié la perfusion de Mikayla, elle les laissa.

— Tu es à moi ? répéta-t-elle.

— Je suis à toi. Et, si tu veux de moi, je veux être le père du bébé. Je suis le père du bébé. Je le sens au plus profond de mon cœur.

— Oh ! Jensen. Bien sûr, je te veux. Et le bébé aussi te veut.

Elle se mit à rire, l'attira à elle, et il enfouit le visage dans la couverture blanche qui lui couvrait la poitrine.

Une nouvelle sensation étrange l'envahit, un sentiment de… plénitude. Seigneur ! Il devait vraiment aimer cette femme. Parce qu'il n'avait absolument jamais ressenti une émotion aussi violente de sa vie. Comme si plus rien ne lui manquait.

Et maintenant qu'il comprenait enfin, le bébé de Mikayla, leur bébé, allait naître prématurément. Ce qui pourrait entraîner des complications. Un instant, il ferma les yeux et secoua la tête pour s'éclaircir les idées. Il devait rester fort, il le devait pour Mikayla.

— Comment peux-tu être en train d'accoucher ? Tu n'es qu'à trente-trois semaines !

— Je sais, mais d'après le Dr Strickland, cette fois, j'ai vraiment des contractions. Si j'accouche maintenant, le bébé pourrait souffrir de complications.

Un frisson d'appréhension le traversa. C'était exactement le mot qui avait résonné en lui à l'instant même : « Complications. »

Il vit alors que ses yeux se remplissaient de larmes. Ses mains toujours dans les siennes, il l'embrassa sur le front et, avec ferveur, déclara :

— Mikayla, quelles qu'elles soient, nous les affronterons ensemble. Nous sommes une équipe. Toi et moi.

— Vraiment ?

— Nous l'avons toujours été. Depuis le jour où nous nous sommes rencontrés. Simplement, il m'a fallu du temps pour en prendre conscience. Je t'aime. J'aime ce bébé. Et je remuerais ciel et terre pour vous protéger tous les deux.

Ses magnifiques yeux de velours brun scintillaient de larmes.

— Je n'en doute pas une seconde.

— Mais tu as douté de mon amour pour toi, non ?

— Jamais ! répondit-elle avec conviction. Il y a des jours que j'ai compris que tu m'aimais.

Qu'avait dit son père ? Que les hommes étaient toujours les derniers à savoir. Comme il avait raison !

— Nous allons avoir un bébé, Mikayla. Nous allons avoir un bébé ! Même si ce n'est pas moi qui l'ai porté !

Ce rire qu'il aimait tant résonna dans la chambre.

— J'aime entendre « nous », dit-elle.

— Maintenant et à jamais, Mikayla Brown.

Un petit coup résonna à la porte et le Dr Strickland entra dans la pièce.

— Ah, vous êtes donc le partenaire d'accouchement ? demanda le médecin en lui tendant la main.

Jensen la serra.

— En effet. Et pour la vie.

Un sourire éclaira le visage du gynécologue.

— Bien. Parce que nous allons passer un bon moment

ici. Je vais retarder l'accouchement aussi longtemps que possible. Mais je ne sais pas pendant combien de temps. Mikayla, ce bébé va peut-être naître aujourd'hui.

— Oh, mon Dieu ! Je vais peut-être être mère aujourd'hui ! s'écria-t-elle, radieuse.

Son visage s'assombrit, l'inquiétude se substituant à la joie. Puis elle se ressaisit.

— Tout ira bien. Il ne peut en être autrement, affirma-t-elle.

Le Dr Strickland parcourut son dossier, qu'il raccrocha ensuite à l'extrémité du lit.

— Votre état est stable, pour le moment. Donc si vous voulez voir des amis, pas de problème. Mais pas tous à la fois.

— Je vais les prévenir, dit Jensen. Mikayla, je peux te laisser trente secondes ?

— Tant que je sais que tu vas revenir.

— Toujours. Tous les jours. Toute la vie.

— Alors, va chercher la cavalerie.

Souriant, il sortit, le Dr Strickland sur ses talons.

— Jensen, lui dit-il en lui faisant signe de vouloir lui parler en aparté.

L'angoisse lui nouant le ventre, il demanda :

— Tout va bien se passer, vous croyez ?

— Je comprends ce que vous ressentez, répondit le médecin. Vraiment. Mais je ne peux rien vous garantir. Pour l'instant, je ne le sais pas. Accoucher à trente-trois semaines, c'est tôt.

— Seigneur ! chuchota-t-il.

— Il peut y avoir des complications. Je vais devoir y préparer Mikayla. Tant d'un point de vue psychologique que physique. Je me félicite vraiment que vous soyez présent pour la soutenir émotionnellement.

— Je suis là. Quels que soient ses besoins.

Une ombre passa sur le visage du médecin, comme si un souvenir lui revenait en mémoire. Mais, se ressaisissant, il approuva :

— Bien. En tout cas, je peux vous promettre une chose. Je vais faire tout ce qui sera en mon pouvoir pour Mikayla.

Jensen hocha la tête. *Moi aussi*.

Hazel Leigh Brown vint au monde à 11 h 23. Elle pesait deux kilos soixante-dix. Minuscule, elle était parfaitement formée et vigoureuse. Son petit crâne était couvert de soyeuses mèches brunes et elle avait des yeux bleu ardoise. Elle ressemblait comme deux gouttes d'eau à sa mère.

Incapable de détacher les yeux, Jensen regardait sa fille, lovée dans le couffin, à côté du lit de clinique. Sa fille ! Mikayla dormait à poings fermés. Elle avait accouché un peu plus d'une heure auparavant et, malgré un travail intensif et parfois pénible, la mère et l'enfant se portaient très bien.

Tout le long de l'accouchement, il avait gardé son sang-froid, se surprenant lui-même. Pas une fois il n'avait failli s'évanouir ou quitter la pièce. Il serait toujours là dans les bons et les mauvais moments, pour le meilleur et pour le pire.

Le Dr Strickland avait dit que le pronostic de la petite Hazel était excellent. Mais que, née prématurée, elle devrait rester en observation à la clinique pendant quelques semaines.

— Je t'aime, Hazel Brown, chuchota-t-il au nourrisson. Et, si j'ai mon mot à dire, tu ne vas pas tarder à t'appeler Hazel Brown Jones. Si ta mère accepte de devenir ma femme.

— Oh ! j'accepte, fit une voix ensommeillée.

Il se leva vivement de sa chaise et s'avança vers le lit de Mikayla.

— J'aime tellement la petite Hazel, d'un amour si inconditionnel. Et pourtant, je viens à peine de la rencontrer. Comment est-ce possible ?

— Parce que tu l'aimes depuis le début. Et puis, c'est facile, très facile, d'aimer un bébé. En plus, regarde-la. C'est le plus beau bébé que j'aie jamais vu.

— Telle mère telle fille.

— Tel mari tel père, renchérit-elle.

Il sourit.

— Tu as changé ma vie, Mikayla. Totalement. Je ne sais pas comment ma chance a ainsi tourné. Mais je l'accepte.

— Quand j'aurai l'autorisation de sortir, nous pourrons peut-être aller fêter ça là où tout a commencé. Chez Daisy's Donuts.

D'un geste empreint de tendresse, il repoussa une mèche de ses cheveux. Puis il l'embrassa sur les lèvres.

— Prévoyons notre mariage pour quand Hazel pourra y assister, dit-il. Elle doit être présente.

— Absolument. En attendant, je vais rester à Sunshine Farm jusqu'à ce qu'elle puisse quitter la clinique.

— Et je vais ratisser Rust Creek Falls pour trouver la maison idéale pour une famille de trois. Une famille qui s'agrandira très probablement avec d'autres enfants, des animaux, et de nombreux visiteurs. Parce que je te parie que mes parents vont s'empresser de revenir pour rencontrer leur petite-fille.

Radieuse, Mikayla déclara :

— Je t'aime, Jensen.

— Et je t'aime, Mikayla. Et j'aime notre fille.

— Crois-tu que tes parents vont enfermer ton frère Gideon dans une tour pour le protéger des femmes de Rust Creek Falls ? demanda-t-elle.

— Franchement, ils sont transformés. À tel point que je ne serais pas surpris qu'ils envoient Gideon à Rust Creek Falls sous un prétexte quelconque. Pour qu'il y trouve le bonheur, comme ses quatre frères.

Mikayla partit d'un éclat de rire.

— À propos ! Je viens de me rendre compte que Hazel va avoir quatre oncles. Et trois tantes, jusqu'ici. En tant que fille unique, je m'en réjouis pour elle.

— Et toi qui penses que j'aime faire des cadeaux ! Attends un peu de voir quand ils apprendront la naissance de ton bébé. De notre bébé. Sunshine Farm ne sera pas assez grande pour accueillir le camion de cadeaux qui va arriver.

Un sourire se dessina sur les lèvres de Mikayla. Mais ses paupières s'alourdissaient de nouveau. Tout en laissant l'amour de sa vie s'assoupir, il repensa à l'histoire du journaliste qui avait baptisé Sunshine Farm le ranch des Cœurs solitaires, à cause d'Amy, la première hôte. Mikayla, la deuxième, était, elle aussi, un cœur solitaire. Jusqu'au jour où il avait enfin compris ce qu'elle savait depuis toujours.

Qu'on était mieux à deux que seul.

Et, avec le bébé, ils étaient trois.

PASSIONS

Ne manquez pas dès le mois prochain

dans votre collection

PASSIONS

les deux premiers tomes de la nouvelle

série

Intrigues à Orange County

Chez les Carey, rien n'est plus

important que la famille…

et l'amour !

Deux romans inédits chaque

mois de juillet à août 2022

HARLEQUIN

www.harlequin.fr

Ne manquez pas dès le mois prochain

dans votre collection

PASSIONS

le premier tome de la nouvelle série

Liaisons à Seattle

Dans le cabinet Maddox Hill,

les règles sont faites pour être

brisées...

Un roman inédit chaque mois de

juillet à septembre 2022

Retrouvez prochainement,
dans votre collection

PASSIONS

Le secret du rancher, de Janice Maynard - N°1001

Jamais India ne pensait revenir dans le Wyoming, dont le paysage implacable et dangereux est à l'image de Farris, son ex-mari, qu'elle vient de retrouver. Si elle est ici, c'est uniquement pour soutenir la mère malade de celui-ci. Or, cinq ans après leur douloureux divorce, la tension entre eux reste palpable – ainsi que le désir. Se pourrait-il que Farris détienne un pouvoir éternel sur son cœur ?

Pari sur l'amour, de Christy Jeffries

Vivienne est désespérée : sa patronne menace de la renvoyer si elle ne signe pas très vite un contrat pour sa société d'organisation de mariages. Tandis qu'elle cherche de nouveaux clients, le mystérieux Cole Dalton vient à sa rescousse en se faisant passer pour un futur marié. Une chance pour elle, ou presque : alors que le beau rancher ne croit pas en l'amour, Vivienne sent peu à peu naître des sentiments pour lui…

Éprise de son rival, de Joss Wood - N°1002

Tout oppose Hayley à Jackson Michaels : leurs caractères comme le projet de construction que veut mener le magnat de l'immobilier aux abords de Stone Lake, l'endroit préféré de Hayley à Royal. Mais les opposés s'attirent invariablement et, tandis que le désir monte entre eux, Hayley se répète qu'il n'y a pas de place pour un homme dans sa vie déjà bien remplie… aussi charmant soit-il.

Une seconde chance aux Fidji, de Nicki Night

Depuis que Carter l'a quittée cinq ans plus tôt, la dernière chose dont Phoenix avait envie était de le revoir… Quel choc pour elle de lui faire face au mariage de sa sœur sur les îles Fidji ! Alors qu'elle voudrait pouvoir l'ignorer, le cadre tropical réveille en elle un trouble et des sentiments depuis longtemps enfouis… Au point que Phoenix se prend à rêver d'avoir avec Carter une seconde chance…

Dans le lit de son ennemi, de Maureen Child - N°1003

SÉRIE : INTRIGUES À ORANGE COUNTY 1/4

Quand Henry Porter met la main sur le manoir qu'elle convoitait, Amanda Carey déclare la guerre à son ancien amant et actuel rival en affaires. Afin de percer ses secrets pour mieux l'attaquer, elle se fait embaucher chez lui en tant qu'employée de maison, tout en espérant ne jamais le croiser. Mais Henry ne tarde pas à la reconnaître… et l'invite dans son lit ! Prise au piège de ce jeu dangereux, Amanda se demande comment elle peut ressentir une telle attirance pour celui qui l'a trahie…

Une si douce emprise, de Maureen Child

SÉRIE : INTRIGUES À ORANGE COUNTY 2/4

Alors que Serena Carey organise un gala de charité, Jack Colton fait irruption dans sa vie en lui proposant une aide qu'elle ne peut refuser. Or celui qu'elle a aimé sept ans plus tôt la trouble toujours autant… Si elle travaille avec lui, elle devra à tout prix asseoir son autorité ! Pas question en effet de laisser Jack lui tourner la tête et exercer comme autrefois son emprise sur elle…

Pour un baiser brûlant, de Shannon McKenna - N°1004

SÉRIE : LIAISONS À SEATTLE 1/3

La vie sentimentale de Jenna est un vrai champ de ruines. Aussi, quand son amie Ava lui demande de jouer le rôle de la fiancée de son frère afin de laver la réputation de ce dernier, entachée par un scandale, elle hésite puis finit par accepter. Dès lors comment pourrait-elle résister à Drew Maddox, le plus célèbre play-boy de l'architecture contemporaine ? En aucun cas Jenna ne doit oublier qu'il s'agit là d'une mascarade, malgré le baiser brûlant que Drew lui a offert…

L'amant disparu, de Kathy Douglass

Dix ans plus tôt le grand amour de Raven a disparu sans laisser de traces. Aujourd'hui elle est sous le choc de découvrir Donovan sur le pas de sa porte ! Si elle a rêvé de ce moment, la colère vient s'ajouter au désir qu'elle ressent pour celui qui l'a abandonnée. Or, Raven le sait, elle ne pourra repousser éternellement Donovan, car elle a un tendre secret à lui révéler : un fils dont il ignore l'existence…

Des jumeaux irrésistibles, de Catherine Mann - N°1005

Elle est enceinte... de jumeaux ? La princesse Erika sent une panique indicible l'envahir. Et pour cause ! Le père n'est autre qu'un inconnu – certes très séduisant – avec lequel elle a vécu une seule nuit d'amour. Mais, Erika le sait, il n'est pas envisageable que ses futurs enfants grandissent en l'absence d'un père. Il lui faudra donc retrouver son amant d'un soir pour lui annoncer l'incroyable nouvelle...

La tentation d'Abby, de Victoria Pade

Abby a du mal à y croire : le richissime Dylan Camden est venu lui demander en personne de s'occuper de la coiffure de sa sœur à l'occasion du mariage de cette dernière ! Très vite, le doute l'envahit. Pourquoi Dylan a-t-il fait appel à ses services ? Est-ce pour ses talents de coiffeuse ? Ou – ce qui ne serait pas pour lui déplaire – pour une raison beaucoup plus intime ?

Ce scandale à éviter, de Joanne Rock - N°1006

« César », répète Jean-Pierre en regardant le pied minuscule qui s'agite devant lui. Ainsi, il est le père d'un bébé de cinq semaines ? Il en a le souffle coupé. Désormais, il n'a plus qu'un désir : épouser Tatiana, la femme qu'il aime et qui est maintenant la mère de son enfant. Mais les choses ne sont pas aussi simples ! Car leurs familles sont rivales depuis toujours. Et, sous le feu des médias, aucun faux pas ne leur sera pardonné...

L'idylle d'une héritière, de Jules Bennett

Tessa Barrington est furieuse. Avec l'arrivée de Grant, c'est la paix qui régnait sur son ranch qui s'est envolée. Car ce producteur, non content de tourner un film sur la puissante famille Barrington, n'a de cesse de chercher à la séduire. Jamais elle ne cédera aux avances de ce play-boy prétentieux ! Même si les regards brûlants que Grant pose sur elle ne la laissent pas aussi indifférente qu'elle le voudrait...